倾世大匠

凉茶谣

闲庭晚雪 ——

著

中国出版集团　现代出版社

第十五章　　　　寒水乍起　185

第十六章　　　　生如蜡梅　199

第十七章　　　　深冬凌草　217

第十八章　　　　偕奏神曲　236

第十九章　　　　渐上重楼　255

第二十章　　　　悲似黄连　272

第二十一章　　　天地重光　286

番外　　　　　　不死之草　296

目录

第一章　血色木棉　001

第二章　莲心最苦　009

第三章　半夏枯草　023

第四章　若梦浮萍　034

第五章　雪胆沉香　047

第六章　何以忘忧　062

第七章　仁心佩兰　076

第八章　纵难合欢　090

第九章　莲心一点　103

第十章　心尖罂粟　116

第十一章　愿做甘草　129

第十二章　莲子心苦　141

第十三章　爱是砒霜　153

第十四章　红花红颜　170

第一章　血色木棉

道光十七年，商旅辐辏的广州城。

人烟繁稠的西关，街头熙熙攘攘，来来往往尽是达官贵人。

西关的一角，挤着一家门面装潢朴素名叫"普济堂"的医馆，医馆的主人是远近驰名的医师许厚天。

许厚天因医术过人，医德高尚，所以能在西关赢得一席之地。

暮春的午后，暖暖的阳光炽热地温柔着，穿过花树的缝隙，在普济堂的后院漏满了金黄的光片。

层层架起、行行排开的竹架上晾晒的草药，接受着阳光照射，满院散发着淡而清冽的药香。

一个身着淡红小袄下系月华裙的年轻女子在轻盈地翻动着夏枯草，嘴角露出淡淡的笑。

纤细修长的手指捏着棒状的夏枯草，柔润和枯萎相映衬，越发显得女人的玉指纤纤。

午后柔和的阳光、恬适无忧的生活，这或者就是她梦寐以求的安稳日子。

女人的眉毛微挑，手指拨动着夏枯草，微微地笑。

风雨过后方知晴日难得，她知足了。

突然，一朵木棉花笃的一声落在竹箩当中，恰恰在夏枯草的中央。

女人抬头仰望高大苍劲的木棉树，只见头上一片红霞如火烧灼。

可惜，一朵，两朵，三朵，枯萎的木棉花相继落下，在泥土上展现最后的一丝艳光。

女人捏着最后一缕艳光，一种淡淡的伤感涌上心头。她的际遇，不正和这木棉花一般？

她曾经是绣户深闺的娇小姐，继而是青楼艳绝人寰的花魁，最后是老大嫁入寻常百姓家，成为了医者之妇。只是她的夫君许厚天，人所敬仰的医师，可叹是一个……

眼泪沁湿了眼角，内心的哀伤在泛滥，胸腔像被北风鼓起的风帆，微微有些胀痛。

凝望着手里的木棉花，女人的思绪散乱如风，朝四面八方飞扬。

记得多年前，一个暮春时节，一个少年也曾捡起一朵木棉花对她说："木棉花，《本草纲目》上有载，说它'红如山茶，黄蕊，花片极厚'。据医书记载，木棉根可以收敛止血、散结止痛；木棉花能清热利尿、解毒祛暑和止血；木棉皮有清热、利尿、活血、消肿、解毒的功效，可以说木棉上下全身是宝……"

多年过去，少年的一番话一遍遍在耳边回响，让她牢牢记住了木棉的药用功效，只是，那个曾经搅乱她心潮如雨落池塘起涟漪的少年，他在哪里？

一滴眼泪落下，滴落在木棉花憔悴的花瓣上。

她嘲笑自己，新婚方才一个月，她居然用眼泪来点缀她柳月夕的新生。

"师娘！师娘！"清脆的呼叫声从前堂传进后院，是许厚天的女弟子——叶素馨来了。

柳月夕慌忙拭去眼角微微渗出的泪水，蹲下身子，将散落地上的数朵木棉花一一捡起，晾晒在阳光之处。

叶素馨闯进后堂，见到柳月夕，抿嘴一笑，在柳月夕的身边蹲下，用手指拨弄着木棉花："师娘，你知道木棉花有什么用处吗？"

柳月夕一愣，轻轻摇了摇头，见叶素馨一脸的笑意，知道小妮子意欲卖弄："师娘不知道，你给师娘说一说。"

叶素馨拉着柳月夕在台阶上坐下。温暖的阳光为她们镀上了一层淡淡的金光。

叶素馨捏起一团轻若无物的木棉飞絮，半晌不吭声。

柳月夕从侧面凝视着素日里泼辣的叶素馨，奇怪于她的静默："你怎么啦？不是要告诉我木棉的用处吗？"

叶素馨低下头，朝手指上的棉絮轻轻呼出一口气。

棉絮随风飘荡，低低地飞了起来。

柳月夕吃了一惊，这神情，百无聊赖，看似心有所系，但情无所依，分明是小儿女的情态。

"你在想谁？"柳月夕轻笑着，"很难过吗？"

叶素馨吃惊地望着柳月夕，涨红了脸。

好一会儿，叶素馨才叹息了一声，惆怅不已："师娘，往年，我都会用木棉的棉絮为师傅做一个枕头，为师哥缝一件薄薄的棉衣。今年看来，我省事了，师傅有你操心，师哥出去快一年了，也不知道什么时候回来，他出去的时间一次比一次长，我都不知道，他还会不会回来……"

泪光泛起，在叶素馨的眼底闪闪发亮。

柳月夕恍然大悟，敢情是小妮子喜欢上了青梅竹马的师哥："你师哥？叫什么名字？为什么出去那么久不回来？"

和许厚天新婚才一个月，沉默寡言的许厚天成天专注于病人、药材和医案中，对她这个新婚妻子鲜有谈论家世心事的时候。

"师哥其实是师傅的义子，名字叫颜西楼，十七岁那年，师傅就让他外出游历，说是读万卷书行万里路，从那以后，师哥就喜欢上了游历。有一次，他甚至在外面逗留了三年才回来……"

三年，一千多个日夜，多漫长的岁月。

柳月夕明白叶素馨的心情，情窦初开，日日若有所盼，若有所失，深夜辗转反侧，不能入眠。

柳月夕握住叶素馨的手，感叹道："素馨，既然你喜欢你师哥，我会适时提醒你师傅，让你师傅探探你师哥的心事……"

叶素馨大喜，女孩子的矜持寸缕无存，她抱住柳月夕，颤声说："师娘，谢谢你……我想，师傅应该和师哥提起过的。师傅，似乎曾经在信里提及……"

这患得患失的情态，让人怜爱，也让人好笑。

柳月夕好笑，任由欣喜不已的叶素馨搂抱着自己："只是……你师哥，他有没有喜欢的人？"

俗话说，强扭的瓜不甜，她柳月夕断不能撮合一对怨偶。

叶素馨的身体一紧，继而慢慢地松开了双手，迷茫地仰望长空。

长空里，一行大雁朝北而飞。看来，人不如雁。

"师娘，我不知道，真的不知道……"

慢慢地，叶素馨低垂了头，用手指搅弄着柔软发亮的长辫子，楚楚可怜。

"放心吧，你师哥应该快回来了。你师傅成亲了，你师哥还不回来吗？"柳月夕搂着叶素馨的肩头，柔声安慰。

叶素馨展颜一笑，笑容如春水破冰，甜美可人。

"对了，你还没有告诉师娘木棉花的用途呢。怎么？一提起你师哥，就将药材都忘啦？小心你师傅教训你！"柳月夕捏着叶素馨柔嫩的脸颊，忍不住揶揄她。

叶素馨难为情地将头靠在柳月夕的肩头，亲昵地依偎着，二人像极了一对姐妹。

"师娘就知道取笑人家！"

"不是取笑你，"柳月夕搂着叶素馨的肩头，感叹地低语，"你知道不？有盼头，有牵念，这也是一种幸福，不管结果怎样，至少，你还有希望。有些人……"柳月夕突然觉得喉头哽塞，她也曾经有期盼有憧憬，可惜，终究是昙花一现，"有些人，不能盼，不能想，那才是一件……最苦的事……"

柳月夕微微仰起头，试图让温热的阳光驱散眸底骤起的潮湿。

"师娘，你……怎么啦？"叶素馨疑惑地拧着眉，"你……"

柳月夕警觉，这一个多月来，在宁静如水的日子里，她总是不合时宜地伤感。这是不是太不知足？

"师娘"二字，已经注定她的沧桑她的无从选择。

"傻丫头，师娘能有什么？还不快说，木棉花？"柳月夕推了推叶素馨。

"木棉花晒干后可以入药，我们常将木棉花、鸡蛋花、菊花、槐花和金银花一起煎熬，然后调些蜜糖，可以清热、解毒、消暑祛湿，最适宜在炎热的夏天喝……"

柳月夕微笑着倾听叶素馨清脆的话语，既然嫁入医家，她可不能做个睁眼瞎，就算不能成为许厚天的左膀右臂，至少也该是他生活中体贴的伴侣。

"那，煎药有什么讲究？"

柳月夕下意识地打量自己的双手，这不沾阳春水的十指，未曾沾染柴米油盐的滋味，今后，怕是少不了烟熏。

叶素馨逮着一个可为人师的机会，得意了起来："这煎药是有学问的，先将这五种草药放进瓦煲用三至四碗水左右浸泡一刻钟，然后武火煮开，最后文火煎熬，直至剩下一碗水左右，这药茶可就熬好了。"

柳月夕嫣然而笑，仔细聆听，适时问道："草药为什么要浸泡后才煎熬？"

"是为了最好地发挥药效啊！其实啊，这煎药有很多讲究，比如要浸泡啊。至于浸泡多久？春夏秋冬四季，不同的草药，浸泡的时间可都不一样。还有啊，什么时候服药，是热服还是冷服，要不要忌口，这些讲究可就大了。以后啊，你有的是机会学习……"

柳月夕静静地听着，突然一阵反胃，胸口窒闷无比，禁不住俯身干呕起来。

叶素馨一惊，轻轻拍着柳月夕的背："师娘，你不舒服吗？"

柳月夕细长的柳眉拧紧，柔弱的身躯向前微倾，白皙的脸庞浮上一层红晕，她摇了摇头："或许是夜里着凉了吧，没事的，你放心。"

叶素馨眨着眼睛，调皮地笑："看来啊，师娘还真离不开师傅。瞧，师傅离开不到两天的工夫，师娘就病了……"

柳月夕嗔怪叶素馨的轻狂："小丫头别胡说！"

叶素馨注视着柳月夕因干呕而涨红的侧面，好一会儿，惊喜地呼叫："师娘，你是不是有喜啦？"

柳月夕愣住了，呆了半晌，羞红了脸，叱喝叶素馨："胡说什么呀。"

一只手抚上胸口，柳月夕发现自己的心在剧烈狂跳，惊慌变成一只小鹿，在胸腔里横冲直撞。

"师娘，"因为柳月夕的叱责，叶素馨脸红了起来，辩解说，"你和师傅成亲一个多月了，有孕了也应该啊。来，师娘，我帮你把把脉……"

"不！"柳月夕夺路而逃，快步回房，砰的一声关上了房门，"不，不会的……"

叶素馨莫名其妙，跟着柳月夕，却被关在了门外："师娘，你怎么啦？开门啊……"

房门关上，清风和阳光被挡在了屋外。

室内，微微的阴暗，冷清的微寒。

柳月夕无力地背靠着房门，大口大口地喘着气，渐渐软软地沿着房门滑下，跌坐在地面上。

空洞的眼神从床上的大红鸳鸯绣被上划过，那是尚未消散的新婚气息。

窗棂上的"囍"字也在时时提醒她新嫁娘的身份。

许厚天的衣物叠得整整齐齐，堆放在衣柜里，散发着男人的气味。

"月夕，我两三天就回来，你要记得照顾好自己……"许厚天，一个很温厚的男人，也许静默，也许疏离，但十分细心，对她呵护备至。

"不……"眼下的生活虽然平淡如水，但至少宁静，不需要颠沛流离，无须日夜忧心，是经历沧桑后最后的归宿。

如果真有了孩子，这又将是一场灾难，让她尸骨无存的灾难。

"不……上天，请你善待我怜悯我……"柳月夕双手蒙面，任凭眼泪穿过指缝，点点滴落。

恍惚中，她记起那一夜，衣帛撕裂，乱发横飞，鲜血和着眼泪……一张脸，像梦魇紧紧缠绕着她，在逼迫着她，追赶着她，啃噬着她……

"不、不要！"柳月夕似是被人陡然抛进大海的深渊，无比恐惧但无力挣扎。

过往不堪回首，切莫再搅乱她的新生。

时间一点一点过去，阴寒慢慢浸满了柳月夕的全身，毕竟是似暖还寒的春末。

抬头看窗外，天已经黑了，庭树的阴影在晃动，昏暗的月光苟延残喘般。

有人敲门，是叶素馨："师娘，师娘，你没事吧？出来吃晚饭了！"

柳月夕惊醒过来，虚弱地想站起身子，却发现自己的双腿麻痹，行动艰难。

许久，她才慢慢地站起身子，挪到洗脸盆旁边，将棉巾浸落在冷冽的水里，拧起，紧紧贴着泪痕斑驳的脸庞。

揭下棉巾，柳月夕望向妆台，铜镜里，昏暗夜色中她的脸部一片模糊。

"师娘？"门外的叶素馨有些不耐，"你没事吧？你开门让我看看……"

"来了……"柳月夕磨蹭着打开房门，还来不及和叶素馨搭话，有人慌慌张张闯进后堂，惊慌大呼："师娘、师娘，师傅他……师傅他……"

鲁莽闯进后堂的是普济堂的学徒小五。小五扑通一声跪倒在地上，号啕大哭："师娘，师傅他……"

柳月夕和叶素馨大吃一惊。

柳月夕上前准备扶起小五："你师傅怎么啦？你不是和师傅一起上罗浮药市买药的吗？怎么突然回来啦？师傅呢？"

小五身体乏力，瘫倒在地上，眼泪如流水，抽刀难断："师傅……我和师傅到了罗浮药市，今早寅时，师傅独自一人上飞云顶观日出，谁知道从飞云顶上摔下来。师傅，师傅他死了！"

"什么？你说什么？"小五的一句话像天外飞来的巨石，将柳月夕的心神砸了个粉碎。脚下的大地似乎突然崩裂，一道巨大的气流将柳月夕压向深不见底的暗渊。

柳月夕眼前发黑，身子僵硬，喉头哽塞，一句话也说不出来。

许厚天！许厚天！她柳月夕生命里最后的救赎……

叶素馨大哭，抱住柳月夕："师娘、师娘！师傅怎么会……"

小五的哭声，叶素馨的哭声，还有谁的哭声？是她柳月夕心底的哭声吗？柳月夕恍恍惚惚的，如碎片散落一地的神志被一盏闪烁如鬼火的灯笼一点一滴地拼凑了起来。

那是什么？四个人抬着担架，灯笼内明明灭灭的烛火晃动在担架上一张白惨惨的布帘上，布帘上依稀可以窥见渗出的血迹。

当担架在柳月夕的面前停下，一阵风吹来，拂动白色布帛，现出许厚天圆睁的双目，柳月夕才能勉强从咽喉里挤出来了两个字："厚天……"

软绵绵的身子瘫倒在担架上，生者的身子压着死者的尸身，这当中的缝隙，竟是生死两重天。

柳月夕的眼泪滴落在许厚天的脸上，渗进许厚天的眼眸里。

举案齐眉，相敬如宾，长相厮守，生儿育女……新婚宴尔的世俗儿女最朴素的愿望仅仅如流星一样划破了天际的黑暗，然后匆匆陨落。

"笃笃！"两朵凋零的木棉花掉落在许厚天的身上，憔悴的殷红映衬着惨白和晦暗，结局都是穿越在生死的轮回里。

柳月夕泪流不止，强撑起身子，伸手轻抚着许厚天的脸庞。这不是一张英俊的脸庞，却将她从最黑暗的岁月里拯救出来，给她最珍贵的温暖，让她从此有家，不再漂泊。

这张脸，熟悉中带着陌生，亲近中不免疏离，到此刻，她才真正能细细地认真地抚摩着这张恩人的脸。可是，他的亡魂早已飘散无踪。

心灵的剧痛抽痛了她身体的每一处，身体深处在灼烧，喉头在灼烧，柳月夕终于不支，摇摇伏倒在许厚天的尸身上。

第二章　莲心最苦

灵堂，一片惨白。

冷风入户，拂动素幔，吹散袅袅青烟。

一个大大的"奠"字下，是许厚天敦厚的画像，昨日悬壶济世的活神仙今日成了画中人，死寂地让人吊唁。

宾客络绎不绝，来来去去。

毕竟，许厚天是广州城里名重一时的名医，短暂的一生，救死扶伤无数。

不过谁是真心，谁是假意，没有人在意，也不会有人在意。

柳月夕也一样，作为许厚天的遗孀，她一身粗麻孝服，低首跪倒在灵堂的一侧，机械般向来宾谢礼，麻木得像一个木偶。

她应该知道的，一个多月的宁和平静，不过是重堕灾难轮回隧道的最后一点补偿。不由得自嘲竟还痴心妄想安逸的日子可以长久。

肃静的灵堂里，来宾私语窃窃，因为他们没有看到未亡人的眼泪，也未听见她的哀号。

柳月夕的静默让人浮想联翩，就连叶素馨也颇感不满。

柳月夕知道，自己的态度让人猜疑，但是，如果眼泪不能冲淡哀伤，更没有办法扭转命运，那又何必让眼泪扮演一个多余的角色？

自从家破、堕入青楼、失身再到亡夫，命运无时无刻不在嘲弄着她，所以，眼泪已经没有必要。

来宾们多是第一次目睹柳月夕的庐山真面目，他们想不到年已四十的许厚天能娶得如花美眷，可惜无福消受。

有人在嫉妒之余幸灾乐祸。

有人已经在背地里打算，将来或许可以替代福薄的许厚天，纳佳人入怀。

有人则在揣度，或许眼前楚楚动人的美人儿根本就是灾星，否则，新婚仅仅一个多月的许大夫怎么就突然驾鹤西归？

许厚天的画像在微笑，面容上带着俯瞰众生的悲悯。

烟火、纸灰、悲泣、素幔、静默，以及各种不合时宜的揣测，在灵堂里缓缓涌动。

又有人来吊唁了，不过，来人不是一个，而是四个，四个陌生人。

来人脸上不见悲戚，甚至不愿意给死者上一炷香。

来宾震惊，叶素馨和小五及普济堂的其他伙计也暗里愤怒。

柳月夕依然低着头，向火盆里投入一沓薄薄的纸钱。

火光骤亮，映红了柳月夕苍白的脸庞。

"许夫人，"为首的大汉上下打量着柳月夕，丝毫不掩饰眼中的淫邪，"俗话说，杀人偿命，欠债还钱。今天，我们哥几个是讨债来了。"大汉从身旁的汉子手里取过一张纸，在柳月夕的面前抖开，"这是许大夫欠下的赌债，许夫人，你说说该怎么偿还？"

来宾们哗然，寂静如夜的灵堂成了是非之地。

柳月夕无动于衷，她继续朝火盆里投放纸钱，声音喑哑但平静无波："众人皆知，外子从不涉赌，何来赌债之说？你们找错人了！"

大汉嘿嘿一笑，一抬手，继而将手一松，任凭纸张缓缓落在柳月夕的身旁："好好看一看，看看那上面的字是不是许大夫亲笔所写。"

柳月夕低眉，甚至连眼角也不抬一下。

众人屏息，目光齐聚在柳月夕的身上，他们在等待着许夫人如何应对这场变故。

叶素馨捡起地上的纸张，仔细一瞧，倒吸了一口气："师娘，五千两银子！”

柳月夕淡淡回应："我说了，你师傅不沾赌毒。就算是五万两，也不是你师傅欠下的。"

虽然相处的时日不多，但许厚天的为人，她柳月夕是知道的。

四条大汉哈哈大笑，围了上来，将柳月夕和叶素馨围在中央："敢情许夫人想赖账？"

来宾多是许厚天的街坊，对许厚天，他们向来敬重。但来人凶神恶煞，在场之人竟无一人吱声。

世上之人，向来喜欢锦上添花而懒于雪中送炭，人性如此，柳月夕不怨。她抬手，孝服之下，一截纯白玉洁的手臂露出。

大汉的眼神异常贪婪，像条条水蛭牢牢盯在柳月夕的小臂上。

"本来就没有这样的账目，何来赖账之说？"柳月夕缓缓抬头，纯白头巾包裹着的是一张素洁的脸，细长的眉下是如水般清澈的眼波。

这是秋日里清晨的白菊含露，清香暗透。

"外子常年忙于行医，医德过人，口碑在外，阁下若能找出能证实外子嗜赌之人，我心甘情愿将银子双手奉上，绝不拖欠。若不能，请阁下离开灵堂，请勿扰动亡灵，须知死者为大。"

叶素馨低呼："师娘你说得没有错，这的确不是师傅的字迹！"

柳月夕站起身子，面向许厚天的遗像："请你们离开！"

经年历劫，畏惧向来无济于事，柳月夕索性无畏无惧。

四条大汉阴沉地笑，疯狂地笑，肆无忌惮地笑："不错，这的确不是许厚天的字迹，但是，有什么关系？哈哈！"

面对来人张扬肆虐的笑，小五气得全身打战，大喝一声："你们闭嘴，不要在我师傅的——"

大汉扬手，一巴掌结结实实打在小五的脸颊上。小五的脸颊瞬间红肿："你们！师娘……"

其他的三名大汉腰间的刀剑出鞘，明晃晃的冷光，刺痛了柳月夕的眼。

宾客惊骇不已，纷纷夺路而逃。

为首的大汉大喝一声："都不许走！"

宾客们大多是但求三餐温饱的平头小百姓，这会儿在大汉的淫威之下，谁敢谁愿意强出头？

柳月夕惨淡地笑，霍然转身，挡在小五的身前："你们到底想怎么样？"

大汉上前一步，轻佻地抬手，食指一弯，刮着柳月夕柔滑的下巴："我们不想怎么样，我们更不是要钱，我们只要你，昔日揽月楼的花魁——'醉月舞'柳月夕！"

一阵风吹过，扬起火盆里的灰烬。

揽月楼，花魁，醉月舞，柳月夕！

大汉语惊四座，来宾们尤其是叶素馨、小五等人更是吃惊不已，一时间，各种各样的眼光，惋惜、鄙夷、震惊，不一而足，齐刷刷地朝着柳月夕射去。

原来，眼前如出水芙蓉般清灵毓秀的女人，竟然是娼妓出身！

怪不得许厚天英年早丧，娼妓上门，怎不招来灾祸？

柳月夕绝望地倒退两步，身躯靠在灵台，堪堪稳住了身躯。

她分明听见一支激飞的箭镞嗖的一声，穿破胸膛，一时间，鲜血四溅。

万劫不复！万劫不复！

眼泪泛滥，不能遏制。

原来，荆钗布裙对她而言，不过是一种遥不可及的奢侈。

眼泪和笑声，不可思议地调和在一起，在嘲笑在控诉这悲苦的人生。

众人被柳月夕悲愤莫名的笑声和眼泪所震慑，灵堂霎时间寂寥如地狱沉郁。

"许夫人，不，醉月舞，柳姑娘，你该不会不承认你出身娼门吧？"大汉得意扬扬，他的手指指指点点，大笑，"你瞧瞧，这简陋的普济堂，哪里是你这娇贵的身子可以待的？你还是和我们回揽月楼去吧。你要是回去了，你的恩客们，怕是要一个个醉死在你的怀里了，哈哈！"

污言秽语不堪入耳，狠狠蹂躏着柳月夕。柳月夕的身体和素幔一样，随风摇动。

灵堂突然喧哗起来，无数张嘴无数只手指，团团围绕着柳月夕，没有休止地闹腾。

"怪不得许大夫去了，她眼泪也不流一滴，原来是娼妓一个……娼妓无情啊……"

有人发声，阴阳怪气。接着窃窃私语此起彼伏，都是猜疑责难鄙夷。

"怪不得许大夫一辈子行善积德，怎么突然就去了呢？原来是灾星上门……"

叶素馨羞愤莫名，大声责问柳月夕："师娘，他们说的，是不是真的？"

柳月夕骤然停止了笑声，冷洌凄厉的眼神从众人的脸上一一横扫而过。一时间，灵堂再度静极。

柳月夕侧眼看火盆里的火已经熄灭，她转身取过纸钱，在白烛上点燃，然后投入火盆。

火光映红了柳月夕惨白的脸庞，将她眼底的决绝映照得更加明朗。

"师娘，你说啊？他们说的是不是真的？"叶素馨急躁得转到柳月夕的面前，"你要给师傅一个交代，给大伙一个交代！"

柳月夕冷冷转身，面对着众人："交代？我凭什么给大伙儿交代？我是什么出身，你师傅很清楚，我更不需要向你师傅交代！至于他们说的是不是真的？是的，我确实是从娼门中来，醉月舞柳月夕确实是我！但是，我更是官宦之家出身，一夕家破却被骗入青楼，难道我就该一辈子是娼妓？你们说啊！我是娼妓，我该死吗？我就不能有寻常女人的生活？许大夫，他救了我，我感恩图报，这又有什么错？"

一个弱女子的声音飘摇如一线，摇摇在袅娜青烟里，缠绕在灵堂，久久没有散去，声音中的坚决却又如橡般耸立在众人面前。

来宾愣住了，一瞬间，鄙夷又变成了同情。

但是大汉并不准备善罢甘休，阴森森地笑："醉月舞，你是什么出身老子不管，今天老子就是要将你带回去。你要记住，你的卖身契还在老鸨那里！这会儿，没有人能阻止我们哥几个将你带回揽月楼！醉月舞，你是主动跟哥几个回去还是要咱们几个动手？"

柳月夕惨然一笑，扑通一声跪倒在许厚天的遗像前："厚天，今日，因为我的缘故，让你的亡灵受辱，我本应该随你而去，但是，我的命是你救回来的，你曾经和我说过，珍惜自己的生命，就是报答了你！所以今天，我会苟延残喘活下去，因为……因为我已经有了孩子……"柳月夕痛哭失声，"我……我不能让你逢年过节的，连一个亲人上香祭奠也没有！今天，今天，我就在你的灵前，用我的鲜血来洗刷我的过去，洗刷你的屈辱！"

大汉大喝一声："少废话，跟老子走！"

柳月夕给许厚天磕了三个头，缓缓站起身体，朝大汉一笑："行，跟你们走可以，不过，这样的柳月夕……"

话没有说完，柳月夕揭去头上白色粗麻织就的头巾，随手一拔头上的簪子，狠狠往自己右边的脸颊大力划下！从鬓角一直到下颌！

一瞬间，右脸颊如玉崩裂，鲜血迸流，染满了麻白衣襟！

就在众人目瞪口呆的一刹那，血在流，柳月夕居然在笑："怕是还不够吧？行……"她横手又一划，就在颧骨的位置画出了一个"十"字！

簪子落地，柳月夕哈哈大笑："这样的柳月夕，还是醉月舞吗？还是花魁吗？还能颠倒众生吗？哈哈，来来来，你们就将我带回揽月楼吧！"

两边脸颊，一边纯白如玉石，完美无缺；一边沟壑鲜明，鲜血横流，艳红刺痛人眼。

众人惊呆了，不忍去看柳月夕的脸，没有人愿意看见半脸是嫦娥般的秀美，半脸是罗刹般的诡异。

鲜血点点滴滴地坠落，映红了素幔，染红了孝服，红白交错，点点是血，点点是泪，点点是痛。

四条大汉面面相觑，一时间失去了主意。

身躯瘦小的小五大喝一声："你们还想怎样？滚，给我滚出去！滚！"他一把抄起扫把，撕心裂肺地喊，"滚！"

惊魂不定的叶素馨扶住摇摇晃晃的柳月夕，惊叫："师娘！师娘！"

来宾均被柳月夕的惊人举动所震撼，更见小五不畏强暴，不由得纷纷站在小五的身边，大喝："滚！滚出去！"

人声如潮，撼动了大汉的心神，大汉见柳月夕容颜已毁，再带回揽月楼也无济于事，不由得怏怏地离开了。

众人大大松了一口气，回看柳月夕，不由得对眼前身体单薄的女子多了几分发自内心的敬佩和怜惜。

"师娘，你为什么要这么做？"叶素馨扶着柳月夕，痛惜万分，"你的脸，已经毁了……"

柳月夕身子一软，倒在蒲团之上，跪在许厚天遗像前，她笑，坦然地笑，任凭鲜血从衣襟里流进身体："一张脸算什么？如果回了揽月楼，这辈子只能跪着生，那是真正的万劫不复。现在脸毁了，我却堂堂正正地站起来了。我总算没有对不起你的师傅，厚天！更没有对不起我柳家的家风、我的爹娘……"

一番折腾后，许厚天终于入土为安。

少了一个人，多了一桩伤痛，普济堂显得异常冷清。

夜半，乌云压屋檐。

屋内，一盏孤灯，一条人影，茕茕孑立。

坐在妆台前，柳月夕抚着已经上了药的右脸，眼神淡漠得几乎让人错觉那两刀是划在别人的脸上。

不是不心痛身为女人引以为傲的美貌，只是，她不能不让美貌为尊严让步，她柳月夕别无选择。

如果这两刀可以让剜人心骨的灾难到头，那么，这两刀也就值了。

"厚天，为了报答你，我不会让你身后寂寞，不会让别人说你断子绝孙。我会好好活着，很快，你会有一个孩子……他，姓许！"

柳月夕转身，在床沿坐下。

床上，有许厚天的遗物。

许厚天的衣裳，许厚天的鞋袜，只是，失去主人温热气息的衣物，是一堆死物。

柳月夕潸然泪下，拿起许厚天生前最后所穿的衣物，任凭点点滴滴泪珠滴落在衣物上。

她真的是许厚天的灾星吗？不，不是的！柳月夕惊悸地将衣物拥进怀里，沉痛地伏倒在床上，将头藏在枕头里，蜷缩着身体，失声痛哭。

"师娘……师娘……"门外，叶素馨在轻敲着房门。

柳月夕强忍住满腔悲怆，拭去眼角泪水，打开了房门。

叶素馨看着泪水纵横的柳月夕，惊呼："师娘，你千万不能让眼泪进了伤口，不然，这伤口可就越来越大了！来，师娘，我给你换药吧。"

研磨成糊状的草药在药碗里散发着淡淡的清香。

就算是灵丹妙药，柳月夕也懒得放在心上了。

柳月夕淡淡地搅动着瓷碗里的药物："素馨，以后，你不用为师娘操心，毁了就毁了。"

叶素馨惋惜地望着柳月夕的脸，那如玉温润光洁的脸颊，是曾经让她嫉妒的秀美。现在，她只能惋惜。惋惜之余，她还感佩柳月夕的勇气和决绝，毕竟是柳月夕的节烈保住了师傅最后的尊严。

"师娘，今后你有什么打算？"师傅已经死了，普济堂门庭冷落，今后，怕是生计都成问题。

柳月夕的心一酸，原以为从此可以不漂泊，到头来还是成了飞蓬，落拓无根。

"我说了，我……会将孩子生下来，继承你师傅的香火！"柳月夕低头，抚摩着许厚天的衣物，这是她唯一能报答许厚天的了，尽管这样的报答或者亵渎了许厚天，但这是她唯一可以做的。毕竟，不孝有三，无后为大，世俗如此，没有人可以改变。至于内里乾坤，谁会在意？谁会深究？许厚天，是她柳月夕的丈夫，就可以是孩子的父亲。

叶素馨在床沿坐下，将许厚天的衣物展开折叠："师娘，师傅……已经去了，这些衣物，今后都收起来吧，免得睹物伤情。"

柳月夕默然，手里的衣物是一件棉质的灰色长袍，这是从许厚天的尸身上脱下来的，虽然已经浆洗，但上面犹有斑斑淡红血迹，而且有多处破损，想必是从飞云顶滚落的时候被钩破的。

"素馨，你帮我拿针线来。"眼中热流炙人，柳月夕闭上眼睛，仿佛看见许厚天从飞云顶跌下山崖的惨景。

"师娘，"叶素馨迟疑着，拿来针线，"师娘，师傅已经去了，你要保重身体……再说，你还怀有师傅的骨肉……"

柳月夕身体一颤，接过叶素馨手中的针线："素馨，这一次，是最后给你师傅缝衣服……"

叶素馨瞬间湿了双眼，默默伴着柳月夕。

两个女人，在孤灯闪烁下，用一根针一条线，默默哀悼一个已经死去的男人。

长袍破损太大，缝缝补补，转眼过了三更。

叶素馨翻动着长袍，见左边衣袖裂口太大，也取过针线帮忙。

柳月夕斜眼一瞥，见衣袖裂口异常整齐，不像是撕裂那般参差不齐，心一动，正想仔细查看。

突然，昏暗的窗户奇异地豁亮，是火光！

"师娘，你看看，"叶素馨指着朝着前堂的窗户，"不知道哪里起火了。"

柳月夕的心扑通一跳，扔下手中的衣物，推开窗户，一时间，她几乎昏厥。

是前堂起火！前堂，既有诊室，又是药库，更是许厚天的书房。

"素馨，前堂起火了！快，救火！"柳月夕冲出房门，普济堂的其他伙计也被火光惊醒了，冲到院子里，一时间被惊吓得面面相觑。

柳月夕大骇："今晚是谁睡在药房里？"

"是小五！"众人异口同声答道。

"快，救人救火！"

院子里乱成一团，个个像无头苍蝇一样，横冲直撞。

大火越烧越大，浓烟滚滚，转眼向后院和左右毗邻的房屋蔓延。

左右毗邻的房舍是商铺，这一烧，不知道多少财富要付之一炬！这火从普济堂开始烧起，到时候，该怎么收场？柳月夕心都凉了。

左邻右舍被火光和浓烟惊醒了过来。火势惊人，人声喧闹，惊破暗夜的静谧。

扑火！救人！抢救财物！暗夜无比混乱。

大火中，一条人影从浓烟火丛里冲出来，他身上的衣物在燃烧，像极了一团火球滚向人群。

是小五！是小五！

柳月夕定了定神，不知道哪里来的力气，大力抬起一桶水朝小五身上泼去。

身上的火熄灭了，小五一脸灰黑。

"师娘……"小五颤声低呼，望着柳月夕，惊魂未定，"这火……我不知道是怎么烧起来的……"

"别说了，先救火吧！快！"柳月夕将一只木桶塞到小五的手里，"不能让大火蔓延开去！"

但是，火势太大，商铺堆积的货物又太多，眼看火势冲天，无法施救。

大火惊动了官府，官府派出兵马，在黎明时分终于扑灭了大火。

焦黑的瓦砾，坍塌的墙体，断落的横梁，一片狼藉。

几乎半条大街受到大火的牵连，一眼望去，尽是灰烬。

柳月夕站在一片焦土里，残烟萦绕着她素洁的身子，袅袅不去。

写着"普济堂"三字的匾额落在地上，断成了两截。

许厚天死了，普济堂烧毁了，柳月夕欲哭无泪。

大街上，哭声、骂声，女人的尖叫声，男人的咆哮声，声声交织在一起，无休无止。

"灾星""害人精""扫把星"等责难辱骂声夹杂在鼎沸的人声里，声声钻进柳月夕的耳际。

这会儿，人们对柳月夕的观感又发生了巨大的变化，同情、敬佩因为一场大火转而变成了鄙视和唾弃。

柳月夕悲凉地笑，看来，灾难远远没有结束。这苦难，何时才是尽头？

脚下，素洁的鞋袜沾染了灰烬的颜色，裙摆拖着焦土。这大千世界，真的没有她干净立身之处吗？

"厚天，你告诉我，我该怎么办？"柳月夕环顾四周，四周尽是寒冷的眸光，如六月飞霜罩体的冰寒。

柳月夕不由自主地蜷缩着身体，慢慢地蹲在焦黑的地上，眼泪如线如珠，滴落在灰烬上。

太多的意外接踵而来，她柳月夕，无力承受这灭顶的灾难。

"没有了，什么都没有了……小五，什么都没有了……为什么会这样？为什么？"叶素馨惨厉地大哭。

小五哭丧着脸，霍然跪倒在柳月夕的面前："师娘，这火，我不知道是怎么烧起来的。昨晚，我早早就熄灭烛火睡觉，等我醒来的时候，大火已经烧起来了……"

不知道为什么，小五的话对柳月夕而言就像一盆冷水，骤然兜头淋下，让柳月夕从迷茫伤绝中清醒过来。她厉声斥问："小五，你确定是熄灭烛火之后才入睡的吗？"

小五急得对天发誓："师娘，我对天发誓，我确实是熄了烛火之后才入睡的！上床之前，我还特意到各处检查了一遍，从前堂到诊室再到药库，我都细细检查了一遍，没有半分懈怠，师娘！"

许厚天在世的时候，就对小五颇多赞许，说他超乎年纪地细心谨慎，所以，前堂和药库的事务一直由小五打理。

太阳已经出来了，微红的光线照在柳月夕的身上，本带着微微的暖意，但柳月夕分明觉得自己陷身于世上最阴暗最冰冷的角落，魑魅魍魉在狂乱飞舞，丝丝恐惧从脚底直钻脑门，从脑门旋回至腹内，紧紧扭曲着她的百转愁肠。

因为恐惧，柳月夕反倒从茫然和绝望中回过神来。

为什么灾难和意外在一夕之间降临？太多的意外，这到底意味着什么？

"厚天，这到底是怎么一回事？你告诉我！你告诉我啊！"命运的走向一再改道，这到底是为什么？

眼睛像被蒙了一层厚厚的黑纱，看不见过去，更看不见将来。

柳月夕挣扎着站起来，凄苦地扶着还很烫手的焦黑墙体，眼泪沿着眼角，直流进嘴角。这眼泪，比以往任何时候还要苦涩。

拖着沉重无比的双腿，柳月夕觉得方寸之地，竟然比她一辈子所走过的路还要漫长。

环顾四周，唯有焦土，唯有灰烬，当然，还有凄苦的心和眼泪。

记得初来普济堂时，药香弥漫，人头攒动，从早到晚，许厚天难得一刻休闲。

现在，许厚天不在了，普济堂没有了，她柳月夕，又该何去何从？

蹒跚漫步，一不小心，柳月夕一脚踢在一个焦黑的四方盒子上。

小五见状，忙上前捧起盒子，他含悲忍痛，呜咽难言："师娘，这盒子是师傅的，用来装方子的铜盒……"

铜盒？是铜盒！

柳月夕接过带着温热的铜盒，拂去铜盒上厚厚的灰烬，痛楚地闭上了眼睛。

这铜盒，她太熟悉。记得当初随许厚天来到普济堂，许厚天见她整日无聊，又写得一手秀气的小楷，于是让她帮着整理铜盒里的方子，说今后他许厚天或许可以将方子整理成册，刊印发行也未可知。又说最近几年，他按照多年行医的经验，并根据岭南的气候，研制出了一个很重要的方子，将来可以惠及岭南无数贫苦百姓。许厚天还说，因为最近几年烟毒蔓延，他也还在研制戒烟的药方，眼看成功在即了。

现在，言犹在耳，但人已经远去。一场大火，仅仅给他的新婚妻子留下了一个灌注了毕生心血的治病药方！

柳月夕睁开眼睛，透过模糊的泪眼，视线停留在铜盒上突然呆住了。

记得许厚天出事前的一个晚上，她还在灯下帮着整理药方，然后郑重其事地给铜盒上了锁。

现在，铜盒的铁锁不见了！柳月夕急忙打开铜盒，铜盒里空空的，不见灰烬，更没有药方的踪影。

柳月夕一阵晕眩，缓缓回身，问小五和叶素馨："你们、你们可曾开启了这个铜盒？"

小五和叶素馨疑惑地摇头。

叶素馨颤声问："师娘，你是说……师傅的方子不见了？那是师傅多年的心血啊！"

柳月夕知道方子是许厚天的多年心血，正因为这样，自从许厚天去世以后，那书房从不让一般人轻易进入。方子藏在铜盒里的事情更是鲜有人知。现在，方子不见了，是什么时候丢了的？是什么人盗窃了方子？这和大火有没有关系？

柳月夕呆呆地捧着铜盒，某些让人生疑的碎片如眼前缕缕轻烟，在眼前袅袅而过，却怎么也不能拼成一幅可以排解疑惑的画面。

　　对了，破损的衣袖，失窃的方子，还有什么？还有什么？柳月夕的头突然疼痛欲裂，思绪像木棉的飞絮一样散乱。

　　有人走近，是一个满面憎恨的女人，她手里提着一桶水，突然发难，猛地朝柳月夕的身上泼去。

　　"你这个灾星，带来灾难的娼妓！滚出西关去！滚出去！"恶语从女人的口里迸出，"不得好死的娼妓！"

　　霎时间，云发滴水，衣裳湿透，柳月夕呆若木鸡。

　　手里的铜盒砰的一声，从柳月夕的手里直坠而下，狠狠地砸在她的脚上。

　　没有丝毫的痛觉，因为冷。彻骨的冷，冷得连身上的鲜血也凝冻住了。

　　天气冷，那桶泼在身上的水也很冷，但四周的眼光和人心更冷。

　　"对，将这个灾星轰出西关去！"有人应和女人的诅咒，"是她带来了火灾。"

　　"滚出西关！""滚出西关！"喝声四起，在清晨无情地驱赶一个无助的新寡的女人。

　　甚至有人拿起了小石子、没有完全燃烧的木棍，一个个一根根往柳月夕的身上扔去，毫不留情。

　　悲凉，凄酸，绝望，在柳月夕的心中掀起滔天巨浪。

　　"不，你们不能这样！"小五突然朝着众人跪下，声泪俱下，"我师傅才刚刚过世，你们不能这样……"

　　叶素馨试图拉起小五，眼泪迸流："小五，我们不能走，我们要等师哥回来，不走！"

　　柳月夕闭着双眼，任凭绝望的感觉像利镞一样射向身体的每一个角落，她无处躲避。

　　不知道过了多久，太阳慢慢升高了，周遭的人们不耐烦了，一圈一圈地围了上来。

　　男人、女人、老人、孩子、熟悉的、不熟悉的，眼里都带着仇视和鄙视，直直逼近柳月夕。

柳月夕突然睁开眼睛，视线触及脚下的铜盒，继而胶着在铜盒上，她慢慢地弯腰，缓缓将铜盒捡起，搂在怀里，再慢慢地直起了身体，感受着身边紊乱复杂的气息。

许久，柳月夕淡然一笑，缓缓开口："我，我不是灾星！我不会离开，绝对不会！"

众人愣住了，他们想不到貌似柔弱的柳月夕居然说出了斩钉截铁的话语，掷地有声。

柳月夕抚摩着怀里的铜盒，她直觉，如果一切都是意外，那么"意外"将会一直伴随着她，她不妨睁大眼睛看看，到底是谁在拨弄她命运的琴弦。只是不得不感叹：柳月夕，为什么你的灾难永远都没有头？

眼泪渗入嘴角，咸得发苦。

风雨雷电，来吧，来吧！柳月夕仰头，忍不住大笑了起来。既然命运要将她置之死地，那么，再叠加一点苦难，又算得了什么？

第三章　半夏枯草

一个回南天的清晨，西关大街的青石板因为潮湿而看起来更加清亮光滑。

站在雾蒙蒙的街口，颜西楼深深地呼吸了一口梦萦魂绕的熟悉气息。

这广州城的气息，西关的气息，商业的气息，久违了。

近乡情怯，颜西楼不禁有些迈不开步伐。

在外游历已经三年，义父的书信还在怀里揣着，只要一闭上眼睛，义父的笔迹就会跃上眼帘：义父成亲了，你义母是一个温雅秀丽知书达理的闺秀。西楼，你回来吧，素馨一直在等着你，等你回来了，我就给你们成婚……

义父也是他的师傅，义父成婚是天大的喜事，他颜西楼理应回来庆贺。但是，素馨，一直在等待他的素馨，却让他止步。这些年，他一直在外闯荡，在试图捕捉曾经从他耳边吹过继而吹进心里的一缕清风，只是，从南到北，从东到西，他就连一缕影子也不曾捕捉到。

如果不是受人托付，身负重任，他怕还是在天南地北，不知归途。

也许，是该回来了。如果素馨已经结婚生子，固然是最好；如果不是，他总不能耽误着素馨，凡事总有个决断。

清晨，鲜有人迹。泛潮的青石板上，一步一个脚印，从街口一直延伸到巷尾，只要一个转角，就可以回到普济堂，他颜西楼的家。

不知道为什么，颜西楼突然停住了脚步，因为眼前所见，固然是西关大街，这说不出的熟悉，却又有说不出的陌生。

以往，站在拐角，淡淡的药香味和浓浓的家的气息会扑鼻而来。

现在，颜西楼却有一种四顾茫然的惶惑和陌生。

一种从脚底升腾而起的惶惑和陌生直灌脑门，这到底是怎么了？颜西楼咬咬牙，抬脚转过了拐角。

一刹那，颜西楼惊呆了，普济堂呢？怎么就变成了合浦珠行？"合浦珠行"的匾额高高在上，朱漆犹新。细看墙壁，青砖砌成，崭新得很。

颜西楼呆了好一会儿，才回过神来，连连四顾，普济堂呢？哪里去了？往日，普济堂的隔壁是仁义药材行，再往左就是藏珠书画行，是荔红酒家。现在呢？熟悉的匾额不见了，熟悉的气味消失了，整条大街，除了熟悉的青石板，都陌生地带着清晨的冷清，淡漠无情地嗤笑着颜西楼的归来。

颜西楼的心在清晨的静谧里激烈地悸动，他怀疑自己走错了地方。但是自从十岁那年走入普济堂，尽管经年在外，他又怎会迷失了归家的路？

师父呢？素馨呢？小五呢？书信里提到的师娘呢？谁也不在，什么也没有！

到底发生了什么事情？为什么三年的时间，一切都已经面目全非？

大街冷冷清清，潮湿的雾气让颜西楼窒息。站在合浦珠行的匾额下，他就是一个归家无门的游子！

清晨的冷意袭来，让人没有来由地发寒。

远远地，有人过来了。颜西楼缓过神来，转头一看，来人拉着木板车，木板车上安放着一个个木桶。

是倒夜香的张老头儿，颜西楼记得他。这条陌生的大街，总算给了一点可怜的亲切和安慰。

颜西楼狂喜，他深深呼出了一口气，走到张老头儿的面前："张伯，你还认得我吗？"

张老头儿用手揉着混浊的眼睛，仔细打量颜西楼，拉长了声调，叹息着："是许大夫的义子啊。你怎么才回来啊？没有了，全没有了！"

叹息声像巨石一样压在颜西楼的胸口。

颜西楼禁不住一阵战栗："什么没有了？张伯，你说清楚一些！我义父呢？

普济堂呢？"

张老头儿叹息着，拉着木板车继续往前走。

"前年，你义父死了，普济堂烧了，这一整条大街都烧了，可怜啊。去年，前面的妓寨起火，一烧就是西关一大片。女人，祸水啊，灾星啊，可怜你义父惹祸上身……"

木板车碾在青石板上，吱嘎有声，伴随着张老头儿的叹息，随着雾气渐渐淡去。

颜西楼的手一松，手上的竹箩啪的一声落在青石板上。

清晨里，唯有这声音在提醒着颜西楼，他不是在噩梦里。

三天了，颜西楼奔跑在广州城的城里和城郊，寻找义母师妹师弟的踪迹。但偌大一个广州城，眼见商旅往来，川流不息，人群可挥汗成雨，但在颜西楼眼里，这无疑是一座空城，他找不到他的亲人。

第四天，筋疲力尽的颜西楼又回到了西关大街，站在街口，举目四望，视线尽被招牌所遮挡，过去和未来，一片模糊。

尽管已经从张老头儿的口中得知：去年正月，第二场大火发生，义母、素馨和小五已经被赶出了西关，但他们去了哪里，没有人知道。

午时了，南方的太阳很毒辣，白花花的日光让颜西楼头昏眼花。

颜西楼只觉目赤头痛、咽喉肿痛，看来是因为南方地气湿热，兼之这几天来东奔西跑，情绪不佳，作息饮食失当，导致火气上升，热病发作。

这温热之病在岭南是常见疾病，街头巷尾，来来往往的人群，一到夏日，没有几个不招致温热疾病。

颜西楼身为大夫，知道这不过是几剂清热败火祛湿的草药就可以解决的小病症。

如果在往日，普济堂多的是清热解毒的草药，但是今天，普济堂已经成了他颜西楼的记忆。

心急如焚，但偏偏又身体乏力，满心焦躁易怒，颜西楼皱着眉头，随意走进一家医馆。

无意间抬头，颜西楼发现医馆名叫曹氏来安堂，匾额鲜亮，门面气派，进进出出的人很多，繁忙的状况可以与当年的普济堂相媲美。

这是一家新开的医馆，至少在三年前离开广州城时，曹氏来安堂并不存在。

颜西楼不由得心一揪痛。

步入曹氏来安堂，颜西楼发现医馆的大堂人头攒动。

大堂的左侧，几张桌子一字排开，几个伙计忙着往瓷碗里倒着还有热气的汤药。很多人端着瓷碗在喝药。

颜西楼观看众人气色，大多和自己一样，无非就是湿热招致的疾病。

颜西楼扯了扯一个大汉的衣襟："兄弟，你这喝的是？"

汉子嘿嘿一笑："这是神仙水，一碗下去，不痛不咳，五脏六腑，全身舒爽。三日三碗，病全好了。不用看大夫，不用动手煎药，方便快捷，真是好啊！"

颜西楼皱眉，这世上，哪有什么神仙水？听汉子的描述，这汤药一定有清热解毒、凉血利咽的功效。既然有神效，看来一定是选材精准，分量拿捏得当。

不过，是药三分毒。济济一堂的人群不辨体质，不看具体病症，齐齐拥来喝同一碗药，也很不妥当。

曹氏来安堂的伙计吆喝："神仙水啊，有病祛病，没病保平安，五文钱一碗，药到病除，全身舒爽，安然度夏……"

瞧这阵势，和街市吆喝不差分毫了，这哪里是医馆？再说了，五文钱一碗汤药，这汤药也不便宜。不过，这医馆的经营模式，倒也新奇有趣。

颜西楼的好奇心被勾起，拿出五文钱放在伙计的面前，淡淡地笑："也给我来一碗神仙水！"

一碗神仙水在手，汤药在瓷碗里泛黑，苦涩的滋味随着温温的热气在鼻端萦绕。

颜西楼一小口一小口地品着汤药的滋味，模样姿势甚是文雅。

苦涩在舌尖打转，药汁顺着咽喉缓缓下滑。

颜西楼用味蕾仔细辨别着汤药里的药材种类。

汤药里估计有岗梅根，能解热毒、润肺止渴、治喉痛；有淡竹叶，能清热除烦、利尿……

颜西楼暗暗点头，一碗汤药，他品出了汤药里约莫有数种药材。这药材，都是极其常见的草药，结合在一起煎熬，确实可以解心火、清热毒、疏肝和胃。

一碗汤药下肚，颜西楼看看碗底，居然鲜有药渣。

颜西楼不由得一笑，看来，这曹氏来安堂一定是在煎药之后用纱布将药渣滤去，以免其他的医家透过药渣窥见其用药的秘诀。无疑，这医馆是将这汤药的方子当成秘方来看待了。

正凝神细想之间，伙计的声音齐齐响起，恭恭敬敬地唤了一声："少爷。"

颜西楼抬眼，顺着声音看去，只见一个长相斯文秀气的青年男子站在门槛外，皱着眉头看着医馆里喧嚣的人群。

"张叔，"青年男子冷冷地唤来坐诊的大夫，"我不是说过吗，今后来医馆里喝汤药的，你得先给他们诊断诊断，不适合喝汤药的另外给开药方，知道吗？"又指着一个体形瘦小的男人，"你，面白无华，神情倦怠，身体乏力，头冒虚汗，不适宜喝这汤药。去，让大夫给你另外开药方——"

青年男子一拐一拐地跨进门槛："荒唐！无知！"语气很冷，带着一种不屑。

这青年居然是一个瘸子，人很清秀，貌似冷漠，但是很有医者父母心。

颜西楼赞赏地看着青年男子，他年纪不大，不过是二十来岁的模样，目光如炬，仁心通彻，医术修为怕是不浅。

青年男子注意到颜西楼正留神地打量着他，不耐烦地斜了颜西楼一眼，艰难地迈步直进医馆。

那神情，像一只孤独骄傲的夜鹰。

"麻烦少爷，你能不能给我诊断一下，看我是否适合喝这神仙水？"颜西楼含笑拦在青年面前。

青年不悦地横了颜西楼一眼，一会儿才淡漠地吩咐："伸手，舌头。"

颜西楼依言伸手吐舌。

冰凉修长的手指搭在颜西楼的脉搏上，冷冷的眸光在颜西楼的舌头上一扫而过，很快，男子淡淡地断言："湿热病邪侵体，喝这汤药正合适。看你风尘仆仆的样子，是外地人吧？岭南多湿热邪气，要注意歇着，饮食要清淡。"

青年收回手，拄着拐杖一瘸一拐地来到坐诊大夫面前："我再说一次，这汤药未必人人适合，你给病人瞧仔细了才给喝汤药，明白吗？神仙水？哼！"

话才说完，青年便拐进内堂，只给堂上众人留下一个僵直艰辛的冷漠背影。但这人，冷漠中不乏对病患的关怀。

外地人？颜西楼苦笑。在广州城，他原本有家，有义父，现在却四顾茫然，没有了义父，没有了普济堂，这茕茕孑立的情景，和当年流浪到广州城一样，是一个名副其实的外地人。

怅然步出曹氏来安堂，站在大街上，在来来往往的人流里，他找不到他该找的人。

视线在一个又一个人的脸上、背影上横过，没有一人给他熟悉的感觉。

广州城，它的风，它的雨，它的湿热，颜西楼曾无比熟悉，而现在，它只有可怕的陌生。

原来，三年的光阴，也足够让人事沧海桑田。

素馨，小五，你们到底在哪里？义父是外地人，且性情清淡，不善交际，在广州城并没有亲戚朋友，他们能到哪里去？颜西楼自责不已，因为任性，因为习惯游历，他失去了最后在义父跟前尽孝的机会，逃开了守护手足的重任。

头顶上，木棉树的绿叶成荫了，知了也开始张开嘶哑的喉咙，一如这广州城的喧嚣。

突然，远处一道纤细的人影越过熙熙攘攘的人群，跃然跳入颜西楼倦怠的瞳孔。

颜西楼的心一紧，那是素馨吗？

颜西楼越过人群，努力用视线捕捉那个纤细娟秀的背影。但大街上人流如水，一时间无法靠近那快步如风的女子。

一个拐角后，背影消失，如昙花一现的短暂。

但颜西楼万分肯定，那确实是素馨。只要素馨没有离开广州城，那么，他一定会找到她。他突然想起素馨曾说过，在广州城城郊，她有一门远方亲戚，他或许该去打听打听。

白云山山腰，潺潺流水伴着山鸟的脆响，在恬静地迎合着绿枝羞涩的撩拨。

初夏时节，山花依旧绚烂，漫山遍野地开着。

近黄昏的光晕，黄中带红，给山花镀了一层淡淡的金边。

柳月夕不经意地一抬眼，视线触及山花，再看看自己一身晦暗的粗布黑衣，顿时悲上心头。

这一辈子，除却烂漫天真的豆蔻年华，余下的年华注定要披着这一身寡妇行头，惨淡地过一辈子。

眼看红日逼近西山，柳月夕忙捆起一把干柴，该回去了，孩子可能已经在找妈妈。

孩子，别人眼中许厚天的遗腹子。

柳月夕的心颤动起来，一不留神，一脚踩在一块不稳的石头上，"啊！"一声惊叫，柳月夕连人带着干柴一起直往山下滚去。

幸亏山势平缓，也亏得身后的一把干柴，堪堪卡在两棵树中间，稳住了柳月夕身子。

一根树枝不经意地撩开了柳月夕脸上的黑色纱布，露出了脸庞。

柳月夕稍稍一动，脚踝处传来一阵疼痛，呻吟了一声，看来是扭伤了。

柳月夕艰辛地解下身后的干柴，发现黑衣居然也被树枝勾破了好几处。

轻轻站起，一阵不可遏制的疼痛传来，椎心得很。

举目四望，山野寂静，天也快黑了，这该什么时候才能到家？

发髻散了，数缕发丝随着山风飘散，披落在脸庞上，带来微微的痒意。

柳月夕伸手撩开脸上的发丝，她的手登时一滞：黑纱布呢？她惊恐地扭头，身侧居然有一潭清水，清澈如一面明镜。斜斜一看，水里倒映出一个黑色寡妇憔悴的脸庞。

尖削的下巴，苍白的脸庞，极淡的唇色，哀伤的双眸。

最椎心的是右脸颊一个丑陋无比的十字，在讥笑着命运的坎坷和岁月的无情。

骤见之下，这暗红色的伤疤让人不安惶恐。

"啊！"一声尖叫，柳月夕无法控制自己的情绪，随手抓起一根枯枝，拍打着诚实无辜的潭水。

许久，柳月夕将手中的枯枝狠狠抛向潭底，一潭清水瞬间如一面裂痕纵横的破镜。

原以为自己已经心如止水，原来竟是暗流汹涌。

"柳月夕啊柳月夕，你活着是为了什么？"脸庞藏进粗糙的手掌里，两年来从不轻易在人前落下的眼泪还是禁不住沁出指缝，无声滑落。

多年奋争，每奋争一次，身心却每每烙刻一道更深的疤痕，终生不能痊愈。

余晖罩在柳月夕的身上，却不能给她带来些许温暖，如今这世间能暖和她的心的人，怕是今生不会再来。

悲戚声在山野里随着山风游荡，黑色面纱被枯枝挑着，在风中摇曳。

将头俯在双膝之间，柳月夕纵情地流泪，这眼泪背着人流淌就好，在素馨和小五面前，在孩子面前，她不能哭，只能坚强地微笑。

哭了许久，柳月夕惊觉，似乎从左面的小岔路传来了脚步声。

有人来了。

柳月夕挣扎着起身，取回身后的黑色面纱，熟练地蒙到了脸上，半面秀色半面奇丑已无踪迹。

侧身再看恢复平静的潭水，除了露着的双目微红外，黑纱之下已波澜不惊。心如死水，这才属于现实里的柳月夕。

柳月夕重新背上干柴，理好鬓发，准备离开。

有人挡住了去路。

柳月夕低着头，看着地上的影子，可以判断那是一个男人。

"大嫂，敢问安和村该走哪条路？"

声音纯净醇和，透着淡淡的倦意。

柳月夕的心怦怦直跳，在这野外，如果这男人心存歹意，恐怕又是一场灾难。一个寡妇，最忌惮的莫过于是非。

幸好男人礼节周到，柳月夕略略放心。她指了指右面的小路，低声回答："沿着这条小路直走，很快就可以到安和村了。"这人要去的，居然就是她居住的村落。

"谢谢大嫂！哦，天快黑了，大嫂快些回家吧。"

看着地上的影子，柳月夕知道男人已经转身，沿着小路飘然而去。

突然，柳月夕像被火炙烤了一般，一阵锐利的痛楚传上心尖。

猛然抬头，看向来人的背影。

来人背影清瘦，长风吹动灰色长袍的下摆，他落寞如山风寂寥。

似曾相识，似曾相识！不，这背影带着夕阳的余晖，带着淡淡的暖色，像极了记忆深处的某个少年，曾经无意跃进她生命的旋涡里。

来人若有所感，也倏然回头，眉头轻拧着，眸底藏着惊讶。

他眼神沉郁，眉峰沉毅，眸底如深潭，清澈可照见人心。

柳月夕几乎昏厥过去，是他，是他！

尽管少年的和煦被冷肃所取代，但他还是那个他，她不会记错的。

在四季翻腾了几个轮回之后，他一如当年，不经意跃进她柳月夕的眼帘，开始揪紧她的心。

"你没事吧？大嫂？"这熟悉又陌生的嗓音如果说有变，那就仅仅是添加了岁月的几许沧桑。

男人询问，幽深的眼神骤然和柳月夕的视线纠结、碰撞，瞬间拆分。

柳月夕分明看到一丝骤然的惊喜和骤然的失望。

急急低头，柳月夕下意识地伸手，抚上脸上的黑纱，亏得这方黑纱，隔绝了他和她。

这些年，在最绝望最孤单的时候，柳月夕无数次地想起他温和的眼神、温热的手掌，可叹今日相遇，难堪无比。

如果可以，不妨留住最初的美丽，让记忆如风，吹散往日旖旎。

柳月夕知道男人疑惑的眼神正停留在她的脸上，她深深吸了口气，低头狠狠咬着下唇，半晌，哑着声音道："你刚才说去仪和村吗？"

"不是，是安和村。"男人诧异。

"那，你该往……左面的小路走。"柳月夕缓缓吐出几个苦涩的字眼，"刚才我听错了！"

男人道谢，大步而去。

不一会儿，男人的背影被山树遮掩，在柳月夕的眼帘里消失。

"不……你回来，你回来……"几个字卡在喉咙里，却怎么也不能吐出来。眼泪沾湿了黑纱，紧紧地贴在柳月夕的脸上。

他从哪里来？要到哪里去？为什么他在她生命里最难堪的时候突然出现？

不过，这已经不重要，眼下只需要远远地躲着他，让自己在过往里消失。

美人怕迟暮，何况她未到迟暮就已经凋零，甚至比她背后的干柴还要枯槁万分。

无奈、痛楚、酸涩、不甘，种种情绪涌上心头，拆裂了柳月夕的心。

顾不得脚踝的痛楚，柳月夕抛弃了干柴，择路而逃。因为，心灵的痛楚远胜脚踝的痛楚万倍。

安和村，炊烟袅袅，薄暮逼人。

柳月夕无力地推开家门，软软地靠在门后，眼泪在黑纱后汹涌而出。

院子里，小五抱着孩子在逗乐。前些日子小五上山采药，结果雨水滂沱，山泥倾斜，伤了一只脚，只能在家里歇着。

看见柳月夕狼狈万分的样子，小五惊诧："师娘，你怎么啦？"

孩子看见了柳月夕，张着双手，小嘴里"咿咿呀呀"，似乎在寻找母亲的怀抱。

柳月夕深深吸气，强作镇定："没事，摔了一跤！我先歇会儿去。"说着，匆匆进了自己的房。

砰的一声，房门关上。这时，脚踝的肿痛牵扯住柳月夕的每一处知觉，痛楚无处躲避。

茫然地环顾着简陋的房子，视线扫过粗布素幔，停留在一面破旧的铜镜上。

幽幽的镜光，昏昏的暗，镜面里映照着一个模糊的人影。

柳月夕慢慢地靠近铜镜，颤动的手慢慢揭开黑纱，慢慢地将手抚上伤疤，微微地仰头，不让眼角沁出的泪水再一次苦涩自己的心。

忍着眼泪，柳月夕狠狠拆开发髻，长发一甩，如黑瀑陡然摔落。

身上的黑衣被大力扯开，狠狠地层层剥落，一眨眼，露出纤细洁白的身躯，挺秀的胸，修长的双腿，光洁年轻的躯体……

柳月夕看着镜子里的自己，这张脸，半脸秀丽，半脸诡异；这长发，今生再无法和谁结发；这身躯，到底被魔鬼霸占了去；这灵魂，已经被青楼沾染了污秽，所以这脸庞，丑陋的脸庞，已经没有必要和他再相见。

赤裸的身躯瘫在床上，阵阵寒气缠绕，丝丝侵入绝望的心田，却让她的意识越发清醒。

有他的岁月，那是多少年前的旧事？

第四章　若梦浮萍

柳月夕记得那一年，正是她青葱脆嫩的大好年华，如枝头半开的花蕾，隐约的蕊心还顶着一滴颤巍巍的露珠。

那时，正是春雨染红了桃花，春风剪出绿柳的时节。

柳月夕的父亲京官柳文翰被无端冠于贩卖鸦片的罪名，被贬斥岭南。

屋漏偏逢连夜雨，危舟还遇顶头风。刚进入湖北地界，一个夜里，来了一群歹徒，将柳文翰活活打死。大雨滂沱，山体滑坡，柳月夕从意图侮辱她的蒙面人的手里逃了出来。

一个人逃难的日子，艰辛难以用语言来形容。

前路茫茫，后有恶狼，柳月夕无法预期自己的生死。

一个黄昏，柳月夕因为躲避歹徒的搜捕，一个人在荒山郊外蹒跚而行，当一条毒蛇游近柳月夕，尖尖的利齿钻进柳月夕的小腿的时候，柳月夕唯有用昏倒来逃避极度的惊吓和绝望。

待柳月夕醒来，已经是明月在天的深夜。

时隔多年，柳月夕依然记得那一夜，那个人。

那时，一间小屋，一点灯火，一堆干草，还有……还有一个纯朴的少年，他微笑的模样和窗外的明月一样，散发着柔和的光芒。

"你醒了？"少年微笑着，"你已经昏迷了很久了。"

想起吐着蛇芯的毒蛇，柳月夕心头发怵，头皮发麻，不由自主地将身体蜷缩成一团。

"你不用害怕，蛇毒已经清除，你没事了。"少年将柴枝丢进火堆里，噼啪一声，火星炸开，一瞬间的闪亮映照着少年温和的脸庞。

"是你救了我？"不知是火堆明亮的火光还是少年温和的眼神，柳月夕骤然觉得身上微微地暖。

"嗯，你身体虚弱，先歇着吧。来，吃一点东西，你该饿了！"少年的眼光带着怜悯，将身旁的水壶和干粮递给了柳月夕。

是饿了。这些天，风餐露宿，饥寒交迫。柳月夕默默地接过干粮和水壶，险些滴下泪来。

柳月夕将干粮递进口里，轻慢地咀嚼着。

干粮粗糙冷硬，实在是难以下咽。柳月夕回想起往日的锦衣玉食，想起半年光景，父亲莫名其妙地获罪，又莫名其妙地死在歹徒手下，自己也成了丧家之犬，举目四顾，前路茫茫。眼泪沁出眼睑，慢慢渗入嘴角。

咸的眼泪，甜的干粮，交错在口腔里，杂糅成酸涩的滋味。

少年凝视着柳月夕，声音异常柔和："不管遭遇了什么，你总得先让自己有力气站起来。吃吧，多吃一点。"

眼泪哗地冲破堤防，柳月夕哽咽着："我……我吃不下……"

少年叹息一声，接过柳月夕手里的干粮和水壶："那你就歇会儿吧，夜深了。"

少年起身，揽住一捆甘草，铺在小屋的一角里："你睡吧。"

是的，夜深了。柳月夕抬头，圆月似乎挂在窗边，清光莹莹。天亮之后呢，天亮之后，她该到哪里去？

"你为什么救我？"两行眼泪滑下柳月夕的脸颊，"你救了我，可我……我不知道该怎么办。"

一个不出闺门的女子，遭逢巨变，她该怎么办？

少年的手一滞，回头望柳月夕，眼神超乎岁数的沧桑："救你，是因为我是大夫，至于你该怎么办，车到山前必有路。这世上，没有绝路，只要能活着。"

"你知道什么是绝路？"柳月夕冷笑，原本她害怕出现在身边的一切陌生人，可奇怪的是，对眼前的少年，她竟然没有恐惧，许是因为少年年纪与她相仿的缘故，许是因为他救了自己，或者是因为他温暖的眼神，"你知道绝望的滋味吗？"

"绝望的滋味？"少年霍然转向柳月夕，火光里，半边脸阴暗着，他冷笑，"如果一个只有八岁的孩子家破人亡，这算不算绝望的滋味？如果你也家破人亡了，至少你现在，不是八岁！"

柳月夕震惊，抬起满是细碎泪珠的长睫："你……"

少年在火堆旁坐下，用木棍撩拨着火堆里的柴枝，火光明灭不定，在少年的脸上跳跃着，少年缓缓叹息："是的，在我八岁的时候，我家破人亡，但只要活着，就还有机会去弄明白为什么会家破人亡……"

柳月夕的身体颤动。是了，为什么会家破人亡？但是，她如何才能弄明白为什么会家破人亡？

"别想了，先睡一会儿吧。"少年指了指干爽的草堆，"天还没有塌下来。"

一阵阵困倦袭来，像火光一样笼罩着柳月夕的全身，这些天，忙着逃离，在荒山野外里漫无目的地逃离，目不交睫，真的累了。

沾上干草堆，清爽的干草的味道直钻鼻端，柳月夕很快进入梦乡。

梦里，柳月夕梦见了父亲的白发，像一根根巨大的绳索一样，死死勒住了她纤细的颈脖，父亲胸腔里的鲜血溅红了她素淡的衣裙……歹徒的面孔，饮血的刀刃，滚滚狂泻的泥石流……梦境狂乱，最后只剩下一团迷雾，一点血色和一个名字。

名字？对，名字——傅尔海！父亲临终最后的一句话就是"傅尔海"。

"傅尔海……傅尔海……"血光在眼前闪过，三个模糊的字眼跳上眼帘。

"傅尔海！"柳月夕惊坐而起，猛然睁开眼睛，"傅尔海！"

闭目养神的少年诧然睁开眼睛，皱着眉头："你在说什么？"

一阵风从门缝里吹进来，吹在汗涔涔的额头上，冷飕飕的。

"没什么……"柳月夕用沾满污泥的衣袖抹去额头的冷汗，将梦里提到嗓门的心缓缓沉入胸腔里。

傅尔海！柳月夕恍惚记得，他是父亲的得意门生，父亲曾多次提起他，说他人极聪明，官运亨通，仕途顺畅。只是自己未曾见过他。难道，父亲是要自己去广东找傅尔海吗？

对，去广东。就算是山高路远，沿途乞讨，她也一定要去广东，父亲绝不能死得不明不白！

心头的酸楚如暗夜流转，冷风萦绕着单薄的身体，柳月夕蜷缩着身子，将头埋在双膝之间轻声悲泣。

少年叹息一声，站起身体，取出包裹里的一件长袍，轻轻披在柳月夕的身上。

柳月夕的身体颤动，惶然抬头，惊骇地望着少年。

少年怜悯地看着柳月夕："你不用害怕，我不会伤害你。"少年不知道为什么会对眼前满面污秽，衣着褴褛的少女起了浓浓的怜悯之心，也许是日间在荒道上，她奄奄一息的脆弱和无助打动了自己的心，多年前，他也曾病倒在荒野，几乎丧命。

长袍带着陌生的气味，替她围起了薄薄的暖意。

柳月夕声音哽咽："谢谢你……"

少年默然，朝火堆里投进细小的枯枝，拨亮了原本即将熄灭的火堆。

一时间，小屋里只有轻浅的呼吸声和树枝燃烧发出的毕毕剥剥的脆响。

突然，屋外的不远处传来了一个粗哑的噪音："大哥，前面有一间小屋，还有火光呢，我们歇会儿去？奶奶的，这些天老子的身子骨快散架了！"

这声音，是父亲颈上的屠刀，是那双淫秽的魔掌，是夜半的梦魇！柳月夕惊跳起来，身上的长袍抖落。

"你怎么啦？"少年捡起长袍，见柳月夕望着木门，身子触动干草，干草发出沙沙的响声。

"是他们，是他们杀了我父亲！是他们！他们来了……"

少年深深望着柳月夕惊慌绝望的双眼，皱眉四顾，视线停留在屋角高高的草堆上："走，到草堆里去。"拉起身子抖动的柳月夕，将柳月夕塞进草堆里，"镇定，千万不要作声，记住了！"

柳月夕身体疲软，喉咙似被石块堵住了，逸不出半点声息。

少年细细一想，将高高的草堆收拾了一下，回身将火堆搅得黯淡一些，并在方才柳月夕歇息的干草上躺下。

砰的一声，木门被踹开，三名大汉闯进小屋。

少年故作惊慌地坐了起来。

腰间佩戴着刀剑的大汉目光如荆棘一样，凶横地打量着少年："半夜三更的，你小子怎么在这荒野里过夜？"

少年战战兢兢地："我是过路的人，错过了客栈，之后无意闯进了这小屋，就在这里留、留宿了。"

大汉见少年风尘仆仆，一个干瘪的包裹丢在干草上，对少年的话信了八分："过来，小子，过来侍候大爷们！"

少年慌忙趋近火堆，给火堆添加了许多木柴。

一会儿火光黯亮，照亮了众人的脸。

"小子，将这几只野鸡烤了，大爷饿了！"一个大汉将手中血淋淋的山鸡往少年脚下一丢，"去，洗干净了来！"

少年弯腰捡起山鸡，转身正要走出木门，第三个大汉在身后抓住少年的长袍，阴沉沉地狞笑："小子，看你斯斯文文的，像个读书人，别耍花样啊，你要是敢跑了，老子将你剁了喂野狗！"

少年故作哆嗦，颤声回答："是……大爷，小的不敢……"

说着转身出了小屋。

草堆里的柳月夕紧紧抓住自己的前襟，牙齿紧紧咬着下唇，生怕弄出声响来。

透过草堆的间隙，借着火光，一张凌厉的脸庞映入眼帘。

那张脸，胡须粗野，气息秽臭，曾经趋近她，啃咬着自己的肌肤。

几乎作呕，柳月夕慌忙伸手掩住了自己的嘴巴。

这三人，是仇人！可是仇人在眼前，柳月夕痛恨自己不能为父亲报仇。

一个大汉锵地拔出了鞘里的钢刀，埋怨道："妈的，要不是非要那女的活命不可，老子早就将那女的剁了，省得现在东奔西跑的，累死老子！"

柳月夕身体禁不住一颤：谁？到底是谁要父亲的命？是谁要活捉了她？

刀光在火光下熠熠发光，刀光上发出淡淡的血色，霍然映入柳月夕的眼帘。

痛，椎心的痛；恨，彻骨的恨！那上面一定是父亲的血！

柳月夕狠狠地用指甲掐着大腿，隔着皮和肉，几乎要在骨骼上掐出五个尖尖的指痕来。她害怕自己一个恐惧，一腔恨意惊动了这三个刽子手。她必须要知道，到底谁是杀害父亲的幕后指使。

时光漫长，一分一秒都是煎熬。

柳月夕只觉自己的身心就在火堆里煎烤着，吱吱地冒着惊惧杀机的声音。可她无能为力。

泪珠蒙着了眸光，眼前是一片破碎的虚晃。

一伸手，准备抹去眼泪，谁知道伸手触动了身旁满满的干草，发出一声沙的响声。

三个大汉惊觉，"锵锵锵"，钢刀出鞘，寒光凌厉："谁在这里？出来！"

大汉的话还没有说完，少年突然出现在门外，他一手提着野鸡，一手捆着一把干柴，干柴带动了门外的干草，发出沙沙的响声。"我啊！"

大汉打消了疑虑，钢刀入鞘，杀机顿时消弭。

柳月夕暗暗喘息，一手按在胸口，心跳一声紧过一声，几乎让她喘不过气来。

少年将手里的木柴往火堆旁一丢，怯怯地说："我看干柴快烧完了，就捡了一些回来。"

大汉懒得理会少年，将钢刀往身边一丢："小子，快将野鸡烤熟了，爷几个饿了！"

少年熟练地架起一个架子，将野鸡挂在架子上，再拨动柴火，专心致志地烤着野鸡。

柳月夕着急万分，看情形，这三个人不知什么时候会离开，一旦发现自己藏在草堆里，不仅自己命途堪忧，恐怕眼前的少年也难逃浩劫。

时间一分一秒地过去，三个大汉闭着眼睛休憩，少年专注着三只野鸡，随着火光的明灭，阵阵香气在小屋里弥散，三个大汉猛然睁开眼睛，饥肠辘辘地盯着渐渐焦黄的野鸡。

"小子，好了没有？想饿死大爷我啊……"

少年笑，手里不停地转动着野鸡："大爷，快了，一会儿就好了……"

香气越来越浓了，柳月夕皱眉，无法阻挡扰乱她视听的香味，渐渐地，她意识模糊，昏昏沉沉的，竟然在草堆里睡了过去……

冷！丝丝寒气，无孔不入。

睡梦里的柳月夕下意识地用双臂抱紧了身体。

"你醒醒！"有人在耳边呼唤，一个冷战，柳月夕骤然惊醒过来。

睁眼一看，少年正坐在自己的眼前，笑意盈盈。

"我是在哪里？"柳月夕惊慌四顾，只见眼前一片树林，树林里烟雾迷乱，前方野渡无人，村落在雾气里隐隐约约。

"我怎么在这里？那三个人呢？"柳月夕隐隐记起野鸡奇特的香味，记起钢刀上的霍霍亮光。

她懊恼自己居然就昏睡了过去，只是，她和少年是怎么逃出来的呢？

少年似是知道柳月夕的疑问，淡淡地："我出去清洗野鸡的时候，在屋外发现了一种可用的草药，我只是将草药的汁滴在野鸡上，随着野鸡的烧烤，药汁可以弥散开去，迷人神志。等那三人倒了，我就用木板车将你推到这来了。看来，这草药的药效超乎我的想象。"

柳月夕惊骇，呆望着少年，内心一阵恐惧。

耳旁，风声细碎，扫过树梢，是黎明来临前的静谧。

少年好笑地看着柳月夕，淡淡一笑："我和你说过，我是大夫，这世上的一草一木，在大夫的手里，都会有奇妙的用处。"

少年随手拨弄着身旁的一株草："你知道这种东西叫什么吗？"

柳月夕茫然，在乳白色的月光下，打量着阴湿草丛里的枝枝蔓蔓，闺阁生涯里，除了刺绣就是诗书，再无其他。

少年笑了笑："这叫瓜叶乌头，最喜欢生长在凉爽潮湿的地方，到每年的七到九月，将它的根挖起，去掉须根，晒干，就成了一味药材。"

柳月夕随意摘下了一片宽圆卵形的叶子，随口问："那，药材的名字叫什么？有什么用途？"

少年靠在一棵树旁，闲闲地扯着树叶："叫藤乌头，又名'见血封喉'。医书上记载，见血封喉'性温，味辛，有大毒'……"

柳月夕大惊，手一颤，身体远远地挪开。

少年失笑："你害怕什么？我刚才说了，这见血封喉指的是瓜叶乌头的块根，不是它的枝枝叶叶。你知道吧？这见血封喉名字虽然吓人，但是用处可大了，可以医治腰腿疼痛、无名中毒和癣疮等顽疾，药效极佳。"

四野野烟漠漠，偶尔有寒鸦在枝头鸣叫，但少年温厚的嗓音让柳月夕的心镇定了许多。

柳月夕怯怯地打断少年的话语："我……不懂药理，不过，我想知道，那三个人什么时候会醒过来。"

"你放心吧，不到午时，他们三个怕是醒不过来的。不过，"少年望了望神情困倦、恐惧哀伤的柳月夕，"他们怕是不会轻易放过你的。他们……为什么要抓你？"

"我……不知道他们为什么抓我，我只知道，我爹死了，被他们杀死了，死得不明不白，"柳月夕狠狠地将身边的一株草连根拔起，眸光比西边的星辰幽冷了几分，"可我不能死得不明不白，我要替我爹讨还公道！"

可是，要怎么讨回公道？眼下，在这烟水迷茫的旷野，她柳月夕甚至分不清楚东西南北。

当后院亭亭芙蓉化作一缕飘絮，没有人知道，命运的秋风会给她安排一个怎样的结局。

少年原本悠闲的眸光定定地停驻在柳月夕无边哀愁却又不屈的脸上，他觉得自己的心像被柳月夕的眼泪浸湿了一样，渐渐变得沉甸甸的。

"那，你打算怎么替你爹讨回公道？"

瞧柳月夕茫然无依的样子，少年就知道，这是一个二门不迈大门不出的闺阁女子，不像他，流浪的脚步曾踏遍千山万水。

"我、我要到广州城去，去找一个人……"柳月夕望着天际晓星暗淡，惊觉时光的流逝，站起身体，"对，我马上就走，我要到广州城去，谢谢你救了我，将来……将来有缘重逢，我会报答你的恩德！"

少年默然，靠着大树，眉头微拧。

柳月夕迈开步子，朝前走了几步，但眼前均是树木森森，野草蔓蔓，偶尔有流萤在眼前飞过，站在树草中央，竟难以分辨方向，她该往何处去？广州城，又在哪里？傅尔海，又在哪里？

素日读书，今日才知，原来，读万卷书，真的不如行万里路。

夜风清冷，浸满了柳月夕的全身，透心的凉。

两行眼泪滑下脸颊，渗进嘴角，苦涩不堪。

少年眼望着柳月夕身上污秽得已经难辨颜色的裙摆在风中微扬，散乱的发丝随风飘舞，消瘦纤细的背影更是无限萧索，他轻轻一叹，站起身子："走吧，我带你去广州城！"反正，他出来了很久，是时候该回去了。

柳月夕霍然转身，喜色掠过眉梢，继而是疑虑，她迟疑了半晌："为什么？你要这样帮我？"

少年叹息，苦涩而庆幸地笑："你不用担心，我没有恶意，我之所以愿意帮你，那是因为……"那是多少年前的旧事了？有那么一个人，牵着他的手，将他从绝望的深潭带进了一个家，一缕微笑漫上双眸，晶晶发亮，"因为，我曾经和你一样没有了家，你内心的苦，我懂。你也不用担心我心怀不轨，如果我有歹意，我就乘人之危了，所以你大可放心。"

柳月夕诧异，很快地，她残存的疑虑渐渐被少年温和沉润的眼神所融化，哽咽声在喉咙里滑动："谢谢你，今后，我会报答你……"

少年淡然，大步朝前："当年救我的人，从没有指望要我来报答他。"

柳月夕长长舒了一口气，面前的少年，步伐坚定，背影挺直，像极了一棵树，一棵可以依靠的大树。

走出寒林，眼前荒烟迷茫了半条江水。前途一片黯淡，而退路却被生生截断，怕是今后，漂泊就是薄命红颜的归宿。

渐渐地，悲苦如水，湿了柳月夕的脸庞……

夜色，悄悄潜入卧房，寂寂无声。

眼泪的声音细细地抚慰着柳月夕的脸庞。

曾经刻意抹杀那一段暖色的记忆，毕竟，他早就是海市蜃楼般的缥缈而不可期待。但是往事不能随意抹杀，她柳月夕管不住自己的心。

那时，长路漫漫，两个年轻的男女，两颗年轻的心，两个日渐贴近的灵魂……

"你累了吗？来喝水……"

"你放心，我会帮你找到你要找的人……"

"夜深了，你睡吧，我来守夜……"

"来，不用害怕，跨过了这座山，你离你要找的人更近了……"

如果，他不是在她最孤苦无依的时节出现……

如果，他多一些粗野，少一些细腻……

如果，没有千里同行，祸福相依……

如果，不是命运坎坷，同病相怜……

尽管，只是七个昼夜，尽管，连彼此的名姓都不曾留下……

…………

往事总在脑海里打转，这些年，一直找不到出口，原以为已经被困死在荒芜的暗角里，没想到今日死灰复燃。

柳月夕伸手，抚着自己依旧光滑的肌肤，可叹年华如水，要流入岁月的暗渠。

"师娘……师娘……"

是小五的声音，从门外传来，中间还夹杂着孩子的哭声。

柳月夕恍然从绮梦中惊醒过来，一把抓过零落在地上的衣服，匆匆穿上身。

"什么事？"柳月夕拢了拢凌乱的发丝，深深吸了一口气，伸手捧起盆里的冷水，浇上烧灼如火的脸颊。

"师娘，小师弟饿了！"小五哄着孩子，"在找妈妈呢。"

柳月夕叹息，心里隐隐地愧疚。

点着油灯，一时间，昏黄的灯光照亮了一室幽暗。

系上面纱，柳月夕见自己衣着整齐，才打开房门，接过小五手里的孩子，问："素馨还没有回来吗？"

今日午时，柳月夕让叶素馨带着绣品去了城里，怎么还没有回来？

话才说完，院子的门突然被大力推开。

"师娘，小五，你们看，是谁回来了？"叶素馨叫嚷着，声音里分明悲喜交集，"是师哥回来了！是师哥回来了！"

师哥颜西楼，这几年叶素馨连睡梦里也挂在嘴边的师哥。他回来了。

小五欢呼，顾不得腿上的伤势，一瘸一拐地朝院门奔去，仿佛师哥颜西楼是他们的救赎："师哥在哪里？师哥呢？"

柳月夕淡淡地笑，许厚天的义子回来了，心里的疑惑是不是有了释放的地方？许厚天的遗物虽经历了两场大火，至今还安安稳稳地躺在柜子最隐秘的地方。

孩子在怀里哭闹起来，响亮的哭声惊破了暝色的黯淡和冷清。弦月在空中，发出朦胧的幽光。

柳月夕低头，忙着安慰怀里的孩子。这孩子，幸好有自己的五分清秀，不然，叶素馨和小五会有什么样的想法？

脚步声渐渐趋近，沉稳又疲惫。柳月夕不禁猜测，颜西楼，到底是一个什么样的人？

"义母，我回来了！"声音有些喑哑，但熟悉得让人心悸。

柳月夕的手一抖，手里的孩子几乎落地。

"小心！"一双手稳稳地托住了孩子，连同柳月夕的手一起。

柳月夕身体发颤，猛然抬头，恰巧对上了一双略带阴郁的眼睛。

真的是他！原来，他就是颜西楼，是许厚天的义子。那么，名义上，他也该是自己的义子。

原来，所谓的命运，就是上苍对世人恶意的嘲弄，并以一意孤行的姿态横行无忌。

柳月夕忍住几乎要夺眶而出的眼泪，急急垂下眼眸："谢谢！"

轻轻巧巧的两个字，却将柳月夕的声音碾得粉碎。

颜西楼讶然，那双眼睛清澈见底，但涟漪荡漾，如水滴打在潭面。为什么？绝望？忧伤？难堪？还有一丝本不能与绝望忧伤难堪不相容的惊喜？还带着几分似曾相识的惊慌？

眼前的女人，不正是在山脚下给他指错路的女人吗？

但暝色晦暗，在四目交接的一瞬间后，就错开了视线。

颜西楼将一丝疑惑埋在眼底，恭敬地叫了一声"义母"。

"义母！"这是冥冥中，上苍给她和他最后的缘分吗？

柳月夕低着头，微微颤抖的手轻拍着孩子的后背："你回来啦……"柳月夕喉头哽塞，话语破碎不成句，好不容易挤出了一句，"你……先给你义父上炷香吧……"

"好……"提起义父，颜西楼满怀愧疚，"我对不起义父，今后我会好好孝敬义母，让义父在天之灵放心……"

柳月夕的心一阵绞痛："我替你义父谢谢你……"

叶素馨又哭又笑，抱过柳月夕手里的孩子，举到颜西楼的面前："师兄，你知道吗？这是师傅的儿子，叫许澄杳。师娘说，将来，小师弟能继承师傅家风，做一代名医良医……"

"师傅的儿子？"颜西楼满眼惊讶，伸出手，却没有去抱孩子，抚着孩子的眉眼，语气低低的，"真的是……是师傅的儿子？"

颜西楼细微的动作和言语刺痛了柳月夕，柳月夕身体一颤，猛然抬头，看着颜西楼，整齐的上齿紧紧咬着下唇，涩涩地说："是，你师傅的儿子，你师傅走了，我给他生下了……遗腹子，不至于……让你师傅断了香火，许家后继无人……"

那双眼睛，眼泪飒飒隐入面纱，溢满了太多的凄苦。颜西楼突然愧疚和心软，喃喃地说："义母，我在庆幸、庆幸义父有了自己的孩子……"

柳月夕闭眼，忍住簌簌而下的眼泪，将孩子从叶素馨的手里抱过来："素馨，做饭去吧……小五，将家里的母鸡杀了，招待你师哥……"

叶素馨和小五高兴地应了声，忙活去了。

柳月夕抱着孩子，勉强对颜西楼笑："你来给你义父上香吧……你义父临去前的一个晚上，还念着你……"

回身，一脚跨过门槛，脚踝处传来阵痛，让柳月夕的身体失去了平衡。

"小心！"颜西楼见柳月夕的身子斜斜地晃动，忙伸手托住了柳月夕抱着孩子的双手。

这双手温热依旧，只是，人非昨日了。柳月夕忍住心头的惊颤，头也不敢回地抱着孩子进了简陋的厅堂。

厅堂里，许厚天的遗像隐隐含笑，俯瞰着柳月夕，似乎在悲悯着似乎在提醒着，她柳月夕是许厚天的妻子，是颜西楼的义母。

颜西楼深思，望着柳月夕的背影，他没有办法透过厚厚的面纱去窥见她的真容，但是，他却可以通过她的眼睛，窥见她内心的悲苦。一路来时，叶素馨已经将义父谢世前后的所有遭遇告诉了他，因此，他不该也没有理由去怀疑一个为了保住义父声誉的可怜的女人，尽管她出身青楼……只是，她内心的悲苦，曾经也有人在他面前袒露，何其相似……

第五章　雪胆沉香

二更天了，天上浮云薄薄，弦月淡淡地挂在天边。

许澄杏早已进入了梦乡，那睡梦中的甜笑，是让一个母亲安心的恬静。

坐在床头前，不时抚摩着孩子光洁的额头，柳月夕百感交集。

这孩子，原本是一个罪孽，却没有想到给了她最大的勇气，让她生存了下去。

她突然想起颜西楼的话语："真的是、是师傅的儿子？"她的心头被狠狠地揪紧：他在怀疑吗？怀疑这孩子不是他义父的儿子？他到底知道些什么？或者，他仅仅是欣喜过度了？

叶素馨还没有回房歇息，此刻，她和小五正陪着颜西楼坐在院子里，顶着凉凉的风，将攒满了三年的话语一一倾诉。

她也有太多的遭遇想和颜西楼倾诉，可惜她不能，或许这辈子都不能。

斜斜推开窗户的一条缝隙，举目望去，院子里的西边角落里，三道人影沉沉地投射在地上，他们低低的话语仿佛随时会随风吹散。

叶素馨微仰着头，久久地看着颜西楼，许久没有变换角度。她不累吗？

想起叶素馨曾经和自己谈及的她和颜西楼的婚事，想起自己曾经的诺言，柳月夕只觉身子比这深夜还冷。

猛然关上窗户，坐回床沿，一个不小心，一只脚踢到了床底下的一个柜子上。

柳月夕的身体顿时僵硬，她慢慢地弯下腰，将小小的木箱拖出床底。

剔亮油灯，慢慢地用湿布抹去木箱上的灰尘，慢慢地将木箱打开。

箱子里空空的，只有一个铜盒。

打开铜盒，里面躺着一件灰色长袍，那是许厚天生前最后穿在身上的衣物，时隔两年，颜色依旧。

长袍下，是几张薄薄的纸张，纸张上，淡淡的墨勾勒出娟秀的字迹。

柳月夕的手在颤动，这铜盒和长袍曾经让她怀疑，许厚天的死、普济堂的大火，是一场显而易见的人祸，她也一直在盼着许厚天的义子回来，能共同查个水落石出。可是，许厚天的义子居然是颜西楼！

将铜盒放在桌上，取出长袍展开，长袍衣袖上的裂口一如既往地平整。

两年了，柳月夕花了无数个夜晚，将事情经过的前前后后仔仔细细地咀嚼了万千回，答案就只有一个：许厚天的死不是意外，普济堂的大火是他人所纵，而自己，很有可能就是命案和大火的根源。可是，让她不解的是，如果真的是冲着自己来的，为什么两年的时间中她可以平安地生下孩子，无风无雨地度过？

闭上眼睛，柳月夕将手抚着胸口，因为往事，她的胸口隐隐地在痛。

好一会儿，柳月夕将长袍折叠整齐，重新放回铜盒里，再装进木箱，小心地推进床底下。如果她的猜测没有错，那么，一旦真的追究曾经的命案和大火，颜西楼无疑就可能成为下一个许厚天。她怎么可以让颜西楼落得个许厚天的下场？

拿起抄着方子的纸，想起了从前：那是大火后，柳月夕痛惜许厚天的半生心血毁于一旦，于是凭着记忆将许厚天曾经让她抄写的几个方子记录了下来，只是，她仅仅依稀记得药名，至于每一味药材的确切分量，她根本记不起来。

重新推开窗户，月色下的三个人，依然谈兴不减。

打开房门，柳月夕轻手轻脚地走出。这方子该交给颜西楼，那是他义父的心血。

夜深了，小五深深打了个哈欠，颜西楼知道小五受了伤，忙让他歇息去。

看着小五的身影消失了，叶素馨叹息了一声，低低地问："师哥，这些年，你都去了哪里？怎么一去就是三年？我、我们都在盼着你回来……"

不用回头，颜西楼也知道，叶素馨的脸上一定泛着淡淡的红晕和浅浅的忧伤及埋怨，不是不知道素馨的心意，只是他没有办法忽视自己的心意。

"这三年和往年一样，东奔西走的。义父说过，读万卷书不如行万里路……"拿起一根树枝，颜西楼轻轻地在地上随意地划动。

他是在敷衍自己！叶素馨的心一凉："师哥，师傅出事前，曾经给你写过一封信，你该收到了吧？当时你为什么不回来？师傅是一直盼着你回来的……"

颜西楼无言以对，素馨当然不知道，就是师傅的信让他一再延缓归家的路。他原以为，只要他长时间不回来，素馨也许已经结婚生子了，怎料一切都超乎了想象。

"素馨，都是我的错，我不该这么久才回来，让你们受苦。"

颜西楼低头，眼光扫过地面，他警觉到自己随意的动作，描绘出的居然像是记忆中少女的头像……他连忙伸手用树枝划去，怅然一叹。

记得五年前，那一夜，他带着记忆中的她与曾经被他用草药撂倒的一个彪形大汉狭路相逢。

借着月光，他看见她的恐惧和绝望，看见彪形大汉眼里的狞笑和淫邪。

一个美丽的姑娘一旦落在轻狂嗜血的野兽手里，结局可想而知。

颜西楼清楚地记得，那时，他胸腔里的年轻的热血在沸腾。

"你先走，这里有我来挡着！"他承担不起一个孤苦无依的女人的哀伤，素日里悬壶济世，如果在这时候让一个女人任人宰割，他会愧疚一辈子。

那夜里，他目送着少女撑着竹排离开，然后在烟水弥漫的岸边，承受着大汉无情的拳脚……

那时，鲜血染红了粗布长袍，他在大汉的拳脚下残喘。就在失去意识前的那一刻，他听到了这辈子中最动听的声音："你们别再打了，我跟你们走！"

是她，那个去而复返的傻姑娘……

接着，有人俯在他的耳边，低沉却悲壮地哭泣："我不能丢下你不管，我不能让你因为我丧命，如果可以，你的恩情我来世再报……"

多年过去，颜西楼依然记得记忆中那声音的悲壮、刚烈、视死如归……

眼里似乎有眼泪上涌，那段悲情的往事多年来一直在捆缚着他，因为她的美丽，她的善良，她的漂泊无依，她的知情解意，以及她少女温柔的眼波和羞涩的脸庞……

他依然记得，自己第一次心跳得面红耳赤。

如果可以，他想将她拥进怀里，用一辈子的光阴来怜惜她。

"师哥，师哥……你在想什么？"叶素馨推了推颜西楼，不满他的离魂。

颜西楼恍然回神："啊，没有什么。素馨，很晚了，你去歇着吧。"

叶素馨轻易地察觉出一层显而易见的隔膜，像一重山，让她望不见颜西楼的心里。这就是多年期盼的结局吗？师哥比之三年前，似乎离她更远了。

眼泪在眼眶里打转，叶素馨仰起头，试图将轻易倒出的眼泪装回眼眶里。

深夜里，雾气湿重，寒沁春衣。

咽喉里痒痒的，一层浓稠的痰卡在那里，难受得很。颜西楼忍不住咳出了声音。

叶素馨惊觉："师哥，你不舒服吗？"说着，搭住颜西楼的脉搏，"我看看。"

颜西楼不在意地笑，将手从叶素馨的手掌里抽出来："好多了，没事。"看来，日间在曹氏来安堂喝下去的"神仙水"的药效确实是很显著，怪不得笼络了许多病患。

"对了，素馨，你知道曹氏来安堂吗？那是什么时候开的医馆？"

"曹氏来安堂？我知道，那是我们普济堂毁了之后才开张的，生意红火得很。师哥，如果师傅还在，普济堂还在，哪里有今天曹氏来安堂的风光？"叶素馨伤感，曹氏来安堂门庭若市，就是当年普济堂的景象。

"其实，我今天去了曹氏来安堂。说实话，他们的药茶，效果很不错，声名鹊起，也是意料之中的事情。而且，"颜西楼想起那个冰水一样的曹家少爷，记得他修长却冰凉的手指搭在他脉门上的感觉，"曹家少爷的医德也很不错，声名遐迩也是理所当然。不过，素馨，师哥向你保证，普济堂会回来的，我会让普济堂在我的手里重振雄风，一定会！"

普济堂是义父毕生的心血，他颜西楼不能让义父含恨九泉。

"说得好！"柳月夕低声叫好，"没有任何事情比继承你义父的事业来得更让他瞑目！"

颜西楼讶然抬头，不甚明朗的月光下，柳月夕一身黑衣、一方黑纱，静静地站在屋檐下，冷清孤绝，像极了曾经在梅岭见过的那枝瘦梅。

这声音，竟然和记忆中的轻俏有些相似。不过，记忆中的她的嗓音，是春雨后枝头一丛脆嫩的鲜绿，而眼前的义母的嗓音，是饱经霜雪后的低缓沉柔。

叶素馨和颜西楼站了起来。

"师娘，你受伤了，怎么不早歇息？"叶素馨关切道，"我以为你早就歇息了。"记得师娘曾经和自己说过，如果可以，她会促成自己和师哥的婚姻。她的希望也许就该寄托在师娘的身上。

柳月夕摆了摆手："你的技术很好，我的脚已经不疼了。"她转而将手里的纸张递给了颜西楼："你回来，这个，该交到你的手里。"

"义母，这是什么？"颜西楼伸手接过，惊讶地说，"这是义父留下的药方？"

叶素馨殷勤地扶着柳月夕坐下："师娘，你不是说师傅的药方全烧了吗？这是哪里来的药方？"

柳月夕苦笑："是的，你师傅的药方……是全烧毁了，但是，我曾经帮你师傅抄录药方，多少我是记得的，所以我凭着记忆将这方子抄写了下来，我也不知道对你们有没有帮助，但总归要交到你们的手里的。"

颜西楼皱着眉头，紧紧盯着薄薄的纸张，目光停留在药方上，半晌才抬起头看着柳月夕："义母……"说实话，称一个年轻的女人为义母，颜西楼并不习惯，不过他该习惯的，毕竟辈分在那里，"这确实是师傅的药方吗？"

叶素馨取过颜西楼手里的纸张，轻声念了起来："淡竹叶、岗梅根……没错啊，这是师傅的方子啊，我记得师傅提起过的。只是，师娘，怎么没有用药的分量啊？"

柳月夕为难地笑："都怪我，我只能记得几个药名……"

颜西楼想起日间曹氏来安堂的凉茶，他在细细品味之后，能辨认出来的草药中就有淡竹叶、岗梅根等七八种药材，这真的是很巧合的事情。

"谢谢义母，这对我来说真的太重要了。义父也会感谢你的，你让他的心血不至于淹没……"

提起许厚天，三个人都沉默了下来。一时间，空气里流淌着厚重的化不开的伤感。

"可惜，我能记住的，只有那么多了……"柳月夕怅然叹息，在她沉痛的生命历程里，她先后承受了许厚天和颜西楼的大恩，可是，她却先后给他们带来了灾难。

"对了，素馨，你到房间里去，将柜子里普济堂的牌匾交给你的师哥！"

叶素馨应诺了一声，转身进了屋子。

柳月夕和颜西楼看着叶素馨的背影消失，一时间，两人找不到可以出口的话语，柳月夕怕言多而泄露了心事。

月光朦胧，照拂在人脸上，片片树叶的暗影落在两人的脸上和眼睛里，彼此看不见对方的情绪。

一阵风吹过，刚好剪落一片落叶，缓缓飘落在柳月夕的肩头。

不自觉地拿起树叶把玩，柳月夕突然觉得这树叶可怜，和自己一样可怜。

颜西楼有些局促，毕竟蒙上了面纱的柳月夕对他而言，还是一个陌生的女人。多年来，只有一个陌生的女人在深夜闯进他的生命里，从此挥之不去。

无意中抬头，颜西楼惊讶地看到柳月夕眼中的一点光亮，那是黑夜里泣下的眼泪吧？看柳月夕低头把玩的枯叶，内心突然感到一阵凝滞的酸涩。

人命如枯叶，裹着颓废伤感的外衣，了无生气。

"师哥！"叶素馨双手捧着两块焦黑的匾额断片，步伐沉重。

颜西楼双目一涩，抢上前，如珍宝一样接过了匾额，"普济堂"这三个字对他来说意义非凡——从八岁那年开始，他的新生因为普济堂而开始。

"师哥，我们该怎么做？"叶素馨满怀希望地仰望着颜西楼。

"从哪里跌倒，就从哪里开始。你放心吧，素馨，'普济堂'这块匾额，一定会重新在西关大街上挂起来。"

"那，师哥，什么时候我们可以回到西关大街？无论如何，我相信你，也在等着那一天！"叶素馨热切无比，仿佛一觉醒来，打开大门，西关熟悉的气息就会扑面而来。

颜西楼心头涩滞：什么时候？

"师哥……会尽快让你回到西关，让'普济堂'回到西关……素馨，你放心吧，师哥一定可以做到的。"

借着微薄的月光，柳月夕分明看到颜西楼眼底的一丝窘色。这窘色，怕是来自囊中羞涩。记得自己曾经和他千里同行，那时，他仅仅是一名游医，沿途靠替穷苦的老百姓诊病收取微薄的诊金来支付衣食住行的开支，他哪里来的那么多积蓄可以支付寸土寸金的西关铺面的租金和购买大批的药材？

"素馨，你师哥刚刚回来，你先让师哥去歇着吧。回西关的事，急不得，这不是一时半会儿就可以做到的事情……"

叶素馨却兴奋不已："可是师娘，我已经等不及了。师傅，怕也等不及了！"

提起许厚天，颜西楼内心无比歉疚，如果当年没有远游，普济堂也许不会像今天这样难堪破败："你放心吧，素馨，我不会让师傅失望的……"

这时，婴孩的哭声陡然插进黑夜，钻进颜西楼耳中，显得异常突兀和尖厉。

许澄杏醒了。

柳月夕慌忙起身："素馨，让你师哥早点歇息吧，有什么事情明日再说吧。日子还长着呢，可以慢慢商量。我回屋了。"

看着柳月夕隐入黑夜，颜西楼若有所思地看着她的背影，这背影窈窕柔美，身姿动人。

许澄杏的哭声很响亮，牵扯着颜西楼的神经。

"素馨，小师弟，我是指那孩子……什么时候出生的？"话一出口，颜西楼觉得喉头艰涩。

"师傅去世后的九个月，小师弟出生的。可怜小师弟，成了遗腹子……师娘和师傅，才成亲了没多久，师傅就去世了。"叶素馨伤感地望着灯火暗淡的屋子，"师傅，去世前还不知道自己有了孩子……"

"师傅不知道师娘有了孩子？"颜西楼皱眉，心里堵得慌，"那，师娘……你怎么看师娘？"

叶素馨疑惑："师哥，你怎么了？回来的路上我已经跟你说了，师娘为人很好……不过，以前，很多人说、说师娘是灾星，一嫁给师傅，师傅就去了，普济堂也没了。"

看样子，叶素馨对柳月夕，怕不是没有怨言的。

颜西楼一颤，一个女人，要有多大的勇气去承受世俗不公正的眼光？而他，竟然还准备挖出点什么来解释自己内心的疑团？

"不，素馨，别人说什么没有关系，你千万不要也这么认为。"颜西楼不由自主地为柳月夕辩护，连他自己也莫名所以，"一个女人，太不容易……"

叶素馨温顺地笑，靠近颜西楼："嗯，师哥，我都听你的。"

黑夜中，一阵少女的暗香若有若无地传来，让颜西楼有些窘迫。

想推开叶素馨，却又怕过于明显，伤了师妹的心。

一连几日，颜西楼带着小五早出晚归，看样子是在为筹备普济堂重建而忙碌。

当日落西山的时候，柳月夕每每看到颜西楼竭力掩饰着倦怠和沮丧回来，内心总忍不住要抽痛几分。

原来，有些东西，始终是岁月不能改变的。

叶素馨一连几日都欢天喜地的，一扫往日的阴霾。

可柳月夕发现，叶素馨总有些闷闷不乐的时候。

夜深了，叶素馨还在看医书。

"朱砂两钱，干胭脂两钱，官粉三钱，乌梅五个，樟脑五钱，川芎少许……"

叶素馨嘴角噙笑，一边念着一边记录在纸上。

"素馨，还不歇着，在看什么呢？"这几日，叶素馨将屋子让给颜西楼，自己和柳月夕一处歇着。

叶素馨苦恼地放下医书，坐在镜子前，仔细端详着自己的面容："师娘，你看看，我是不是晒黑了？你看看我的肤色，又黑又黄的，丑死了……"

柳月夕禁不住笑，颜西楼不回来，叶素馨从不觉得自己"又黑又黄"。所谓"女为悦己者容"，就是叶素馨现在的模样吧。

一翻叶素馨落在桌子上的医书——《万病回春》："你想干什么呢？"

叶素馨笑，有些羞涩有些得意，回身拿起手里的方子："师娘，这方子叫'皇帝涂容金面方'，将这几味药研成细末，每晚临睡前用津液调和后涂搽在脸上，第二天用温水洗干净，大概用七天左右，肤色可以变得红润、细腻、有光泽。"

柳月夕好奇："这几味药，很普通，为什么有那样的神奇功效？"

"师娘，这你就不懂了。这世间一草一木，都有神奇的功效，关键是在于合理搭配和使用。你看，这朱砂可以防腐，胭脂可以活血、解痘毒，官粉可以消积杀虫、解毒生肌，乌梅可以去痣，樟脑让人凉爽，还可以止痛止痒，川芎可以行气开郁，祛风燥湿，活血止痛。这几样看似不相干的药物，搅和在一起，就有养颜美容的功效。"叶素馨说得兴起，"师娘，若是师傅还在，他一定会开一些方子，让你养颜美容的……"

正取下黑面纱的柳月夕神色一黯，眸光刚好撞上镜子，落在两道交叉的伤疤上。

尽管是在昏黄的煤油灯下，这呈"十"字的伤疤依然显得丑陋无比。

叶素馨暗悔失言："师娘……对不起，我不是有心的……"

柳月夕强颜一笑，到了今天，无人是她可悦之人，美丑似乎已经不重要。

看到桌子上堆着好几本医书，柳月夕记得是颜西楼今晚带回来的。

顺手翻开一本孙思邈的《备急千金要方》，柳月夕看见一个方子：藿香、零陵香、甘松香各一两，丁香二两，上四味，细挫如米粒，微捣，以绢袋盛衣箱中……想必是一个香方。

想起最近天气潮湿，衣物总是有一股难闻的霉味，柳月夕问："素馨，这些药材不贵重吧？"

叶素馨漫不经心地瞄了一眼："嗯，不贵重，都是很普通的药材。师娘，你想干什么？"

柳月夕微微一笑："明日你帮我抓一些回来，你就知道了。"

尽管她不是医者，也没有什么过人的能耐，但是，在有些事情上花一些心思，或许可以帮得上颜西楼。

前半辈子，她让许厚天和颜西楼受累；下半辈子，她打定主意，用她一生的心血来偿还。

"啊！"叶素馨打了个哈欠，扔下医书，倒在床上，"睡觉吧，师娘，很晚了。"

柳月夕打趣她："你也知道很晚啊？"回头看叶素馨，可这姑娘已经抱被合目，转眼鼻息沉沉。

夜深沉，月光比之前几日明亮了许多，推开窗户，听见寂静的黑夜传来几声压抑的咳嗽声。

柳月夕听得出来，是颜西楼。细细瞧去，他正往厨房里去，他想干什么？

柳月夕的心猛地一跳，呼吸急促起来，想起这几日他因为奔波劳碌，咳嗽总不见好，却没有寻着适当的时机问候他。

柳月夕凝神细听颜西楼在厨房里的动静，舀水的声音和揭开锅盖的声音陆续入耳。但最清晰的，莫过于自己的心跳声。一声一声的，几乎要跃出咽喉。

突然，啪的一声，厨房里传来一声清朗的脆响，让柳月夕几乎惊跳起来。

柳月夕忙蒙上面纱，朝厨房奔去。

"怎么啦？"一进厨房，柳月夕见颜西楼皱着眉头，站在厨房里，脚下的药壶成了一堆碎片。

灶台上搁着一包药材。

看见柳月夕，颜西楼尴尬一笑："对不住，我吵醒你了……我原本想自己煲药……"

柳月夕的心一酸，他还是老样子，不想让别人记挂担忧，蹲下身子，捡起地上的碎片："你去吧，这药我来煲，一会儿就好了。厨房里的事，还是女人来比较合适些。"

颜西楼站在原地，有些手足无措："那……义母，我出去了，辛苦了。"

柳月夕默默点头，她明白颜西楼的顾忌，毕竟他和她年纪相仿，而她是个寡妇，寡妇门前是非多，更何况同住一个屋檐下？或许在他眼里，她就是一个灾星，让人避之不及？

"对了，义母，"颜西楼刚踏出门槛，却又转头，迟疑了一会儿才说，"这药，还是我自己煎吧。"

柳月夕笑："你放心，我知道该怎么煎药，先用水将这些洗干净的药材泡一刻钟，然后武火煮开，再转文火，过一刻钟左右搅拌一次，不要煎煳了，但也不能频频掀盖，是不是这样？素馨曾经和我说过的。虽然以前没有煎过药，但我一定可以的……"生平第一次煎药，是为了他——颜西楼，应该她说感到欣慰才对。

颜西楼讶然看了一眼柳月夕，点了点头："你说得很对。辛苦你了，义母。"

等药煎好，月已经上了中天。

乳白的月光透过窗户，映照着破旧的家具。

柳月夕端着药碗出了厨房，却看见厅堂里的颜西楼正俯在简陋的饭桌上沉睡。

四周静悄悄的，唯有月色偷窥人面。

柳月夕轻手轻脚地将药碗放在饭桌上，想叫醒颜西楼，不忍心；想走开，却又不甘心。她咬着唇，强自压抑澎湃的心跳声，借着月色仔细打量沉睡中的颜西楼。

很多年前，她曾经偷偷在脑海里镂刻他的音容笑貌。

几年过去，青葱的稚嫩消失了，取而代之的是略有倦怠的沧桑和些微的端肃，让人心疼。

柳月夕呆呆地望着颜西楼的半边脸庞，想伸手去触摸，但终不能，她是他的义母，这名分终如一重山的厚重。

夜越发地寂静冷清，村庄里的几声狗吠让人心惊。

"义父！义父！"颜西楼突然从梦中惊醒过来，一抬头，看见柳月夕正站在身旁，呆呆地望着他，两潭深水一样的明眸里正跳跃着潮湿的雾气。

这眼神，忧伤、脆弱，柔情脉脉，熟悉得可怕，而且还是一个女人看男人的眼神。

"义母！你……"颜西楼惊跳起来，这眼神，它不该也不能出现在他义母的脸上。

"我……"柳月夕想不到颜西楼会突然醒来，她像一只受惊的兔子，

"我……对了，药已经煎好了，你趁热喝了吧。我回去了。"

柳月夕逃也似的踉跄走出厅堂，颜西楼的眼神让她觉得自己像是个不守规矩的不正经女人。

喘息着回到房间，看着睡得香甜的叶素馨和孩子，柳月夕坐在床上，将头埋在膝上，任凭眼泪无声地流。

颜西楼望着饭桌上的药碗，这碗药没有了袅袅热气，伸手碰触，是温的。显然，这碗药从厨房里端出来很久了。那么，义母，站在他的身旁，也应该是很久了。她到底在想什么？

颜西楼拧了眉，这情景若是被旁人看见，怕是免不了有一场是非。

端起药碗，想一口喝下，但柳月夕的眼神偏偏在眼前浮现，无助、慌张、凄凉，让人心酸。

不知道为什么，心尖像被蜜蜂不经意蜇了一下，让颜西楼觉得有些熟悉的尖锐痛感。

傍晚时分，月上柳梢头。

"师娘，我回来了。"叶素馨有气无力地和柳月夕打了声招呼，一倒头就躺在床上。

柳月夕边忙着手里的针线活，边问叶素馨："今天和你师兄出去，都做了些什么？"自从那夜之后，颜西楼对她更加生疏有礼。她知道，他是为了避免瓜田李下之嫌。每每想起颜西楼的眼神，她便感到心痛。

"今天去了西关找铺子。师娘，铺面的租金太贵，药材的价格也比以前上涨了不少，看来这普济堂要在西关大街挂起来，不知道要等到什么时候呢。"叶素馨无比沮丧。

这一切都在柳月夕的意料之中，她停下手中的针线活，坐在叶素馨的身旁。

"你也别泄气，先休息一会儿吧。来，你看看，这香囊做得怎样？"

叶素馨接过柳月夕递过来的香囊，一阵香气扑鼻而来，原本没精打采的她顿时神清气爽。

再看香囊，洁白的棉布底色绣着一朵出水芙蓉，粉红的花瓣柔嫩娇艳，青碧的荷叶迎风摇曳般地婀娜。荷花的背面，居然用银色丝线绣着淡淡的三个字"普济堂"。整个香囊，绣功精细，字迹娟秀，色彩鲜艳，让人爱不释手。

叶素馨惊喜："师娘，这是送给我的吗？"

柳月夕含笑点头，很满意叶素馨的表情："看来，你很喜欢。"

叶素馨兴奋地将香囊放在鼻子下嗅了嗅，笑了起来："这香囊里，有藿香，有丁香，有甘松香，还有……零陵香，师娘，原来你让我买这几味药是为了做香囊啊？"

柳月夕笑着拿起《备急千金要方》，试探叶素馨："素馨，依你看，是不是女孩子都会喜欢这香囊？"

叶素馨将香囊放在一叠衣服当中："当然啊，师娘，你看这天气，太潮湿了，衣服总有一股霉味呢。这几味药材有祛湿驱邪避瘴气的功效，放在衣柜里刚好；再说了，师娘，你绣的荷花太美了，是女孩子都会喜欢的。就算不放在衣柜里，也可以戴在身上，这香气，不浓不淡的，正好遮蔽天气热带来的汗味。师娘，你真是心灵手巧啊！"

"很好，素馨，从明天开始，你帮我把这些香囊拿去市集上卖，价钱你就看着办。今后，你就多买一些药材回来，另外帮我到裁缝店里收集一些碎布，我可以多做一些。"

柳月夕将针线盒里的十几个香囊递给叶素馨。

叶素馨逐个拿起香囊，每个香囊上的图案都不一样，有的绣着梅花，有的绣着桃花，有的绣着修竹，精致的绣工让人惊叹。香囊的背面，无一不绣着淡隐的"普济堂"三个字。

"师娘，你到底想干什么？这些香囊，估计价钱不会很高，但是很费功夫，赚不了几个钱的。"

柳月夕微笑着摇头："你知道一句话吗？不积跬步，无以至千里。钱财，也是积少成多的。我知道，你师哥想重开普济堂，但积蓄无多，这普济堂怕不是一天两天就可以重开的。现在，我们能做的，不能仅止于不增加你师哥的负担，更要想办法帮助你师哥，早日重开普济堂。毕竟，重开普济堂不是你师哥一个人的心愿。"

昏黄的煤油灯下，叶素馨突然觉得柳月夕右脸上的十字伤疤淡了很多。

看着拆下发髻、披着满头秀发的柳月夕依然窈窕秀美的身形，叶素馨突然自惭形秽："师娘，你很有见识，你也很美！"

柳月夕苦笑，转头看着床上沉睡的孩子："真傻，有见识是因为历经了苦难。美？你知道吗？有未来，有希望，才是真正的美。素馨，我羡慕你。"

"希望？未来？"叶素馨神情瞬时冷寂，"师娘，你知道的，我的希望、我的未来，全都寄托在师哥的身上。但是现在看起来，师哥，像一口深井，我怎么看也看不清楚这口井里有没有我的影子，"她霍然抓住柳月夕的双手，"师娘，你会帮我的，是吗？"

柳月夕苦涩地笑，却不能不安抚叶素馨："素馨，给你师哥时间吧，就像重开普济堂，你也要给你师哥时间。你再等等吧……"

"等等等！我不知道还要等多久。"叶素馨烦躁起来，"师娘，你知道吗？这天气炎热，病患不少，我们村就有好几个，但是师哥说人家家里贫苦，不仅不收诊金，还亲自上山采草药送上门。我都不知道，这普济堂什么时候才能重开。"

柳月夕欣慰地笑，这样的颜西楼，是她熟悉的。记得当年七日同行，颜西楼有时候情愿自己挨饿也要放弃诊金。

取下灯罩，剔亮灯花，幽暗的灯光乍亮起来。

这些年，柳月夕觉得颜西楼就是她生命旅途中的一盏灯，总在命途坎坷跌宕的时候在心头悬挂着。

"素馨，其实，你该知道你义父，我相信他当年也不是靠收取高额的诊金才建起了普济堂。普济堂啊普济堂，不过是悬壶济世的一个场所。你师哥，就算这辈子不能重建普济堂，那又怎样？在他心里，普济堂悬壶济世的精神无处不在。我相信，这才是你师傅最愿意看见的……"

黑夜里，话语如月光柔和清澈，让人心明澈澄净。

颜西楼刚好路过柳月夕的窗下，听到了如溪水一样纯净的声音，一霎时，他的心像被春风拂过，心潮微微漾动。

"师娘，可是，我不想待在这僻静的村子里了，我真的已经等了很久……我想念西关的热闹，想念西关的繁华，想念西关的一切一切……"

年轻的姑娘终是耐不住寂寞的，柳月夕谅解地拍拍叶素馨的手："素馨，你要懂得安之若素，你知道吗？就像我，如果我还惦记着当年官宦小姐的闲适高贵，我恐怕早就活不下去；如果我还流连当年青楼的锦衣玉食纸醉金迷，我的灵魂早就肮脏不堪……人总要跨过一道道坎儿，走过一个个困境，才能守得云开见月明啊！"

柳月夕似是在宽慰着叶素馨，又似是喃喃自语，但床上的叶素馨早就哈欠连天了。

柳月夕苦笑着，帮叶素馨扯开一张薄被，盖在她的腹部，呼的一声，吹熄了煤油灯。

她真的羡慕叶素馨，如果她也可以抱怨，可以希冀，那人生就不是眼前的困顿。

窗下的颜西楼，一步也挪不开脚步。想不到明白义父、明白他的人，不是多年相处的叶素馨，而会是她。

第六章　何以忘忧

初夏了，午后的阳光比较炽烈，知了在树梢扯着嗓子尖叫。

"师娘，师娘！"小五大汗淋漓地冲进院子，将一包药材丢给叶素馨，"快，师姐，将这药煎了，快点！"

柳月夕停下手中的活，笑问小五："这十万火急的，到底发生了什么事情？"

叶素馨打开药包，捡起药材一看："咦，阿胶、艾叶、当归、白芍、干地黄、川芎、甘草，这是安胎药啊，怎么回事？"

小五将药包塞到叶素馨怀里："快去吧，等着救命安胎的！"

柳月夕拿起药包："我去吧。小五，把药给我！你看着小师弟。"

小小的许澄杏一人坐在地上，正抓起一个香囊，咯咯地笑。

小五白了叶素馨一眼："还是师娘好。"说完将药包给了柳月夕。

柳月夕人一进厨房，院子里就拥进了好几个人。

两个仆人模样的汉子抬着一副简单的担架，担架上卧着一个满头珠翠的贵妇人。

贵妇人痛苦地呻吟着，鲜艳的粉红下裙沾染着很多鲜红的血迹。

贵妇人的身旁伴着一个年约三十、儒雅修长的男人。

男人阴沉着脸色，看着担架上的贵妇人，眉头深皱。

"快，抬进屋子里去，小心点！素馨，快过来帮忙！"颜西楼让人将贵妇人抬进柳月夕的卧室，搀扶着贵妇人平卧在叶素馨的床上。

"素馨，你帮夫人清理一下。小五，快点煎药上来。"颜西楼转向儒雅男子，"先生，先让夫人歇着吧，暂时不能让夫人走动。夫人不小心摔倒，怕是要好好静养一段时间，才能保得住胎儿。"

被称为"先生"的男人冷冷地朝贵妇人哼了一声："你给我小心点！"

贵妇人很委屈，眼泪唰地直往下掉："我也不知道怀上了啊。"

话才说完，儒雅男子一脚跨出房门，来到厅堂，威严地端坐着。

"大夫，你看夫人的胎儿可保得住？"

颜西楼一脸严峻："先生，刚才我替夫人诊断的时候就发现夫人身子较弱，能怀上孩子已经很不容易，现在又摔了一跤，至于能不能保住胎儿，恐怕要细心调养……我一会儿给开一张药方和饮食疗方给夫人调养。"

儒雅男子半信半疑，威严的眼神盯着颜西楼，像在掂量他的斤两。

颜西楼不以为意，吩咐小五取出纸笔，写下了方子递给男子，他知道，眼前的人未必信得过他，眼下不过是死马权当活马医而已。

男子见颜西楼一手字写得俊秀飘逸，脸色才稍稍和缓。

"多谢大夫！如果内子能保住胎儿，我一定重酬。"

颜西楼微笑，无论他是否刻薄寡恩，自己也会尽力的。

这时，小小的许澄杏爬到颜西楼的脚下，咯咯笑着扯着颜西楼的长袍。

这孩子，长得很俊秀，一双眼睛，像极了他的母亲，俊雅、清澈、灵气。

颜西楼的心无端一颤，他居然有些希冀看到黑纱之下的脸庞衬得起那对眼睛。因为，曾经也有一个美丽的女孩，也长着一双秀美的眼睛。

但是这孩子……颜西楼内心五味杂陈，一时间竟望着许澄杏稚嫩的脸庞，半晌无语。

男子的眼神从许澄杏的脸上扫过。他目光微微一滞，在许澄杏的脸上停留了片刻。

侍候在男子身旁的仆人讨好地谄媚："爷，您瞧，这孩子长得多俊秀，不过啊，小少爷肯定比这孩子要俊秀百倍！"

男子不领情地一哼，居然朝许澄杏伸出手去："来，让爷我沾点孩子的喜气！"

许澄杏站起身体，踉踉跄跄地转身就走。

仆人见主子脸色难看，忙上前抱住许澄杏："爷，您瞧您瞧……"

许澄杏哇的一声大哭起来，涕泪泗下。

颜西楼厌恶地横了仆人一眼，伸手抱过了孩子。

在厨房里听见孩子哭声的柳月夕赶忙从厨房里出来："杏儿不哭，娘……"

柳月夕一脚还没有踏进厅堂，话语便被生生掐断在喉间。

一阵恶寒从四肢百骸齐齐向心窝撞击，让柳月夕禁不住一阵颤抖。

她一手紧紧抓住衣襟，一手捂着嘴巴，生怕自己会控制不住内心的恐惧而嚷叫出声。

眼前的男子和脑海里的恶魔相重叠，渐渐幻化成一只巨大的恶兽，张开血盆大口，几乎就要吞没了她。

柳月夕几乎无力迈开步伐，惊恐让她瘫倒在地，不能动弹。

许澄杏看见转角处的柳月夕，哭闹着要挣脱颜西楼的怀抱。

柳月夕惊惧万分，生怕自己一出现就会招来灭顶之灾。

柳月夕用残余的一点力气将身子挪回厨房，再也无法控制内心的悲愤哀戚惶恐，掩着嘴巴，准备大哭一场。怎料恐惧却将她的哭声都封死在喉间。

胸腔里，惊骇、仇恨、忧愤，各种情感纠错成一股巨大的洪流，却偏偏找不到发泄的出口，几乎要在柳月夕的胸膛里炸开，让她尸骨无存。

"师娘，药熬得怎样啦？"小五一跨进厨房，就被蜷缩在墙角身体抖动得像筛子一样的柳月夕吓了一大跳，"师娘，你怎么啦？师哥，你快来看看师娘……"

外厅里的颜西楼心一跳，抱着许澄杏冲进厨房，见柳月夕双目一时空洞痴呆，一时狂乱激愤，忙将许澄杏放下，抓住了柳月夕的手，将手指搭在她的脉搏上。

许澄杏哭声未歇，见柳月夕的模样，更是号啕大哭。

柳月夕一阵哆嗦，恍如从噩梦中惊醒过来，猛然伸手，将许澄杏抱在怀里："不哭，乖……娘带你走，快走！"

就在颜西楼和小五痴愣的一瞬间，柳月夕已经抱着孩子，飞一般地冲出了厨房，眨眼出了院子。

"师哥，快！那女人又出血了！"叶素馨在内间大喊，"你快来啊！"

颜西楼着急无奈，一个是义母义弟，一个是急需救治的病人："小五，你赶紧出去找师娘，快去！一定要把师娘给找回来！"

小五应了一声，飞奔出门。

儒雅男人坐在厅堂上，幽冷地望着小院子里的惊变，淡漠地望着柳月夕的身影隐入拐角处。

那黑衣包裹下的袅娜风姿，让男人微微上扬的眉毛轻轻一挑。

"师哥，你在干什么？"叶素馨端了一碗海带绿豆糖水放在石桌上，"来，清热解毒，消暑利尿。我用沁凉的井水冰镇了一下，口感不错的。"

颜西楼淡然道谢，端起粗糙的瓷碗，轻轻喝了一口。

"嗯，不错。陈皮放得适量，海带切得宽细适中，绿豆煲的火候也够，冰糖清甜可口。素馨，你大有进步啊！回家的感觉，就是不一样！"

这样炎热的天气，坐在树荫下喝一碗甜而不腻的海带绿豆糖水，也是简单生活里的一种简单的舒适。

叶素馨不好意思地笑了笑："师哥喜欢？那行，下次我学着煲给你喝。"

颜西楼一愣，不由自主地将目光投向柳月夕的房门，迟疑了一下："是义母煲的？"

叶素馨拿起颜西楼的医书："是啊，师娘用文火煲了一个时辰了。你知道不？师娘刚嫁给师傅的时候是十指不沾阳春水，连该怎么生炉子都不懂，那个笨啊，我想起来都想笑。现在，不仅可以做一手可口的饭菜，还能缝制衣服。师哥，昨晚师娘还让我到城里买回来几匹布，要给我们几个缝制衣裳呢。"

颜西楼突然觉得心头沉重，柳月夕那双水雾萦绕的明眸在脑海里一闪而过，微微让人刺心。

"师娘，这几日可还好吗？"

自那日柳月夕发疯一样地往外跑，一直到第二天中午，颜西楼和小五才将惊魂未定的柳月夕带回了家，一连三日，柳月夕依然惊悸惶惑，沉默不语。到第四天，她才对众人冷冷撂下了一句话，以她长辈的身份："今后，我不管是谁，都不允许将外人带到里屋来！病人也不行！"

转眼几天过去了，日子似乎恢复了平静，但颜西楼分明察觉柳月夕的眉间眼底风云暗涌，如一只惊弓之鸟。

"素馨，你有没有问过师娘，那日为什么跑出去？"

叶素馨皱眉摇头："我问了，师娘说想起了她怀孕的时候师傅突然去世，所以触景生情。师哥，那日到底发生了什么事情？师娘为什么突然疯了一样？"

记得那日找到柳月夕，她鬓发散乱，黑衣沾满了污垢，紧紧地将许澄杳抱在怀里，片刻也不愿意放开。那情形，像极了一个流浪街头的疯女人。

颜西楼苦笑，鲜有的几次眼神交会，柳月夕眼里的凄楚绝望惊慌竟然让他苦涩，而她自然流露的凄惶无助似乎在等待着他的劝慰……这情景，恍如在梦里出现过……他知道，事情绝对不会是叶素馨口里的触景生情那么简单。她的心里，到底藏着什么样的秘密是他们所不知道的？

"师哥，师哥，你到底在想什么？魂魄出窍了！"叶素馨不满颜西楼的忽略，略带娇嗔地责难。

颜西楼回过神来，目光落在那日他刚回家门的时候柳月夕给他的药方，随口搪塞了一句，"我在想义父的药方。素馨，昨日我让你去喝曹氏来安堂的神仙水，你觉得怎样？"

叶素馨极力回忆那碗苦涩的药茶："师哥，我大概可以断定，师傅药方里的药材，神仙水里都有……"

这时，小五的身影出现，颜西楼淡淡一笑："不用大概了，小五回来了，问他就知道了。"

小五兴冲冲地跑进院子："师哥，我将药渣带回来了。"

今日一早，颜西楼就让小五悄悄地去曹氏来安堂找神仙水的药渣，如果可以找到药渣，就应该可以核实神仙水里的药材成分是不是和许厚天留下来的方子是一样的。

一包湿湿的药渣在颜西楼的眼前摆开，颜西楼仔细地一一挑出药渣里的不同成分加以辨认。

很短的时间，颜西楼找到了答案。

颜西楼语气凝重："没有错，神仙水所用的药材和义父的药方是一模一样的。怎么会这样？"

小五和叶素馨面面相觑，无言以对。

"断不会是师傅要了别人的方子来，这个方子，师傅曾经和我说过的……"叶素馨挑起了眉头，"为什么会落入曹氏来安堂的手里？难道是巧合吗？"

颜西楼摇头："这不太可能，这方子是义父根据多年的行医经验总结出来的，那么就该是义父的独门秘方，不可能是别人的心血。许是义父曾经将这方子给了别人……"

按照许厚天的宽厚个性，这不是没有可能。

颜西楼、叶素馨和小五百思不得其解，唯有苦笑。

"师娘呢？问问师娘吧。"小五想起普济堂被烧毁的那一天，柳月夕曾经问他有没有取走铜盒里的方子，"方子，铜盒里的方子会不会被人盗走了？"

一句话让颜西楼和叶素馨震惊。

"不必问了，一场大火，方子应该是被烧毁了。那日，我记错了，你们师傅出事前，我曾经将铜盒里的方子取出来了！所以，一场大火，什么都没有了，至于你们的师傅有没有将方子给了别人，我不知道，毕竟，当初也是新婚，很多事情他未必都和我提到。"

屋檐下，柳月夕突然出现，金黄的日光透过树叶的缝隙照射在她的脸上，明灭斑驳，让人看不清楚她眼底的浪涛。

颜西楼深深地望着语气过于斩钉截铁的柳月夕，因为她的过于肯定，他不由得怀疑她的话语是否可信。

撞上颜西楼探究的目光，柳月夕只觉得心痛和内疚，她不能不说谎，毕竟，活着的人比死去的人，更需要她去珍惜，尤其是颜西楼。

现在，她能做的，就是给他一顿可口的饭菜、一碗养生的汤水、一个可以让人安歇的家，其他的，都无所谓。

柳月夕转身入房，给三人留下一个落寞冷清消瘦的背影。就算是午后炽烈的阳光，也温暖不了她内心的幽冷。

房门一关上，柳月夕取出焦黑的铜盒，眼泪簌簌落下："厚天，对不起，对不起，请你谅解我……还有，他出现了，我好害怕……"

隔着一层淡薄的木门，颜西楼无法看见房子里的柳月夕的眼泪，可他分明感觉到她的泪光在闪烁。那泪光，就像印在他心上的清晰温烫。

院子安静了下来，几只母鸡在院子里悠闲地刨着地，欢快地咯咯叫着。

天上一大片乌云横过，暗影投射在地上，阴晴不定地变幻着。

颜西楼沉默不语，叶素馨意兴阑珊，小五沮丧托腮。

"颜大夫在家吗？"一个粗大的嗓门惊扰了小院的静谧，让人厌烦。

这男人，颜西楼认得，就是那日儒雅男子身边的仆人："我是。你找我有事？"

仆人笑眯眯地径自进了院子，恭恭敬敬地双手捧上红绸包裹的银子："我家夫人安好，老爷让我来感谢颜大夫。这里有白银一百两，作为诊金，感谢颜大夫妙手仁心！"

一百两白银，好大手笔！叶素馨压抑不住内心的兴奋，迫不及待地接过仆人手中的白银："感谢你们老爷……"

打开红绸，白花花的银子亮闪闪的，阳光照射下来，晃眼得很。

"太好了！这回有钱重开普济堂了！"小五跑到柳月夕的房门前，砰砰敲着房门，"师娘，你快出来，有人送银子上门了！"

颜西楼淡淡地笑，不为所动地取过叶素馨手里的银子，取出其中最小的一锭，其余的全部准备还给仆人："你家老爷的好意我心领了，诊金真不需要那么多，再说你家夫人的胎尚不稳定，现在谢我，言之过早。总之，你替我谢谢你家老爷……"

听说夫人的胎不稳定，仆人的脸色一白。

叶素馨尖叫起来，抢过颜西楼手里的银子："师哥你疯了吗？"

颜西楼厉声一喝："给我！"

叶素馨一愣，眼泪吧嗒吧嗒直往下流，委屈地将银子放回颜西楼的手中。

仆人却不敢从颜西楼手里接过银子："颜大夫，这银子小的可不敢给老爷带回去，你就留着吧。很多大夫都说，颜大夫的药方确实是好。夫人也康泰了许多，这银子，您该得的……还有啊，老爷盼子已经很久了，颜大夫可千万不要让老爷失望，一定要帮助夫人保住胎儿……我先走了。哦，对了，明日一早，我家老爷会派人来接颜大夫去给夫人复诊，颜大夫千万别出门啊！"

颜西楼看着手里的银子，仿佛那是烫手的芋头。

"素馨，你先将银子交给师娘保管着，明日一早我给人送回去。"说着，颜西楼将银子丢到叶素馨的怀里，重新坐下，研究起药方子。

"师哥！我不明白你是怎么想的！"叶素馨气极了，将银子往颜西楼面前一扔，"这银子会咬人吗？你就这么怕它？"

颜西楼叹息一声，将银子捡起来，重新包回红绸里："素馨，你不是不知道，不该要的银子我不会要！"

叶素馨冷笑："师哥，你真是迂腐顽固。这银子是你的诊金，你不偷不抢，怕什么？眼下我们要重建普济堂，可没有银子，能行吗？你不要人家的银子，大不了将来有钱了，还给人家就是了，有什么大不了的？再说了，现在人家明摆着将那块烫手山芋丢给你了，硬是把这诊金预付给了你，你收着有什么关系？"

叶素馨越说越气，眼角一扫，看见柳月夕就站在屋檐下，明眸失去了光彩。

"素馨，你就让你师哥自己做主吧！"柳月夕淡淡地笑，她异常欣赏颜西楼在钱财面前的淡定和平和，毕竟极少数人能抵挡钱财的诱惑。记得当年她的父亲，也一样讲究君子爱财取之有道。

颜西楼感激地朝柳月夕一笑，但见柳月夕困倦瘦弱，不禁皱眉。

"义母，你要是不舒服就歇着去吧。别累着！"

叶素馨冷笑，上前几步，一拽柳月夕的胳膊，将她拉到颜西楼的面前："师哥，你也知道师娘累啊？你知不知道师娘为了能让你重开普济堂，这些日子来一直熬夜，"说着扯下腰间的香囊，大力朝颜西楼扔去，"一个月的时间，师娘就绣了上百个香囊，也不过就是赚了十两的银子。你倒好，一百两银子说不要就不要……"

叶素馨骂得起劲，颜西楼傻了眼。

他低头看香囊，一针一线，细密整齐，图案栩栩如生。香囊的背面，"普济堂"三个字周正秀雅。

上百个香囊，一针一线，这熬过了多少个无眠之夜？

怪不得她双眸失神，羸弱不堪，原来她一直在默默努力。

"义母，对不起……我……"

柳月夕被叶素馨用力一拉，身子一倾，一阵晕眩让她觉得天旋地转。

"素馨，别……"话没有说完，柳月夕身子摇晃，眼看要晕倒在地。

颜西楼吃惊，一把搂住柳月夕，着急万分："义母……义母……"

柔软的身子在怀里，虽看不见黑纱下的苍白，不过那苍白让人心惊。

颜西楼身子一颤，脸上发热，却不能放开晕在怀中的人。

恍恍惚惚中，柳月夕知道有人抱起了她，她知道是颜西楼，她感受着他温热的手指搭在她的脉搏上，听到他温和又焦灼的声音吩咐叶素馨煎药……她仿佛在梦里笑着，尽管颜西楼仅仅知道她是他的义母，但有什么关系，她还是她。她需要他的时候，他还在她的身边，这感觉，她已经遗失了很多年。

神志一直在飘……不知道过了多久，好不容易才回到了自己的身上。柳月夕睁开眼睛，屋子里静悄悄的，只有煤油灯亮着。一阵失落霎时让心扉空洞，空虚得让人害怕。其实，她知道的，作为他的"义母"自己又怎么可以指望一醒过来就可以看见他守在床边，给予温暖和慰藉？

只是，屋子太空了，连素馨和孩子都不在屋里。这或许是他们的体贴，希望让她好好歇着。

望着乍明乍暗的灯火，柳月夕的眸光停留在煤油灯旁的红绸布上，红绸布里是那一百两银子，她记得。

柳月夕惊惧地闭上眼睛，但那男人的模样就像是刻在了脑海一般，怎么也抹不去。她瘫在床上，浑身无力。

一室寂静和虚空让人窒息。

突然门口传来低低的话语，是颜西楼和叶素馨。

"小师弟睡了吗？素馨，你去看着孩子，让……义母好好休息一晚。"

"师哥，你打算怎样？我是说银子的事情。时机不等人，师哥，你好好考虑吧……"

叶素馨的语气很幽怨。

柳月夕叹息：叶素馨一直在等。颜西楼没有回来的时候，她在等；颜西楼好不容易回来了，她还是等，等着颜西楼重建普济堂……一个女孩子，能有多少青春年岁可以挥霍？

"让我好好考虑一下吧，素馨……等义母醒来再说吧。你去厨房，将药再热一下。义母疲劳过度，这些日子你要让她多休息。"

叶素馨不情不愿："师哥，如果你真的不愿意看到师娘那么累，你就收下银子，让普济堂回来……"

说话声消失了，脚步声也远了。远处，传来几声池塘里的蛙声。

静谧的夜晚，往事纷至沓来。

说不定，那男人，仅仅是一个普通的青楼寻芳客而已。况且，两年的时间，一直风平浪静。

主意打定，柳月夕霍然拉开房门。

今夜无云，天气清朗。一阵凉风迎面扑来。

颜西楼正坐在台阶上，连背影也是困倦的。

听到声响，颜西楼乍然回头，眸光停留在柳月夕的脸上。

柳月夕一惊，不自觉地伸手，手指触及粗糙的布料，还好，黑纱还在脸上。

她舒了一口气，目光落在颜西楼的手上，他拿的，居然是自己绣出来的香囊。

月光下，一朵红艳如火的木棉灼灼开放。

想起那年，他跟自己说起木棉的药用功效，柳月夕霎时觉得无限心酸。

"义母……哦，"见柳月夕的目光停留在香囊上，颜西楼觉得脸上无来由地一热，忙解释，"这是素馨给我的。义母，我……让你受累了。"

柳月夕淡淡地笑："这不算什么，比起你们……你义父对我的大恩，我做这点小事，真的不算什么。"她差点失言了，"我只想告诉你，素馨讲的话很有道理……你好好考虑吧。"

说完，柳月夕转身回房。她累了，这些日子的煎熬，让她身心俱疲。

望着柳月夕纤细柔软的背影，颜西楼觉得轻松了许多。其实，他明白是该接下那一百两银子的。有了普济堂，安顿好了家人，他才能腾出心力去做他要做的事情。

目光回到手上的香囊上。方才，他看见了柳月夕绣好的香囊，各式各样的图案当中，绣得最绚丽夺目的就是木棉花。

接下来的日子，居然一切顺利，颜西楼很快就在西关大街租到了铺子，而铺子居然就在曹氏来安堂的正对面。

一番整饬之后，普济堂热热闹闹地开张。

保住了胎儿的贵夫人及男人还派人送上了贺礼，颜西楼才知道，那男人原来是广州城新上任的知府。

鞭炮喧嚣，醒狮助兴，一切顺心如意。

柳月夕在铺子里望着普济堂的匾额重新挂在了西关大街上，情不自禁地流下了眼泪。但一切都似乎太顺利，让她隐隐有些不安。

第一天开张，上门的病人屈指可数，和大街对面的曹氏来安堂熙熙攘攘如市集比起来，真的是天壤之别。

但颜西楼笑着说曹氏来安堂的病患就是普济堂潜在的顾客，一切都会好起来的。

夜深了，西关大街恢复了平静，但几个人依然兴奋地聚在一块，说个没完。

"师哥，为什么我们不像曹氏来安堂那样，照着师傅留下的方子煮成汤药？这样不是可以像曹氏来安堂那样，招揽更多的病人吗？"

颜西楼笑起来："招揽？呵呵，素馨，开医馆不是做生意。"

柳月夕抱着孩子，坐在一旁，微笑着不语。

叶素馨不以为然："开医馆和做生意根本就是一回事，没有什么不同。"

颜西楼脸色一端，正色地说："做生意纯以营利为目的，为了营利，很多人可以不择手段，所以被称为'奸商'。但开医馆要讲责任和良心，所以，开医馆不是简单的做生意。素馨，你要记住了。"

叶素馨无端受了颜西楼的训，心里很不舒服，不情不愿地应了一声"是"。

柳月夕见叶素馨受窘，忙安抚她："其实，素馨说得很有道理啊。白天的时候，我也发现了，很多到曹氏来安堂喝汤药的都是一般的贩夫走卒，他们根本不会有时间回家慢慢熬药。再说了，熬药不是有很多讲究吗，他们未必懂得。

我觉得啊，素馨的提议是很不错。"

叶素馨展颜一笑，拉着柳月夕的手："还是师娘懂得我。"

灯光下，颜西楼文雅沉静，叶素馨泼辣机灵，两人也许可以是很好的一对。

想起叶素馨的再三嘱托，柳月夕知道也许自己很快就要向颜西楼提起他和素馨的婚事，不能再拖了。

柳月夕突然背生冷汗。她一直都在拖着，不是吗？或者，她内心并不愿意让颜西楼和叶素馨快些成婚。

还好，柳月夕发现他们并没有察觉自己的失神。

颜西楼笑："我也觉得素馨的主意很好。不过，今后来我们普济堂喝汤药，不是只有一种选择。我们可以煮出两种、三种、四种，乃至更多品种的汤药让病人选择。你们知道，一到夏日，岭南天气酷暑，雨水也多，人处在热气和湿气之中，很容易引起湿热和温热夹湿之症。而岭南多产性味苦寒的草药，我们可以用草药煮成祛湿的、清热解毒的、滋阴降火的、健脾燥湿的、消食和胃的和止咳化痰的各种汤药，根据病人的体质，给病人喝适应症状的汤药。到了秋冬呢，可以研制出去燥滋润的汤药……"

叶素馨和小五欢声叫好，柳月夕则陷入了沉思。

小五兴奋地说："师哥，你这主意是什么时候想出来的啊？我怎么没有听你提起过？还有啊，这药方子，你都有了吗？"

颜西楼谦逊地笑："你以为我这些日子在干什么？我一直在想这问题。还有，这几年在外头，我四处行医，也积累了不少经验。"

"师哥，你瞧人家的汤药，取了一个很神奇的名字，叫什么'神仙水'。我们的汤药，也该有自己的名字吧？"

颜西楼皱眉："世上哪有神仙水，不过是哗众取宠而已。不过，我们还真的要取一个适当的名字。"

气氛霎时沉寂下来。

许澄杏醒了，一脚蹬翻了桌上的茶水。

一直微笑着的柳月夕脑海中灵光一闪："不如，叫普济堂凉茶？怎样？要不简单些，就叫凉茶？"

"凉茶？"叶素馨率先摇头，"这名字比起'神仙水'，差远了。"

柳月夕失笑，看了颜西楼一眼："你觉得呢？"下意识里，她觉得颜西楼一定会赞成她的主张。

颜西楼眼前一亮："好，就叫凉茶！"

柳月夕脸一红，低下了头。

小五也反对："师哥，为什么叫凉茶好？"

"病人喝汤药不过是为了解毒祛湿，强身健体，安然度日，但一个'药'字容易让他们望而生畏，心存忌讳。不如就叫'茶'，亲切、贴近民生。义母，我说得对吗？"

柳月夕惊奇，含笑接着说："没错，我就是这个意思。还有，关于'凉'字，我是这样想的，广东人管洗澡叫'冲凉'，这简单的两个字，有一种清爽舒适、酣畅淋漓的感觉，所以用'凉'这个字。凉茶，凉茶，一来贴近老百姓的心理，二来让人感觉清凉舒适，不好吗？"

叶素馨和小五笑了起来。

"还有，"颜西楼补充，"我打算取悬壶济世之意，将凉茶装在葫芦当中，葫芦上写着凉茶的名称。你们看，怎么样？"

"太好了！今后我们普济堂的汤药就叫凉茶，就装在葫芦里。师娘，师哥，你们真的是太有见识了，这叫心有灵犀、珠联璧合啊！"

说者无心，但这话却让柳月夕脸上发热，颜西楼也微微地觉得不自在。

叶素馨心里一阵窒闷，自从颜西楼回来，她从没有获得师哥的一声赞许。

"可是，不管是叫药还是茶，是装在药壶里还是装在葫芦里，味道都没有变，一样是苦的。"叶素馨禁不住泼了一盆冷水。

柳月夕胸有成竹："是的，素馨说得没有错，所以，我们要减轻病人喝凉茶的不适。我记得小的时候，我娘每每在我喝完药之后，总会给我一杯蜜水。不过，我们没有必要这么做。我觉得，我们可以准备一些陈皮、话梅等蜜饯，给有需要的病人吃。蜜饯价格并不高，不会增加凉茶的成本。"

小五叹服："师娘，你太聪明了，这主意，真的很好。"

如果说海带绿豆糖水体现了一个居家女人的贤惠，那么，香囊展示了一个女人的坚韧和勤劳。而这凉茶和蜜饯，不能不让人叹服一个女人的智慧和细腻。

颜西楼心里禁不住叹息：为什么义父不能和这样一个聪慧、善解人意的女人相携到老？而这样的一个女人，竟不能获得终生的幸福？

颜西楼发现，自己的心居然在这最让他兴奋的时候苦涩起来。

叶素馨的脸色更加阴暗。

柳月夕一惊，女孩子的心思，她也曾有过。

"素馨，我明日就回安和村去了。这里的一切就交给你了，你要好好照顾你师哥师弟。"

"义母，你要回去？"颜西楼一惊，"你和师弟回去，我们……都不放心。"

柳月夕一笑："我一个寡妇，不好抛头露脸，回到安和村，安安静静地度日，教导好孩子……这才是我要做的事情。"

说着，柳月夕禁不住哽咽，她怕待在普济堂，会给普济堂带来麻烦，就像几年前一样。她也怕长期待在颜西楼的身边，自己不能管住自己的情感，徒增无谓的烦恼。

叶素馨急了："师娘，你答应我的事情……"

柳月夕拍拍叶素馨的手："你放心，我会记在心上的。"

面对颜西楼和小五的疑惑，柳月夕只是苦涩地笑："歇着去吧，素馨，明日开始，你要忙的事情太多。"

看着柳月夕和叶素馨的背影，颜西楼一阵失神。

小五碰了碰颜西楼："师哥，你是舍不得师娘回安和村去？我也舍不得，师娘的饭菜做得多好吃啊。"

颜西楼一惊，醒了醒神，涩声说："不，师娘，回去也好。"

"小五，你歇着吧，我出去走走。"颜西楼突然心里烦闷不安，打发了小五，独自一人走出了普济堂。

第七章　仁心佩兰

大街灯火阑珊，比之白日，冷清了许多。

沿着大街，颜西楼信步而行。

几家卖夜宵的摊档散发着牛肉炒河粉的香味，鱼蛋也诱人地招摇着香气。

随意点了一份湿炒牛河，颜西楼却口中无味。

今夜，月色无垠，硕大的圆月孤零零地挂在天边，像极了柳月夕明亮如水的眼睛，让人怜惜。

颜西楼大惊，原来，他说"回去也好"，是因为在害怕。害怕自己被吸进柳月夕——他的义母，两潭清澈不见底的深渊中。

手一抖，筷子落在地上。

颜西楼正要低头去捡，但已经有人在他之前捡起了筷子，随意往桌子上一抛。

"是你？"

"是我！"来人冷冷地回答，"普济堂，你是许厚天的义子？我说得对吗？"

这人，颜西楼认得，是曹氏来安堂的少东家。

想起义父的药方和神仙水的疑团，颜西楼心神一震，缓缓抬起头，目光撞上两潭幽冷。

曹氏来安堂少东家曹语轩还是第一次见面时的冷峻。

清俊的眉眼，单薄的身躯，一只拐杖被冷漠地支在腋下。

不过，月色清幽朦胧，倒是平抚了曹语轩身上些许的淡漠和不屑。

"你认识我？认识我义父？"

曹语轩不屑地一挑眉眼："在西关大街，许厚天是大名鼎鼎，尽管他已经过世。不过，他的义子，却是无名小卒一个，我不认识。"

颜西楼无所谓地笑笑，掏出几个铜钱付了账："我先走了。"

今夜，他无来由地烦乱，无意和曹语轩多纠缠。

同在西关大街行医，今后碰面的机会怕是多了去。

"慢着！你将普济堂选在来安堂的对面，是准备和我来安堂较量吗？"曹语轩语气古怪，"还是有其他的目的？"

颜西楼愣了愣，失笑道："你没有必要认为同行如仇敌，我也不准备和你来安堂较量什么，你真的不用咄咄逼人。其实，你是一个不错的大夫，医术不错，医德也好，所以，我们或者可以相互切磋。只是……"

颜西楼咽下了最后的半句话，因为神仙水的方子。

曹语轩嗤之以鼻："我没有和你切磋的雅兴，你太抬举自己了。"

颜西楼摇了摇头，抬脚就走，可走出半步又回转头来："你们曹家，和我义父有渊源吗？"

"什么意思？"曹语轩突然脸色涨红，"你想说什么？"

颜西楼怀疑曹语轩无来由地激动，目光炯炯，逼视着曹语轩："你以为我想说什么？"

曹语轩一愣，突然恼羞成怒地别过脸去。

一片落叶适时地落在曹语轩的脸上，遮挡了他的尴尬。

夜深，大街上很安静，安静得连曹语轩的呼吸声都可以听得见。

很快，一声尖锐凄惨的叫声打破了夜空的沉寂："不，你不能这么做！把钱还我，这是救命钱……"

月光下，两条影子一前一后，追逐赶跑，女声凄厉绝望。

跑在前面的是一个瘦得皮包骨的男人，流鼻涕，打哈欠，身子发抖，一副病夫的模样。

曹语轩鄙夷地一哼："又一个鸦片烟鬼！"

一股怒气从脚底直灌脑门，颜西楼无法控制突然如火山爆发的怒气，一个箭步，伸手一揪鸦片烟鬼的前襟，恶狠狠地命令："把钱还给她！"

鸦片烟鬼哆哆嗦嗦，死命抓紧了手里的钱袋："不、不给，这也是我的救命钱……"

颜西楼用力扯下鸦片烟鬼手中的钱袋，往女人手里一抛："你走吧。"

烟鬼一声惨号，绝望地朝女人扑去，鬼哭狼嚎的叫声惨不忍闻："把钱给我……我好难受，难受……"

颜西楼暴怒，抬起一脚，朝烟鬼的心窝一踹："给我滚……"

烟鬼连滚带爬，惨叫着走远。

一场闹剧结束，颜西楼依然无法平复内心的狂躁，一个后退，他倦怠地坐在了椅子上，伏头喘息。

曹语轩惊呆了，他想不到外表清雅斯文的颜西楼竟然如一只暴烈的狮子。他抑制不住内心的好奇："为什么？你感同身受？"

颜西楼缓缓抬起头来，望着远处明灭的街灯出神，许久才倦怠地回答："是……我爹，为了吸食鸦片，败光了家产，还将我和我娘给卖了……"

话到最后，仅余无声的哽咽。

家破人亡，只因为鸦片。

曹语轩不自觉地在颜西楼的身边坐下："鸦片流毒天下，已经不是一天两天的事情了，可叹有多少人家破人亡。"

家破人亡的苦楚，颜西楼就算是时隔多年，也一样痛彻心扉。

"你该知道，鸦片其实可以是一味良药，它可以医治头痛、气喘、中风、咳嗽、咯血等多种病症，更可以麻醉止痛。只是，鸦片，是良药，也是利剑。李时珍在《本草纲目》上有记载，'其治病之功虽急，杀人如剑，宜深戒之'。可叹世人愚昧，不知利害，导致鸦片成风，败坏风气。"

"不，你错了。不是世人愚昧，而是走私鸦片可以牟取暴利，是利欲熏心导致的恶果。"

颜西楼陷入痛苦的回忆：那年，他八岁就成了街头流浪的孤儿，是义父给了他重生的机会。

成年后，他走遍大江南北，每每见人吸食鸦片，每每痛苦。

"如果没有鸦片，那该多好！"

曹语轩尖锐地提醒颜西楼："可是鸦片已经存在了。"

"所以，"颜西楼期盼地望着曹语轩，"作为大夫，你不觉得有责任去拯救成千上万堕落的灵魂吗？"

曹语轩呆了半晌，望着自己身下的拐杖，语气乖张尖厉起来："可是，谁来拯救我？"

曹语轩的突然发难让颜西楼苦笑。一个身患残疾的年轻男子，自然是行为怪僻、不可理喻的，也并不是世上所有的大夫都心存对苍生的怜悯。是他自作多情了，他以为曹语轩会答应的。

"曹大夫，我走了。"颜西楼意兴阑珊，懒懒地告辞。

曹语轩冷冷地望着颜西楼的身影，眸底的清冷渐渐被驱散。

眼看颜西楼就要走过街角，转身不见，他大声发出挑战："如果你真的悲天悯人，你就该接受我的挑战！"

颜西楼的脚步一顿，回头朝曹语轩笑："你是说，看谁能研制出戒掉鸦片的药方？"

曹语轩重重地点头，"是！"

两人相视而笑，敌意在一瞬间烟消云散。

看着颜西楼和煦的笑容，曹语轩却腼腆起来。

日子过得很快，转眼到了阴历七月十四，中元节来了。

街头巷尾，到处可见纸钱冥衣香烛的灰烬。

月儿挂在树梢，月色阴阴泛白。

"您走好，记住，喝了凉茶之后忌食辛辣、温补、油腻和腥臊的东西，有不适的随时过来复诊。"

颜西楼含笑叮嘱病患，送走了最后一名病人。

尽管每日里诊治的病人并不多，但颜西楼从不懈怠，遇到了贫穷病患，还减免诊金，仅收药费。对来喝凉茶的客人，也一样耐心招待。

"师哥，我们回来了！"叶素馨和小五将采购回来的药材搁置在店里，"药材都购买齐全了。"

颜西楼拿起刚刚采购回来的药材，拿起一粒贝母，仔细看了看，放在鼻子下闻了闻，最后干脆丢到嘴里嚼了一嚼，满意地点头："嗯，是地道的浙贝母。小五，你很能干。"

小五得意地笑，指着药材："放心吧，师哥。本省的十大地道药材，巴戟天、何首乌、高良姜、化橘红、佛手、陈皮、草豆蔻、砂仁、藿香、益智仁，全都在这儿。另外，四川的黄连、川芎、附子，东北的细辛、五味子，云南的茯苓，河南的地黄，山东的阿胶，这些地道药材，一样不缺。还有啊，我们最需要的夏枯草、大青叶、金银花、板蓝根等，也都买回来了。不过，"小五看了看脸色不善的叶素馨，嘻嘻一笑，"师哥你可是满意了，我可给师姐念了一整天了，耳朵都起茧子了。"

叶素馨横了小五一眼，将口袋里仅剩的几个铜钱摔到颜西楼的面前，不满地抱怨："师哥，你的地道药材是回来了，可钱袋也空了。地道地道，价格贵了很多呢！"

颜西楼和煦地笑了笑，不以为意："你们不是不知道，地道的药材秉气纯正，药效显著，比普通的药材要强很多。"

叶素馨冷笑："可也要看菜下饭啊。接下来，我们可真的要节衣缩食了。"

小五嘻嘻笑："师哥，这回啊，还真是多亏了师姐，要不是师姐一一讨价还价，我们恐怕连回来的路费都没有了。师姐，你还真是一把铁算盘啊。"

颜西楼呵呵一笑："我知道，我们的素馨精打细算，除了药材，今后的日子怎么过，你看着办就是了。说真的，小五擅长辨识各地药材，你做事精细，是我们普济堂的掌柜，普济堂少了你们啊，还真是不行。"

"是啊，师姐，"小五环顾四周，从这店铺的装修用料到聘请工人作业，几乎都是叶素馨一手包办，节省了不少钱财，"你啊，真是能用最少的钱办最大的事啊。真不愧是我们普济堂的铁算盘啊！"

颜西楼对小五的"谄媚"深以为然，安抚地拍了拍叶素馨的肩头。

搭在肩上的手修长温热，叶素馨的脸一热，心里甜滋滋的。特别是"今后的日子"这几个字，让她增添了几分遐想。

"难得师哥知道我的好，这可是你回来之后第一次夸我呢，可真难得啊！"

叶素馨半真半假地嗔怪，语气里不无幽怨。

颜西楼心一动，见叶素馨脸色绯红，眼中妩媚流转，想到义父的遗书，歉疚丛生："素馨，义父在信里和我提起你……是一个居家过日子的好姑娘，如果你愿意……今后，你就多操点心吧。"

叶素馨喜出望外，她明白颜西楼的意思，可不知道为什么，她在喜悦之余偏偏觉得颜西楼的话语有些艰涩："师哥……这是师父的遗命还是你自己的意思呢？"

颜西楼惊颤，眼前不由自主地闪过一张秀丽的脸庞和一双幽怨的眼睛，以及自己的害怕。

不管是梦想还是往事，总是要在现实面前低头的。

"是……义父的意思，也是我的意思……素馨，你累了，歇息去吧。哦，对了，明日是七月十五，我们该回义母那给义父过节，你们准备一下。顺便，把这事告诉义母……"

叶素馨几乎要喜极而泣："师哥，你知道，我等你这句话等了多久了吗？"

颜西楼一声叹息，他不是缺心少肺之人，自然知道姑娘家的羞涩期盼。

但为什么，此刻他下定了决心，心竟然有些纷乱？

小五莫名所以："师哥师姐，你们在说什么呢？"

叶素馨羞涩地一扯小五的衣袖，佯装嗔怒："不关你的事，走，你赶紧梳洗去，臭死了……"

看着叶素馨和小五进了内堂，颜西楼正要关闭铺门，谁知道铺门前竟然站着一个人。

颜西楼惊诧，忙躬身施礼："大人。"

来人是广州新到任的知府，他微服出行，到了最繁华璀璨的西关大街。可这时，大街已经很清静了。

几次出入知府衙门，颜西楼和知府也算是很熟悉了。只是，知府为人端肃严厉，不好亲近。

知府淡淡地点了点头，打量着普济堂的装饰，目光投射在医馆里悬挂着的那块残破的焦黑匾额上，眸中精光乍现。

"这块旧匾额，有什么来历吗？"知府指着墙上的匾额，询问颜西楼。

颜西楼不卑不亢，含笑答应："普济堂其实是我义父一手建立起来的，可惜，两年前毁在一场大火中。为了纪念义父，所以我沿用了普济堂三个字；也为了纪念义父，我将这破旧的匾额挂了起来，提醒自己秉承义父悬壶济世、普济众生的医者精神。"

知府惊诧，目光落在颜西楼的身上，半晌才缓缓点头："是这样……原来你是许厚天的义子。"

颜西楼惊喜："大人认识我义父？"

知府并不答话，走出铺门，准备离开，刚走几步又回头，含笑道："许大夫是广州城里的名人啊。对了，你的医术精湛，为何在广州城籍籍无名？"

颜西楼谦逊地笑："我多年在外游历，鲜有在广州城的时候，最近才回到广州城，幸得大人赐予厚重的诊金，我才得以重开普济堂。"

知府恍然一笑，继而叹息："本府希望你能重振普济堂，造福地方百姓。对了，那日所见的孩子，是你的孩子吗？"

颜西楼摇头，有些伤感："不，那是我义父的遗腹子。"说出"遗腹子"三个字，心里总是有些堵得慌。

"遗腹子？"知府惊诧，"你义父的遗腹子？真让人叹息啊，哦，中元节到了，你们该回去祭拜啊！"

颜西楼感谢知府的关怀："明日就回去！"

知府笑了笑，不再说什么，他大步流星，身影很快隐入夜色之中。

颜西楼目送知府远去，他奇怪于今日的傅知府多话了。

"原来，颜大夫勾结了广州城里的权贵，恭喜啊，你可比你义父强多了。"

一声清洌冷漠的话语传至耳边，颜西楼皱眉，抬头一看，对街曹氏来安堂的少东家曹语轩正拄着拐杖，一瘸一瘸地朝普济堂走过来。

那夜偶遇，颜西楼已经熟知曹语轩的怪僻，况且他生性随和，懒得费神与人计较："曹大夫取笑。行医济世靠的是真本领，和认识什么人没有关系，我义父是这样，我也一样。相信曹大夫你也一样吧？"

曹语轩脸一红，别过脸去，目光落在医馆里显眼的大葫芦上："普济堂凉茶？这凉茶的名字，是你给取的？"

颜西楼笑了笑："是我义母给取的。"

曹语轩点点头："'凉茶'二字，贴近民情民心，可见你义母定然是个兰心蕙质的女子。可惜……"他突然顿住了，摇头叹息，一会儿又斜睨着颜西楼，叹息地摇头。

颜西楼心一滞："可惜什么？可惜红颜薄命？你是怎么知道的？"

曹语轩冷笑："我可惜的何止这一件？今后，你会慢慢知道。至于我是怎么知道的，这太简单——当年的名医许厚天娶了一个青楼名妓，结果招祸上门，死于非命，这事广州城里无人不知，无人不晓，我当然知道。"

这话狠狠刺痛了颜西楼，他忍受不了曹语轩的乖张和冷厉："不要再说了，曹大夫，请尊重我的义父和义母。"

曹语轩停住了嘴，嘿嘿冷笑。

叶素馨从后堂出来了："师哥，我帮你烧了洗澡水了，你去洗一洗吧。"

很亲昵的话语，让颜西楼禁不住脸色一红。

曹语轩还是冷冷地笑，他用肆无忌惮的眼神上下打量叶素馨，仿佛是在市场上挑挑拣拣："颜大夫，她是你的……"

叶素馨见是曹语轩，目光落在他的拐杖上，不自觉地发出一声轻淡的嗤笑。

曹语轩怒火丛生，斜眼一瞥颜西楼，特意要让叶素馨难堪："这庸脂俗粉，该不会是颜大夫你的未婚妻吧？"

叶素馨气坏了，一张俏脸通红："你说什么？"

曹语轩得意地哈哈大笑，见颜西楼脸色不善，不等他发作，挂着拐杖转身就走："颜大夫，上次我们的约定，我已经有了一些眉目。今晚，想请颜大夫到'荔香阁'雅间一聚，你可不要退缩啊！"

面对着喜怒无常的曹语轩，颜西楼只能皱眉。

叶素馨怒气冲冲："师哥，你和这怪物有什么约定？你可千万不要去，所谓同行如敌国，他不知道要想出什么鬼主意来害人呢。"

颜西楼无奈地安抚叶素馨："是关于研制戒烟配方的问题，师妹，你想多了。"

叶素馨不满："师哥，你最近忙到半夜三更，就是为了研制戒烟的配方？我说师哥，我们好好地看病过日子就行了，这鸦片关我们什么事？各人自扫门前雪，休管他人瓦上霜，这你不懂吗？"

颜西楼变了脸色，心里更加烦闷，也不看叶素馨一眼："我走了，你先进去歇着吧。"说完，尾随着曹语轩而去。

叶素馨气得跺脚，今晚好不容易和颜西楼的关系有了很大的进展，却被曹语轩搅和了。

看着颜西楼的背影，叶素馨发现，颜西楼今日穿的是前些日子柳月夕为他们三人缝制的新衣。

这件灰色长袍，穿在颜西楼的身上，异常妥帖合体。

荔香阁筑建在河涌之旁，河涌里清澈的流水拖着长长的水草，潺潺之声不绝。

河涌岸边，片片蕉叶半掩着青中带黄的串串香蕉，隐隐散发着清香。

曹语轩拄着拐杖，临窗而站，出神地望着河涌里袅娜妖娆的水草。

淡白的月色，橘黄的灯火，盘旋在他白皙的脸庞上，交织成浅浅的白、淡淡的暗。

敲门声轻轻响起，惊破雅间的一室静谧。

曹语轩的手一颤，手中的拐杖从松开的手中一偏，歪歪地落在地上。

他厌恶地横了地上的拐杖一眼，倏地转身坐下，亲自泡茶，悠悠地在薄脆透亮的瓷杯上斟了两杯刚刚冲泡的铁观音，才傲慢地说了声："进来！"

颜西楼推门而进，朝曹语轩浅浅一颔首："让曹大夫久等了！"

曹语轩慢慢抬头，慢悠悠地用食指、拇指托着杯身，中指托着杯底，优雅地举杯："坐，喝茶！"

曹语轩的倨傲，颜西楼并不以为意，他淡淡地笑，和曹语轩面对面而坐。

"好茶！"端起茶杯，颜西楼低头闻着茶香，浅浅饮了一口，任凭醇爽甘鲜的茶水在口中像花朵悄悄绽放着芬芳。

"好茶！"颜西楼赞叹一声，朝曹语轩一笑，"很久没有喝上这样的好茶了，今天托了曹大夫的福了。"

曹语轩有些意外："你也懂茶？"

颜西楼笑："这福建安溪铁观音，是茶中的极品，这冲泡的水是白云山的山泉水，这冲茶人的手艺也是极好的，这茶，自然是好茶。"

曹语轩得意地笑："今日这茶是我亲自冲泡的，难得进得了颜大夫的口。来，喝茶！"

认识曹语轩也算有一些日子了，颜西楼第一次看见他孤峭尖刻之外的平和笑容，不由得莞尔。

曹语轩笑容一僵，将手中茶杯朝桌上重重一放，顿时茶水四溅。

孤傲、敏锐、尖刻、自卑又自尊，这就是颜西楼熟悉的曹语轩。

颜西楼摇头一笑，替曹语轩斟满了茶水。

杯中的茶水，金黄澄碧，清澈透亮，美丽极了。颜西楼感叹一声，笑着朝曹语轩举杯。

"曹大夫，我是在感叹这茶水。"

"茶水有什么值得颜大夫你关注的？"曹语轩冷哼了一声，"你是别有所指吧？"

颜西楼失笑："我是想起了茗茶的历史。陆羽在《茶经》里说'茶之为饮，发乎神农氏'，但茗茶出世之初，由于初入口总有些苦涩，很多人并不喜欢它。但细细品尝之后，自然就喜欢上了舌底生津的甘香醇澈。"

曹语轩点头，转动着手中的白玉瓷杯，沉醉地深深吸了吸悠悠袅袅的茶香："没错，这甘香醇澈，让人一辈子也离不开它！"他突然皱眉，"可……这有什么感叹的？"

"想想这茶，其实我觉得和曹大夫有异曲同工之妙。"颜西楼含笑望了一眼曹语轩，"你说呢？曹大夫？"

曹语轩一愣，继而脸一红，定定地盯着颜西楼，一字一句地追问："你……

真的这么看我？"突然，他脸色一沉，冷笑，"你是奉承我呢还是讽刺我？"

颜西楼失笑："我何必奉承你，曹大夫？我也没有必要讽刺你，我只是想和你交朋友，交一个可以切磋医术的朋友，而不是一个同行相轻的敌人。"

曹语轩不屑地冷笑，斜睨着颜西楼："你自认为有资格当我的朋友吗？"

颜西楼虽然生性温和，但也承受不了曹语轩的乖张，他淡淡地推开手旁的茶盏："我认为，你这样的性子，怕是不够资格做任何人的朋友。我告辞了，曹大夫！"

曹语轩一张白皙的脸庞涨得通红，他站起身子，随手抓起一只杯盖，正准备朝颜西楼的背影扔去。

颜西楼霍然转身，目光从曹语轩盛怒的脸上慢慢地落在地上的拐杖上。

月光有些清冷，穿入洞开的排窗，冷冷地裹着躺在地上的拐杖。

颜西楼一声叹息，弯腰捡起拐杖，放在曹语轩的身旁："夜色不早，曹大夫早点回去吧。"

这些年，他行遍大江南北，见过太多身患残疾而心理怪异的男男女女。

曹语轩呆了呆，紧抓着杯盖的手一松，哐的一声，杯盖落地粉碎。望着颜西楼顾长的背影，他一咬牙，出口挽留："你就这么走了？你不想知道神仙水和你义父的渊源？"

果不其然！所谓的神仙水，果然和义父有莫大的渊源。颜西楼深深一呼吸，内心不知道是喜是悲。他止住了脚步，回头望着曹语轩："你说！"

曹语轩的脸红一阵白一阵，他厌恶自己，花尽心思接近颜西楼。在颜西楼炯炯的目光之下，他觉得自己的丑陋无处遁形。

"坐下说话吧。你知道，我……是个瘸子，不方便久站。"

两人重新落座，却依旧沉默，袅袅的茶香，在两人之间萦绕。

曹语轩惊诧颜西楼的波澜不惊："看你的样子，你似乎早就怀疑神仙水和你义父有关？"

颜西楼苦笑："是，第一次喝神仙水，我觉得似曾相识，现在证明我的怀疑原来是正确的。可惜我义父生平心血，尽在普济堂的一场大火中化为灰烬了。幸好，还有这药方流传了下来。"

曹语轩逼视着颜西楼："你什么时候怀疑神仙水就是你义父研制的方子？"

颜西楼诧异曹语轩话语中若隐若现的忐忑："义父的药方虽然没有留下来，但这方子我义母见过，大致记得方子里的草药，不过，用量倒是不记得了。"

曹语轩端起茶盏，深深抿了一口茶水，浇灭了瞬间的口干舌燥："你义母……"想起那普济堂前秀气端庄的"凉茶"两个字，"称得上兰心蕙质的女人。可惜……"

茶水入口，颜西楼突然觉得舌尖泛苦，涩涩的，没有了方才的甘香醇爽。

"曹大夫，你是不是该告诉我，你为什么会有我义父的药方？"

曹语轩别过了脸，低头冲泡铁观音："你义父……行医多年，惠泽一方百姓，在他出事之前，曾经到过粤北，见当地百姓苦于瘴疠之气，于是留下了这方子，而持有这药方的人，正好是我的一个远房亲戚。一年前，那位亲戚来到广州，听闻许大夫已经过世，深深遗憾，于是将这药方留在了来安堂，希望可以造福广州城里的百姓……"

一张皱巴巴的纸张在曹语轩颀长雪白的指尖下张开，歪歪扭扭的字，虽然笨拙，却很清晰。颜西楼接过一看，上面的药材和柳月夕留给他的方子一模一样，只是多了各种草药的分量而已。

"这是我亲戚抄写的方子，你现在就收回去吧！来安堂……我承认来安堂曾经依仗这方子在广州城扬名立万，但来安堂今后自有独门绝活，不需要依仗别人的恩泽。"

曹语轩貌虽傲气，但眼底却苦涩羞惭，药方在他的手掌下推至颜西楼的跟前，手指在微微颤抖。

兴许，是夜风渐凉的缘故。

颜西楼珍而重之地将药方细细折叠，轻轻揣入怀中。

"其实，药方在谁的手中都不要紧，要紧的是它真的可以惠泽一方百姓……曹大夫，我谢谢你，谢谢你没有让我义父的心血湮没。来日，我希望可以亲自拜会你的亲戚，亲自谢谢他保留了我义父的心血……"

茶盏上的茶水溅出，烫得走神的曹语轩失态地发出一声尖叫。

低头看时，青葱手背一片泛红。

颜西楼忙叫小二端来一盆清水，让曹语轩将手背没入冷水中。

曹语轩定了定神，强笑一声："我亲戚……去年已经过世了，道谢的话就不必了。我很抱歉，时至今日，才将药方交回你的手中……"

颜西楼莞尔一笑，难得曹语轩还会道歉，以他孤僻傲气的脾性来说，怕是极其不容易的。

"好了，曹大夫，"颜西楼替曹语轩斟了一杯茶水，举杯道谢，"无论如何，总要谢谢你的，毕竟，是你让我义父的药方回到了普济堂！"

曹语轩尴尬地笑，淡淡的红晕泛上瘦削的脸颊。他见一张药方拉近了两人的距离，内心不由得暗暗得意。

月色转入绮窗，带着清秋凉意，让人微微心醉。铁观音的袅袅茶香，在窄窄的雅间里弥漫。

颜西楼不经意地侧目，见月光灯照射在曹语轩挺秀的脸上，半边明澈半边幽暗，乖戾尖刻全然不见，想起怀中曹语轩慨然归还的药方，不禁对他坦荡无欺的品行多了几分好感。

所谓人无完人，金无足赤，原本不必苛求一个人的完美。曹语轩性格虽然怪异，但也算是浑浑浊世的一汩清流。

"对了，许大夫是广州城里的名医，而你是他的义子，医术也不差，怎么在广州城就籍籍无名？这回，怎么突然就重新打出普济堂的名号？"

颜西楼苦笑，他说不出这些年，他一直在追逐一个影子，一个心里的影子。

"这些年我一直游医在外。古人说，读万卷书不如行万里路。义父说，作为一名医师，更应该深入民间。上一回在你的来安堂喝神仙水，那是我三年来第一次回到广州城。"

曹语轩抿嘴一笑："你还记得我们第一次见面的光景？我记得那时，你风尘仆仆，原来是远道归来……"

颜西楼怅然一笑："可叹游子归来，却已经没有了家……幸亏，义父的心血还能回来。"

曹语轩臊红了脸，幸好夜色朦胧，灯火跳跃，倒是遮去了他的羞愧。

"许大夫是广州城里的名医，可叹天不假年。唉，不说这个了，你多年在外，想必见过听过很多奇闻逸事，说来听听吧。你知道，我是个瘸子，恐怕终其一生都出不了广州城……"

颜西楼微微侧目，那紫檀木制造的拐杖迎着月光火光，冷冷地泛着清光。他发现，自己居然不愿意拒绝曹语轩的请求。

于是，从奇闻逸事到疑难杂症，两人居然如旧识一般，天南地北，兴趣盎然。

颜西楼生性温煦，但颇为健谈；曹语轩固然怪僻，却不乏深刻独到的见解。雅间里的氛围，渐渐随着月色的西移而升温，直至茶凉夜深。

从荔香阁出来，曹语轩深深吸了一口气，觉得身心前所未有地舒畅，甚至觉得，连空气里都带着怡人的清香。

"对了，曹大夫，你不是准备和我讨论研制戒烟药方的事情吗？"两人分手在即，颜西楼才记起今晚会晤的目的。

曹语轩笑，拄着拐杖回眸笑："下次吧，颜大夫，来安堂和普济堂较量的机会，今后多的是。对了，你小心些，这世道，鬼比人多，尤其是今夜！"

曹语轩抛下一句莫名其妙的话，掉头离开。

街头暗影浮动，纸灰飘浮，冷冷清清。

望着曹语轩的背影，颜西楼恍然想起，今晚原是七月十四，是阴气最重的中元节。

抬头仰望长空，夜幕清冷，微有凉意。

那圆月，冷清清的，偶有浮云遮蔽，像极了泪花闪过的朦胧。

颜西楼心一动，想起今晚曹语轩提到的"兰心蕙质"，竟然不由自主地朝西街出城而去。

走出数丈之外的曹语轩骤然转头，恰巧看见夜风吹动颜西楼长袍的下摆。一个微笑浮上他的脸庞，从今夜后，他是该有一个朋友了，尽管明日父亲知道药方归还普济堂的事情，会有一场暴风骤雨在等待着他。

第八章　纵难合欢

颜西楼趁着清亮如水的夜色，一路疾赶，连夜出了广州城，回到了白云山下的村子。

等门户在望，颜西楼只觉浑身热汗，淋湿了后背。

夜风吹来，让停止了步伐的颜西楼打了一个冷战。

这深夜，连犬吠之声都难得一闻，全村的小院如黎明前寥落的星辰散落在四处，静谧无声。

这深夜，他到底是要干什么？能干什么？颜西楼惊颤于自己的冲动，静静地站在小院前，裹足不前。

许久，颜西楼准备转身离开，这深夜，不能惊扰了睡梦中疲倦的义母和那小小的孩儿。

才转身，颜西楼听得一声惊叫从卧房中传出，那是他义母柳月夕的声音。

恐惧、无助、凄厉的声音，划破夜色沉沉。

颜西楼大惊，慌忙撞开院门，冲进柳月夕的卧室。

狭窄的卧室里，一个流浪汉模样的男人正和背对着门户的柳月夕拉扯着，流浪汉将柳月夕狠狠一推，柳月夕往后一倒，后脑勺撞在墙壁上，咚的一声昏死过去。

床上沉睡的许澄杏突然睁开眼睛，瞅见流浪汉凶神恶煞的模样，哇的一声，大哭起来。

颜西楼又惊又怒，一把抄起门边的木棍，朝流浪汉的头部砸去。

流浪汉头破血流，惊慌失措，忙夺路而逃。

颜西楼无暇顾及追赶流浪汉，他忙安抚哇哇大哭的许澄杏。许澄杏见到颜西楼，居然破涕为笑，很快又陷入了梦乡。

颜西楼一阵愣神，突然觉得后怕，如果今晚，他不是鬼使神差地回到这小院，后果怕是不堪设想。

柳月夕昏迷不醒，她仰头躺在地上，一头浓密的黑发如瀑散开。

一盏油灯在颜西楼的手中点亮，驱散满室幽暗。

狭小的空间里，衣箱大开，衣物落地，一片狼藉。显然，流浪汉无非是入屋求财。

一张破旧的桌子上，一只残留着药味的碗半翻，险些落地。

望着地上的义母，颜西楼一阵踌躇，虽说在名分上两人是母子关系，但终究不是亲生，更何况两人俱是年纪相近的青年男女，现在在夜半三更中同处一室，若是被左邻右舍知道，一定有瓜田李下的嫌疑。

但日间才下了雨，这地上终归有潮湿地气，再说也不知道柳月夕伤势怎样，如果就这样为了避嫌而放任不管，到底不合适。

在柳月夕身旁蹲下，颜西楼正要准备查看柳月夕头部的伤势。

昏黄的灯光照射在柳月夕的脸颊上，照在一半秀美和一半诡异狰狞上。

颜西楼先是被那十字交错的伤疤所震撼：一个女人，需要多大的勇气和决心，是怎样的孤苦绝望才使她义无反顾地自残以求洁净？

但当目光转向那完好如玉石般的半边脸的时候，颜西楼完全惊呆了！

那眉眼，那尖尖下巴上的红痣……分明就是自己三年来寻遍大江南北的她！

那一年，那一夜，那个人，扑倒在半陷入昏迷中的他的身上。

"你们别再打他！我跟你们走！"

"我不能丢下你不管，我不能让你因为我丧命。如果可以，你的恩情我来世再报……"

悲烈的，凄苦的，感恩的……那个傻姑娘，在那悲情的一瞬，彻彻底底地打动了他！

疼痛在胸腔里呼啸而过，让颜西楼夺门而逃，一个不经意的大力碰撞，桌上的药碗哐的一声落地，打了个粉碎。

命运太残酷，以一种不经意的残忍将自己魂牵梦萦的女人横插入自己生命不可企及的地方。

跑出房门，颜西楼一头撞上药架，药架上的三权苦和白茅根哗啦啦落了个满地。

颜西楼一个踉跄，靠着院子中的一棵大树才稳住了身体。口里苦涩胸腔闷堵，颜西楼几乎窒息。靠在树干上，颜西楼大口大口地喘气。

怪不得，那眼神，熟稔无比；怪不得，她对他，竟比同一屋檐下生活了多年的师弟师妹还要了解和理解……

只因为，他们曾有七天七夜的同行。那时，他们相知相惜，情愫暗长，幽情萌发……

她分明认出了自己，可为什么选择了沉默？

是难堪于自己的伤残，是难堪于彼此的身份，还是害怕自己的内心——那曾经有过的若隐若现的情愫？

夜风吹来，让颜西楼一阵寒战，也让他从狂乱中苏醒。

低头看脚下：白茅根，三权苦。

记得有一回，许澄杏出疹，他曾经用三权苦和其他的草药一起烧水给许澄杏洗澡。

当时她曾问，三权苦有什么作用。

他说，三权苦可以清热解毒，可以医治咽喉肿痛，可以治疗疟疾、湿疹，乃至跌打损伤和虫蛇咬伤。广州城郊，白云山上，到处可见这种廉价却实用的药草。

没有想到，她竟然采集了那么多。就连白茅根，能凉血止血的白茅根，她也采集了那么多。

这些日子，她一直在背后，在无声地支撑着他！可她，也在躲着他……

颜西楼黯然，双手抚头，颓然蹲下身体。

今后，他该怎么办？这些日子，现实中的她，老是和记忆中的她，不断地重叠，不停地交织，最后，竟然汇集在一个人身上——他的义母。

命运，总是让人无语悲凉，也让人害怕。

双手垂下，触及长袍湿湿的一角，那是被打翻的药碗里的药汁。

颜西楼一惊，如果不是她生病，哪里来的药碗？估计就是她病重的缘故，流浪汉才有足够的时间在屋子里翻箱倒柜。

急忙往屋里跑，果然，躺在地上的柳月夕昏迷不醒，嘴唇殷红干裂。

颜西楼一摸额头，果然，柳月夕正陷入高热的昏迷中。

不需要再去顾及男女有别和伦理道德，眼下，有一个病人需要他的救护。

冷水敷额、煎药、喂药，残存的半夜，就在焦灼愧疚和莫可名状的情愫中悄然流逝。

残灯明灭，柳梢淡月，好不容易柳月夕的高热才慢慢地消退。

许澄杏终究是一个嗜睡的孩子，一夜折腾，他依然酣梦如故。

颜西楼翻阅着桌上的医书，其中的一本《本草纲目》正打开着，用纤细秀丽的笔迹做着阅读的记号。

这几本书，颜西楼记得，是柳月夕让叶素馨给她带回来的。

这样一个女人，就算是命运错待了她，她一样坚韧无畏地活着，活得让人感动，让人有期盼。

这样的女人，怕是这辈子，不是每个男人都有福分遇见的吧？

他有福分遇见了，上天却没有给他缘分；师傅有福分拥有了她，上天却夺走了他们相守的机缘……

胸口的酸涩在不停地膨胀，不停地膨胀，几乎要撑破颜西楼的身体，爆炸成灰。

一声低低的呻吟从身后传来，细弱、低沉。柳月夕醒过来了。

"谁？你是谁？"柳月夕一声惊呼，暗淡的灯光和疼痛欲裂的头部让她神思恍惚。

颜西楼深深地吸气，压抑内心的悸动和混乱："是我，义母……"

时至今日，命运给予他们的，是而且只能是这样的关系，"义母"和"义子"

的关系。

柳月夕一声惊呼，下意识地伸手去抚脸颊，指尖甫一触及凹凸的伤痕，眼泪霎时夺眶而出，百感交集地说："你……怎么会在这里？"

颜西楼低了头，收拾药碗："昨夜邻村有人请我出诊，一直忙到半夜才回来……幸亏出现得及时，没有让义母你和澄杏受到伤害……你身体虚弱，先歇息，我去熬点粥来。"

望着颜西楼的背影，昏昏沉沉的柳月夕只觉一股疼痛从脚跟一直蔓延到头顶。

坐在厨房的火灶前，颜西楼心神不定地朝灶膛里扔着柴火。灶台旁搁置着一把阴干的三权苦叶，颜西楼随手摘了一片叶子放进口中，那苦涩的滋味，迅速在口腔中蔓延，慢慢地，沿着咽喉，滑进食管，溜进了胸腔。

既然命运让他们对往事沉默，那么人生，就当是今夜初见。

时近中午，颜西楼倦怠地回到普济堂。

小五一见颜西楼终于出现，长长舒了一口气："师哥，你这一夜上哪里去了？你把我们急死了！"

颜西楼懒得解释："素馨呢？小五，你师姐哪里去了？"

小五笑着说："我哪知道啊？一大早，师姐就找你去了，她还担心你有什么意外呢。我说了，师哥这些年走南闯北的，哪里就有事啦？"

颜西楼皱了眉头："小五，赶紧将你师姐找回来，快去！"

小五应了一声，正准备出去找人，可他眼尖，远远地看见叶素馨正走进斜对街曹氏来安堂的大门。

"师哥，师姐到来安堂去干什么？"

颜西楼皱眉，知道是那泼辣的妮子找曹语轩的麻烦去了。昨晚，素馨看着他尾随着曹语轩离开。

"小五，家里你照看，我去看看。"

叶素馨走进曹氏来安堂，冷冷打量着医馆里的热闹非凡。

医馆里的伙计都认得她是对街普济堂的人，不由得嗤笑着上下打量这不速之客。

医馆里熙熙攘攘的喧嚣让叶素馨心里很不平衡，记得当年，这盛况，唯有他们普济堂才有。

"我找你们少东家曹医师，麻烦你们叫他出来。"叶素馨叫住了一个年轻稚嫩的小伙计。

医馆里的伙计哄地大笑起来。

一个伙计轻佻地调侃叶素馨："姑娘，你找我们少东家曹医师干什么？是上门找女婿啊，还是要我们少东家给你治病啊？"

另一个伙计接着调戏："什么病啊？我们少东家可是最擅长女人月经不调啊，不孕不育症啊，你找对人了……"

医馆里的伙计和病患哄堂大笑，有个伙计接着说："怪不得普济堂门可罗雀啊，瞧，普济堂的人来找我们少东家治病啊。姑娘，我帮你找我们少东家去，哈哈！"

叶素馨又气又窘，但并不愿意示弱，她一看数个瓦缸的神仙水摆在医馆的中央，突然想起颜西楼和他说起的，这神仙水的配方和师傅所遗留下来的药方怕是毫无二致的。

"我们普济堂跟来安堂比较，确实是太小了。不过，我们普济堂可是老老实实正正当当悬壶济世，不像有些医馆，剽窃别人的药方，发着昧心财……"

"你说什么？"曹语轩刚跨出内堂便听见叶素馨的冷笑，"你来干什么？"

叶素馨冷笑，鄙夷的眼光在曹语轩的拐杖上打转："曹医师，昨晚是你邀我师哥到荔香阁聚会的，可我师哥到现在还没有回来，你该不会是因为多了一个对手而对我师哥不利吧？你是不是该给我一个交代？"

曹语轩一愣，目光不由自主地投向斜对街的普济堂，恰巧，他远远地正看见颜西楼朝来安堂走来。

见叶素馨一副焦躁不安却又咄咄逼人的模样，曹语轩冷笑："你急什么？你师哥说不准眠花宿柳去了呢！你一个大姑娘，到处找男人，像话吗？"

叶素馨羞怒交加，随手端起桌上的一碗神仙水朝曹语轩泼去："你这个瘸子，嘴巴那么毒，小心哪一天变成哑巴……"

药汁泼在行动不便的曹语轩身上，一股浓浓的药味冲上曹语轩的鼻端，让他皱紧了眉头。

可曹语轩居然没有朝叶素馨发难，反而举起手里的拐杖，猛地往瓦缸一敲，哐的一声，浓黑的药汁随着瓦缸的碎片四处流溅。

"掌柜，不是和你说了吗？今后曹氏来安堂再也没有神仙水，你怎么就不听？"

曹语轩的怪诞行径让医馆里的伙计和病患都惊呆了。

"来安堂没有神仙水，也一样会是广州城里数一数二的好医馆！"曹语轩傲然一笑，他似乎意犹未尽，举起手中黑得发亮的紫檀木拐杖，狠狠地敲碎其他数个瓦缸。

来安堂里除了药汁流溅的声音外，再无其他声响。

曹语轩则满意地看着地上四处流窜的药汁，哈哈大笑。

颜西楼默默地站在来安堂前，许久，他一声叹息，走进医馆，在曹语轩面前站定："曹大夫……"

叶素馨一见颜西楼，大喜过望："师哥，你上哪里去了？我担心死了……"

颜西楼愠怒地横了叶素馨一眼："有事今晚再说，素馨，你马上回家去，帮助义母收拾行装，让义母搬到普济堂和我们一起住。快去！"

叶素馨不解："师哥，到底发生了什么事情，师娘不是不愿意来西关吗？师哥，你为什么非要坚持师娘和我们一块住？"

颜西楼烦躁了："让你去你就去吧！义母要是不愿意出来，你抱起澄杏就走，你看她出不出来！"

叶素馨诧异，但不好再问什么："好，师哥，我去。你看起来很累，还是回去歇着吧。"

颜西楼点了点头："你快去吧，趁早回来。"看着叶素馨走出来安堂的门槛，颜西楼回头朝曹语轩歉然一笑："曹大夫……"

目光落在朝他走来的曹语轩的身上，颜西楼吃了一惊，曹语轩眼眶发黑，脸色苍白，脚步虚浮，一副病恹恹的模样："你怎么啦？"

颜西楼伸手去搀扶曹语轩："你还好吗？"

曹语轩淡然一笑："很好，很轻松，颜大夫，我曹语轩说话算话，从今日起，来安堂再也没有神仙水。不过，请你记住，曹氏来安堂终会有属于我自己心血的神仙水！"

颜西楼搀扶着曹语轩，隔着衣裳，甚至察觉不到身躯的温度。但这副瘦弱的身躯下，却有一颗傲岸不群的心。

颜西楼叹息："谢谢你，曹大夫，你真的是一个值得敬佩的好大夫！"

曹语轩下巴微扬，孤傲地笑："我会让很多人敬佩的，你相信不？"

颜西楼一笑，点点头："我相信，真的相信，从第一天见到曹大夫开始，我就打心里敬佩你了。"

曹语轩笑，眼角微微在颜西楼脸上扫过，突然脸色飞红："今天你师妹的事情，你必须向我赔礼道歉。"

颜西楼点点头："我很惭愧我师妹不懂事，过些日子，我请曹大夫喝茶赔礼。"

曹语轩眉梢一扬，继而低头，满意地应了一声"好"。

来安堂里的掌柜和伙计目瞪口呆，从来安堂开张至今，从没有人见过曹语轩轻松和暖的笑容。

颜西楼点头，转身告辞。

还没有走出来安堂，突然听得来安堂里传来一声咆哮，颜西楼惊诧回头，曹语轩的父亲——曹德寿怒容满面地从内堂走出来，一把抢过曹语轩手里的拐杖，狠狠地往曹语轩的身上一敲："业障，安生过日子不好吗？"

曹语轩单薄的身体一晃，往前一扑，险些倒地。

颜西楼大惊，不假思索地回身，稳稳地扶住曹语轩。

曹语轩冷冷地斜睨着曹德寿，一手推开颜西楼，一字一顿地对曹德寿说："父亲，曹氏来安堂，有我曹语轩就会有将来，你担心什么？"

曹德寿怒气冲冲地将拐杖往满是药汁的地上一扔，怪异地看了颜西楼一眼，又骂了一声"业障"，怒气冲冲地往外走。

估计是曹语轩擅自做主将药方归还普济堂的事情触怒了曹德寿，颜西楼歉然："曹大夫，你累了，歇着去吧！"

曹语轩苦笑，望着颜西楼，欲言又止。他明白，父亲生气的，并不仅仅是归还药方的事情。

曹语轩没有告诉颜西楼，因为这件事，昨夜，他在来安堂的天井里被罚跪了整整五个时辰。

"师娘，我回来了！"傍晚时分，叶素馨回到普济堂的里间，见到正在厨房忙活的柳月夕，打了一声招呼。

自那日被叶素馨强行带回普济堂，柳月夕只好在这儿待了下来。但因为是寡妇身份，因为曾经的遭遇，她每日深居简出。

因为住处狭窄，颜西楼将自个儿的房间让了出来给柳月夕母子，自己和小五挤在一个小屋子里。

"师娘，我让你帮我泡的药汁，泡好了吗？"这几日，因为身怀有孕的知府太太身体不适，需要一个懂医理的女子在身边照顾着，叶素馨见这是一个亲近官太太的好时机，便自告奋勇去照料知府太太。

柳月夕笑了笑："知道你每日这会儿回来，都给你泡好了。"

叶素馨笑，打了一盆洗脸水，将案台上的药汁倒在洗脸水中，仔仔细细地清洁着一张日益洁润的脸。

柳月夕略一抬眼，见叶素馨双手托着棉巾，在脸颊自下而上，自鼻翼向外仔细地打着圈，看她那细致功夫，倒像是在绣花。

她不由得好笑："素馨，我看你这洗脸的功夫是越发地讲究了。"

叶素馨得意地从脸盆上抬起脸，朝柳月夕甜甜地笑："师娘，你不也在读医书吗？你知道的，少许女贞子用开水泡开洗脸可以让肌理柔润细腻。至于这洗脸的手法，你就不知道了，我这是循着血流和穴位的走向洗脸，日子长了，肌肤会越发柔润的。师娘，你也试试？"

柳月夕一愣，低了眉眼。下意识地伸手去抚刀疤交错的脸颊。

俗话说："女为悦己者容。"且不说她的容貌已经毁坏，就算是完好一如当初，她也没有可以取悦的人。

铁锅里的水开了，在咕咕地沸腾，柳月夕随手揭开铁锅的盖子，顿时，一阵水汽弥漫开来，模糊了柳月夕的双眼。

那水汽里，仿佛有一张脸，在敛眉深思，眼神中隐隐流露出怜惜。

柳月夕的心一颤，手里的木锅盖陡然从手里落下，砰的一声砸在她的脚上。

刚才，就一瞬间的工夫，那水汽中幻化的面容，恰恰就是颜西楼的模样。

那不是她可以想的人，也不是她该想的人！

可偏偏，这些日子，在夜半梦回，他越发在她的脑海中盘旋不去。尤其是那一夜，七月十四中元节，他竟然又一次为她解除了困厄。

只是，他已经不记得她；而她依然念着前尘往事，在暗里揪着不放。

脚背传来一阵疼痛，让她不自觉地惊呼出声。

叶素馨听得惊叫，忙走过来，扶着柳月夕一旁坐下。

拉起柳月夕的裤管，见柳月夕白皙纤软的脚背上一片红肿。

"师娘，你怎么那么不小心？"

柳月夕羞红了脸，低眉不语。幸亏那层薄薄的面纱，遮掩了她的尴尬和羞愧。

"还好，没有伤及筋骨，"叶素馨查看了一下伤处，"一会儿我给你擦一擦跌打药酒就没事了！"她仰头一笑，隐隐露出两个酒窝。

柳月夕心一动，眼前的这张脸，白皙柔润光洁，那素淡衣装下的身躯，也越发柔软窈窕。

"素馨，你最近是越来越漂亮了！"柳月夕装作漫不经心地说道，但心却在胸腔里怦怦直跳。

叶素馨笑，羞涩中带着满足和憧憬："师娘，前些日子，师哥已经说了……或者，过些日子，就该劳烦师娘为我们操办婚事了。"

瞬间宛若有一只手，倏地狠狠揪紧了柳月夕的心脏，然后才狰笑着慢慢放开，乍痛几乎让人窒息。

但这不过是迟早的事情。

和颜西楼之间的情愫，就算是萦心绕怀了数年，也终究是浮云一场，纵浓纵淡，终归要散去。

就当是茫茫人海，自那夜惨淡分离，就再也未曾相见。

柳月夕强忍住内心的酸楚，低头揉着脚背："好，我会替你师傅……为你们主持婚事。毕竟，这也是你师傅的心愿……"

叶素馨却略显遗憾："如果师傅在世，他一定会很高兴，也一定会给我们举行一个热热闹闹的婚礼。依师傅的声名，婚礼之日，一定是宾客盈门……"

柳月夕苦笑，年轻的叶素馨太不知足，能和自己喜欢的人携手一生，许多人，一辈子也求之不得，譬如她柳月夕。

"素馨，眼下普济堂重开不久，你师哥手头紧，是没有办法给你一场热闹体面的婚礼，但这又有什么相干？再说，如果你相信师娘的手艺，我一定可以给你们裁剪一身得体喜庆的喜服，你看好不好？"

叶素馨欢喜中略带无奈："谢谢师娘。其实，如果这些年，师哥善于经营，怕是名利双收了……师娘不知道，师哥的医术，其实真的不比师傅差多少……"

话还在嘴边，手里提着药包的小五进来。一见叶素馨，忙笑着讨好："师姐你回来得真是及时，这药你帮忙煎了，我一会儿进来拿！"

叶素馨皱眉，接过药包打开一看，款冬花、五味子、桔梗、麻黄等俱是医治咳喘的药材。

脸一沉，叶素馨将药包塞回小五手里，语气冰冷："又是隔壁那张老头儿的药？"

隔壁的张老头儿因为儿子吸食鸦片而败光了家产，现在除了一间大屋便一贫如洗，如今贫病交加，无人照料。颜西楼见张老头儿可怜，经常施医赠药。

今日张老头儿哮喘发作，颜西楼忙给他开了药方，让小五给他煎药。

小五倒是急人所急，手脚利索地将药草倒入煎药的瓦煲中，边生炉子边说："是啊，师兄说了，张老伯咳喘得严重，让我赶紧将药煎好了给送过去。自从我们普济堂重开，这张老伯便是我们的常客，可惜我们普济堂不仅收不上诊金，连药钱也倒贴了不少啊！"

柳月夕淡淡地笑，尽管岁月流逝，可颜西楼还是当初的颜西楼。

叶素馨生气了，她将瓦煲从炉子上取下来，重重地放在一旁："师兄到底是怎么啦？当普济堂是善堂吗？今日不收诊金，明日赠药，这日子还过不过了？再这样下去，这普济堂迟早关门大吉。"

小五诧异地望着火气横生的叶素馨，讪讪地笑："师姐，哪有你说的严重啊？再说了，这是师哥吩咐的，我哪里敢不听？"

叶素馨怒气冲冲的，冷哼了一声："我和师哥说去。他也不想想，普济堂可是入不敷出了……整天就想着当老好人，自己的日子都过不了了，还管别人那么多干吗？"

柳月夕一把拉住叶素馨的手："小五，你先去吧，这药我一会儿煎好了，你再进来拿！"

小五一溜烟走了，叶素馨气得粉脸涨红："师娘，你还帮着师哥啊？这人啊，还真是榆木脑袋啊，不开窍！"

柳月夕笑笑，叶素馨的心思，她是懂的。叶素馨一心谋划着一个热闹婚礼，正愁手头钱财紧缺，而颜西楼一点也没有思及她的顾虑，这难免让叶素馨生气。

但是，这两个人，性子也过于南辕北辙。一个沉敛，一个急躁，一个视钱财如粪土，一个急功近利。

这性子大相径庭的两个人，能过上和谐的日子吗？柳月夕心理隐隐有些不安。

时至今日，她是希望颜西楼过上顺心舒心的日子。至于她自己，已经不重要。

叶素馨发狠地朝炉灶里扔着柴火，那炉灶里的火焰瞬息被扑灭，一阵浓烟从灶膛里涌出，熏得她双目发涩，泪意上涌。

"素馨，你是知道你师哥的为人的，如果你不能理解和体谅他支持他，你师哥怕是难免和你有隔阂，你明白吗？"

叶素馨一愣，慢慢地低下了头，委屈地抱着双膝蹲在灶头前。但口里仍然倔强地说："师娘，我没有错，是师哥太不会筹算。这日子，不就是精打细算出来的吗？只要是我当家，我就得好好地掌控好我们普济堂的收支。"

自普济堂重开，颜西楼知道叶素馨善于理财，便将普济堂的开支全由叶素馨掌管，柳月夕搬来普济堂之后，叶素馨也曾因为辈分的缘故让柳月夕掌管钱财，但柳月夕拒绝了，理由是一个寡妇不便抛头露面。

柳月夕叹息，默默地将装有药材的瓦煲搁置在炉子上，用武火煮沸，然后转为文火煎熬。

叶素馨阴沉着脸，在厨房的一角搬出一个陶罐，将已经在米醋里浸泡了二十四个时辰的黑豆倒在砂锅中，用大火燃煮。

柳月夕诧异："素馨，你这是干什么？"

叶素馨火气未消，不情不愿地回答："师哥想做散财童子，我只能赶紧聚财，要不然，我们几个说不准很快就喝西北风了。"

柳月夕摇头淡笑："你到底是想干什么啊？"

叶素馨叹息："《隋炀帝后宫诸香药方》有记载，将这黑豆和米醋一起泡煮，一直煮到黑豆糜烂，然后将渣子滤掉，再用小火将它熬成黑膏，在洗发后将这稠膏涂在头发上，可以达到黑发亮发的效果。"

柳月夕笑了："嗯，黑大豆性味甘平，有乌发的作用，不过，你的一头秀发够黑泽发亮的了，何必浪费这心神？"

叶素馨没好气地回答："这哪里是为了我自己啊？知府夫人前日嫌自己的头发干枯焦黄，看样子很担心知府大人嫌弃。我就想着，如果可以讨得知府夫人的欢心，得到些好处，这普济堂的日子也该好过些。师娘，你知道吗？那知府夫人高傲骄矜，根本没有将我放在眼里，不过，为了普济堂，我受点委屈不算什么，可是师哥不明白，我……"

越说越气，叶素馨将柴火往柴堆里一甩："我不管了！"转身就走。

柳月夕苦笑，捡起干柴，慢慢地给砂锅添柴。

这日子，如果可以率性而为，怕也过不成日子了。不过，可以率性而为，未尝不是一种幸福。这幸福，对她柳月夕而言，今后的日子也不可能有的。

就是瞬息工夫，厨房里便到处充塞着米醋的味道，柳月夕心一动，眼神随着霍然熊熊燃烧的柴火发亮。

或者，好日子，确实是筹算出来的，叶素馨并没有说错。

尽管颜西楼的未来岁月不属于她，但她依然可以默默帮他筹算。

第九章　莲心一点

晚饭时分，气氛有些压抑。叶素馨还在生颜西楼的气。小五则担心叶素馨发难，收起了往日的嬉皮笑脸，只顾埋头进食。

颜西楼则心不在焉。

和往日一样，柳月夕并不和颜西楼等人同桌进食，理由很简单，柳月夕需要照看许澄杏进食。

往日，颜西楼以为柳月夕是为了避嫌才错开用膳时间，毕竟一个是年轻的义母，一个是年岁相当的义子，多少是要避嫌的。但自从中元节那日不经意窥见面纱下的柳月夕，他才知道柳月夕的良苦用心。她不过是借着一方面纱，躲避着他和他们共有的过去——那清浅的，却足够铭记一辈子的过去。

有多少人，可以轻易忘却生平第一次心跳的声音？

许澄杏很顽皮，进食时东奔西走，让柳月夕伤透了脑筋。

咯咯的笑声中，许澄杏猛地揭开柳月夕脸上的黑纱，调皮地大笑。

颜西楼的眼角余光落在柳月夕挺秀的侧脸上，昏黄的灯光下，肌肤透亮般白皙的右脸浮着一层淡淡的光晕，那被灯光勾勒出来的侧影和当年荒野中托腮沉吟的哀愁少女清俏得毫无二致。

记忆被不经意勾起，颜西楼的心一颤，目光不由自主地落在柳月夕的身上。

柳月夕慌忙夺取许澄杏手里的黑纱，尴尬地转身系上。

窈窕的身躯在宽大的黑衣下显得单薄，那和柳月夕的年龄极不相称的发髻颤颤悠悠，老气横秋。

　　原本如花绚烂的年华，如玉一般洁柔的容貌，却一辈子要湮没在黑衣黑纱的黯淡之下，压抑着悲喜，如木偶般行尸走肉地过一生。

　　颜西楼心惊，眼前的柳月夕，比之当年彷徨无助、哀声悲戚的少女更容易挑动他的心弦。只是今日，他爱莫能助，一切都无能为力。

　　命运兜转，可笑可叹，他和她，关系近了，人却远了。

　　心如有人用力狠狠地捏了一把，乍然的疼痛让人不自觉地拧紧了眉头。

　　"师哥……"对面而坐的叶素馨挑起两道弯弯的柳眉，疑惑地用筷子敲了敲颜西楼手中的碗，"你怎么啦？"

　　颜西楼恍然回神，目光狼狈地从叶素馨的脸上扫过。

　　今夜的叶素馨身着绯红的上装，新修的两道柳眉弯弯如月，弯月下的秋水跳跃着鲜活的情愫。

　　柳月夕的身影隐在叶素馨的身后，一红一黑，鲜活的红益发凸显晦暗的死寂。

　　颜西楼再也无心下咽，放下手中的碗筷，转头问小五："小五，给张伯的饭菜可准备好了没有？我给他带去！"

　　小五瞄了一眼脸色乍然一沉的叶素馨："已经装好了，我一会儿给张伯带过去吧！"

　　"不了，很晚了，张伯也该饿了，"颜西楼淡淡地起身，提起一旁的食盒，沉吟了半晌，伸手轻弹长袍上实则不存在的灰尘，"义母，从明日起，你多准备一人的饭菜，从明晚起，隔壁的张伯会和我们一起吃饭！"

　　叶素馨啪的一声，放下了手中的碗筷："师哥，你是说，普济堂从明日起要养一个不相干的人？"

　　如果是在往日，颜西楼一定会淡淡一笑，不置可否，可今日，他心绪不宁，语气自然就冷硬了许多。

　　"素馨，你我小的时候和义父也是毫不相干的人！可偏偏就是这不相干的人，给了我们最大的恩惠。"

颜西楼提起食盒，抬脚就走，颀长的背影在油灯下显得特别孤寂。

柳月夕心一酸，她和颜西楼也曾是最不相干的人，可他几乎为她赔上了一条性命。所以，救济一个孤苦的老人，在颜西楼看来，实在是最平常不过的事情，可叶素馨不懂。

"师哥，人家是有儿有女的人，何必你来管闲事？"叶素馨提高了声调，快步走出外间，从抽屉里取出账本，哗的一声给摊开，摆在颜西楼的面前，讥讽出声，"师哥，你自己看看吧，普济堂继续普度众生，那过些时日，怕是要找些人来普度我们了！"

颜西楼忍耐地叹了口气："素馨，就算日子艰难，你和我没有过不下的，但是张伯，如果我们置之不理，明日摆在普济堂隔壁的，就是一具死尸！你就忍心？至于张伯的儿女，素馨，当日你和我一样，都是有父亲有母亲的人，结果，还不是被抛弃了吗？"

叶素馨哑口无言，望着颜西楼涨红了脸。

颜西楼发出一声低低的叹息，眸光从叶素馨的脸上扫过，沉重地转身："素馨，不要忘记了义父的教诲，不要、不要让……普济堂在我们的手里失去了义父在世时的光彩。"

叶素馨不服气："我难道就不是替普济堂着想？师哥，我精打细算，不就是为了普济堂？可你呢？师哥，义父的药方回来了，你为什么不像来安堂一样熬成凉茶，像以前来安堂一样经营？你不知道？来安堂的名气怕是靠这剂凉茶闯出来的吧？你把义父的心血晾在一旁，这算是为了普济堂吗？师哥……我真不明白你在想什么！我知道，你整日想着研制戒鸦片烟的方子，鸦片烟跟我们有什么关系？我们过好自己的日子不好吗？"

鸦片之害，让颜西楼家破人亡，更陷无数家庭于万丈深渊，这是他内心一辈子磨灭不去的创伤。

颜西楼顿时脸色铁青。

柳月夕见颜西楼眼瞳紧缩，一股隐忍不住的锐利蹦出眼眶。

她心惊，生怕今夜有一场激烈的争吵。忙一扯叶素馨的衣袖，阻止她的喋喋不休："素馨，你师哥要出去，晚些回来再聊吧……"

小五忙赔着笑推了推颜西楼："师哥，你快去吧，张伯怕是饿了……"

颜西楼深深吸了一口气，语气里掩饰不住内心的失望："素馨，你记住了：第一，义父苦心研发药方不是为了牟取暴利，你该知道'欲济世而习医则是，如谋利而习医则非'的道理；第二，来安堂的名气固然有师傅药方的缘故，但更在于它有一个出色的有医德的大夫——曹语轩，他是一个值得我们尊敬的大夫，如果不是因为他的磊落，我们未必就可以拿回义父精心研制的药方；第三，悬壶济世，固然可以救人，但救人的数量有限，眼下鸦片流毒，无数家庭家破人亡，如果可以研制出好方子，则可以救人无数，我想，这会更加吻合这普济堂的深意。素馨，或者，我让你失望了，我没有办法让你过上丰衣足食的日子，如果……"

叶素馨的脸红一阵青一阵，低了头未发一语。

颜西楼深深望了叶素馨一眼，寥落神情，转身就走。

柳月夕心惊，那句没说完的"如果"，她是懂的。颜西楼的意思是，如果叶素馨不能认同和理解他，那么，他们两个就没有走到一起的必要。他是这意思吗？

但叶素馨却噘着嘴，没有听出颜西楼的言外之意。

望着颜西楼的背影，柳月夕咬着唇，她几乎无法承受他眼神中的寂寥孤清，但她只能眼睁睁看着颜西楼的背影，没有任何置喙的余地。

出了普济堂，一阵风吹来，一片落叶飘落在颜西楼的肩头，让他从愤懑中清醒过来。

抬头望长空，月儿淡淡，挂在柳梢。这七月已过，夜晚的风就有些凉意了。

一声轻轻的咳嗽响起，有人挡住了去路。

是曹语轩。朦胧的月色模糊了他俊雅的脸庞，但他眼中清冷的笑意却似乎灼灼发亮。

颜西楼浅浅一颔首，奇怪曹语轩总是出其不意地站在普济堂旁，站在他的面前。

"曹大夫。"打了声招呼，颜西楼迈步就走，今夜他只需要一个人就好。

夜色中，曹语轩素日里冷峻的唇角柔和了几分："有事情找你呢，可以聊一会儿吗？"见颜西楼眉头微皱，曹语轩又加了一句，"是关于研制戒烟药方的，不会耽误你多少时间！"

颜西楼无奈："我给张伯送饭去，一会儿就来，你等我。"

曹语轩略一沉吟："我和你一块儿去吧。"

颜西楼诧异，奇怪往日孤傲冷峭的曹语轩竟然平易近人了起来。

张伯就住在普济堂的隔壁，往日里也是殷实的人家，但儿子不争气，儿媳妇回了娘家，老伴儿又死得早，如今家产败光，只剩下一间空荡荡的房子和他这个孤苦无依的老人。

幸亏张伯有先见之明，将房契藏在一个隐秘的地方，要不然怕是连个栖身之所也没有了。

颜西楼敲了敲铜锈斑斑的铜环，大屋里隐隐传来一声痛苦的呻吟声。

"谁啊？"那是老人的声音。

"是我，张伯，西楼！"颜西楼推门而进，大屋内灰尘铺面，蛛丝缠绕，一片漆黑。

"一年前，这人家还算得上富有，可惜今非昔比。今日的光景，怕是连梁上的燕子都飞走了。"曹语轩一脸冷色，语带痛心，"都是鸦片惹的祸，遭遇这样不幸的人家，在广州城里比比皆是！"

颜西楼默不作声，但曹语轩分明看见他眼中陡然升起的怒火。

大屋很宽敞，颜西楼和曹语轩穿过空无一物的厅堂，直进里间。

一阵霉味扑鼻而来，借着天井漏下来的微光，颜西楼隐约可见张伯倚在床上，恹恹喘息。

"颜大夫，曹大夫，"张伯惊奇，费力地撑起枯萎如废藤般的身体，"你们怎么来了？"

一根火柴划开，点亮了一盏幽暗的油灯。

颜西楼忙按下张伯的身体："张伯，我给你带了饭菜。从今天开始，我会定时送饭过来，你今后不用担心衣食的问题。"

张伯老泪纵横，一个激动，又咳嗽了起来，话语断断续续："颜大夫，我一个一脚踏进棺材的人，怎么……可以连累你？"

颜西楼含笑安慰："说什么连累？张伯，我记得我义父在世的时候曾经和我说过，张伯曾经对义父他老人家有恩，我今日的作为，不过是替义父他老人家报恩而已。张伯你不用放在心上，安心养病就好！"

张伯惭愧："当年我做药材生意……不过是曾经让你义父赊了几次账，你义父也很及时将账目还清，这哪里算得上恩惠？"

颜西楼含笑扶起张伯，取来了枕头放在张伯的背后让他垫着，将饭菜递到张伯的手里："俗话说，滴水之恩，当涌泉相报。我这么做是应该的。你吃吧，张伯！"

张伯泪涕四流，失声悲咽。

曹语轩在一旁冷冷侧目。

颜西楼见屋内唯一的一张案台上放着一个残缺的瓷壶，打开一看，瓷壶是空的。

颜西楼含笑说："张伯，我去给你烧点水来，你慢慢吃。"

自见了张伯后一直没有吭声的曹语轩随着颜西楼来到后堂左侧的厨房。

厨房里烟尘铺盖，一派触目惊心的凄清。

这情景，让颜西楼想起当年的颜家，母亲被吸食鸦片的父亲卖入妓寨，残破不堪的家中，自然是一派颓败。

生火，烧水，这对颜西楼而言，是再熟悉不过的事情。

曹语轩突然举起腋下的拐杖，重重敲了敲墙壁。

飞尘扑扑落下，让颜西楼眉头深皱。

曹语轩满意地点头，从这铿锵的声音听来，这墙壁是双层青砖砌成，厚实得很。

看了一眼灶台旁烧水的颜西楼，曹语轩突然发出一声冷笑。

"颜大夫，你到底图什么？"

颜西楼讶然，怒气暗生："曹大夫，你以为我图什么？"

曹语轩无视颜西楼的怒嗔，游目四顾，嘿嘿直笑："这房子，虽不是雕梁画栋，但也是殷实人家的家底，价格不菲呢，你就不图？"

颜西楼蓦然冷笑："曹大夫，你就这么看我？"

曹语轩语气轻松，用拐杖撩去墙角的一缕蛛丝，"何止是我一人有这样的看法？西关大街的人，怕是都在盯着你了！"

颜西楼一愣，突然发笑，他摇了摇头："我做什么，怎么做，是我自己的事情，别人怎么想是别人的事情，我问心无愧就是。只是，"颜西楼淡淡横了曹语轩一眼，"我很遗憾曹大夫你也这么看我！"

说完转身，不再理会故意挑衅的曹语轩。

曹语轩望着颜西楼挺直的背影，嘴角慢慢地噙满笑意，他饱含深意地点头。

"很好，但愿你真的是不畏人言的好汉子！"

厨房中，夜色幽暗，火焰在火塘中跳跃。

曹语轩不知怎的，觉得火焰远远地照在他的脸上，让他的脸辣辣地红。

在突然的静默中，前厅陡然传来一阵响声。

有人进来了。那人直闯后堂。

曹语轩冷笑："一定是那吸食鸦片的龟孙子又来逼迫老子卖房了！"

果然，一个嘶哑的声音恶狠狠地叫嚣："死老头儿，快把房契给我！"

颜西楼赶忙冲出厨房，还未到张伯的卧房，就听得咚的一声，张伯一声惨叫。

赶到房前，张伯的儿子——那骨瘦如柴的鸦片烟鬼居然拖着地上的张伯直往外走："死老头儿，没钱给我，居然有钱吃饭！快，把房契给我！"

张伯发出一声呻吟，号啕大哭："业障！业障！"

烟鬼愣了愣，想不到屋子里还有其他人。他一松手，张伯直接倒在地上，大声咳嗽，大口喘息。

颜西楼大怒："住手！"一伸手，坚实有力的手掌死死钳住了烟鬼的手腕，他奋力一拉，烟鬼被狠狠一甩，一头撞在门槛上，顿时头破血流。

烟鬼伸手一摸霎时湿淋淋的左额，发出一声鬼哭狼嚎的呼叫："血！血！颜西楼，我和你没完！你无故伤人，我要让你吃官司！"

一旁的曹语轩冷笑着："谁是证人呢？"

烟鬼顿时语塞："是你？曹少爷？"

曹语轩一声冷喝："你该知道，七年前皇帝下旨，吸毒者杖一百，枷号两个月，或者还有三年的刑期。你想，如果我今晚将你揪到衙门去，你会有什么后果？滚，再不滚，我告你残害老父，让你下半生在监牢里度过！"

烟鬼狼狈不堪，连滚带爬，怨毒地望了颜西楼和曹语轩一眼，一溜烟跑了。

张伯捶胸大哭，涕泪泗流。

颜西楼无语，但一股无处发泄的怒火在胸中如野马乱闯。

方才怒斥鸦片烟鬼的曹语轩却脸色平静，他随意四处走动，拿着手里的拐杖东敲西敲。

一会儿，曹语轩站在已经平静下来的张伯身旁："我想买下你这房子，怎么样？你开个价？"

颜西楼又惊又怒："曹大夫，我没有想到你是一个落井下石的小人。你走，快走，这里不欢迎你！"

曹语轩冷笑："颜大夫，千万不要让我说中了才是啊！"

颜西楼顿时语塞。这曹语轩，舌尖上向来刻薄。

"张伯，你这栋房子，迟早会被你那败家子低价贱卖，而你，只能落得个活活被气死的下场。我的意思是，只要你活着一天，来安堂让你老有所养，衣食无忧，等你百年归老，这房子就归入我曹语轩的名下，颜西楼颜大夫做个证人，你看可好？"

张伯被鸦片烟鬼一闹，已经万念俱灰。

他抬头，混浊的眼神涣散："人死了，这房子还留着有什么用？颜大夫，你做个证人。"

颜西楼知道张伯并不愿意眼睁睁看着唯一的家产落入他人手中："张伯，你再考虑考虑，你将来的生活，我会尽力……"

曹语轩从鼻孔里发出一声讥笑："就凭你那麻雀般的普济堂？我知道，你颜大夫有大善心，但要量力而为，"指着张伯，"他一身是病，病发时怕是花费不菲。我来安堂，坐诊大夫五人，伙计二十几人，你是知道的。再说了，"他语出不屑，"你那素馨师妹，怕是容不得人的。"

句句事实，让人无法辩驳，颜西楼无语。

张伯长叹一声："卖了吧，卖了吧，卖了干净！曹大夫，不过这房子，要等我快咽气那一天我才能转至你名下。"

曹语轩满意地点头。今夜的目的，算是达到了。

"我会让人守着你，你就放心养你的病，至于你儿子，我保证他不可能再来骚扰你！"

从张家出来，月色澄亮。

乳白色的月色流泻，盈盈如水。

怀里揣着张伯托付收藏的房契，颜西楼心情沉重。

"西楼，你先替我收着这房契，省得哪一天给那畜生偷了去……"

张伯的哀求让颜西楼无法拒绝。

站在张家门口，看着油漆剥落的两扇大门，颜西楼心情沉重。

曹语轩清凌凌的嗓音在夜色中显得特别清冷："可怜的张老头儿，熬不过这个冬天了。"

颜西楼绷紧了脸："你倒是捡了一个大便宜啊，曹大夫，这不是乘人之危是什么？但愿你能够信守承诺。"

曹语轩却笑："我曹语轩虽然没有颜大夫的大善心，但也从不损人利己，损己利人。你放心，我说到做到。其实，你该清楚，张老头儿不把房子卖给我，他便要无端受你的恩惠，你认为他会心安理得？他这房子不卖，死了又归谁去？"

颜西楼一愣，曹语轩说的不是没有道理的。曹语轩不见得就是居心不良。这样的安排，对张伯而言，未尝不是一件好事。

许久，他才淡淡叹息："你我能为张伯做的，只能这样了。其实……我们可以做得更多，曹大夫。"

曹语轩淡淡一笑："我知道，你是说关于研制戒烟方子的问题，放心，我说过要和你一比高低的，我不会食言，不过……"他顿了一顿，诡异地笑，"今夜太晚了，过些时日我会和你谈谈。你别忘记了，你还得请我喝茶，替你那不懂事的师妹赔罪！我走了！"

颜西楼点头："一定！"

他突然想起一事，便问："你对朝廷的禁烟法律倒是挺熟悉的。"

曹语轩瞳孔一缩，光束一样灼亮的目光横过街道三三两两的行人，最后落在曹氏来安堂的金字招牌上，神色复杂。

颜西楼叹息，"鸦片流毒天下，君不闻那禁烟歌：'烟枪一支，打得妻离子散，未闻炮声震地，锡纸半张，烧尽田地房梁，不见火光冲天。'因为吸食鸦片的缘故，眼下民不成民，兵不成兵，贪官污吏更是为了钱财不顾生灵，皇帝在去年已经颁布了《钦定严禁鸦片条例》，可惜成果不彰。但烟毒危及皇家统治怕是不争的事情……"

夜色下，曹语轩的脸色被月光照映得苍白："你是说……将来，朝廷怕是要大张旗鼓地禁烟了？"

颜西楼却笑："我一个平头小百姓怎么知道朝廷的大事？但愿这一天早点到来吧！你说呢？曹大夫？"

曹语轩心不在焉地蹙眉点头："嗯，那是自然的，我走了，颜大夫……"

颜西楼目送着曹语轩离开。

听着那紫檀木拐杖敲打在青石板上的清脆声，入目是那月色披笼着的一瘸一拐的顾长纤瘦背影，颜西楼淡淡地笑。他曹语轩，虽然行事怪异，但也不失良善之心。

曹语轩才迈开几步，突然回头，那目光有些古怪，灼灼落在颜西楼的脸上，忽又展颜一笑。

颜西楼被笑得莫名，一个转身，几步就到了自家的门前。

抬头看那门面上"普济堂"三个字，和就算是在朦胧夜色下也自闪闪发光的"曹氏来安堂"相比，这"普济堂"三字确实是暗淡无光的。

他伸手抚摸亲自书写的对联"济世良方祛邪扶正，妙手回春固本清源"那十数个大字，低声细语："原谅我，义父，等我忙完了你生前最挂心的事情，我自然会将所有的精力都放在普济堂上来。那时，普济堂一定会更胜从前，素馨师妹也不会再埋怨我。义父，你会明白的。你要相信，你期盼已久的那一天，应该是不远了！只不过，眼下，怕是比较艰难。"

颜西楼站在屋檐下沉吟良久，唇角的纹路因为端严的表情而越发显得超乎年龄的深刻。

一种悲凉和孤独如夜风般贯穿过胸口，呼呼有声。

夜风中，一只用墨汁写着"凉茶"两个大字的葫芦在微微晃动。

门缝里，透出几缕温暖的火光。

是小五还在忙活吗？

屋内传出清晰的声音："师娘，你这是干什么？"

是素馨的声音，她还在生他的气吗？

"你知道的，这人的记性总是有限的，总有左耳进右耳出的时候，我将这煎药服药要注意的事项都写下来，贴在药包上，这病患就不会弄错了。"柳月夕一手秀丽的小楷在纸下延展，娟秀一如主人。

素馨不以为然："师娘，何必劳神这样的小事？在抓药的时候，伙计们都会有所交代的！"

柳月夕笑："将事情做得仔细一点总是没有错的。你知道，这医馆的前途命运啊，都在病患的口中呢。俗话说，金杯银杯不如老百姓的口碑啊！"

叶素馨点点头："师娘说得有道理，只是，这普济堂什么时候可以做得和对街的来安堂一样有名气？师娘，你瞧师哥那不温不火的样子，我快急死了！"

柳月夕听叶素馨突然提起颜西楼，手下笔锋一歪，一张纸写坏了。

她定了定神："素馨，不积跬步，无以至千里。慢慢来，普济堂总会好起来的。来，你将知府夫人的医案拿来，你和我说说，知府夫人在饮食上该注意什么。"

叶素馨疑惑："师娘你想干什么？"

柳月夕神秘一笑："师娘想一展手艺啊，你不是说我烧的饭菜是一绝吗？"

叶素馨皱眉："你想给知府夫人准备膳食？但是她府里的厨子手艺不差啊！"

柳月夕笑："素馨，你就听我的，试一试有什么关系呢？说不准，普济堂可以从知府夫人的口中闯出一条路来呢。来，快，看看……"

絮语软绵，在夜里流淌着女子的聪敏和心细。

颜西楼有些愧疚，一抬头，目光落在葫芦上，很快又释然。所谓悬壶，不过就是为了济世，他如果仅仅是为了普济堂的生命利益，那根本对不起这"普济堂"，也对不起当年义父的养育恩情。

此刻，街头的灯花在晃动，和天上的星辰相辉映，看似祥和宁静，其实，在广州城里，这样的夜晚到处都有魑魅魍魉出没。

一个短工打扮的小伙子披着夜色，匆匆而来，见着颜西楼，大喜叫嚷："颜大夫，我母亲得了急病，烦你出诊……"

叶素馨在屋里听见了外头的动静，忙哐地打开了门："师兄，你回来了！"

柳月夕有些局促，站在一旁，低垂了眸光。

颜西楼淡淡地应了一声，嘱咐两人早些休息，便和小伙子一前一后地出了门。

夜已中宵，长巷曲折迂回，到处一片寂静，偶尔有几声犬吠，越发增添了夜的静谧。

夜里，柳月夕不知怎的，睡得不甚安稳，迷迷糊糊中，一会儿梦见许厚天那件刀锋划破般的灰色长袍，一会儿被惊魂的往事所扰，纷纷扰扰地在梦里纷至沓来，让人不能有一宿的安枕。

屋檐上突然扑腾一声，一声野猫在妖娆地鸣叫，那叫声让柳月夕从浅眠中惊醒过来。

淡淡的月光照在窗沿上，快五更天了吧？

但颜西楼，似乎还没有回来。

坐在床上，柳月夕心神不宁，凝神细听，盼望一声门环的响动。

不久，听得外间有轻轻开门的声音。

柳月夕惊跳起来，来不及披衣穿鞋，便哐地打开了房门。

一阵凉沁的风迎面吹来，让一身单衣的柳月夕一阵寒凉。

幸亏了这一阵寒凉，心头脸上的燥热被一阵风吹去，心底慢慢地徒留一阵怅惘和沮丧。

柳月夕轻轻地掩上门，整个人背靠着房门，连呼吸也极力轻浅着，生怕这夜半的不安分让人偷窥了去。

房外的声音悄细，但柳月夕听得一清二楚，一会儿，颜西楼进了厨房，一会儿，似乎还听见了颜西楼在天井里搓洗着什么。

他到底在干什么？

过了好一会儿，声响渐渐消失，唯余残夜的静谧冷清。

柳月夕双手抱膝，呆呆地蹲在门后，心酸的滋味从心底朝着四肢蔓延开去。

第十章　心尖罂粟

第二日清晨，颜西楼照例早起，和小五早早开了普济堂的大门。

柳月夕偷偷打量颜西楼，见眼眶下有淡淡的青黑，神情略有困倦，脸色有些苍白，但神态安然，嘴角略带微笑，看似心情甚佳。她才略略放心。

时令将近中秋，天气渐渐干燥，颜西楼吩咐小五在煎煮清热祛湿凉茶、清热解毒凉茶、桑菊茶之外，还特地根据时令煎煮了清润养肺的罗汉果鱼腥草凉茶、罗汉果五花茶以及常见的五花茶等。

如何煎煮凉茶，对柳月夕而言，已经是再熟悉不过的事情。

由于秋燥的缘故，岭南人的身体也跟着燥热起来，很多人出现了咽干口渴、口鼻干燥的症状，故而药材地道、疗效显著、价格低廉的普济堂凉茶就成了贩夫走卒清热祛燥的首选。

柳月夕在厨房里忙活了好一个早上，才一身汗淋淋地从厨房里出来。

隔着门帘，偷窥着外间笑容温和言语轻缓的颜西楼在轻声叮嘱病患的饮食起居，不由得嘴角噙笑。

小五端着一个小小的筛子进了天井，将筛子里的些许罂粟壳晾晒在日光底下。

前几天多下了几场雨，普济堂有些潮湿，怕药材腐坏，尤其是要求存放的必须干燥的罂粟壳。

这些日子以来，柳月夕一直研读医书，那小小的罂粟壳，她自然是记得功用的。

罂粟壳对于治疗久咳不愈、久泻不停的效果特别好，但毕竟是毒物，用久了则容易上瘾，造成新的疾患。

这味药材，倒是和人内心对儿女私情的焦渴一样，比如她。但是，若是万一用情不当，反倒容易自伤其身。

罢了，今生早就已经初定，和那温良温雅的颜西楼三生簿上没有缘分，若是多生了幻想，就是一桩祸事。

这会，许澄杏摇晃着胖乎乎的身躯，在天井里拨弄着花草，稚嫩的咯咯笑声让柳月夕内心慢慢欣慰和舒坦。

这辈子，经历了惊涛骇浪，最后，可堪安慰的莫过于这个真实身份不能暴露在世人眼皮底下的孩子而已。

至于风花雪月，在现实安稳面前，早已经是不值一提的奢侈。

柳月夕一边搓洗着小孩儿的衣裤，一边望着许澄杏。

这小小的人儿，五官甚是俊秀，叶素馨曾笑着说他的样貌一点也不像师傅的憨厚淳朴，倒是像极了母亲的清雅秀丽。

这一会儿，柳月夕在日光下仔仔细细地打量着许澄杏，却心惊地发现，孩子那微微上挑的眉眼，那挺直得几近孤傲的鼻梁，反倒是像极了某个人的嚣张。

那人虽则不过几面之缘，但那面容，时而狰狞，时而俊雅，时而冷酷，她怎能忘记？

那人……柳月夕一阵心悸，在这温热的日光下，她竟然发觉全身发冷。

那人就在不远处，仿佛在冷冷地笑着，睥睨着她，在灵魂深处蹂躏着她。

素馨怕是和那人时有接触的，对那人，对那人的样貌，怕也有几分熟悉，她说那话的时候，是有意还是无心？

现实安稳的日子，到底可以延续多久？

在那深思恍惚的一瞬间，许澄杏无意扯下了晾衣竿上的衣裳，并将衣裳踩在脚底下，正笑得欢快。

柳月夕一声轻呼，那件灰色长袍，是当初颜西楼刚回到广州城的时候，她特意为一身风尘的颜西楼缝制的。

捡起地上的长袍，入手干爽，应该是昨夜颜西楼亲手濯洗。长袍上有些褶皱，怕是夜里大力搓洗后没有甩开的缘故。

柳月夕将长袍捧在手心里，上面传来淡淡的清新的阳光的味道，宛若颜西楼的温煦。

那是颜西楼的味道，柳月夕禁不住一阵心跳加速，仿佛他就近在眼前，站在她的身边。

许澄杏咯咯笑着，扯着母亲的裤脚。

柳月夕恍然惊醒，脸上的燥热连着胸口，让她呼吸顿时一滞。

天井里，除了许澄杏之外，幸好没有其他人的存在，否则不知道会惹起怎样的事端。

但这长袍已经脏了，她必须尽快将长袍清洗干净。

敞开长袍，在灼灼的日光下，柳月夕的目光被长袍上的一团淡淡的污渍所灼伤。

那团污渍，带着淡淡的猩红，分明就是未曾清洗干净的血迹。

柳月夕胸口一阵窒闷，想起许厚天的往事，刚刚平静的心魂几乎被撕裂成碎片。

颤抖着双手，柳月夕心焦如焚地检视长袍。在长袍的肩部，居然让她发现了一道细长的口子，那口子整整齐齐的，显然是锋利的刀锋所割裂。

柳月夕觉得双脚发软，整个人大汗淋漓，跌坐在石阶之上，半晌失语。

昨晚，颜西楼明明就是出诊去了。那这血迹、这刀口，到底从何处得来？

难怪，颜西楼回来后就亲手搓洗了这件带着血迹的衣裳。

一个冲动，柳月夕往外间跑去，举手掀开薄薄的布帘，颜西楼正正襟危坐，微笑着给病患写药方。

想起那刀口正是在右臂之上，柳月夕凝目细看，见颜西楼虽然是微皱着眉头，但神情也不见十分痛苦，方才略略舒了一口气。

"妈……"许澄杏跌跌撞撞地走到柳月夕的身边，见母亲不理睬自己，便一扁小嘴，哇的一声大哭。

普济堂被一声啼哭打破了宁静，医师病患的目光齐聚向那方慌忙撒落的帘幕。

分明，颜西楼看见那明亮如天火一般的目光，在灼灼燃烧着焦虑和莫名的痛苦。

那是他的义母。

在帘幕落下的那一刹，他还分明看见她怀里的长袍，是他今早搓洗的长袍。

怕是，她已经发现了什么。

心念数转之间，手臂上传来一阵剧痛，瞬间钻进心扉。

夜半，弦月半挂树梢上。

微风拂树叶，窸窣作响。

曹语轩犹自坐在书房中，手执狼毫，拧眉书写。

"党参，健脾益肺，补中益气……"

"茯苓，健脾和胃，安心宁神……"

"橘红，养身强体，化痰止咳……"

婢女黄芪捧着白瓷碗进了书房，轻声提醒少东家："少东家，夜深了，该歇息了。"

曹语轩置若罔闻，依旧低头沉吟。

宣纸上，几个娟秀的字眼在灯光下泛着莹莹墨色。

"党参，茯苓，橘红……"

黄芪侧头细看灯光下的少东家，那墨黑发亮的发辫，那清凌凌的眉眼，分明俊秀雅洁，只可惜瘸了一条腿。

"少东家，这桂圆薏仁莲子羹快冷了，少东家还是先吃了再忙活吧！"

这些日子，曹语轩总觉得肢体倦怠，心悸不宁，故而吩咐厨房给他煮一碗能补心血健脾胃的冰糖桂圆薏仁莲子羹，让他在睡前服用。

"少东家，我看你这段日子，气色好多了！"

曹语轩淡淡的，心神依旧缠绕在那恼人的药方上。

要研制出一个有效廉价的戒烟药方来，谈何容易？但是他终不能输给了颜

119

西楼。

颜西楼。

曹语轩想起了温煦的男子，不知怎的，觉得这初秋的深夜竟然让人觉得有些热意。

手中的狼毫不自觉地写下了"颜西楼"三个字。

黄芪见曹语轩一个低头间，素来牵扯得紧紧的嘴角竟然微微弯了一弯，不由得内心诧异。

曹语轩察觉黄芪惊诧的目光，他一恼，将写了寥寥数字的宣纸揉成一团，从洞开的窗户抛了出去。

曹德寿恰巧从外面回来，经过书房的廊下，手一伸，堪堪接住了曹语轩抛出的纸团。展开一看，冷冷一笑，径直进了书房。

曹语轩见父亲进来，他神情淡漠地挥挥手，示意黄芪退下。

曹德寿将纸团在曹语轩面前一摊，冷笑："你别和那小子走得太近，你也别对他有什么其他不该有的想法！有人会不高兴的……"

曹语轩面无表情："这有人是谁？他凭什么不高兴？父亲，你可以仰人鼻息过日子，可我不需要。他想怎么对我，就让他来好了。"

曹德寿恼羞成怒："好，你有志气，你不仰人鼻息，你干脆离开来安堂算了！你别忘记了，这来安堂是他出资给建起来的。我要是不仰人鼻息，哪里有来安堂的今天？"

曹语轩嘴角噙着一丝冷笑："父亲，你也别忘记了他的钱财从哪里来。父亲，今日你也不过是他手里的一只赚那肮脏钱的棋子，你倒是沾沾自喜了！"

曹德寿气得脸色发紫，一手操起案台上的砚台，眼看就要砸在曹语轩的头上。

曹语轩淡漠地斜了父亲一眼，因为久站的缘故，他那残疾的左腿难受得很。

看着曹语轩缓缓坐下，曹德寿的心一软，长叹一声："你何苦还记得那陈年往事？你恨他，他也补偿了，就算了吧……"

曹语轩依旧在笑，笑容鄙夷无比："父亲，你太看得起他了，我早就不恨他了，我就是鄙薄他的为人。父亲，自作孽不可活，迟早有一天，他会遭天谴的，你何必再和他沆瀣一气？你这一头开着悬壶济世的医馆，背地里帮着他赚尽了让人家破人亡的肮脏钱，你难道就从来没有受到良心的谴责？"

曹德寿的脸一阵红一阵白，抓着砚台的手在微微发抖。

许久，他长叹一声："语轩，你父亲……已经回不了头。今天，他已经是权倾一方的父母官，生杀予夺。你说，我能怎么样？再说了，今日的广州城，有哪一个官儿不是靠着那一点烟土发财致富？你父亲做的这一点事情，算得了什么？"

曹语轩愣了一愣，一时无语。

许久，他才大笑起来。

"父亲，好得很，你贩卖烟土，我就专门研制戒烟的药方，就当是为你赎罪好吧！对了，我听说，有一批烟膏在伶仃洋被人沉了，真是大快人心的事情啊！父亲，你这么晚才回来，想必是从他那里受了闲气回来，准备拿我撒气？"

曹德寿恼怒地将砚台重重摔在案台上，转头出了书房。

一会儿，曹德寿折回来，上下打量那素来阴沉淡薄的曹语轩："你这是怎么一回事？这个人都变了，该不会真的……"

曹语轩脸色一变，双手抓紧了案台上的宣纸，冷然一笑："我怎样不劳你费心，你就管好你自己吧……"

曹德寿拂袖而去。

曹语轩泄气，抱头喟叹。目光触及那团揉得皱巴巴的宣纸，苦笑不已。

不过，这会儿，他倒是有主意了。这戒烟的药方，也许很快就可以研制出来。

这来安堂的钱财从哪里来，就到哪里去吧。

宣纸上的"颜西楼"三个字在灯光下跳跃着，像极了他那晶亮温暖的眸光。曹语轩皱了眉，又将宣纸揉成一团，正想往墙角一丢，却叹了口气，抓在手里，久久没有放开。

父亲说"不该有的想法"，难道，他真的不该有那所谓的"不该有的想法"？

好些年了，他已经寂寞了很多年。

现在，有一个可以让他上心的人，他不会就这么轻易放过的。

摊开褶皱的宣纸，拿起狼毫，在端砚上蘸饱了墨汁，在"颜西楼"之旁写下了"傅尔海"三个字。

傅尔海，当年亲手将他推进暗渊，让他满怀怨念。今日，颜西楼，可否愿意将他从暗渊中拉出来？

俯首在案台上，不知过了多久，眼角慢慢潮热湿润。

砰的一声响，柳月夕手中的瓷碗在她一愣神的瞬间落地，发出一声脆响。

响声让心神恍惚的柳月夕惊醒过来，啊的一声轻呼，她忙弯腰捡起那地上的碎片。

灶台旁的柴枝挑开了脸上的黑纱，露出一张白里发青的憔悴脸庞。

颜西楼刚好打从厨房经过，听到声响，忙停住了脚步。

那人正蹲在灶台旁，尖削的下巴微微内敛，那眼眶下淡淡的黑影让人生生心疼。

灶台旁的人浑然不觉厨房外有人在失神地打量着她，举手将黑纱系好。那纤瘦的手背，青筋渗在苍白的肤色下，看不见花信年华的莹润。

那只手，宛若攥住颜西楼的咽喉，让他差点窒息。

这是一个被命运生生葬送了如花岁月的女人，无法挽救地在一点一点流失她的笑容和生命。

只有那一日，那如天火一般灼亮的眸光才让人察觉她内心的悸动和蓬勃在内心深处的情感。

只是，那情感，他或者她，都不该有。

这数日来，她是越发地心神不安神思恍然了。是那一天，他的那一件带血的衣服惊吓了她吗？

耳边响起脚步声，是叶素馨回来了。

人未见，声音已经响了起来。

"小五，师哥呢？"

这连日来，叶素馨奔走在府衙和普济堂之间，倒是辛苦了她。

颜西楼快步往外间走，远远地离了厨房："素馨，我在这里！"他扬声一笑，看着迎面而来的叶素馨，"正要找你呢。"

厨房里的柳月夕身体一僵，慢慢地站起身子，依靠着灶台，那灶膛里的火焰腾腾的，在她幽幽的眼眸中跳跃。

"师哥找我什么事情？"

颜西楼笑："前几日我夜诊回来的时候，两个鸦片烟鬼拦路抢劫，将我的长袍割破了一道口子，你帮我缝补一下。"

叶素馨被吓了一跳，忙拉住了颜西楼："你受了伤？怎么不告诉我？"

颜西楼撩起衣袖，露出一道细长的口子，云淡风轻地笑："就怕你们担心才不说啊。不过衣服破了还是要烦你缝补，你快去吧。"

叶素馨松了口气，埋怨颜西楼："这世道乱，今后还是别出夜诊了。"

颜西楼不置可否，淡然一笑，出了外间。

他相信，他和叶素馨的话，厨房里的柳月夕该是听得清清楚楚的。

时辰还早，医馆里没有什么病患，小五自个儿在清理着药柜。

颜西楼写了一个方子，递给小五："小五，按方子上的抓三剂药，给素馨送去。"

小五一看，方子上写着再平常不过的麦冬、大枣和黑枣。

"师哥，这方子给谁服用？"

麦冬可以生津养阴、润肺清心，对失眠心烦有疗效；大枣则可以补中益气、养血安神；黑枣可以补血，对乏力体弱失眠也有上好疗效。这方子，是一剂有滋阴润肺清心除烦生津止渴的功效的药方。

"师哥，这方子是给师姐用的吗？"小五边抓药边询问颜西楼，"我看师姐精神好得很，倒是师娘，我看她最近脸色苍白，脚步虚浮，神情恍惚，倒真是要好好养一养。"

颜西楼低着头，不动声色："你说得很有道理，你就将这方子给素馨，让她隔日一剂，和义母一起服用。尤其是义母，你倒是要提醒她服用，澄杏需要义母照看，可不能忽视了身体。"

不明就里的小五笑着应了一声"是"，拿着药剂转身进了内间。

颜西楼苦笑，他除了不动声色地放她宽心养心之外，还能干什么？毕竟，已经不能再逞年少的冲动。他和她，身份如重山，回不去从前了。

愣愣地，颜西楼侧首望着隔着帘栊的内间，不由得出神。

一声轻咳，让颜西楼惊醒过来。

站在普济堂门槛外的，是曹语轩，那一向紧抿的唇角挂着似笑非笑的奇怪表情。

"颜大夫对师妹义母倒真是细心！"

颜西楼的心一跳，随即淡淡地笑："她们是我的家人。"

曹语轩低了头，不由得嫉妒起叶素馨和柳月夕，"家人"于他，早已经是仅存水逝东流的惆怅。

颜西楼奇怪曹语轩一早出现在普济堂："你找我有事？"

曹语轩傲然一笑："是，来安堂旁的房子，我已经租赁了下来，准备专开义诊，为有需要戒烟的人提供义诊，无偿提供药物。但是这事我一人忙不过来，需要颜大夫鼎力支持，你看怎样？肯帮忙吗？"

颜西楼惊喜："曹大夫这样的义举，我自然是义不容辞的。"

曹语轩大喜，但脸上仍是淡淡的："颜大夫答应就好，今后，凡是来戒烟的人，我曹氏来安堂为每日早到的三人无偿提供药物，你看怎么样？还有，为了不影响医馆的营业，义诊准备隔日进行，希望颜大夫可以拨冗前来帮忙。只要病患多了，我们一定可以研制出有效的戒烟方子来。颜大夫，你看可好？"

这真是再好不过的安排，既不影响医馆的营业，也可以让他有时间去做他想做的事情。

"好，依照你说的做。我很高兴有你这样的同行，曹大夫，"颜西楼环顾普济堂的简单摆设，淡然一笑，"可惜我普济堂比不上来安堂底子厚，要不然受惠的人会更多。"

曹语轩笑："有什么关系，有钱出钱，有力出力，如此而已。"

颜西楼和曹语轩相视而笑，不明内情的人，或者会以为他们是多年的莫逆之交。也许，初会之时，彼此已经惺惺相惜。

叶素馨从内间出来，一见曹语轩，没来由地一阵厌烦。

"师哥，衣服我给你补好了，我这就出去，晚些回来。"说着横了一脸傲然的曹语轩一眼，转身出了普济堂。

望着叶素馨的背影，曹语轩转头望定颜西楼："我提醒你，颜大夫，不要和官府之人走得太近。毕竟，官民有别，尤其是……"

　　话传入叶素馨的耳中，叶素馨倏然转身，对曹语轩冷冷一笑："曹大夫，你是怕来安堂将来难以和普济堂竞争吧？"

　　曹语轩冷笑："真是一个愚蠢的无知丫头。狗咬吕洞宾，不识好人心。"

　　叶素馨大怒，但在颜西楼面前也不好发作，只好愤然转身离开。

　　颜西楼微微皱眉，内心里，他不明白曹语轩和叶素馨之间为什么会有那样深的敌意，但叶素馨毕竟是他的师妹。

　　"曹大夫，我师妹曾经得罪了你，我在这里替她向你赔罪。我这师妹，自小被义父娇宠，性子比较骄躁，希望曹大夫不要和她计较。曹大夫如果对她还有什么不满，就让我颜西楼替她担当了就是。"

　　曹语轩微微变了脸色，眸光更加清冷。

　　"我知道……"亲自为一个男人烧洗澡水，一针一线为一个男人缝补衣服，这本是一个妻子为丈夫做的事情，这些已经足够证明，叶素馨在颜西楼生命中，自然将是一个再重要不过的角色，"我很抱歉，我得罪了颜大夫未来的夫人……"

　　颜西楼的心尖似被狠狠一拧，但也不作辩解，没有必要对已成定局之事做辩解。

　　命中注定，叶素馨和他颜西楼，今生怕是要捆绑在一起。

　　见颜西楼默认，曹语轩骤然用手中拐杖敲击着冷冷发青的石板："恕我直言，颜大夫，你师妹和你性格大相径庭——"

　　颜西楼苦笑，淡然截断曹语轩的评论："曹大夫，我倒认为，我和师妹是取长补短……"他怎么可以在曹语轩面前流露出一丝一毫的惆怅？那只会伤了叶素馨。

　　曹语轩斜睨着颜西楼，嘿嘿冷笑。

　　如果真的是两情相悦，怎么会没有一丝喜气？

　　那眉宇之间的冷寂，寥落惆怅。

　　曹语轩无来由地心情大好，他粲然一笑："嗯，我倒是多虑了，颜大夫不要见怪。其实，我不过是希冀颜大夫有一个圆满的人生而已。毕竟，你将我当成了朋友……"

这张脸，翻云覆雨，让人无所适从，颜西楼不由得好笑。

但笑容仅仅牵扯在嘴角，未达眼底便已经消失。

圆满人生？有谁的人生能圆满？颜西楼怅然一笑。一霎时，满眼灰寂。

不管是义父，是她——他的义母，或者是自己，甚至是素馨，都不可能有所谓的圆满的人生。

毕竟，命运并不完全掌控在自己的手里。

"谢谢你……"

这会儿，许澄杳竟然咯咯笑着，从内间跟跟跄跄地跑了出来，一个不留神，撞上曹语轩。

曹语轩一阵嗔怒，低头瞪了一眼天真活泼的孩子，仅一眼的工夫，就被那孩子的俊秀所吸引。

那低低的柔音着急地在帘内响起："澄杳，你回来……"

帘内黑衣半闪，一双清冷得如冬夜星辰的杏眼在颜西楼和曹语轩的眼底闪过。

仅一闪，便随着帘栊落下而匆匆消失。

柳月夕在白日里几乎从来不在普济堂外间出现，如她自己所言，无谓惊吓了医患。

小五笑着从里屋出来，跟曹语轩道了歉，抱起了许澄杳往里走。

曹语轩深深被那惊鸿一瞥所吸引："颜大夫，那……就是许大夫的遗孀？那孩子是许大夫的遗腹子？"

颜西楼胸口一滞，满口涩然。

"是……"眼望那薄薄的帘子在轻微颤动，不知为什么，一句话冲口而出，"对了，曹大夫，我和师妹成亲的时候，可要请你来喝一杯。"

帘栊后的人，手里的药碗哐的一声落地，在青石砖上摔了个粉碎。

一瞬间的悄寂，几乎连银针落地也可以听得清清楚楚的悄寂，仿佛一切归于宇宙洪荒前的虚空。

柳月夕愣愣地伸手，但瓷碗在地上，已经粉身碎骨，碗里的汤药泼在地上，慢慢渗入青砖的缝隙。

无法收，无力收，也不能收。只余一摊幽暗。

柳月夕不禁惨笑。

曹语轩一愣，从颜西楼眼眸中紧紧揪住了一闪而过的决绝和无奈。

颜西楼依然淡淡地笑，但眸底分明风起云涌。他必须截断数年来那横亘在胸口的、今日越发横冲直撞的情感的出口，让它从此腐烂在心底最阴暗的角落。

这对谁都好。

曹语轩还是笑，笑颜西楼的意兴阑珊和缠绕在眉头的惆怅不已。

"哦，飞……"许澄杏抓起医案上的处方纸，往空中一扔，看着纸张张张飘落，咯咯大笑。

在场的人好气又好笑，这孩子，顽皮却聪慧。

颜西楼心中却五味杂陈，眸光望定普济堂上许厚天的画像，心头的疑惑在刻意沉淀许久之后又不经意地被勾起。

曹语轩的目光随着颜西楼游移："许大夫名满广州城杏林，可惜我没有机会向前辈请教，实在是遗憾。"

颜西楼淡淡地笑，语气诚恳："如果义父还在世上，一定很乐意结交你这样的同行……"

一会儿，许澄杏好奇曹语轩手中的拐杖，伸手去抓，用力地摇晃。

这一摇，差点让曹语轩失去重心。

颜西楼一惊，忙扶住了那瘦弱的身躯。

曹语轩眉头一皱，他最厌烦孩子，想出口叱喝，但碍着颜西楼的面子。

那孩子，仰着头，双手抓着拐杖，正笑得欢。

那笑容，让曹语轩一阵发怔。

他下意识地望向堂上的画像，脑海中突然闪过他曾经看过的许厚天医案，一瞬的工夫，便朝颜西楼笑："这孩子长得真俊，许大夫虽然早逝，但许夫人惠敏，这孩子机灵，将来定然不凡，许大夫应该没有什么遗憾。"

颜西楼有些尴尬地敷衍，心不在焉地抱起许澄杏递给小五："师弟，澄杏该吃药了，带他进去吧，义母该着急了。"

小五从颜西楼手中接过许澄杏："进去咯！"

街头巷尾热闹非凡，卖豆腐花的敲着一面小小的铜锣，一声声清脆的当当之声，远远地传出数里之外。

卖泥头粉面娃娃的挑着的担子上插满捏好的娃娃，那架子上的彩泥娃娃，有孔雀，有关公，有嫦娥……各路神仙，各种动物，无一不招人喜欢。

"泥头娃娃啊，生猛会动啊，想买就来吧……"

动听的叫卖声引得无数孩子围着挑担人转，好不热闹。

曹语轩见许澄杏对着从门前招摇而过的泥头粉面娃娃哇哇大叫，便随手取出铜钱，给许澄杏买了一个孔雀。

在这熙熙攘攘的街头，来来往往，不知道有多少面孔在忙忙碌碌中倏然而来，悄然消失。

一群人远远而来，中间有一张曹语轩鄙厌怨恨的面孔，在众人阿谀奉承的簇拥下翩翩而来。

那人正是春风得意的傅知府。不知是何人，一句话引得他开怀大笑。

那笑容曾经是曹语轩最熟悉的，现在却最让他生厌和鄙夷。

许澄杏也在笑，鲜嫩的笑容和笑脸不能不让人侧目。

曹语轩心一动，一个让他无法置信的念头在他的脑海一闪而过。

颜西楼也看见了那人群中颀长的身影。

"曹大夫，其实你不知道，普济堂是因为傅知府的资助才得以重开，所以，普济堂不能不感激知府大人的慷慨……"

曹语轩不以为然："所以，现在知府夫人有孕在身，你普济堂竭尽全力帮助他保住那……"一个恶毒词语"孽种"在他口中缓缓流转，终是没有流出。

但那神情怨毒，怕是积怨已深。

小五目瞪口呆。颜西楼垂眸，别人的恩怨，他无意插嘴。

"不过，颜大夫，你要小心了，近官如近虎。"

颜西楼不置可否："傅知府对普济堂有恩惠，普济堂尽力而为。"

"恩惠？"曹语轩弯着唇线，咀嚼着"恩惠"二字，唇角满是讥讽，垂眸盯着手上的拐杖，冷冷地笑。

第十一章 愿做甘草

到了深秋，日渐寒凉，枝头偶有萎黄的叶片飘落。

日子，看似亦无风雨亦无晴。

本就不多言的颜西楼终日沉浸在医案中，偶有言谈，也不过是药名药性。不过，他倒是和曹语轩走得越发近了。

叶素馨近日容光焕发，鲜活如朝露。

柳月夕依旧沉默寡言，但手头上的活儿多了许多。五彩斑斓的丝线在她的手中变幻出彩云追月、良辰美景、交颈鸳鸯。

偶尔，在灯下有一滴晶莹的泪珠落下，也很快被湮没在七彩图案中。

幸好，这些日子风平浪静，颜西楼受伤的经历渐渐成了旧事。看起来真的如他所说的，是一场意外。

频繁出入府衙的叶素馨偶然问起柳月夕，柳月夕只是笑着说，该是时候给她和师哥准备婚礼的事宜了。

叶素馨却突然不急了，她准备在知府夫人分娩之后才和颜西楼完婚。

或者，她兴许是希望婚礼风光些。这些日子以来，叶素馨的手头渐渐宽裕了起来。但叶素馨却暗地里说，这些是那些太太们赏赐的，但银子不能落入师哥的手里，因为师哥太不会过日子了。

柳月夕只是笑，叶素馨和颜西楼尽管性格迥异，也许不是坏事。

毕竟，谁能不食人间烟火？

夜深灯未灭。

"素馨，来，快来试一试。"柳月夕端上一盘用芹菜制成的凉菜。

小巧的白瓷碟中，用沸水焯过后用少许麻油凉拌的芹菜青碧流翠，引人垂涎。

叶素馨筷子也不用，顺手拈起细长的菜肴直往嘴里送。

甘香可口，清脆鲜嫩，叶素馨不由得赞叹。

"很不错，师娘，明日一早你就给我做这道菜，我得给通判秦大人的太太送去。如果秦太太喜欢了，将来师娘可要再辛苦一些。"

柳月夕笑，因为时常在知府夫人身边走动，叶素馨认识了不少官太太，这些官太太们均是惧怕年老色衰的寻常女人，她们见知府夫人在叶素馨的照料下肌肤柔滑、黑发亮泽，不由得都羡慕起来。叶素馨借机和她们套近乎，仗着脑海中的几分医药知识，仗着柳月夕的好手艺，时常给官太太们制作药膳以调理身体，美化容颜。

"这凉拌芹菜又有什么功效？嗯，我明白了，想必是可以健身防衰老祛斑养肤之用？"

叶素馨得意地笑："师娘，你真是能干！这药材啊、菜蔬啊，你都熟悉它们的品性了。不过，也真是辛苦你了。将来那些官太太们被我哄得高兴了，普济堂的日子就好过了。师娘，我们啊，得多想一些法子，让那些官太太们的口袋松一些，再松一些。"

柳月夕淡然一笑，她辛苦一些不要紧，最重要的是普济堂里的每一个人，不管是小五还是叶素馨，当然，更重要的是颜西楼，能平静安详地生活着。

人生至此，她已经不再奢求什么。

"素馨，你认识的那些官太太，年纪该不小了吧？"

叶素馨边吃着凉菜，边漫不经心地闲聊："是啊，知府夫人最是年轻，不过是二十五六的模样，其他的，其他的官太太们，大体都上了三十高龄了，"叶素馨咯咯直笑，"珠翠满头，绮罗裹身，兴许是食多动少的缘故，她们大多腰粗体壮，赘肉横生，惨不忍睹。"

柳月夕笑："是，三四十的女人，最是容易发福，一发福，就算是花容月貌也显得苍老。你看着想些什么法子让她们体态轻盈？"她翻开医书，指着她早就用纤细的线条圈出的方子，"例如这个仙药茶？"

叶素馨眼前一亮，仙药茶——

紫苏叶、石菖蒲、泽泻、山楂、茶叶。

紫苏叶可以理气发表，石菖蒲可以理气散风祛湿，泽泻、山楂、茶叶可以利尿消食降脂。将紫苏叶、石菖蒲捣碎，和泽泻、山楂、茶叶一起泡水代茶饮，常饮可以瘦身，让人体态轻盈。

"这仙药茶制作简单，素馨你可以每隔一段时间给有需要的官太太配置药材，日子长了，功效来了，那些官太太们怕是对你感恩戴德了。"柳月夕说着扑哧一笑，"你还可以和她们说啊，你这窈窕身子就是常饮仙药茶的结果。"

叶素馨大喜，连连点头："我还得再研制出一些方子来，这生意啊，就可以长久了。对了，师娘，将来啊，等普济堂的日子好过了，我们可以开一家膳食馆，专门赚官太太们的钱。女为悦己者容嘛，这钱，她们花得起，也愿意花。"

女为悦己者容，亘古不变的道理。

只是，取悦他人，素来是劳心劳力的活。

而素馨，整日里忙着取悦官太太们，恐怕也累吧？

"素馨，你累吗？"柳月夕满怀怜悯，一个"累"字脱口而出。

俯仰由人，哪能不累？

叶素馨一愣，目光落在跳跃的灯火上，那一刹，幽幽黑眸泛起淡淡的倦怠。

"师娘，每日里对人点头弯腰，笑脸相迎，诚惶诚恐，哪能不累？只是，师娘，我不忿，为什么官太太们整日里无所事事，却可以享受珍馐佳肴绫罗绸缎珠玉宝石？而我整日忙碌，揣摩、讨好、谄媚，才能从她们的口袋里抠出一丁点可怜的鸡零狗碎？"

柳月夕无语，望着叶素馨，心惊她瞬息变幻着嫉妒、羡仰却又不忿的神色。

"素馨，富贵如浮云，一家人和乐平安就好，何必在意别人的锦绣荣华？"

叶素馨不以为然。

柳月夕无法劝解，一个未经世事磨难的姑娘怎么可能领会她最渴望的一点在夜半也惊颤朝不保夕的安宁？

在素馨的心里，怕是恨不得将别人头上的珠钗拔下来插在自己的头上。

叶素馨打了一个哈欠，懒得和柳月夕讨论累与不累的问题，她渴望的向来都不是那一潭死水般的所谓宁静。

夜静，宛若无人呼吸。

素馨回房休息了，小小的许澄杏在梦乡里微笑。

这夜里，怕也只有她无心睡眠。

柳月夕环顾四壁，昏黄的灯光将她的身影印在粗糙的壁上，老气的发髻面目狰狞。

曾几何时，她似那粉嫩如枝头的花蕊，突然遭遇了一场狂虐的风暴，在枝头坠落的那一刻，有人伸手接住了那唯一的一点娇艳。之后，她绝望地落入世上最肮脏的污秽里，为了生存，被捧成世上男人最痴迷最妖娆的罂粟花。

仅仅数年的时间，她在生死两重天里扑腾颠簸，精疲力竭。生命里最后的一点憧憬，就在颜西楼归来的第一时间里粉碎破灭。今日，她甚至心甘情愿地为他的婚事费尽心力。

白日里，黑纱成了她的面容，沉寂是她唯一的言语。

那人，近在咫尺，却无异天涯。

这夜里，她常常无意入眠，虽然她已经困倦得无法喘息。因为，只有在这样的夜里，她才能放纵自己让内心最隐讳的焦渴释放，在夜色中游弋。

柳月夕突然伸手，狠狠地拔出那支锈迹斑斑的铜簪，拆散发髻。

一瞬间，身后墙上投射出一头秀发随着光线抛散的痕迹。那头秀发的浓密，仿佛在述说年轻时的倾城秀色不曾远去。

可惜，物是人非事事休。

那人在那日亲口对他人说，他即将成婚。至此，内心唯一的一点星光最终湮没。

天井里有一棵榕树，婆娑的树叶在秋风里飒飒作响。

那是她的心吗？树欲静而风不止？

吹灭灯火，她无法在这孤灯明灭下顾影自怜。唯有在那深不见底的黑暗中放飞残余的一点心思，随夜色起舞。

　　站在窗前，视线穿过天井，停留在一方帘幕上，仿佛那厚重的暗淡帘幕还有一丝光芒在吸引她焦渴无比的视线。

　　其实她是知道的，那日他对素馨说的话，是要安她的心，他给素馨开的方子，不过是不着痕迹地让疲累焦躁的她安心。作为大夫，他自然知道，素馨容光逼人，何须安心宁神？

　　只是，越是明白他隐讳的心意，她越是惶恐，越是绝望。

　　那细心体贴一如当年，可她已经无福消受。

　　不知道在黑暗中站了多久，于她却仿若一刻，这似乎是与生俱来的本能，唯有这样，她才能获得半宿好眠。

　　万籁俱寂中，一声刻意放轻的咯吱声传入柳月夕的耳中。

　　她惊跳起来。

　　那人就在外间，小五昨日起就外出探亲，是谁在这夜半中扣人心弦？

　　接着，又是一声"咯吱"，一切归于静寂。

　　看样子，该是那人出去了。

　　这么晚了，他出去干什么？那一夜，他也外出，结果带伤而回。这一次，他又去干什么？

　　克制不了内心的惶惑，柳月夕屏住呼吸，放轻了脚步，缓缓走到外间。

　　就在掀开帘幕的那一刻，她只觉得一颗心几乎从口腔里突然蹦出。

　　外间静悄悄，更看不见那人。

　　柳月夕松了口气，继而又担忧。他这样瞒着家里人，究竟是去了哪里？

　　轻手轻脚地开了门，一阵冷风吹面而来，让仅着单衣的柳月夕一阵哆嗦。

　　街上无人，天上仅余一弯弦月，淡冷凄清。

　　不知从哪里传来一声叫卖的声音，在这夜里尤其显得刺耳。

　　柳月夕正想回身关门，可这一刻，一双隐埋着阴鸷贪婪的目光笼罩在柳月夕的身上。

　　柳月夕全身发冷，那人正蹲在张老伯的门前，看那一副颓靡消瘦的模样，应该是张老伯那吸食鸦片的败家子。

柳月夕迅速回身关上门，紧张得浑身发抖，深深地吸了一口气，继而呼出的热气在凝冷的夜里似乎凝成一片淡淡的白雾。

这一夜，柳月夕在房间里来回踱步，在忐忑不安中度过一分一秒。

约莫过去了一个半时辰，正是天欲晓而黑暗愈盛的时候，有人回来了。

柳月夕凝住心神，听那脚步声，不止一人。

那是谁？

柳月夕慌忙穿上衣裳，打开房门，淡淡月色下，颜西楼扶着一个青年男子。

那男子胸前一大片血迹，神情痛楚不堪。

柳月夕记得，那青年男子就是那一日请颜西楼外出夜诊的陌生人。

颜西楼扶着青年男子，轻声嘱咐："你慢点。"

话还挂在嘴边，一抬头，看见柳月夕长发披垂，神色惶惑，沐着一身夜色，立在天井中。

"你……你怎么起来了？"乍然一看，眼前人像极了当年秀雅的女子，亭亭立在苍幕之下，为他风露立中宵。心似被狠狠撞击了一下，往事汹涌而来，是那么不合时宜地再现。

只是，那层黑纱阻隔了两人，如隔山海。

"怎么回事？"柳月夕低低地惊叫，顾不得男女有别，伸手扶住那摇摇欲坠的青年男子，"你去了哪里？"

那灰色长袍上的刀口——许厚天的，颜西楼的——乍然拂过眼帘，让柳月夕几乎站立不稳。

颜西楼定了定心神，忙用眼神止住了柳月夕的惊慌："迟些再说，先给他治伤要紧。"

那青年男子伤得极重，左胸口上方被深深刺了一刀。因为失血过多，他几乎奄奄一息。

柳月夕吞下满腹疑虑，帮助颜西楼将青年男子扶到颜西楼的房中，烧水煎药，一直到快五更天的时候，那男子才虚弱地睡了过去。

颜西楼长舒了一口气，朝柳月夕一笑："没事了，睡一觉，他大概又可以生龙活虎了……"

柳月夕拧了眉，看来，他和这青年男子应该是很熟悉的关系，绝对不是那夜像他所说的，仅仅是他病人的儿子。那么，那一夜，也绝对不是什么夜诊去了。

"你到底干什么去了？到底发生了什么事情？"

颜西楼正想答话，突然觉得后背传来一阵剧痛，身子晃了晃。

"小心！"柳月夕忙伸手扶住颜西楼。

那纤细的十指带着微凉，隔着衣裳灼烧着颜西楼的肌肤。

颜西楼一颤，讶然转头，不经意望进那如两汪深潭般的水眸里，氤氲弥漫着焦虑、担忧，甚至还有颜西楼无法忽略的疼痛。

一霎时，他愣了，呆了。时光恍若倒流。

那时，他们千里相随，相濡以沫般亲近。

但命运扯来这数年的山长水远，让人心生无限伤感。

两颗心突然急剧跳动起来，寒凉的清晨似乎带着升腾的热气。

"你……到底怎样？"柳月夕顾不得羞涩，转至颜西楼的身后一看，她不由得倒吸了一口气。

那后背，居然是血肉模糊的一片。

一路上，颜西楼只惦记着那青年男子的伤，连自己身上的伤都顾不得了。这会儿神经松弛下来，才发觉自己的伤处疼痛不堪。

方才忙着救治那危在旦夕的青年，加上灯火暗淡，柳月夕责怪自己居然没有察觉颜西楼的伤处。

柳月夕内心惊颤，伸手堪堪触及颜西楼的伤处，突然，寂静的夜里传来一声野猫的叫声。

那叫声，尖厉里带着春意，霍然让人心惊肉跳。

柳月夕觉得耳根都快烧着了，低声说："我去让素馨起来帮你……"

颜西楼急忙拉住柳月夕的手臂："不要惊动素馨！今晚的事情我不想让其他人知道，你知道素馨……"

这一牵扯，大手拉住纤细的手臂，热力透过掌心，沿着手臂上的每一根血脉，倏然烫伤柳月夕的脸庞，传输进她的血液，几乎让她昏厥。

颜西楼惊觉,那黑色衣袖之下的手臂暖热柔软,和当年的他拉着她的手臂在旷野的夜幕下奔跑亡命的记忆相重叠。原来,这些年所有关于她的记忆,一点也没有随着岁月淡去。

这些日子的刻意疏离,只会让深藏在内心的情感魔兽更加蠢蠢欲动,尤其是在这夜色的掩盖之下。

为什么?

柳月夕突然觉得水雾蒙上了眼睛。

眼前的一切,似真非真,似幻非幻。

昏暗的灯下,精壮的身躯半裸,顺滑的肌理被伤口凌辱得面目全非。

那样的伤,若不是和人生死搏斗,定然不会这样惨烈。

不知道是怎样遏制住内心的悸痛,柳月夕昏昏沉沉般轻颤着手指,为那背对着她的人一点一点地涂上药膏。

颜西楼闭着眼,暗暗咬了咬牙,不是不痛,只是如斯深夜与她独处,鼻端萦绕的丝丝暗香让他在疼痛中竟然吮吸到一丝让人惊慌的甜意。

指尖不小心的碰触,几乎让他遏制不住心跳。

面红耳赤之余,他却又无法不鄙薄自己,唾弃自己。那是他的义母啊,是义父的遗孀!

明的痛,暗的甜,兼之那无法忽略的罪恶感,几乎让颜西楼把持不住内心煎熬。

他想拔腿就跑,却又禁不住内心对那女子最初的一点渴望。

汗水涔涔,滴滴落下,甚至落在柳月夕的手背上,烫得她几乎惊跳起来。

好不容易,柳月夕为颜西楼缠上棉纱布,松紧适中地打了一个结:"好了……"轻轻为颜西楼披上外衣,"你休息一会儿……我去清理一下。"

淡淡灯光下,青石砖上偶有滴滴暗红的血迹。

那血迹若是让人察觉了,不知道会惹出什么样的祸端。

颜西楼默默望着柳月夕纤瘦秀顸的身姿在眼前晃动,内心说不出的酸甜苦辣。

这女子，似近似远，但触手难及，思之不得，却又烙在心头，经年不去。

自从重逢以来，她的坚韧、惠敏、知情解意，比记忆中的更清晰，而她苦苦把握的和他之间的距离又分毫不差，但按捺不住的烈火般的情感又时时试图冲破世俗的禁锢，不惜让自己毁灭。

而他自己呢？不忍见她的憔悴，他只好借着丝毫不知情的小五和素馨，用药膳为她瘦弱的身躯撑起一点元气；因为肩上背负的重担，他又无法让她过上安适恬静的日子。

那身黑衣笼罩下的阴影，时时灼痛他的双眼他的心。

他知道，一个女子从官宦千金到青楼花魁，再摇身变成芸芸众生中为生计劳心劳力的普通女子，不怨不悔，到底需要什么样的毅力？

该怎么办？颜西楼，你该怎么办？经过了今夜，命运不得不将她和他拉得更近。

收拾完毕，天已经亮了。深秋的早晨，有些雾气，天井里的花草还点着露珠。

吹熄灯火，柳月夕垂了头："你好好休息吧，我去给你们做早点。"

"昨晚我……"颜西楼欲言又止，生怕自己的语言吓了她。

柳月夕淡淡一笑："你可以不说的，今晚的事情你不想让别人知道，我便一个字也不会说出去——"

"不……"如果继续瞒着她，只能让她更担心，"其实，这一次我回来是因为鸦片的事情。"

道光十八年，朝廷展开声势浩大的禁烟运动，仅这一年的时间，全国就有近两千名鸦片贩子、掮客和吸食鸦片者被捕，每天都有一些罪大恶极之人被处以极刑。眼下，朝廷将禁烟的重点放在杜绝鸦片进口上。

自从清政府闭关锁国以来，全国仅剩下广州城一口通商，因而，流毒全国的鸦片绝大部分都从广州口岸进入内地，进而形成一个巨大的贩毒网络。

因为广州城里鸦片的流通途径错综复杂，没有清楚到底有多少鸦片烟贩，更不知道有多少官员陷入贩卖鸦片的网络，也不清楚到底有多少种途径让鸦片混入广州城中，所以，颜西楼受人之托，回到广州城里摸清鸦片贩卖的情况。

但杜绝鸦片进入广州城无异于断了很多人的财路，颜西楼一旦被人知晓身份，便有生命危险。所以，颜西楼以行医为掩护，暗中摸出城里的毒贩的身份。

柳月夕恍然大悟："难道，前些日子广州城里传得沸沸扬扬的烟土在伶仃洋里被沉的事情，莫非是你们做的？"记得那一夜，颜西楼很晚才回来，并且还受了轻伤。

颜西楼苦笑："其实，沉烟土本来不是我们的打算，不过，有人因为奔劳多日却一无所获，没有摸出城里的鸦片烟贩子，故而一气之下沉了烟土，这一来打草惊蛇，今后的行动怕是要艰险很多。"

"那今晚呢？"柳月夕提着水壶，给颜西楼倒水。这些日子以来，她一直在思虑，也隐约料到颜西楼在做一件危险的大事，却没有想到竟是这样危险的事情。

手一颤，滚热的茶水从杯里溢出。

"今晚？今晚阿谦和其他两个人跟踪一批刚从伶仃洋上来的鸦片烟，并潜入暗藏烟土的宅院，谁知道行踪被发现，阿谦被追杀，幸亏我去找阿谦商量一些事情，这才救回了阿谦。"阿谦就是那个陷入昏睡的青年男子。

"那有没有人发现你的身份？"柳月夕咬着唇，唇色越发地苍淡。

颜西楼摇了摇头："夜色很暗，当时我和阿谦都蒙住了脸，"说着从身上取出蒙面布巾，"而且我们很快甩下了那烟贩的打手，应该不会有人识破我的身份，你不用担心。"

"那其他的两个人呢？死了吗？"柳月夕声音发颤，无法平静一时。

颜西楼默默点了点头，沉痛得说不出话来。

"明知道危险，为什么你要参与？万一……"柳月夕说不下去，微张的唇瓣在颤动，胸口哽塞，阵阵疼痛袭人。

颜西楼淡淡地笑："危险又怎么样？不是因为胸中有天下兴亡匹夫有责的宏愿，而是因为我不能忍受天底下有更多女子因为男人吸食鸦片而被卖入妓院，不能忍受更多的孩子因为家破人亡而流离失所，我不能容忍我的悲剧日复一日、年复一年无止境地延续下去。你应该明白的。我记得你说过，你的父亲是因为被别人陷害贩卖鸦片而获罪，如果不是鸦片，你何至于颠沛流离，遭此大劫？"

至此，往事如钱塘巨浪涌上心头，几乎让人无法承受的晕眩让柳月夕摇摇欲坠。"你……"

话未出口，已经泪流满面。

这么久以来伪装的平静无法继续，在夜色的掩映下，彼此敞开了内心的隐讳。

颜西楼望着那灰白天色中流泪的眼眸，想起那青葱般娇嫩的生命被命运折腾成一棵枯草般的憔悴。如果当年她能狠心抛下他，她何至于从此流落青楼何至于枯萎至此？

当然，如果当年她狠下心抛下了他，自顾自地逃命，他又何至于念念不忘苦寻多年？

命运起伏，冥冥中谁在主宰乾坤？

颜西楼声音发颤："对不起，是我没有保护好你，让你受了那么多的苦……"

柳月夕仰头，泪流不止，泪意中又分明带着笑意："不……我一直记着，你是这些年来我唯一的安慰……"

颜西楼心头剧痛，这无助柔弱的女子，这些年他一直心心念念的女子。

情感冲垮了理智的约束，一瞬间，天地万物似乎隐匿不见，一如当年的茫茫四野中、灿烂的星空下，唯有他和她，一如当年的一场噩梦，让他将她拥入了怀里。

颜西楼缓缓伸手，触及那方濡湿的黑面纱："对不起……"

柳月夕没有止住颜西楼的手，美丑在此刻无关要紧，她需要的，仅仅是他的一点抚慰。

这张脸，一半秀美无伦，一半疤痕纵横。颜西楼喉头一滞，哑了嗓音。

"你……"粗糙的大手抚上那交错的两条伤疤，仔仔细细地抚摩，内心没有一丝一毫的厌恶，相反地，一阵阵柔和的怜惜漫上他心头的每一个角落。这样的一个女人，让人心酸，让人怜惜，让人钦佩，更让人……颜西楼狠狠咬牙，无法不承认，他比记忆中更清晰地喜欢着她。

柳月夕仰着脸，闭上眼睛，他掌心传来的阵阵热力让她如处三春的阳暖。那眷恋多年的被呵护被怜惜的焦渴，让她根本不愿意拒绝眼前渴望了多年的男人的抚慰。

那颤颤的双唇，只附着淡淡的血色。那低垂的长睫，微微轻颤，上面还带着一滴泪珠，如清晨花蕊上的一点莹白。

颜西楼内心隐埋多年的情愫被狠狠勾起，一伸臂，将眼前的女子大力圈入怀中。

彻骨的疼痛让昏睡中的阿谦苏醒过来，透过半卷的布帘看见一对忘情相拥的男女，不由得愕然。

第十二章　莲子心苦

消失了月余的曹语轩回到了广州城，不几日，戒烟馆开张，旁人问为什么戒烟馆不直接设在来安堂里，曹语轩笑而不语。

尽管戒烟馆有近年声名鹊起的名医曹语轩坐镇，还有昔日名医许厚天的义子——颜西楼襄助，但戒烟馆里还是门可罗雀。

鸦片烟鬼留恋的是那昏昏沉沉中腾云驾雾的快感，谁愿意接受那据说是生不如死的戒烟折腾？至于穷苦人家，自认承担不了戒烟的支出；至于家境富裕的，并不将吸食鸦片的庞大支出放在眼里。

就这样，戒烟馆尽管已经开张了半个月有余，虽然偶有人被家人押着上门就诊，但很难有后续。

颜西楼不由得叹息。

曹语轩却不在乎，他不在乎戒烟馆里有多少个病人，他需要的仅仅是——他可以有更多的借口和颜西楼在一起。

午后此刻，曹语轩邀颜西楼在戒烟馆的天井中品茶。

天井中，一棵枝叶茂密的榕树筛漏下金黄的阳光，难得深秋里有这金灿灿的光色。

阳光照在身上，让人觉得暖烘烘的，十分惬意。

几盆白色的菊花摆在角落里，飘逸着悠远清淡的暗香。

一壶参芪茶热气袅袅，一碗不见一星渣子的罗汉果鱼腥草茶散发着淡淡的腥味。

曹语轩将罗汉果鱼腥草茶端到颜西楼的面前，笑了笑："今天你只能够喝这个。"

颜西楼扬眉，淡笑："谢谢！"从昨日开始他就觉得咽喉疼痛，痰多口干。这是肺热肺燥的症状，没有想到曹语轩竟这么细心。这碗能清热解毒、化痰止咳的罗汉果鱼腥草茶正是他需要的。

他端起碗一口饮尽。

曹语轩慢悠悠地给自己斟了一杯茶，神情悠然地享受这午后的阳光。

不知从什么时候开始，两个人竟然成了就算是不发一言也觉得恬然自在的朋友。

或许，一个是有意，一个是无心。

可今日，颜西楼显然心不在焉。

丝丝气根从榕树的枝丫上垂下，落在颜西楼的肩头，一根修长的手指缠上一缕粗糙的纤细，在无休止地纠结。

阳光照不进那低垂的眸色。

那嘴角不经意扯起的一个淡淡的笑容，让曹语轩心惊地发现其中竟然有缱绻缠绵的味道。

"有心事？"曹语轩试探道，放下了手里的紫砂杯，顺手摘下一朵菊花，轻轻地挼着白菊那淡黄色的花蕊。

颜西楼一愣，将心神从千山万水中扯了回来。

这些日子，闲暇之余，脑海里总是不停地闹腾。

今后，他和阿谦彻查烟毒的路该怎么走？

那一夜，他情难自禁地将柳月夕拥入怀中，这情以后能延续吗？如何延续？

这数日里，有心无意中瞥见墙上许厚天的遗照，他便羞愧得汗流浃背。

但每每那人从他身边走过，哪怕一个背影、一个隐然的笑容，甚至是一缕发香，都能引得他心底熏熏然如饮醇酒。

那是什么滋味？在背着人时细细地咀嚼，顷刻便脸红耳赤。

可是，素馨呢？该怎么办？

颜西楼默然，无奈地笑。

"对了，你和你师妹，什么时候请我喝喜酒啊？"曹语轩似是漫不经心地提起，借着斟茶的那会儿，用斜飞的视线偷偷打量着对面沉吟不语的人。

喜酒？颜西楼叹气，站起身子，伸手抚摩着青石砖上淡淡的青碧苔痕。随着岁月的流逝，这青苔怕是会越来越厚，和他心里对柳月夕的情愫一样。

只是，这苔痕总生长在阴暗处，也只有在潮湿和阴暗的地方，才能愈来愈盛。

他和她，自然也是一样的。

内心的惆怅越来越稠密，将他缠绕得越来越紧，这到底要怎样才好？

这等坐立不安，让曹语轩愈看愈心惊，这患得患失，他也曾有过。

这回，颜西楼到底对谁患得患失？

但可以肯定，绝对不可能是叶素馨！那么，会是谁？

在普济堂里，女人只有两个——叶素馨和他的义母。不是叶素馨，也断然不是柳月夕。他离开的这一段时间，到底发生了什么事情？

任由颜西楼魂不守舍，曹语轩依然貌似气定神闲地饮茶，那参芪茶，能养阴益气、提神醒脑，正是他需要的。

"对了，上一次，我对你师妹出言不逊，想来我一个男人，怎么好对一个女人失礼。西楼，找一天，我亲自到普济堂给你师妹道歉去。"

颜西楼稀罕无比，这怪异孤傲无比的曹语轩，能和他成为朋友已经是他料想不到的事情，现在他居然主动提出向叶素馨道歉，这真是一桩奇事。

"不用了，我向她转达你的心意就可以了。"颜西楼推辞。如果曹语轩真心实意给叶素馨道歉，叶素馨若是不领情，那不是存心给曹语轩难堪？

曹语轩却坚持："其实，一来是向你师妹道歉；二来，你来戒烟馆帮忙，我也想找机会向你家里的长辈致谢……也算是表达对许大夫的一点敬意。你说呢？"

骤然听曹语轩提起许厚天和柳月夕，颜西楼立刻如有芒刺在背。

"我义母寡居，不想……"

曹语轩突然冷笑："怎么？颜大夫，你是觉得我不配去拜会你家里的长辈吗？"

颜西楼没有办法，只好点头。

曹语轩得意地淡笑。在日光下，素来生冷的眼眸居然有了熠熠神采。

见了柳月夕和叶素馨，他不介意来一招釜底抽薪。

他要的东西，这回，不容他失手。

这出去的一个月，他算是收获不少，至少能帮助他让他想得到他想得到的东西。

"那，这就去吧！"曹语轩让戒烟馆里的伙计给他一个锦盒和一盒点心，"这锦盒里的衣料送你师妹，算是给她道歉。这盒点心送许大夫的公子，你该不会介意吧？"

颜西楼无奈地笑，内心隐隐有些怪异。

只是，阳光下曹语轩的笑容朗朗明湛，让人无法拒绝。

来到普济堂内间，柳月夕正在照顾阿谦。

经过几日的静养，阿谦已经没有什么大碍。他是一个闲不住的人，这两日里精神好了便在普济堂内堂里帮忙。

但柳月夕却依旧细心照料阿谦。

"这药还烫，你一会儿再喝，但不能等凉了。喝完药就去歇着，你要多卧床休息，不能劳累，你这伤很快就好了。"

轻声细语清凌凌的，如清泉滑过大青石。

这嗓音，让阿谦好奇那黑纱后的容貌是否也一样地动人。

不过，那宽大黑衣也罩不住的袅娜身姿，以及那高堆亮泽的发髻，都在告诉阿谦，眼前的年轻的女子是一个不折不扣的美人。

那日，他曾试探颜西楼，问她是谁，颜西楼语气古怪、涩然沉默，然后丢下了两个字"义母"，便走了开去。

而这"义母"，分明就是那夜被颜西楼搂在怀里的女子。

这内里，关系错综复杂，如麻般凌乱吧？

"辛苦你了！"阿谦微笑着道谢。

柳月夕依然低了头，淡然一笑。

看不见她嘴角的笑容，但可以从那清澈透亮的双眸中感觉到她的笑意。

其实，阿谦极少能看到她的笑，听到她的声音。除了吃药的时候必要的医嘱外，柳月夕没有过多的言语。

她步履轻盈，来去如一阵清风。

午后的阳光照射在墙上，给清冷的青石砖染上一层金黄色的薄纱。

有脚步声接近。

阿谦朝颜西楼粲然一笑："颜大夫回来了。"

正准备转身进厨房的柳月夕脚步一滞，情不自禁地一回头，却发现门口站着两个人。

这两人，一个俊雅冷寂，一个温和内敛，各占三分风采。

愣了愣，曹语轩已经开口招呼："许夫人好！"

颜西楼介绍："这位是曹氏来安堂的曹语轩曹大夫。"

柳月夕柳眉一皱，想起这曹语轩就是归还许厚天药方的人，忙见礼："曹大夫！"

尽管铜盒里药方的流失让柳月夕困扰多年，当初曹语轩归还药方的时候，她也曾怀疑，但终究是没有结果。

阿谦就在一旁，柳月夕不禁皱眉，探询地看了颜西楼一眼。

颜西楼给了她一个安抚的眼神，表示无妨。他转头吩咐阿谦："阿谦，你出去帮小五吧！"说着笑着向曹语轩解释："阿谦是我义父的一个远房亲戚，现在在普济堂里帮忙。"

一直在仔细观察着柳月夕的阿谦笑着应了一声，出去了。

柳月夕松口气，普济堂多请了一个人帮忙，这就是阿谦出现在普济堂最好的解释了。

曹语轩淡淡地打量柳月夕，这是他第一次近距离地接触那传闻中的女子，曾经名动遐迩、风华无双的"揽月楼"，就算是人去经年后，依旧有人在缅怀那天人一般寒寂却又绝色如仙的女子。自然，也有人在回忆里搜索到底是谁带走了寂寞红颜。

可惜红颜总薄命。

他惊奇，曾经锦衣玉食的她，却这样平静地对待贫苦。

柳月夕有些局促，低了声音："我去沏茶。"

颜西楼忙出口阻止："不用了，曹大夫一会儿就走！你……去忙吧。"

他知道柳月夕的局促不是因为曹语轩，而是因为他颜西楼。

自那夜后，柳月夕越发沉默，自然，对那夜的失仪也一字不提。

因为那夜，只能当作挥别过往的最后一次放纵。若不然，不仅让死者难堪，更对不起生者。

所以，为了避免更多不该流露的情绪，担心让他困扰，她只好避着他。

颜西楼都明白。因为明白，所以心情更加沉郁。

曹语轩似笑非笑地横了颜西楼一眼："颜大夫似乎在赶我走呢！"

见颜西楼尴尬，又笑："怎么不见许公子？"

说巧也巧，许澄杏恰好从房间里跑出来，手里还抓着一本医书，咯咯直笑。

敢情，他将医书当成了玩具。

素来性冷的曹语轩对许澄杏出乎意料地热情，他将拐杖靠墙一放，蹲下身子，朝许澄杏招手，头却转向颜西楼："这孩子叫什么名字？"

"许澄杏。"

"许澄杏？"曹语轩细细咀嚼这简单的三个字，抿嘴一笑，"想让他成为杏林国手？"

他一伸手拉住了许澄杏，仔细端详，眼睛里虽然有笑意，眼神却锋利。

柳月夕轻轻一瞥，突然心惊，几乎是脱口而出："子承父业，理所当然。"

曹语轩笑："是啊，子承父业，他日又是一个让人尊敬缅怀的许大夫！"言下之意，颇是敬仰许厚天。

柳月夕并不想让许澄杏接触陌生人，正想抱了许澄杏避开曹语轩。

偏偏曹语轩对许澄杏颇是喜爱，柳月夕不好强自从他手里夺回爱子。

阿谦在外间叫："颜大夫，有病人！"

曹语轩笑着对颜西楼说："你先去，我喜欢这孩子，和他玩一会儿。"

一直在一旁沉默不语的颜西楼轩眉一扬，望了眉眼低垂的柳月夕一眼："怎么好怠慢你？"

话才说完，便已咳嗽了儿声。柳月夕不禁皱了皱眉。

曹语轩细长的眉一扬，讥笑："怎么？怕我拐了你的义弟不成？你快去吧！病人在等你呢！好不容易病人上门，你想将他赶到来安堂去？"

这让人捉摸不定的曹语轩着实有些让人头疼，但也没有恶意。

颜西楼只好对柳月夕说："义母……请你沏茶来，"随即对曹语轩点点头道："我一会儿就回来。"

柳月夕点点头，走到厨房，却又惊疑不定，随即站在门后倾听着天井里的许澄杏和曹语轩的动静。

"澄杏，你多大啦？"曹语轩很随意地逗着孩子玩。

许澄杏大概对前些日子给他买彩泥孔雀的曹语轩有好感，咯咯地笑，围着紫檀拐杖转，但却老实地回答曹语轩的问题："两岁八个月，我妈妈说的。"

曹语轩"嗯"了一声，仔细一算，这孩子是年终岁末出生的，时间和他预料的出奇吻合。

这或者就是他今天来普济堂的收获。

他哈哈一笑，捏着许澄杏的脸颊，或者是无意，手劲竟然很重，捏得许澄杏一下子哭了起来。

一直在旁偷窥的柳月夕冲了出来，一把将许澄杏搂在怀里，细声安慰。

曹语轩眼神冷冷的，淡笑着拿过拐杖："对不起，许夫人，是我弄哭了孩子……你得好好看着这孩子啊！"

柳月夕身体一僵，霍然回头，直直盯着曹语轩："不劳曹大夫挂心，我会的……"她没法弄清楚这曹语轩是有心还是无意，或许是她敏感了。

曹语轩哈哈一笑："我走了，许夫人，许公子！"

一转身，留给柳月夕一个孤峭的背影。但这背影，也忒单薄了一些。

昔日在青楼，柳月夕也算见过形形色色的人，然这曹语轩，古怪得让人猜不透。

心中疑虑翻滚，却又纷乱难理。

叶素馨一回到普济堂，见到阿谦，不由得厌恶。

她就不明白颜西楼为什么要在普济堂里多养一个闲人。

　　阿谦却对肤色白皙、窈窕健美、性情泼辣的叶素馨很有好感。

　　"素馨回来了！"阿谦带着笑，神情熟络，仿佛和叶素馨熟悉已久。

　　叶素馨瞪了阿谦一眼，看颜西楼在旁为病患写方子，忙走了过去，取过药方，利索地抓药。

　　病患是普济堂的常客，对叶素馨熟悉得很，他呵呵一笑："日后素馨姑娘一定是颜大夫的贤内助。"

　　颜西楼笑得勉强，阿谦笑得意味深长。从里间出来的曹语轩站在门边，则面带讥笑。

　　从叶素馨的身旁走过，曹语轩刻意放缓了脚步，微一停留，声音只有叶素馨一个人能听得见："我倒是觉得，"视线朝阿谦一扫，"你和那小子才是天生的一对。你真配不上颜大夫！哈哈。"

　　不等叶素馨发作，曹语轩便朝颜西楼一颔首："我走了，西楼，改日喝茶去！"

　　颜西楼知道叶素馨素来和曹语轩有嫌隙，也不挽留曹语轩。

　　叶素馨脸色涨红，抓起案台上的药包，准备朝曹语轩扔去。

　　阿谦眼明手快，一把取过叶素馨手里的药包，递给了病患："祝您安康，走好啊！"

　　叶素馨回头，瞪着阿谦，白皙的脸庞涨上了一层粉色。

　　阿谦却笑嘻嘻的，还给叶素馨倒了一杯茶。

　　颜西楼心一动，一个念头一闪而过：阿谦和叶素馨……

　　夜深了，颜西楼还在忙活。

　　叶素馨端了一碗贝母炖雪梨出来："师哥，快来喝了这炖汤。"

　　贝母是中药中的化痰药，有清热化痰、润肺止咳的功效，雪梨可以润燥生津、清热化痰，合而炖之，有止咳嗽安心肺的作用。

　　炖汤入口，清甜可口。

　　但素馨素来不善于厨艺，他问道："是你炖的？"

　　叶素馨笑："当然是我啊，师哥……"见颜西楼一脸狐疑，她失笑，推了推颜西楼，"好啦，就知道你不相信。是师娘炖的，师娘说我有些咳嗽，便炖了给我。你啊，是沾我的光。快喝了吧。"

颜西楼默然，日间，他不过是在她——柳月夕面前咳了几声。这等细心，让人无语。

看着颜西楼将炖汤喝完，叶素馨偷偷指了指内间的阿谦："师哥，那个阿谦，什么时候离开普济堂？"

颜西楼淡淡地笑："今后留在普济堂，不走了。"

叶素馨失声嚷了起来："师哥，普济堂不需要闲人！"

听得叶素馨的叫嚷，柳月夕和阿谦忙从内间跑了出来！"发生了什么事情？"

颜西楼无奈地看了叶素馨一眼："师妹，我有一个新的想法，阿谦、义母，你们都听听。"

这些日子以来，虽然普济堂的凉茶因为药材地道，价格低廉，用药精准，渐渐地在西关附近有了些名气，但毕竟鲜有人为了一碗凉茶特地跑到普济堂来，这导致凉茶的销路其实非常狭窄。颜西楼见西关每日里都有来来往往的小贩，走街串巷，沿途叫卖，生意居然很不错。

"我打算将凉茶按方子配好药材，打包出售。这一来就需要人手，阿谦就留在普济堂里，帮助叫卖凉茶。你们看，怎么样？"

叶素馨不同意："不行，师哥，这凉茶方子是你和师父花了很多时间配置出来的，你这么一来不就将独门方子泄露了出去吗？"

颜西楼很平静："这没有关系，义父的药方，本来就不是普济堂的私产。广为人知，普度众生，这才是义父的最终心愿。至于我研制出来的药方，不散播出去，别人还不知道普济堂有一个颜西楼，"他说着，居然揶揄起自己来，"怎么？素馨，难道你不希望你师哥扬名立万吗？你不赞同这新鲜的经营模式吗？我敢担保，阿谦一走出普济堂，深入广州城里的每一条小巷，吆喝一声'普济堂凉茶'，这普济堂的名号很快就可以打响了，很多老街坊都知道普济堂回来了。只是，"他星眸一转，轻快地扫了低垂着眸光的柳月夕一眼，"还要辛苦义母……你的字写得好，在药包上写明凉茶的成分、适应症状和煎煮凉茶的注意事项。当然，最重要的是，药包上一定不要忘记了普济堂这三个字！"

阿谦咧嘴朝叶素馨一笑："素馨，这回，我可有留下的理由了，我该不会再是闲人了吧？"

叶素馨朝阿谦哼了一声："是不是闲人我不知道，你最好证明给我看！"

阿谦挤眉弄眼，爽朗大笑。他朝颜西楼深深一颔首："颜大夫，你这主意真好！从明日起，我就要背着普济堂的药包走遍广州城的每一个角落。"

颜西楼心领神会，微微一笑。

一直沉默的柳月夕望了一眼颜西楼："这办法很好，这就忙去。"

这一夜，普济堂灯火通明。

抓药的抓药，抄写的抄写，打包的打包，忙得不亦乐乎。

到深夜的时候，清热解毒茶、清热祛湿茶、清热泻火茶、罗汉果凉茶、桑菊茶，一一堆放在普济堂的角落案台上。

颜西楼想了想，写了另一个方子递给叶素馨："你再抓几服药。"

叶素馨一看，药方上写的是金银花、地骨皮、生石膏、大青盐、黄柏、薄荷、川椒等药材，重量从两钱到半钱不等。

"这方子可以清热凉血、泻火解毒，师哥，这用来煎水漱口，治牙疼更合适一些啊。"

颜西楼微笑："是，反正阿谦哪儿都去，估计也有人需要的。试一试吧。素馨，你给抓药吧。"

一屋子人累得东倒西歪的，颜西楼一声休息，叶素馨、小五和阿谦都逃一样地进屋睡觉。

柳月夕依然执笔书写，一笔一画，甚是认真细致。

淡淡的身影印在墙上，单薄得让人心疼。

似是心有灵犀，颜西楼知道柳月夕有话问他。

"你不用担心，不会有事的！"笃定温和的语气让柳月夕抬起头，触及颜西楼安抚的眼神，心一颤，忙又低下："我知道你的想法，今后，阿谦成了普济堂的伙计，在城里城外行走更加方便，你们要做的事情可能会更加方便。可是，普济堂……"

颜西楼淡然一笑："普济堂开张的时候，知府大人还特地让人上门祝贺。现在，素馨和知府夫人也走得近，这是很多人都知道的事情。你不用担心普济堂……"

柳月夕沉默许久："你打算一直瞒着素馨？"

颜西楼剔了剔灯花："素馨，今后再说吧！等事情了结了，或者……"

或者什么？颜西楼没有说出来，因为他也不知道，什么时候事情可以了结。

人生，有太多变数。

很有可能，一觉醒来，世事便已经面目全非。

柳月夕也不去问颜西楼，因为，她和他没有未来，自然也就不必去问。

她，只要守着他的安宁，也就知足了。

灯火沉沉，药香淡淡。

在秋夜，心和秋风一样飘忽不定。

良久，所有的语言化作强作淡然的关切："总之，你们要事事小心！"

灯光在颜西楼的脸上明灭不定地跳跃。

"其实……我很愧疚，恐怕有一天，我会连累你们……"他原本厌烦和官府之人打交道，但为了能在广州城里立足，他最终没有拒绝傅知府的资助，没有阻止叶素馨亲近知府夫人。这一切，都不过是为了今后能方便行事。在内心，他对她、对素馨，不无愧对。

柳月夕乍然抬头："我是一个历经生死的人，怕什么连累？谈什么连累？何况，你所做的，正是我想做却力所不能及的事情，我感谢你！只是素馨，但愿不伤了素馨……"

眸中的光亮仿若照亮沉沉夜色。

四目相对，突然各自悲凉。

许多话，没有也不能说出口。

颜西楼叹息，柳月夕不是叶素馨，也亏得不是叶素馨，不然他更加孤单寂寞，但是，他最终只能孤单寂寞。

柳月夕无法直视颜西楼眸中的失落和迫不及待掩饰的渴望，他希望她是叶素馨，但终究不是，也亏得不是，她才可以温暖他的孤单寂寞。

颜西楼别过了头，一句话哽在喉间吐不出：他颜西楼是而且一直是将叶素馨当成一辈子的妹妹。

但这话，只能徒乱人心。就算将来他颜西楼和叶素馨之间有什么变故，也和柳月夕一点关系没有。一旦和她沾上什么关系，那将是对她致命的打击。

回到房中，柳月夕久久不能入睡，许多人，许多事，让她如坠云里雾里。

曹语轩的笑容、举动，让人莫测高深，让她一直隐约忐忑。

日间被强自压制在心底的慌乱被曹语轩一个锐利的眼神勾了出来，让她不由自主地取出许厚天的遗物——铜盒。

那铜盒尽管被她多番擦洗，但终究是留下了斑斑锈迹。

许久没有碰过这铜盒了，或者，在潜意识中她就希望将这事情淡忘。

打开铜盒，柳月夕仔细端详。

当年烧灼的痕迹还在，依旧刺痛了柳月夕。许厚天，是她名义上的丈夫。

仔细摩挲铜盒粗糙的内层，心情翻涌。

当初，她在灯下，一时心如死灰地帮助许厚天抄写药方，一时又感激苍天的恩惠，让她得到重生。可叹，重生的日子是那样短暂。

眼泪滴落在铜盒的边沿，慢慢渗入。

柳月夕奇怪，仔细察看铜盒，她惊奇地发现这铜盒居然还有一个夹层。但这铜盒手工极好，不轻易让人发现有夹层，以前，柳月夕一看到这铜盒便心酸不已，也从来没有仔细去察看，而许厚天还活着的时候，仅仅是让她抄写药方，然后随手往铜盒里一放，至于铜盒里到底有多少方子，有哪些方子，除了她亲手抄写的之外，她也不是很清楚。

但不管有什么，一场大火，什么也没有了。

只是谜团，依旧存在。

第十三章　爱是砒霜

夜幕降临，月儿初上树梢。

普济堂里一派欢欣。

凉茶包因为价格低廉和携带方便，一推出便大受欢迎。原本堆满了案台的茶凉包已经被销售一空。

日间，阿谦突发奇想，居然披散着头发，在腰间围着树叶，将自己打扮成上古神农氏的模样。他手里拿着一面铜锣，边敲着铜锣，边大声吆喝："普济堂凉茶，有病治病，没病保平安啊！"

小五想起日间普济堂门口的热闹，不由得大笑。

对阿谦没有好感的叶素馨也不禁被阿谦那古怪却颇有奇效的言行引得展颜一笑。

阿谦笑着逗叶素馨："素馨，我这点子算是出其不意吧？"

叶素馨横了阿谦一眼："给你三分颜色就当大红了，你还真有出息！"

阿谦不以为意地哈哈大笑。

叶素馨看不惯阿谦得意扬扬的模样，眼角一挑，刮了阿谦一眼。

那娇俏糅着野蛮的模样让阿谦目光一直。

那呆样让叶素馨越发着恼，但隐隐有些得意。

她悄悄看了一旁的颜西楼一眼，斯人目不斜视，让她有些失落。

手里的算盘被她拨动得叮当响，在夜里清晰得刺耳。

其实，颜西楼将阿谦和叶素馨的一个眼神、一个细微的动作都看在眼里。

见气氛有些沉闷，他挑了一个大家比较关心的，说："素馨，今天盈利还行吗？"

叶素馨撇了撇嘴："师哥，你不是打算薄利多销吗？这样薄利，不亏就不错了。"

她是不以为然的，颜西楼明了，他耐心地解释："有名气，自然有利润，你明白的。"

叶素馨笑："是啊，不过——"

"不过"什么，颜西楼知道："不过，这一点蝇头小利，是发不了财的，是吗？素馨？你是这么想的吧？"

叶素馨一惊，颜西楼难得露出这等冷漠不耐的神情："师哥，你猜错。我是在想，师哥终于认认真真地将心思放在了经营普济堂上来，我很高兴。师哥，师傅也会很高兴的。"

颜西楼和阿谦倏然敛去笑容，他们对视一眼，神色不禁凝重起来。

叶素馨莫名其妙："师哥，我说错了吗？"

颜西楼还没有来得及回答，柳月夕端着一个瓦煲，轻声招呼："来，大家都累了，先喝点汤水吧。"

小五鼻子最尖，深深一闻："是西洋菜煲猪展汤。"

他刚一打开锅盖，一阵浓浓的香味便扑鼻而来。

柳月夕嫣然一笑："这些日子比较干燥，煲西洋菜汤给大家润一润。"

常年在外的阿谦毫不客气，汤勺一捞，看了看汤渣："西洋菜、罗汉果、南北杏、猪肉，哈哈，材料可丰富了。"

叶素馨一声嗤笑："你知道这几样药材有什么功效吗？你是医馆的伙计，要是别人问起几味常见药，你哑口无言，岂不是丢了普济堂的脸？"

阿谦涨红了脸，望着颜西楼，讪讪地笑。

颜西楼为阿谦解围："这西洋菜性微寒、味甘、归肺，用来煲汤可以清肺热，去秋燥；南杏可以补肺润燥，北杏宣降肺气，都有止咳喘的作用；罗汉果味

154

甘性凉，归肺、大肠经，可以润肺止咳，生津止渴；猪展肉也可以润燥。这几样合而煲汤，适合这干燥的天气，是时下最适合的汤水。来，大伙多喝一些。"

他刻意不去看微笑着的柳月夕，因为此刻，她也肯定在回避他的目光。

柳月夕低头微笑，在这样暖暖的灯光下，为他、为他们煲一锅汤水，未尝不是一种难得的福分。

小五狠狠地喝光了一大碗汤，顺手用衣袖一抹嘴巴，赞叹不已："师娘真是天生的巧手，这一粥一饭、一菜一汤，都是那么美味。"

阿谦也加入恭维的行列："难怪人家说，一个广东媳妇顶半个中医，天天喝这样适合时令的汤水，还真是有病祛病，没病保健康啊。"

柳月夕扑哧一下，眼角一弯，露出几缕笑意："哪有你说的那么好？"

阿谦看着低头喝汤的颜西楼，试探道："可惜许大夫少了些福分……"

颜西楼手里的碗略略一歪，溢出的汤水烫着了他的手。

柳月夕下意识地想将手里的手帕递给他，但微微伸出的手仅一瞬的工夫就缩回了袖中，低垂了眸光，掩住淡淡的失落。

叶素馨忙扯下手帕帮颜西楼拭擦手背，却被颜西楼一挥手阻止："我自己来就好。"

阿谦冷眼看有些尴尬和恼意的叶素馨，内心复杂，但见气氛骤冷，忙打了一个哈哈："我们倒是有口福了。不过，颜大夫，我有一个建议，卖凉茶始终是微利，我们为什么不将一些可以入汤水的药材打包出售？像这南北杏啊、罗汉果啊、西洋菜干啊，打包成汤料包出售，我担保，这生意肯定不错。"

"你说得不错，哎，"叶素馨眼睛一亮，眼珠子一转，调侃起阿谦来，"想不到你蛮有生意头脑的嘛，看不出来哦。"

阿谦禁不住俏姑娘的一声夸奖，得意忘形起来："当然，我阿谦的脑子就是好使，将来不知道是哪家姑娘有福分嫁给我？"

那眼神，瞥向叶素馨。

叶素馨嗤之以鼻："你？算了吧？脚下没有一寸土，头上没有一片瓦，谁家姑娘嫁给你，谁就倒霉一辈子……"

阿谦脸色一变，瞬时沉了脸色。

正沉吟的颜西楼听不惯叶素馨的尖酸刻薄，忙打断叶素馨的数落："阿谦说得很有道理，这也许是我们该努力的方向。"

事实上，在这西关大街，曹氏来安堂已成规模，声名在外，麻雀般小的普济堂想和曹氏来安堂相抗衡，必定要有长期抗战的打算，如果在经营上不改弦更张，长此下去怕是不妙。

小五犯难了："那我们该怎么做？"

沉默许久的柳月夕轻声插话："这些日子，我一直在看医书，《素问》上说：'五脏应四时，各有收受；春生夏长，秋收冬藏，气之常也，人亦应之。'这话是说，四时的养生应该顺应时序变化，达到所谓的'天人合一'的目的。这几日，我在想，既然我们的凉茶可以根据四季变化而变更不同的种类，以达到有病治病、没病保安康的目的，为什么我们不能在其他方面做文章？"她指了指汤煲，"在很多人看来，凉茶虽然名叫凉茶，但毕竟还是中药熬成的汤药，就算将来深入千家万户，但在人们心中，身体没有不舒适，总不会去碰凉茶的。我想，如果可以家家户户都有医师的指导，让一锅汤水也可以应四时变化而深入普通百姓人家，以达到强身健体的目的，这不就更好吗？你们说有没有道理？广东人，几乎是无汤不欢啊，这是不是吻合'厌于药，喜于食'的道理？"

叶素馨不以为然："师娘，照你这么想，广州城里的每一个人都身体安康，我看我们这普济堂可以喝西北风了。"

柳月夕不去理会叶素馨略带奚落的笑语，只是盈盈而立，侃侃而谈。

"作为一个医师，我认为，医师最重要的职责不在于治病救人，而在于指导人们如何强身健体，就像阿谦说的，我们可以研制出一些适合四季时令变化的汤谱来，打包出售，那普济堂不也多了一条出路？当然，我们所选择的药材，一定是要低廉的，否则也很难进入寻常百姓家。这样一来，既可以让医家成为普通百姓膳食上的指路人，也省了不少主妇们的心。你们看，这可行吗？退一步讲，如果凉茶更加迎合了普通百姓的需要，那么汤料或许可以进入中等人家的膳房，这不也是一条出路？只要将普济堂做得家喻户晓，我有理由相信，这普济堂的日子自然是可以越过越好的。"

小五大笑："师娘毕竟是读了许多书的人。瞧，茅塞顿开了吧？"

阿谦点头，不是不佩服的，这样的女子，温雅娴熟，言行举止不温不火，总是恰到好处，而且……他不能不承认，几日相处下来，她的许多想法，和他认识的颜西楼总是有丝丝入扣的吻合。难怪那夜，他俩彼此相拥。

叶素馨咬了牙，望着听得出神的颜西楼，突然暗恼为什么柳月夕能够引得她的师哥如斯专注地倾听，开口便带了些酸意："师哥，你觉得师娘这主意怎样？师哥，师哥……"叶素馨伸手去推颜西楼的肩膀，这才让他恍然醒悟。

颜西楼的视线撞上那略略诧异于自己的失态的眸光，他敏捷地从中捕捉到一缕慌乱的失落。她是在希望得到他的肯定，因为，这恐怕是她思虑多日的结果。

"作为一个医师，我认为，医师最重要的职责不在于治病救人，而在于指导人们该如何去强身健体。"他从来都没有听说过这样让人振聋发聩的声音。而他，每每见草头百姓因为贫苦而生生受疾病折磨，总是内心有愧不能尽到一个医师的责任。其实，一个医师的职责不只是悬壶济世那么简单，他真的可以做很多很多。

鲜有病人走进普济堂？没有关系，他可以让带着"普济堂"三个字的药包进入普通百姓的膳堂！

迎上那疑虑的目光，颜西楼眸光清朗，带着笑意："你说得没有错。《黄帝内经》说：'五谷为养，五果为助，五畜为益，五菜为充。'战国时期的名医扁鹊也说：'君子有疾，期先命食而疗之，食疗不愈，然后用药。'普济堂脚下的路，真的是不止一条！普济堂，也许很快可以比义父在世的时候更加深入人心。"

柳月夕清眸发亮，与颜西楼视线相接，心有灵犀地淡然而笑。

在过去的岁月，他们仅仅是命途乍然交错的两个人，而从普济堂重新开张开始，他们的命运已经紧紧相系，这大概也是对过往遗憾的一种不动声色的补偿。

叶素馨闷闷地看着颜西楼，望望柳月夕，突然一阵烦乱。

这普济堂重开以来，似乎她并没有真正得到颜西楼认可，尽管她费尽心思，可颜西楼总不曾用这等激赏的目光投向她，一次也没有。

柳月夕见叶素馨脸色不愉，面纱内的恬淡笑容顿时敛了一敛。

从深秋到寒冬，岁月匆匆过。

自从普济堂的凉茶和汤料走进无数百姓家，普济堂的每一个人都在忙，日复一日地忙碌着。

每个人都没有过多地去祖露或者暗藏自己的思绪，所有该有和不该有的情感都融入一包包凉茶包和汤料包中散入千家万户。

柳月夕的心越发平静。

每日里对着无数的药材，或清淡或浓郁的药味占据了她每一缕心绪。

那补益类的党参、黄芪、大枣、山药、当归、熟地、黄石斛、核桃仁、山茱萸、酸枣仁，那祛邪类的紫苏叶、防风、辛夷川、贝母、马齿苋、川穹、决明子、黑木耳、三七石、菖蒲，太多太多的药材等着她去了解认识。一旦深入草木世界，她惊喜地发现，原来，一草一木皆有用处，就算是小小的一枚甘草，也是妙用无穷的良药。这会儿，她似乎找到了真正让她安身立命的方向。

在这深秋和初冬的岁月，沙参、麦冬、百合、杏仁、川贝、黄芪、桂圆肉、当归、大枣就成了她最熟悉的朋友。

至于往事，似乎湮没在那草木堆中渐行渐远。

叶素馨依然殷勤地去府衙，过一些时日，知府夫人就要临盆了。

颜西楼日日研制汤药用料，适合时令的汤料配方在他的笔下一笺一笺地流出，随着阿谦的脚步深入千家万户。

罗汉果白菜干瘦猪肉汤、沙参玉竹山药莲子汤、西洋菜罗汉果南北杏猪展肉汤、莲子北芪党参乳鸽汤……每一种中药的分量都恰到好处，每一种药材均是精挑细选而来，而价格自然是低廉而贴近普通百姓的民生。

当然，在汤料包中，也不乏为小康人家制定的养生药膳配方，也有为配合叶素馨迎合官太太们养颜美容的滋补汤料。

当然，颜西楼每隔两日就到对面的曹氏戒烟馆协助曹语轩诊治鸦片烟鬼，在频密的接触中，两人成了无话不说的好朋友。

日子特别平静，偶尔会平静得让人心慌。

有时候，柳月夕半夜醒来，屏息倾听外间的动静，听得外间安然无事，她才在平复心跳后入睡，可一旦醒来，便再难入睡。

那属于颜西楼和柳月夕之间的秘密，颜西楼和阿谦之间的秘密，除了有心人，似乎再也没有人知道。

柳月夕时常偷偷察看颜西楼和阿谦的脸色，最近，她发现两人的笑容越来越多，她知道，两人掌握的关于广州城内贩卖鸦片的烟贩的资料是越来越多了。

越是看到颜西楼和阿谦的笑容，柳月夕越是害怕，因为掌握的秘密越多，意味着越危险。

这一日是冬至，街头巷尾弥漫着节日的喜庆。

颜西楼和曹语轩在曹氏戒烟馆里忙着。

今早主动走进戒烟馆的瘾君子是个在当地曾经非常有名望的名士，因为不慎误交损友，自毁前程。此刻，那曾经优雅的名士流泪流涕，焦躁不安，很快寒战发热，时而神情呆滞，时而呼天抢地。

"曹大夫、颜大夫，我……不愿意过着生不如死行尸走肉的日子……你们一定要帮我，帮我！"

那人倒在地上，痛哭流涕。

颜西楼深深吸了一口气，猛然抓紧了那人的手臂："你放心，我一定会帮你！一定会！"

那人恍若抓住了一根救命稻草，一霎时，软软地倒在地上，大口大口喘气。

曹语轩朝颜西楼一笑："这将是你我一生中最难忘的记忆！"

颜西楼肃然一笑："开始吧，我们还有很重要的事情要做。但是，要戒掉鸦片，最重要的不是我们的帮助，而是他自己的意志努力！这世上，没有任何人比自己更能挽救自己！"

曹语轩点头微笑："如果那人是你，你有没有那样的决心和意志？"

颜西楼傲然笑道："这世上不会有吸食鸦片的颜西楼！如果是我，我一定不会让自己倒在鸦片的面前。"

曹语轩点头笑："我知道，这世上，没有任何一个人比你更加痛恨鸦片！"

"开始吧。从疏通经脉到清热解毒，从安心宁神到养阴益气固本培元，我们要做的事情太多。但愿几个月之后，他还是当初的他！"

接下来的忙碌可想而知，从诊脉到敲定药方，从药方中每一种中药的分量，无一不是仔细斟酌的结果。

直到日薄西山的时候，病人才在精疲力竭中昏昏沉沉地睡了过去，病人的亲属将他接回家去。

这一日的折腾，让人殚精竭虑。

看着病人离开，颜西楼和曹语轩相视而笑。

颜西楼是因为能为鸦片烟病人尽一点力气而笑，而曹语轩，更多是因为能和颜西楼并肩作战而笑。

看着颜西楼的倦容，他不能不佩服，如果仅仅是从医术上来讲，颜西楼丝毫不逊色于他，但他不张扬的从容，让曹语轩打心底钦佩他的内敛沉稳。

"进去喝杯茶，歇息一会儿！"

后院已经备好了茶水，上好的茶——安溪乌龙茶。

曹语轩深深抿了一口清香四溢的茶水："记得七月十四那夜，我们第一次喝茶。那时，我根本没有想到我们会成为很好的朋友。"

颜西楼淡然一笑："是啊，世事难料。但愿很久以后，我们还能在一起喝茶！"

曹语轩笑得神秘："一定可以的。说不准，我们会以另外一种身份，在一起喝茶……"也许是黄昏时的光晕的缘故，两抹红晕染上他的双颊。

颜西楼皱眉："另一种身份？什么身份？"

曹语轩哈哈一笑，并不答话，招手让馆里的伙计取来一把古筝："今日过节，我给你弹一曲吧！"

未等颜西楼答话，清脆的筝声已经响起来。

古筝前半段声色浑厚而优美，让人恍见高山之巍峨，后半段大量的上下行的刮奏让人恍似窥见滔滔流水的奔腾澎湃，滚滚而来。

颜西楼听得入神，那曲调恍若相识，立时在记忆深处泛起。

一曲已毕，曹语轩脸色嫣红，瞥见颜西楼凝神细听，专注无比，内心得意："你喜欢？"

颜西楼点点头："是，虽然我不懂音律，但真的很好听！"

"那我再弹一遍。"

琴音又起，可这回在空气中流淌的，不仅仅是古筝的声音。

在清亮的铮铮声中，陡然插入了柔美低沉的洞箫声。

那箫声如一缕细柔沉婉的丝线缠绕着古筝的清脆亮泽，音律却丝丝入扣，似乎一对合作无间的朋友在合奏。

箫声入耳，恍同隔世。

颜西楼陡然想起，曾经有一个月色如银的夜晚，就是他和柳月夕离别前的最后一晚，在山间的一户人家里，柳月夕借了洞箫，给他吹奏了这一曲《高山流水》。

恍若一阵风吹过，风过而箫声和筝声俱停。余音袅袅，依稀不绝。

曹语轩恍若遇上了知音。

他意犹未尽，慨然而叹："方才是谁的箫声，这么温婉柔美、深情款款，让人心生无限向往？"

颜西楼按捺下内心的苦涩："这箫声从对街而来，也许是……义母。"

曹语轩大为惊诧："是许夫人？"

停歇了半晌，他突然侧眸看颜西楼："我这一曲是弹给你听的，因为我视你为知己，但不知许夫人的知己又是谁？"

《高山流水》，知音之曲。

颜西楼知道，多年前，那个含羞带怯的姑娘曾经和他提过。

只是时光容易把人抛，他和她，已经走不近半步。

内心惆怅不已，不经意回头间，见曹语轩素来清冽的脸庞含着笑意，对那秀洁慧雅的女子似乎心生向往。

一个念头大胆地冒出来："你们这一曲隔街合奏，难道算不上知音吗？"

曹语轩若有所思，突然沉沉叹息："这么好的女人，该有人怜惜着呵护着，为什么偏偏红颜薄命？"

颜西楼胸口堵得慌，无言以对。

"就算许夫人脸上有伤疤，就算她是一个寡妇，但像她这样的女人，世间女子输了她的比比皆是，如果非要许夫人这一辈子守寡下去，这也太违背人性了。"

颜西楼喉头暗哑，半晌无语。

他最愿意做呵护她柳月夕的那个人，但道德伦常是他和她无法跨越的鸿沟。中间隔着许厚天，如隔了万重山。

"你认为呢，西楼？难道你认为一个残缺的人也该抱着残缺的人生凄凄惨惨过完这漫长的一辈子？"

"不！表面残缺算什么？"颜西楼突然激动起来，似乎要将内心压抑多时的情感尽数宣泄，"这世上再也没有人比我更希望她能够获得幸福美满的人生……残缺算什么？根本无损……"视线兀然撞上曹语轩，这才警觉，内心的隐痛是无论如何也不能随便在别人面前宣泄的。

曹语轩惊讶于颜西楼的激动，他的目光如火炬般炯炯，似乎要逼出颜西楼内心的话语。

"为什么？在我看来，你应该认为许夫人理当守着许大夫的牌子一辈子才是。"

颜西楼别过了头，额上有汗，艰难地解释："义父素来仁恕，想必他不愿用一个生死牌位困住一个女人的一生……如果，这世上……"

这解释似乎牵强，似乎也有道理，但曹语轩总觉得怪异。

"师哥，你还不回家去？"小五出现在戒烟馆，"师姐让我来叫师哥回家吃饭了，今天过节呢！师娘做了一桌子的好菜等着我们。"

"过节？"曹语轩茫然，问颜西楼，"今天什么节日？"

颜西楼笑："你不知道？今天是冬至啊。"

曹语轩苦笑，掸去长袍上的一片枯叶："曹家很久都没有过节了。其实，你知道吗？我倒羡慕你们，尽管艰难，但一家人和乐安康。这比之金山银山，不知道要珍贵了多少倍。"

颜西楼微笑，望定略略伤感的曹语轩："要不今晚你上普济堂来用餐？"

曹语轩惊喜，略略一思索，点了点头。

小五有些为难，叶素馨见了曹语轩，定然不高兴，但师哥已经开了口，他

162

没有理由反对。

才踏过普济堂的门槛，三人已经闻到了菜肴的香味。

曹语轩深深吸了一口气，赞叹："一个上得厅堂下得厨房的女人，真是难得。"

颜西楼笑，但笑得勉强。

叶素馨一见曹语轩，一脸厌烦。

曹语轩连看也不看叶素馨一眼，径直和颜西楼在饭桌前坐下。

饭桌上热气腾腾，色香味俱全。

曹语轩目光一扫，点头赞叹。

饭桌上的饭菜，俱是应节的菜肴。汤是板栗冬菇煲鸡汤，最是益气养血，滋阴补肾。

饭桌上还有六个菜，分别是参芪砂锅鱼头、麻条山药、卤水凤爪、清蒸鲈鱼、萝卜排骨，当然还有一个青菜，就是当季的菠菜。

汤水香气四溢，参芪陈皮砂锅鱼头煲金黄诱人，麻条山药甜脆酥香，卤水凤爪肥美，清蒸鲈鱼上铺着翠绿葱丝，萝卜排骨嫩白清香。

曹语轩笑："许夫人真是能干！这应节的菜肴，真不错。许夫人快成大夫了。"

阿谦看得口水几乎要流出来："曹大夫，这话怎么说？"

曹语轩素来懒得理会他不上心的人，只笑不语。

叶素馨横了曹语轩一眼，讨厌她让阿谦难堪，再怎么说阿谦也是普济堂的人："你啊，出了普济堂可千万不要说是普济堂的人啊。我告诉你，今日是冬至，是二十四节气中最重要的节气，是人体阴阳转折的节气，是冬补开始的重要日子。"

阿谦指着桌上的菜肴："这和它们有什么关系？"

叶素馨恨铁不成钢，曹语轩则在一旁冷眼而笑。

颜西楼含笑不语，似乎在考验阿谦这些日子到底在普济堂学到了什么。

阿谦嘻嘻一笑，不等叶素馨开口责难，便抢着解释："我当然知道，板栗可以益气健脾、强筋健骨；冬菇可以补肝益肠胃，和鲜鸡合而为汤，实在是一道好汤；参芪陈皮砂锅鱼头，参芪益气健胃，陈皮行气开胃，鳙鱼头可以补虚；山药可以清热解毒，也可以补肺益肾；清蒸鲈鱼味道清淡鲜美，不至于肥腻；凤爪嘛，可以下酒；至于萝卜，所谓冬吃萝卜夏吃姜，这季节吃萝卜可以下气和中，御风寒，和排骨一起则可以消导积滞。至于菠菜，就更不用说了，怎么样？素馨，我说得可对吗？"

叶素馨很意外，不得不对阿谦另眼相看："你怎么知道？"

阿谦搔了搔头，低头呵呵直笑，黝黑的脸庞泛起暗红。

他当然不会告诉叶素馨，这每一道菜，他都事先请教了柳月夕，以便他能在叶素馨面前表现一番。

这一切，不过是为了引起叶素馨的注意而已。

颜西楼会心一笑，这短时间内，阿谦怎么可能这么深入了解每一种食物的特性？这怕是花了不少心思吧？他知道，阿谦素来对这草木树根最厌烦。

但叶素馨似乎并不知情，更不知道领情："你啊，真是关公庙前耍大刀。你这点能耐，真是贻笑大方啊。"

阿谦神色一黯，但随即又微微一笑，注视着叶素馨："总有一天，你会对我刮目相看的，素馨。"

叶素馨漠然，淡淡一撇嘴，看了一眼若有所思的颜西楼，内心一惊，暗恼阿谦的不避嫌疑。又见曹语轩一副看戏的模样，内心更恼。她低着头给众人倒茶，却一个不小心滑了一跤，整个人往曹语轩方向倒去。

曹语轩一惊，忙用拐杖稳住，但身体不免倾斜，幸亏颜西楼扶住了，让他在凳子上坐下。

叶素馨暗里冷冷一笑，伸手扶住桌子，站了起来，这一来，她比坐着的曹语轩高了一截。视线无意落在曹语轩的耳垂，这一看，她又惊又怒。

原来，醉翁之意不在酒。怪不得曹语轩和颜西楼走得那么近，这真的不是没有缘故的。看来，这婚礼，怕是要提前了，免得夜长梦多。

柳月夕提着一个食盒上来，见到曹语轩，愣了一愣，低声招呼众人入席吃饭。

柳月夕素来俭约，今日却准备得这样丰盛，让小五大呼有口福。

柳月夕微笑："大家辛苦了这么久，是该好好地吃一顿的！再说今天也是节日，俗话说冬至大过年，也难得大家聚在一起，难道不该好好庆祝？"

颜西楼默然，刚拿起筷子突然想起什么，正想叫小五。

柳月夕却已经先开口了："小五，你将这食盒带去给隔壁的张伯，这过节的，让他老人家吃得好一点！"

颜西楼忍不住感激地朝柳月夕一笑。这些年，万里千山走遍，身边来去的人无数，却无一人能如她明了他的心。

柳月夕虽然没有抬眼，但似乎感受到那两道目光正聚焦在那薄薄的面纱之上，脸乍然一红，亏得黑纱蒙面，无人知晓她脸颊上的一抹殷红。

叶素馨不以为然地撇了撇嘴，曹语轩则淡淡地看了低眉的柳月夕一眼，暗惊这女人的细心周到，但更让他惊颤的是那两泓秋水中微泛的羞意。

为谁羞怯如夏莲缓缓盛放？

一个女人的娇羞，只有在心仪的男人面前才显得越发媚丽。她是为谁？小五，阿谦，还是……颜西楼？一颗心突然提上了嗓门，久久悬着，她从侧面看那低头细嚼慢咽的颜西楼，心里顿时堵得慌。

因为心里的疑虑，曹语轩不自觉地多看了柳月夕几眼。

柳月夕浑然不觉，只是淡淡地笑着，端着一碗饭，围着孩子转。

一张脸藏在面纱后，只余眼波流转，淡淡地喜悦和淡淡地满足着。

没有焦渴，安于命运，但又不是一潭死水。这到底是一个怎样的女人？

突然，曹语轩特别想知道那面纱后到底是一张怎样的脸。

"许夫人，你要是不坐下一起用餐，我们这做晚辈的怎好起筷？"要吃饭，自然得揭下面纱。

柳月夕一愣，温和地笑："澄杏这孩子顽皮，我还是先让孩子吃了再说吧。曹大夫，你不用客气。对了，厨房里还有甜品呢，我看看去，煮烂了就扫兴了。你们先吃吧！"突然想起以往曹语轩对孩子的反常举动，内心顿时不安，说着，就牵着许澄杏的手转入内间。

叶素馨横了曹语轩一眼："师娘从来不在外人面前用餐……"

颜西楼眼角一瞥那帘幕后的一角黑衣，淡淡地打断："吃饭吧，菜快凉

165

了……语轩，尝尝我义母的手艺。"

阿谦的食相几乎说得上是狼吞虎咽，边吃边含糊地赞美："好吃，好吃……"他还夹了一块鱼头给叶素馨，"素馨，你也吃。"

叶素馨冷着脸，夹起鱼头，正想丢回阿谦碗里，但颜西楼似乎洞察她的意图，眉头一皱。

叶素馨忙笑着将鱼头往颜西楼碗里轻放："师哥最喜欢吃鱼头了，师哥吃吧！你最近劳累，多吃一点。"

阿谦眼神一暗，但很快就笑嘻嘻的，不以为意。

曹语轩冷眼旁观，细咀慢咽。

一餐饭的氛围不冷不热，但颜西楼显然有些沉默。叶素馨刻意对曹语轩冷嘲热讽，曹语轩则针锋相对，幸好阿谦嘻嘻哈哈的，不停地调节着氛围。小五只顾着和一桌子的菜肴作战。

厨房里，火炉旁，柳月夕看着炉子，炉灶上砂锅里的红枣笑开了口，莲子越发绵软，百合散发着微微的酸味。

炉火通红，映亮了柳月夕的脸庞。怀里的许澄杏睡着了，这柔软的小小身躯，如一道热源，在这寒冷的夜里，源源不断地温暖着她。

这般平静的日子，比什么都可贵。

叶素馨进来："师娘，你吃了吗？"

柳月夕笑："吃了。来，素馨，这糖水煮好了，快端出去吧。"

叶素馨却心不在焉，在柳月夕身旁坐下，往灶膛里丢了一根柴枝。

毕剥一声，柴枝烧开，火势一盛，照亮了叶素馨的脸庞，却驱不散她眼底的阴郁。

"怎么啦？素馨，有心事？"

叶素馨叹了口气："师娘，我想尽快和师哥成亲，你一会儿出去和师哥说说。当众宣布。"

柳月夕内心一咯噔："你不是说过一些日子的吗？怎么就突然改变主意了？阿谦招惹你了？"那年轻人的心事，她是懂的。

叶素馨冷笑："那小子我才懒得理他，整天耍宝，比师哥差多了。我是担心时间长了，节外生枝。师娘，有人对师哥虎视眈眈呢。"

柳月夕霎时耳根发热，心怦怦直跳："你……是说谁？"

叶素馨才张口，见小五进来沏茶，便住了口，但柳月夕的眼神却期待地望着叶素馨。

看叶素馨的神情，估计在她眼里，那对颜西楼虎视眈眈的人一定不会是自己。那么，会是谁？

叶素馨将糖水端出去，回头对柳月夕说："师娘你快点来啊，我们等你！"

柳月夕苦笑，回房将许澄杏放在床上，取出她已经缝制了多日的大红喜服，轻轻抚着喜服的纹路，柳月夕不由得鼻尖发酸。

这喜服是她在几个月的深夜灯花下缝制的，一针一线，一丝不苟。虽然是为他人作嫁衣裳，但终究是心甘情愿。

她深深吸了口气，缓缓步出外间。

灯火之下，年轻的脸庞上跳跃着橘黄的灯火。

小五单纯，阿谦热情，曹语轩冷峻，叶素馨泼辣，颜西楼沉稳，各有风采。

柳月夕住了脚，倾听帘内那时而尖锐、时而和煦的声音，只觉得自己和他们隔了无数重天。

叶素馨盯着帘幕，见那帘幕后无风自动，忙叫了一声"师娘"。

柳月夕步出外间，将手头上的两套喜服往案台上一放。那喜庆的红色，总能让人眼前乍然一亮。

叶素馨暗喜，却故作惊讶："师娘，这是……"

柳月夕强迫自己笑得自然："今日冬至，乘着过节，我有事和你们商量。素馨，这是我给你和你师哥缝制的喜服，你看喜不喜欢？"

叶素馨满怀喜悦，将喜服一抖，一袭做工精细、用料精良的大红裙褂陡然展现在人们面前。

曹语轩的眸色比寒夜还冷，阿谦却黯然无语。颜西楼默然看着喜服，嘴角堆着敷衍的笑意。

小五心无城府，快活地拿起男式喜服，笑嘻嘻地往颜西楼身上比画着："师兄，你快试一试……"

柳月夕看着满面喜色的叶素馨，温言下续："我知道你们师傅有一个心愿，就是希望你们两个早日成亲。你们师傅已经过世三年多了，不用再守孝，我打算在过年前就把你们的婚事办了，你们看怎么样？这也算是了却了你们师傅的一桩心事，我希望你们可以早日为他达成……"

这话说得有些艰难，柳月夕几乎不知道该怎么延续这样的话题。

叶素馨满脸红晕，眼睛望定了颜西楼："师哥，你说呢？"

颜西楼看了看满怀期待的素馨，再看看灯火阴暗处的阿谦，心绪无比复杂。

"让……义母操心了，这婚事就这么定了吧……"和柳月夕注定是无望的，虽然阿谦对叶素馨也钟情，但落花流水，终难如了他愿。既然这样，就不必再拖延，省得日子一长，自己控制不了自己的心。

曹语轩霍的一声站起身："我走了！"

叶素馨得意地讥笑："不送了，曹大夫。到时候我和师哥的婚礼，曹大夫一定要来喝一杯啊！"

曹语轩脚步一滞，嘴角一扬，带着一缕冷笑，回头对颜西楼说："对了，西楼，今早的病例，我还想和你商榷一下用药的情况，你能不能和我到戒烟馆去一趟？"

颜西楼还没有应答，叶素馨一口回绝："很晚了，我师娘还得和师哥商议婚礼的事情，你还是先回去吧。你要知道，在师哥和我成婚之前，估计是没有空暇了。曹大夫，你要体谅啊！"

曹语轩扬眉笑："是吗？叶姑娘，你太不了解你师哥了吧。在你师哥心中，从来都是病患第一的，以前是，今后估计也是。西楼，你说呢？"

两人针锋相对，寸步不让。

寒夜的灯火下，弥漫着呛人的火药味。

颜西楼不明所以，只是温和地朝叶素馨笑："我一会儿就回来了。师妹，这婚礼想怎么办，你和师娘先商量着。语轩，我们走吧！"

叶素馨看曹语轩笑得得意，气得跺脚："师哥！"

曹语轩抱拳向柳月夕告辞，和颜西楼一同出了普济堂。

柳月夕见叶素馨气得脸色发青对曹语轩的背影发狠的样子，突然有些恍然，却又觉得有些不可思议。

"素馨，你着急什么，你师哥……一会儿就回来了！"

阿谦始终不发一言，看看柳月夕，再看看叶素馨，脸色阴沉。

第十四章　红花红颜

天穹上，下弦月幽暗。偶有寒风扫落黄叶。

曹语轩一声不吭，用力推开了戒烟馆的大门，吩咐馆里的伙计："你们回来安堂去吧。"戒烟馆里的伙计都是来安堂里抽调出来的学徒。

"你坐会儿，我去烧水沏茶。"

颜西楼笑了笑："我去吧。"

曹语轩也不推辞颜西楼的体贴，他放下拐杖，掩着脸，疲倦地躺在藤椅上。

过了一会儿，颜西楼提着水壶从厨房里出来："往日里都是你沏茶，这回就尝试一下我沏的茶吧。"

曹语轩躺在躺椅上，闭着眼睛，一动也不动，看样子是睡着了。

瘦弱的身躯，紧皱的眉头，有几分让人生怜的味道。

颜西楼进屋给曹语轩取来一件长袍帮他披在身上，转身准备离开。

"你明明不爱她，为什么要娶她？"

身后貌似已经入寐的人突然开口，清澈幽寒的嗓音隐含抱怨和不甘。

颜西楼胸口一滞，脸上的笑容一僵。

"你累了，好好休息吧，我走了……"

"明明她不适合你，为什么还要娶她？"曹语轩无来由地激动，语气咄咄逼人，"你该娶的，应该是和你情投意合的，至少，该是和你志同道合的。她叶素馨有什么好？"

颜西楼不想多谈，淡淡地回应："素馨，也没有什么不好……这桩婚事是义父生前定下来的，素馨也等了我很多年。语轩，我们不谈这事……你累了，就早点休息吧。我走了！"

"别走！"曹语轩一急，从躺椅上站起，大步踏前朝颜西楼走去，但身体没有拐杖的支撑，一个趔趄，朝颜西楼扑去。

"小心！"颜西楼伸手扶住曹语轩。

曹语轩反手抓住颜西楼的手："这么说，娶叶素馨是你义父的心愿，是叶素馨的心愿，唯独不是你的心愿。不是吗？那么，你为什么不按照自己的意愿去选择？你到底是善良还是愚蠢，又或者，是懦弱？你说！"

颜西楼俯首，与曹语轩相望。

一时间，两人四目相对，气息相扰。

曹语轩冷清清的脸颊浮起一层粉色，眸中一层氤氲的桃色。

颜西楼惊诧万分，下意识地一甩曹语轩的手："你……"

曹语轩不管不顾："颜西楼，什么事情都可以委屈自己，但婚姻不可以。你要知道，这是一辈子的大事。我知道你不愿意的，这世上的姑娘，不止叶素馨一个人……"

这是曹语轩吗？平日里清冽如寒水，此刻如火一般熊熊燃烧，炽烈无比。

颜西楼惊骇，深深望进那两汪深潭，大感震撼："语轩……"

曹语轩突然流泪，遇见颜西楼之前，他如老房子潮湿墙角的青苔，日复一日地阴冷着岁月；遇见颜西楼之后，他如那朽木般，在阳光雨露的滋润下日渐鲜活了过来，说什么，他也不能放弃他生命中唯一的阳光！

颜西楼什么都明白了，怪不得怪僻的曹语轩对他青睐有加，怪不得能轻易将义父的药方归还，怪不得独善其身的他起了菩萨心肠，开起了戒烟馆，原来，都是一个"情"字！

且不说什么情投意合，可至少，他和他，是志同道合的！

可不管是志同道合，还是情投意合，他这辈子，都难按自己的心意选择了，不是善良不是愚蠢更不是逃避，人生在世，何尝可以随心所欲？

"西楼，你为什么要委屈自己？"曹语轩伸手摘取头上的瓜皮帽，去解那一头如黑绸缎般亮泽的发辫，"我……"

颜西楼忙止住了曹语轩，一瞬的惊诧震撼之后，他迅速冷静下来："语轩，不要这样！今晚，到此为止。今晚以后，我们还是志同道合的朋友，因为……我不想因任何理由而失去你这样的一个难能可贵的朋友！我走了，语轩。"

颜西楼深深望了一眼曹语轩，将地上拐杖递给他，毫不迟疑地转身就走。

一盆冷水从头一直淋到脚跟，曹语轩呆若木鸡。

看着颜西楼步履匆匆，背影转瞬消失。

"不，颜西楼，我不允许这样的结局！"曹语轩掩面痛哭，"我不允许！"

"你不允许什么？我也不允许！"曹德寿从内间转出，灯花照着他衰老如枯树般的脸庞，"曹语轩，你就这么不识廉耻？"

曹语轩似被狠狠刮了一耳光，火辣辣地作疼，但疼的不是脸庞，是她的心。

她霍然抬头，怒视着曹德寿："我不识廉耻？到底是谁不识廉耻？那人践踏你的尊严，抛弃了我，你却巴巴去舔人家的脚趾，甘心做那人的走狗。这就是识廉耻？为了满足个人私欲，明是开医馆，暗里贩卖鸦片，做尽道貌岸然、祸国殃民的事情，这就是识廉耻？父亲！"曹语轩霍然狂笑，声声尖厉。

曹德寿大怒，一步跨上前，啪的一声一巴掌抽在曹语轩的左脸上："闭嘴！"

曹语轩没有拐杖的支撑，被曹德寿大力一刮，身体失衡，重重摔在地上。

"我为什么要闭嘴？父亲，我说的难道不是事实吗？你为什么怕听？告诉你，父亲，这一回，谁也不能阻止我，你也不能！如果你真的要阻止我，那就别怪我做出什么让父亲为难的事情！"

这些年，亲情已经消失殆尽。

曹德寿气得脸色发青，盯着曹语轩煞白的嘴唇，他突然讥笑："你以为，颜西楼就要你？多年前，那人因为你瘸了一条腿不要你；今天，颜西楼自然也会因为这个不要你。你何必自讨没趣！"

曹语轩顿时脸色如灰。

那人和那往事，是她这一辈子铭刻在心底永远无法磨灭的耻辱。

这些年，她活在往事的阴霾和耻辱下，真的已经够了！

但这条腿，确实是她内心最触摸不得的隐痛。

"这不劳你费心！父亲，"曹语轩讥讽无比，牙齿嵌入苍白的唇上，扬眉一笑，"父亲，我自信眼力比你强了许多。你多年努力，不过是豢养了一只白眼狼，而颜西楼，却断然不会因为这一条腿而看轻了我，父亲！"用力拍拍那残疾多年的腿，她笑得惨淡，也笑得自信，"去吧，父亲。你知不知道，我当初开设这戒烟馆，你知道是什么深意吗？"

曹德寿不屑："不过是多找一个可以和那臭小子天天黏在一起的机会而已！"

曹语轩摇头，不再言语，其实，自那日开设戒烟馆开始，她就已经有了和父亲分道扬镳的打算。

曹德寿拂袖而去，刚刚走出几步，再一次回头警告："我劝你趁早死了这条心！颜西楼，他想些什么，暗地里做些什么，你未必清楚。我劝你，别到时候被他连累。如果你不听我的劝告，后果，你就掂量着吧！"

看着曹德寿的背影，曹语轩狠狠拭去脸颊上的泪痕："我也警告你，父亲，别干涉我！如果你硬要干涉我，后果，你也掂量着！"

曹德寿气得浑身发抖："为什么不安安分分地过日子？"

曹语轩大笑："所谓的安安分分过日子，不过是行尸走肉。这样的日子，我过得还少吗？父亲，你就希望我守着那冷清清阴沉沉的来安堂，撑起你悬壶济世的伪善，做你贩卖鸦片的幌子。够了，真的够了！"

曹德寿瞪着曹语轩许久，阴狠在他眼中聚集，他重重点了点头甩门而去。

一时间，人语消失，唯余残月照昏星。

籁籁西风穿门入户，让曹语轩瑟瑟发抖，她挪动身体，一分一分靠近被她丢弃一旁的拐杖，慢慢地站起。拐杖撑在她的腋下，在夜半昏灯下，孤影料峭凄清。

低头看拐杖，突然猛地将它一甩，啪的一声，撞击声击碎地上灯影。

拐杖，可以另外打造一根，但心灵上重新竖立起来的支撑，却不能让它坍塌。

走出戒烟馆，颜西楼犹觉得恍惚。

173

那寒星般的眉眼，平静掩盖下的汹涌情怀，似真似幻地在眼前晃动。

志同道合！是的，志同道合，可是，语轩，这志同道合来得太迟了。西楼步履迟缓，出了戒烟馆，对街看着灯火隐约的普济堂。

站在这人迹渐少的街头，他心头惆怅，恍恍惚惚。

有了情投意合，有了白头盟约，这志同道合，无法成为他一生的首选。

曹语轩，只能负他深情！不，该是"她"才对。

今夜之后，他还能和曹语轩一如既往地做一对无话不谈的好朋友吗？

也许，不能了。

"师哥！"是素馨，她急切地远远就迎了上来，"师哥，天冷着呢，快回来！"

颜西楼突然了悟，怪不得素馨对曹语轩敌意颇深，大概是出于一个女人的直觉吧。故而，今晚她特意在鲜有行人的街头等着他。

颜西楼顿觉困倦，内心的困倦："素馨，你先回去歇着，我出去走一会儿！"

"师哥……"素馨咬了咬唇，望了望戒烟馆的灯笼在夜风中晃动，难得柔顺地回答了一个"好"字。

颜西楼长舒了一口气，他最应付不了的就是叶素馨咄咄逼人的责问。

漫步在街头，长街似乎没有止境。

在灯火阑珊中，颜西楼突然察觉有人在身后紧紧地盯着他。

一股寒气从心底升起，一回头，却看见来人是阿谦。

他长长舒了口气。最近，随着手头上的资料越来越多，这心弦是越发地紧绷着。

"阿谦，你在等我？"是明知故问了。颜西楼苦笑，今夜怎么就没完没了了？

阿谦的眼神炯炯，像是燎原的野火："我只想问你一句，你真的要和素馨成亲吗？"

颜西楼点头，算是做了回答。

"为什么？"阿谦一把揪住了颜西楼的衣襟，咬牙切齿，"你明明爱着另外一个女人，明明不能给素馨她想要的幸福，为什么你还要娶她？"

秘不可宣的隐痛被突然揭开，颜西楼又惊又怒。一时间，四目相对，剑拔弩张。

许久，颜西楼深深吸了口气："阿谦，你是我的朋友，我也知道你喜欢素馨，所以今晚，我原谅你的胡言乱语。放开我。"

阿谦额头青筋暴跳，狠狠将颜西楼一推："我胡言乱语？颜西楼，我第一次发现你很虚伪！你这算什么？一边和一个女人眉来眼去，一面和素馨谈婚论嫁，是想坐拥齐人之福吗？你们对得起素馨吗？你为什么要践踏她？"

"闭嘴！"颜西楼暴怒，突然挥拳，狠狠打在阿谦的脸颊上。

侮辱他，他或许可以忍受，但绝对不能忍受别人玷污了她的名节。

力度之大，让阿谦痛呼出声。

阿谦不可思议地用手臂大力抹去嘴角渗出的血丝："你打我？你居然还有理了？好，我今天就替素馨教训教训你这用情不专的小子！"

颜西楼冷笑："很好，来吧！"

两个男人，在寂寞无人见的街角，用一种男人的方式，为自己所爱的女人讨回自以为然的公道。

拳打脚踢，鼻青脸肿，乃至头破血流，暴力的宣泄很快趋于平静。

两人倒在黑暗处的青石板上，大口喘气。暗夜的沉寂中，只听见粗重的呼吸声。

冷风横过鬓角，如薄薄的冰片划过肌肤，有些痛。

颜西楼打破沉默："阿谦，我知道你喜欢素馨，也给你机会让你去取悦素馨，你为什么就不能努力再努力一些？"他抱头低喘，"让素馨死心塌地地爱上你？"

阿谦瞠目："你就这么轻贱素馨对你的一片心意？"

颜西楼双手做枕，仰卧在冷沁人心的青石板上。

仰望星空，星空依稀似旧时，但已沧海变迁，流年暗换。

心里有一个伤口已经糜烂了很久，这伤口，从一开始就注定了没有痊愈的可能。

"阿谦，"颜西楼低语，"你今晚能不能耐心地听一听我和她的故事？听完了，你就知道，一切不是你所想象……好不好？请求你！"

阿谦冷笑，但这一扯动嘴角，让他痛得咧开了嘴。

"但愿你的故事够动人，让我有听下去的欲望！"

颜西楼笑，笑得有些凄怆。

往事如碎片，汹涌上心头，一霎时竟然让他不知道该如何开口。

那往事，血色与羞怯的眉眼相纠缠，忧伤悲怆；伤疤缠绕在玉石般光洁的肌肤上，曾经血肉模糊的惨烈。一个女人，仅仅在数载的光阴里，走完一辈子的千山万水，最后仅余一身黑衣、一副黑纱，端肃最后的尊严。

月儿过了中天，缓缓西移。

故事才刚刚结束。

阿谦目瞪口呆："我就知道，她不是一般的女人……"

坚韧、自强、惠敏、善良、宠辱不惊。这样的女人，又怎么可能是一般的女人？

颜西楼终于一吐胸中的块垒，长长舒了一口气。

"阿谦，你说，我能怎么办？"

"你既然那么喜欢她，干脆和她一起远走高飞算了，"阿谦瞪了颜西楼一眼，"干吗搭上素馨的终身幸福？"

颜西楼苦笑："你以为，这是她想要的结果？虽然我不知道她为什么跟随了义父，但她可以自残以捍卫义父的声名，用残缺的后半生守卫义父的普济堂，她对义父，何尝无情？她知道义父对我恩高义广，她怎么会让我背上乱伦的罪名？她知道素馨对我有情，她怎么忍心伤害素馨？阿谦，你能不能想象，那喜服上的一针一线，都缝在她的心上，都带着她心尖上淡淡的血痕。我知道，历尽半生艰险，如今她所需要的，仅仅是平静，平静地弘扬义父悬壶济世的精神，抚养孩子长大成人。而我所能做的，就是尽最大的可能让她过上平静的日子，让她可以在每一个夜晚安然入眠。除了这个，我再也没有其他的可以给她……可是，我眼下，却连最简单的平静也不能给她。阿谦，你知不知道我内心的愧疚？"

阿谦了悟，却不满道："我知道，你唯有娶了素馨，才能名正言顺地照顾他们母子。但这对素馨不公平！你爱的人不是她，却要她来成全你的心愿。西楼，这对素馨太不公平！"

颜西楼淡淡地说："我和素馨的生命，皆因义父而得到延续。如果真的不公，那就算是报答义父了吧！"

阿谦不以为然地摇头："西楼，你知道吗？你这样很危险，如果哪天素馨发现了你们之间的秘密，以她泼辣的性子，她会怎么做？她能容得下她吗？到那时，哪里还会有平静？就算你们可以掩饰着走完这一辈子，你就忍心让一个鲜活的生命慢慢枯萎？你的决定，对你，对她，尤其是对素馨，都不是最佳的选择。你要知道，纸包不住火，生命和情感都容不得轻慢践踏。我劝你，如果你真的爱她，就带着她远走高飞。至于素馨，长痛不如短痛吧！"

颜西楼无奈摇头："如果我们不顾一切在一起，这辈子注定负罪，对伦理道德负罪，对素馨负罪，更对义父负罪。伦理道德，或许可以撇开；素馨，或许时间可以让她淡忘一切；但义父，却会一辈子横亘在我们之间，无法坦荡，无法安宁。阿谦，轻松的日子，我们都要不起！也许，我……也许真的是太懦弱了……"

颜西楼懊恼，拳一紧，捶在青石板上。顿时，一阵骨裂般的疼痛从手指骨节直达心尖。血色沁出，沾染在青石板上。

阿谦沉默，无言以对。

或许是懦弱，但难道不也是一种善良？

不知从哪里传来敲更的声音，一声声，随风潜入暗夜。

颜西楼喟叹："你该走了！"

最近，从北边传来的消息说，朝廷大力禁烟的呼声一浪高过一浪，可能不久之后就有朝廷大员直达广东禁烟。这消息固然让人鼓舞振奋，但也让广州城内城外的鸦片烟贩的行动更加隐蔽，嗅觉更加敏锐。阿谦的行动，可能已经引起了一些鸦片烟贩的怀疑，所以，阿谦必须赶紧将已经掌握的资料送走。

阿谦横了颜西楼一眼："我没有想到你是这样替我饯行的！"

颜西楼无语。直起身体，一低头，发现灰色长袍上沾染了血迹。这血迹，怕是会引起那人的不安。

阿谦望着暗蓝的天空，拍了拍衣裳上的灰尘："我走了！"

颜西楼无语，目送阿谦离开。

阿谦走出几步，却又回头，神情庄重无比："西楼，在你娶素馨之前，我希望你能再一次深重考虑，这是你们三个人的事情，不能让你一个人来决定她们的命运。我喜欢素馨，我不希望你毁了她的幸福！"

颜西楼突然想起，阿谦到底是什么时候发现他和柳月夕之间的秘密的？难道，他就这么掩藏不住内心的秘密吗？他心惊。

"你是什么时候发现的？"

阿谦头也不回："你我都受了伤的那一夜！你将她拥进怀里，我恰巧看见了！"

颜西楼掩面长吁了一口气。怪不得阿谦知道他和素馨有婚约还毫不掩饰地表达对素馨的好感。

月影斜斜地拉长了阿谦的身影，很快消失在长街的拐角处。

颜西楼慢慢踱回普济堂。

站在街心，普济堂的匾额在夜色中沉睡，对街的戒烟馆也一样沉入了梦乡。只是，她，素馨，甚至曹语轩，可否有一宿安眠？

万籁俱寂，一声开门关门的声音响起，声音很轻，很刻意地轻手轻脚。

颜西楼一愣，是张大伯那吸食鸦片的儿子。

单薄的身体如风中的一片枯叶，阴冷地在眼帘内飘过。

鸦片烟鬼冷笑着，阴森森地横了颜西楼一眼，笼着双袖走远。

颜西楼皱眉，竖起耳朵倾听，张大伯家很安静，他放了心。

这些日子以来，由于曹语轩履行了她的诺言，包下了张大伯的医药费用和三餐，张大伯的病情也慢慢有了起色，虽然只是苟延残喘，但估计可以挨过这个冬天。

想起曹语轩，那如夜月般清冷的女子，本该是遥远的，但又如夜色一样，就这么近距离地披在了身上，淡淡地温暖着世人的心，他不由得心生喟叹。世事变迁，让他始料不及。过了今夜，他该如何站在曹语轩的面前？

但不管怎样，他只有希望将来，这座城市上空的烟毒散尽，他从此可以一心一意地守候着普济堂，守候着他这一辈子该守候的人，平平淡淡地过完这一辈子。

轻轻敲门，很快有人来开门，是素馨，她睡眼蒙眬，身披单衣："师哥，你终于回来了？"望了望颜西楼的身后，"阿谦怎么没有回来？"

颜西楼示意叶素馨拉紧身上的衣裳："阿谦和我说了今晚他不回来了，你先去睡吧。"

素馨哈欠连天地应了一声，回屋睡觉。

灯影淡淡，拉长了颜西楼的身影。

冷冽的夜，传来小五均匀的呼吸声。

颜西楼无心睡眠，随手翻开一本搁在医案上的《黄帝内经》。

一句话映入眼帘："志闲而少欲，心安而不惧，形老而不倦。"他苦笑，这一辈子，他不知道可否有这么一天。

心绪混乱，让人不胜其烦。

静坐中，不久就鸡鸣五鼓。有人起来了，很轻的开门声。

是她起来了，这普济堂里，她总是第一个迎来新的一天。

可能是隔帘窥见灯火的缘故，那人慢慢走过来。

就在柳月夕掀帘的那一刻，颜西楼一眼撞进她幽深的眸心。

柳月夕料不到颜西楼一宿未睡，愣了一愣。

那如水一样的眼波流转，细语如烟散入黎明前的黑暗。

"发生了什么事？阿谦为什么没有回来？"

她是担心的。瞧她眼眶下淡淡的黑眼圈，这一夜，她怕也没有入睡。

有多少这样的夜晚，一次一次地守着一腔恐惧，在半夜中托腮静等？

颜西楼喉头一滞，半晌才回答："没事，他有事回北边去了，很快就回来！你放心。"

柳月夕点了点头，掀帘出去。

不久，普济堂上下里外迷弥漫着各种凉茶的味道：甘草的味道，金银花的味道，白茅根的味道，蒲公英的味道……

因为冬天的缘故，普济堂换上了一些味甘性平的凉茶，既可以凉血解毒，还能够不伤及脾胃。

深深地一吸那空气中无处不在的药味，一种恬淡温暖的滋味涌上心头，这是他渴望了很久很久的家的味道。

冬天的日光姗姗来迟，但普济堂已经有病人来就诊。

对街的曹氏来安堂和戒烟馆还沉睡在寒冬的清晨里。

想起曾让他雄雌莫辨的曹语轩，颜西楼不知道自己该用什么样的心态去面对她。那么，就当作什么也没有发生？

到底是什么样的原因，让一个年华正好的姑娘掩饰了本来面目？

颜西楼倒没有过多的时间胡思乱想，因为今天来的病人出乎意料地多，大概是因为曹氏来安堂还没有开诊的缘故。

病人多是体弱的老人和孩子。

颜西楼突然想起多日没有去看望的张老伯，昨晚小五送晚饭过去之后，回来说张老伯精神还不错。俗话说："重病难过冬至节，过了冬至可过年。"这冬至，向来是老人的关口。看样子，张老伯估计还可以多活一些时日。他准备晚一些去看望张老伯。

尽管是一宿未眠，但颜西楼还是强打精神，细心诊脉，斟酌着药方。

颜西楼含笑嘱咐老病患："喝了药以后可以喝一点热粥水，发一点汗；睡前可以用热水泡泡脚，驱寒。您老要注意保暖，千万不要再着凉了。"

病患很满意颜西楼诊脉看病仔细，药价低廉，对普济堂赞叹不已。

颜西楼亲手将药包递到病患手里，指着药包上的娟秀医嘱，仔细解说："这药先用水泡半个时辰，三至四碗水煎成一碗，先用武火煮沸，再转用文火，不可煮煳了。汤药分两次服用，都在饭后半个时辰后服用。您要是记不得，可以让家人按药包上写的去做。"

等待着诊脉的孩子在不停哭闹，孩子的母亲抱着孩子，在冬日里满头大汗。

这孩子舌红苔黄，烦躁不安，分明是热症，还好是初起之时。

冬季正是人体阴气至胜、阳气内敛的时候，用药若是过寒过猛，都会伤了阳气。尤其是孩子，脾胃娇嫩，最容易受伤。

颜西楼为慎重起见，只能开一些药性比较温和的、能除躁解毒清热的药物。

为几个病人看诊后，街上热闹起来了，西关大街恢复了熙熙攘攘的喧嚣。

叶素馨端来一碗皮蛋瘦肉粥和两个菜包子："师哥，你饿了吧？先吃一点吧！待会儿，你还得去帮知府夫人诊脉呢。"

知府夫人近日就要临盆了，年过而立还膝下无子的知府大人越发紧张起来。

"知道了，素馨，一会儿你还去府衙吗？"

叶素馨得意地笑："是呢，知府夫人越发离不开我了，就算没有什么事情，她也要我去陪她聊聊天。"

颜西楼淡淡应道："等知府夫人生产完了以后，你就和她远一点吧。"

叶素馨不以为然。这是她花了不少力气才建立起来的亲密关系，怎么可以就轻易废弃了？俗话说，大树底下好乘凉，不是吗？

"师哥你今天是怎么啦？"

"你去吧，早点回来，这儿事多。"斜眼一瞥布帘后的内间，那人一早起来就忙个没完，估计这会儿还没有吃上早饭。倒是素馨，最近老将自己打扮得像一朵鲜花般，整日出入府衙，将一切重活都留给了她。尽管她没有怨言，但始终会倦。

叶素馨笑得妩媚："师娘应付得来……"

颜西楼突然烦躁起来，将手里的医书啪地往医案上一丢："叫你早点回来就早点回来，啰唆什么？"

叶素馨一呆，脸色涨红，一扭头就进了内间。

颜西楼叹了口气，无端想起昨夜的箫声。

琴声和箫声，纠缠在耳际。

志同道合被两情相悦所阻隔，两情相悦被世俗伦理生生割裂……而白首盟约呢？终是多了一份缘，少了一份情。但，只能这样了。

小五诧异，这尽日闹别扭的，哪里像是即将成婚的？虽然不是大事，但终少了一丝亲昵，多了一层疏离。

大街上来来往往的人越发多了起来，达官巨贾，贩夫走卒，熙熙攘攘，热闹非常。连喧嚣的尘埃，都洒满了冬日的阳光。

这尘世间的生活，似乎温暖得让人心都火热起来。

一切似乎都热火朝天地热闹着。

可分明不是这样，颜西楼所能见到的，仅仅是那人群中褴褛的衣裳，那烟馆中吞云吐雾的烟鬼，那日益孱弱的民众体魄……这都是锦绣华服下包着长满了虱子的破棉絮。

人群里突然喧闹起来，哭声传入耳际，凄惨无比。

颜西楼一看，那衣裳光鲜的几个人，就是数日前送走的病人的亲属。一个仆人背上还背着一个人。那背上的人，不停地抽搐着。

他们砰砰地敲打着戒烟馆的大门："曹大夫，快救人啊，救人啊！"

那仆人背上的人，分明就是戒烟馆昨日送走的病人！

颜西楼一惊，忙跑了过去。

"发生了什么事情？昨天回去的时候，不是还好好的吗？"

病人亲属哀叹："他受不了那折磨，自己偷偷地又吸起鸦片来，结果……就成这样子了。"

颜西楼一看，病人在抽搐，体温高得吓人。

这是吸食鸦片过量的情形，如果不及时抢救，怕是有生命危险。

"锵！"戒烟馆的门霍然开了，曹语轩骤然出现在戒烟馆门口。

颜西楼一抬头，只见曹语轩一脸青白，眼眶下的青黑色咄咄入目。单薄的身体罩在宽大的长袍下，越发显得瘦削。

曹语轩一见颜西楼，愣了愣，张了张嘴，说不出话来。

"语轩，先救人！"颜西楼忙提醒曹语轩。

曹语轩惊醒过来："快，快进来！"

一阵忙乱，不停地施救。

可病人中毒太深，慢慢地，病人瞳孔缩小，脉搏细微，最后连呼吸都衰竭下去。

病人亲属呼天抢地，哭声震天。

第一次这么眼睁睁地看着一个人在面前痛苦地死去，颜西楼和曹语轩面面相觑，无语悲凉。

挫败和不甘，在胸膛里纠缠着，让人几乎喘不过气来。

死者被亲属带走了，戒烟馆恢复了平静，连清浅的呼吸声也可以听见的死一般的平静。

突然，啪的一声，颜西楼愤怒地将一个茶盏扫落在地。茶水四溅，溅湿了曹语轩的鞋。

颜西楼朝椅子上一坐，大口地喘气。

"西楼，你别难过，"曹语轩将手覆在颜西楼的手背上，轻轻地拍了拍，安抚那狂躁的人，"难过于事无补。眼下，其实有很多事情亟待我们去做。"

颜西楼一颤，抬眼看曹语轩。

那冰凉的手，让一颗躁动的心迅速冷静了下来。

"不错，这天底下，每一天，每一刻，死于烟毒的人怕是不计其数，因为烟毒泛滥而家破人亡的人也多如过江之鲫。语轩，我们可以做的事情，真的有很多。"

"比如，发动广州城里医师的力量，尽快研制出一种有效的戒烟丸；比如发动老百姓的力量，尤其是受烟毒毒害的老百姓的力量，以众人而言论压制烟馆，迫使烟馆倒闭；比如……"

"其实，所有的方法，都比不上禁烟来得彻底。我希望朝廷的禁烟运动来得早一点、迅猛一点吧！"颜西楼喟然长叹，语气狠绝而坚定，"让源源不断的鸦片被销毁，让无数的烟贩上断头台……"

曹语轩突然打了一个冷战，想起父亲曹德寿的警告："颜西楼想什么，做什么，你未必清楚。你离他远一点，不要被他拖累。"

昨天夜里，曹德寿还暗示她，许厚天的死甚至和鸦片脱离不了关系。

那么，颜西楼是不是就是和鸦片扯上了关系？

她猛地一把攥住了颜西楼的手，呼吸急促："西楼，你告诉我，你都在干什么？"

颜西楼一惊，镇定了下来："我能干什么？就是一个无用的医师而已。"

曹语轩盯着颜西楼，突然笑叹："西楼，昨晚的事情，你别往心里去，是我一时疯魔了才那样。今后我希望，我们还是心无芥蒂的好朋友！"

颜西楼松了口气，展颜一笑："语轩，昨晚，我已经不记得昨晚的事情。我们一直是好朋友，这不会变。"

曹语轩含笑点头："对，我们是好朋友！今后，不管你要做什么，我都和你一起努力。"

颜西楼笑，点头："好！"

两人相视而笑。曹语轩泰然自若，让颜西楼心里感谢她的豁达。

"我们还是研究研究戒烟丸的事情吧，化悲愤为力量！"

"吸食鸦片耗损脾肾阴气，引起阴阳失调，气血两亏……"

"所以要养阴益气，安神定心，扶正祛邪……"

叶素馨一跨进戒烟馆，第一眼看到的就是颜西楼和曹语轩并肩而坐，翻着以往病人的病历，仔细分析。看他俩的默契和谐的神情，她心火直冒。

第十五章　寒水乍起

"师哥！"叶素馨猛地将颜西楼从曹语轩的身边扯远，"给知府夫人诊脉的时间到了，师哥，我们快走吧！"

颜西楼恼怒被叶素馨打断了思路，曹语轩则轻蔑地一扫涨红了脸的叶素馨，手里拾掇着病历："西楼，你快去吧，你师妹……"眼角一挑，一道讥讽的斜光落在叶素馨的脸上，"叶姑娘，该着急了！"

叶素馨冷笑，挽住了颜西楼的手："我着急什么？着急的不是我，是另有其人。师哥，你说是吗？"

两人针锋相对，各含讽刺。

颜西楼有些尴尬，笑了笑，和叶素馨离开。

看着颜西楼和叶素馨的背影，曹语轩冷笑，如果可以就这么轻易放弃，那么这表示，这些年她一点长进也没有。今天的曹语轩，已经不是当年可以任人欺凌抛弃的小姑娘。

刚走出戒烟馆，颜西楼和叶素馨看见官差在张伯家进进出出。

"到底发生了什么事情？"颜西楼吃了一惊，赶忙过去探个究竟。

叶素馨却拉住了颜西楼的手："师哥，快走吧，不管那闲事！给知府夫人诊脉要紧。"

"你先去吧，我一会儿就到。"

叶素馨跺脚，见天色不早，只能自个儿离开。

张伯的家门口挤满了看热闹的人，颜西楼挤了过去："到底发生了什么事情？"

"听说张伯死了！"一个街坊叹息着告诉颜西楼。

"你说什么？张伯死了？"颜西楼大吃一惊，"什么时候的事情？他昨天还好好的！"

"今天早上来安堂的人给张伯送早饭还没有察觉张伯已经死了。不久，他儿子一来，就说张伯已经身亡，赶忙报了官府。现在仵作正在验尸。"

那会儿，颜西楼正在戒烟馆里忙着救人，所以不知道发生了什么事情。

张伯的儿子从屋子里出来，正号啕大哭，一副孝子的模样。

可他一见颜西楼，马上叫嚷起来："官爷，是他，就是他！有毒的饭菜就是普济堂给带过来的！"

颜西楼莫名其妙："什么有毒的饭菜？"随即一震，失声说："你是说张伯是因为吃了我普济堂送过去的饭菜而中毒身亡的？这不可能！"

捕头一脸端肃："颜大夫你进来一下。"

颜西楼满怀疑惑，随着捕快进了内屋。

穿过天井，来到张伯的卧室。

一眼看去，张伯就躺在床上，身体蜷缩成一团，面目扭曲，估计死的时候很痛苦。

不必近看，颜西楼一看张伯脸色发青发黑，就知道确实是中毒的症状。

一个孤苦的老人，竟然死得不明不白，让人唏嘘哀叹。

可接下去的事情更让颜西楼吃惊。

捕头指着桌子上剩余的饭菜："这是不是普济堂昨晚给死者送来的饭菜？"

颜西楼点头："因为是冬至，昨晚普济堂确实给张伯送来了饭菜；可送出的饭菜并没有问题，更没有毒！"

捕头给捕快递了一个眼色："抓起来！"

三个捕快一拥而上，紧紧扣住了颜西楼。

颜西楼吃惊："为什么？"

捕头冷冷道："这饭菜确实有毒，不管饭菜里的毒药是不是你普济堂下的，

186

你们普济堂的每一个人都有嫌疑。现在，普济堂的每一个人都是嫌疑犯，普济堂也得查封，至于真相，就交给我们去查证吧！来，带走！"

几个捕快把颜西楼扣锁着，押解出了死者的家门。

大街上挤满了人，指指点点，窃窃私语。

颜西楼百口莫辩，此刻，他反倒平静了下来。张伯的儿子一见颜西楼，冲上前，一把揪住了他的衣襟："你，就是你！是你毒害了我父亲……是你……"

颜西楼冷笑："我为什么要害你父亲？我有什么好处？"

张伯的儿子哭着嚷着："就是因为你谋着我父亲这大宅子，巴不得我父亲早死……官爷，这所大屋的房契，就在普济堂里，你们可以搜查……"

捕快如狼似虎，快步冲进普济堂。

在普济堂里喝凉茶的病患鸡飞狗跳，一下子作鸟兽散。

挤在人群里的小五见颜西楼被捕快押着，大惊："师哥。他们说张伯是吃了我们普济堂送过去的饭菜送命，这到底是怎么一回事？普济堂被查封，我们该怎么办？"

颜西楼还来不及回答，柳月夕抱着许澄杏，惊慌万分，从内间跑出来。一见被捕快扣锁着的颜西楼，目瞪口呆。

"这到底发生了什么事情？为什么会这样？"

颜西楼笑了笑，安抚柳月夕："没事，等官府查清楚了就好了！"他内心庆幸，幸亏昨晚阿谦就带着最近搜索的资料离开了，要不然，一旦他们的行迹败露，怕是后果不堪设想的。

大街上，来来往往的人对柳月夕指指点点。

当年，名医许厚天娶回青楼艳姬后死于非命，然后普济堂又毁于一场大火，这些往事在西关大街上可是名闻遐迩的事情，多年来，一直并没有从人们的记忆中淡去。

今日，重新开张的普济堂犯官非，已经成了寡妇的青楼艳姬重新出现在世人眼前，这更加激发人们的谈兴。

老街坊对往事津津乐道，回味无穷。新街坊则心存好奇，不断打听。

那言谈之中，不过是说柳月夕是灾星，让普济堂灾祸不断。

柳月夕抱着孩子，无助地望着普济堂三个字，泪流满面。

原以为已经被记忆淡忘，可乍然被暴露在众目睽睽之下，被恶毒地指指点点，柳月夕不敢保证自己还有当年的勇气，承担起一切狂风暴雨。

一种剜心之痛袭来，让颜西楼无法忽略。

柳月夕的惶惑、无助、难堪，让颜西楼如坐针毡。终究没能真正为她遮蔽风雨。此时此刻，在大庭广众之下，他安慰的话语仅仅就是一句苍白的宽慰："没事的，你放心！"

柳月夕一震，低垂的目光勇敢地抬起，朝颜西楼淡淡一笑："你不用担心，我没事！"

听得动静的曹语轩拄着拐杖，一瘸一拐地挤到普济堂喧闹的门口，急切地询问："西楼，发生了什么事情？"

颜西楼倒是平静地笑："无妄之灾而已，不过很快就会没事，"目光从柳月夕身上扫过，"语轩，请你帮我一个忙。"

"你说……我一定会尽力！"

"第一，我请你照顾义母义弟，你一定要帮我这个忙！一会儿，他们一定会搜出张伯那张房契。这房契，你再清楚不过为什么会到了我手里，所以，请你帮我澄清。"

迎上颜西楼信任的目光，曹语轩双目一亮，眼下，他颜西楼唯一可以信赖和依靠的人，或者就仅仅剩下她了，而她，恰巧非常愿意帮他这个忙。

"你放心，我一定会帮你的忙，你会没事的。这仅仅是一个误会而已，你是清白的！"

颜西楼笑了笑，说了一声："谢谢。"

张伯的儿子在一旁，干号不已，却不见眼泪。

颜西楼突然想起昨夜晚归撞见这鸦片烟鬼的情形，兴许根本不是巧合。

张伯无辜惨死，分明是有人要嫁祸于他，这人到底是谁？是张伯的孽子，还是另有其人？目的是什么？如果是张伯的儿子，那么就仅仅是为了一张房契。如果是另有他人，估计就是和他查探烟贩的事情有关，那么，阿谦是否有危险？

很快，捕快从普济堂出来，捕头手里果然拿着死者的房契。

"普济堂涉案，查封。将普济堂一干人等带回府衙受审！"捕头一声令下，捕快如狼似虎。

颜西楼淡定地说了一声："慢！"朝捕快一抱拳，淡淡地笑，"官爷，普济堂的人今日和官爷回府衙，并不代表普济堂的人就作奸犯科了，我和小五可以跟随官爷回府衙以澄清普济堂的清白。普济堂，你也可以暂时封了它，至于妇孺，就免了吧？"说着，他低声一笑，"听说，知府夫人就要临盆了……"

捕头自然是一个醒目的人，这普济堂和知府大人的关系，他是知道的，知府夫人的胎儿还是靠着普济堂的药给安着。这一会儿，事情并没有弄明白搞清楚，自然不能做得过头，好歹留一条后路给自己。

捕头一念之间，严肃地吩咐："将颜西楼和小五带走，听候审问。普济堂今日起封店！"

柳月夕紧紧抱着孩子，眼睁睁看着颜西楼和小五被捕快带走，她却无能为力。

街坊逐渐散去，柳月夕站在街头，看着丑陋无比的封条交叉着贴在门锁上，想起多年前落在灰烬中的半边残匾，柳月夕怀抱着孩子，慢慢地蹲下身子，无声悲泣。

大街之上，有人同情，有人鄙夷，有人叹息，很快就如流云般四散。

一间小小的普济堂，沉浮起落，悲欢离合，喜怒哀乐，都不过是人们茶余饭后的谈资，仅此而已。

曹语轩扶起柳月夕，深深叹息："许夫人，跟我回去吧！"

柳月夕仰头看曹语轩，眼泪浸湿了面纱。湿透的面纱紧贴着秀美的轮廓，让人心生怜惜。

"曹大夫，请你一定要帮帮忙，一定要证明普济堂的清白！我真不知道为什么会有这一场飞来的横祸！"

这话霍然入耳，骤然提醒了曹语轩。

她下意识地抬头，目光横过人群，直直落在曹氏来安堂门前。

曹德寿正笑着，笑容莫测高深，如刚刚捕捉了一只猛兽的猎手。

曹语轩心里一个咯噔，一颗心直跳。这难道是一场栽赃嫁祸的戏码？

在颜西楼和小五被带走后不久，前往府衙侍候知府夫人的叶素馨也因为受牵连而被关入牢里候审。官府还派出人手，追捕已经离开广州城的阿谦。

官府原本要将柳月夕关入牢中，但曹语轩一力担保，知府大人念及柳月夕是一个带着孤儿的寡妇，故而大发慈悲，让柳月夕住在戒烟馆中，让人日夜看守，不能离开半步。

夜半，风雨声大作。

许久没有听到冬雷震震，这轰隆隆的声音，恰巧可以掩盖一些见不得人的交谈。

曹语轩冷峭地站在街角，怀里揣着好不容易从曹德寿的暗柜搜来的账本。

这些年，一桩桩见不得人的买卖，都一笔笔地记得清清楚楚。

密密的雨水飘洒着，从屋檐上颤颤流下的粗大雨线连着地脚，溅起无数水花。

曹语轩静静地站着，眼看着雨中的两个人在秘密地交易。

那人，一个是曹德寿，一个是张伯的孽子。

一捆银圆从曹德寿的手里交到了鸦片烟鬼的手里，雨水湿了包裹在外的绸布。

曹语轩冷笑，任凭雨水湿了她的鬓发和长袍。

记得一次争吵，她曾经将她和张伯之间的交易告知了父亲，而张伯害怕房产在他生前落入孽子手中，自然不可能将房契在颜西楼手中的事情告知孽子。今日捕快从普济堂中搜出房契，估计这消息是从父亲口中透露出去的。

父亲，很好，用这样的手段是来阻断她的后路，真是有意思极了！而她，干脆用其人之道还治其人之身就好了。当然，这一撒手锏只能在最后无计可施的时候才可以用得上。

而颜西楼自然得在牢里待上几天，只有日子长了，让她一番劳碌奔波下来，颜西楼才会更加对她感激不尽。兴许借着这机会，她还可以来一个釜底抽薪。

回到戒烟馆，听不见孩子的哭声，闹了一天的许澄杏兴许已经睡着了。可安置柳月夕的房间还亮着灯。

那一窗剪影，瘦削，秀气，俯首之间似乎在写些什么。

曹语轩静静地站了许久，等身上的寒气越来越盛的时候，才警觉这夜已经过了一半。

檐雨声声，滴滴答答，却没有让屋内的人皱眉分毫。

曹语轩突然觉得喉间痒痒的，发出一声咳嗽。

这一声异响终于惊动了屋内的人。"谁？"

"许夫人，是我，曹语轩！"

吱嘎一声，门开了，昏灯照着一张黑纱笼着的脸，仅余一双漆黑却灼灼燃烧的眼眸，几乎要照亮昏昏沉沉的夜色。

"曹大夫，还没有休息吗？"柳月夕诧异。

"没有，我刚从来安堂过来，看看你有没有什么需要。对了，许夫人，为什么还不休息？"曹语轩抬眼望进屋里，"你还在忙什么？"她很想知道，这曾经以自残保住许厚天声名的女子还会做出什么惊人的举动。

柳月夕垂头，转身取来案台上写满秀丽小楷的纸张："我在写状词。"

曹语轩接过一看，只见状词格式规范，措辞严谨，有理有据，不容置疑。她不能不惊叹，眼前的女子，确实是才气横溢的，可是还能有什么用呢？在这黑白颠倒的世间，栽赃嫁祸，不过是家常便饭。

"这状词，写得真好！可是许夫人，这一次普济堂飞来横祸，你可曾想过是什么原因？"曹语轩试探。

这案中涉及父亲，尽管隔阂已深，怨愤无法排解，但骨肉亲情，终究是血浓于水。

曹语轩怀疑，如果父亲曹德寿对她手里的王牌不管不顾，她是否真的狠心将父亲扭上公堂，就算真的有这么一天，公堂之上，她是否真的有胜算让颜西楼摆脱牢狱之灾和谋人财产毒杀老人的罪名。毕竟，如果她真的这么做，就是公然抖开了一个罪恶滔天的秘密。那公堂上道貌岸然的人绝对不可能放过她，到时候，不单父亲老命不保，自己也有生命危险。那人，如果心不狠手不辣，就不会平步青云。

噼啪一声，天际一道闪电劈开厚重天幕，电光划过柳月夕的眼眸，和她的震惊纠缠得不可开交。

飞来横祸！多年前，也曾有一场飞来横祸，让她的丈夫死于非命，让她如花容颜毁于一旦，让她失去了栖身之所。今日的飞来横祸，她又将失去什么？她爱的人？她最后的希望？而这飞来横祸，是否和颜西楼秘密搜查贩卖鸦片的秘密行动有关？如果真的是这样，那么今日这拙劣的栽赃嫁祸就算不能置颜西楼于死地，也必定后有杀招。

普济堂，颜西楼，甚至是她，已经被逼到了悬崖边上。身后，就是粉身碎骨的万丈深渊。

可这灾祸背后的重重设想和可能，都是不能对任何人提起的。难道命运又一次要将她逼上绝路？

她一声惨笑："普济堂素来只救人，从不和任何人结怨，这原因我也想不通……想来是有人要陷害普济堂……"

曹语轩沉沉叹息："我也知道，普济堂没有杀人的理由，但是今日这事，物证齐全，在官府看来，普济堂杀人动机明显，这情形，怕是对普济堂和颜西楼非常不利。"

柳月夕扬眉冷笑："那又怎样？难道就要让普济堂背上谋财毒杀的罪名？难道就要让无辜的人无端送命？就算广州城里黑白颠倒，我也不会罢休；就算是上京城告御状，我也豁得出去。我不能让他有事……"

话到最后，哽咽不已，欲吐不能。

一声巨雷，掩盖了柳月夕一瞬间不经意的真情流露。

伊人哀哀，如风中枯枝摇摆，让人不忍卒看。就算是黑衣黑裙黑纱罩面的寡妇，也自有一种楚楚芳姿，让人无比怜惜。

曹语轩震惊于一个女子骨子里的刚硬和血肉中瞬间的柔弱。

第一次，她对一个女人发自内心地生出敬意。

"许夫人，你放心，我不会坐视不理，我一定会尽力帮助你。"

"谢谢你，曹大夫……"柳月夕落泪，"这年头，能雪中送炭的并不多。"

曹语轩摇头，突然饱含深意地一笑："我会努力，不过，估计到时候要许夫人大力帮忙！"

廊檐之下，光色暗淡。

灯光跳跃，照着曹语轩的侧脸，勾勒出她冷峭俊秀的脸庞。那注视在柳月夕脸上的眸光，突然显得热烈和期待。

柳月夕突然觉得诡异，心骤然跳得比平日快了许多："曹大夫要我做什么？"想起那日里曹语轩对许澄杳的态度，她觉得心惊。

曹语轩侧首凝想，嘴角挽起一缕不易察觉的笑意。许久，她才恢复了一如既往的冷漠："晚了，歇着吧，许夫人。"

望着曹语轩的背影消失，柳月夕犹自愣怔，转身入屋，在寒灯下，听风雨纷纷不断。

瘦削的手抚上沉睡中孩子的脸庞，禁不住的悲哀汹涌而来，几乎撕裂了她的胸腔。

多年来，不过是盼一宿安眠，半世安稳，这终归是一个可望而不可即的梦想吗？

颜西楼在狱中到底怎样了？小五呢？素馨呢？

难道，她真的是世人口中的灾星吗？不，她不是。这一次，就算是要她死于非命，她也绝对不可以让颜西楼、小五和素馨出事！

一场毒杀案引发了一场舆论大地震。

广州城里都在议论这场毒杀案，议论柳月夕。质疑者有之，鄙夷者有之，同情者有之，但众矢之的均是柳月夕——那不祥的寡妇。

西关大街上的每一家商铺，都担心不已，商讨怎样驱逐那不祥的女人。

数年前那场蔓延半条大街、毁坏无数财富的大火让人记忆犹新。甚至有人不停地在戒烟馆门前聚众喧嚣，意图驱逐柳月夕。

舆论之于人，可以积毁销骨。

担心发生意外，曹语轩关闭了戒烟馆。但人声喧嚣，不是一堵墙可以抵挡的。

柳月夕始终沉默，沉默在甚嚣尘上的偏见迷信甚至是别有用心的诋毁的海洋里。

曹语轩从外面回来，带来一个个让人并不乐观的消息。

这桩案件原本不是疑案，仅仅因为食物中的砒霜和从普济堂里搜出来的房契，并不能就此对案件盖棺定论，但有人大造舆论，在府衙之前打出"无良庸医，谋财害命"的巨幅，要求官府尽快定案，给死者一个交代。不久，又有人站出来，指证普济堂出售假药劣药，让家人身体安康蒙受了损失。又过了一日，捕快从普济堂中搜出了砒霜和隐藏的烟毒，又有人说普济堂的凉茶里偷偷加进了罂粟壳，让人上瘾。这一来，西关大街更是震惊，纷纷要求迅速惩办普济堂的一干人等。

这舆论，就算是普济堂可以度过这一劫，怕也将从此声名狼藉，再也无法在西关大街立足。

终究是有人存心要毁了普济堂。曹语轩心知肚明，这一切不过都是曹德寿一手操纵的结果。

只是，仅仅是因为她曹语轩的缘故，曹德寿需要这么大费周章吗？曹语轩不得不怀疑，这暗中到底有什么是她不曾知晓的阴暗。

官府对此案十分重视，据说傅知府对此寝食不安，着力破案。

"怎样？曹大夫？"柳月夕心急如焚，一双原本秋水横波般明亮柔和的眼睛因为彻夜未眠而纠结着无数血丝。

曹语轩一声叹息："情况很不利于普济堂。初次过堂，所有的证据都对普济堂不利。说不准，过几日，你也要被关入牢里去……"

柳月夕噔噔倒退了两步，背靠着天井里的一棵气根纠结如麻一般凌乱的榕树，愣愣落泪。

"曹大夫，眼下最有可能给普济堂定罪的是什么？"

曹语轩一脸倦色，沉吟了许久："说普济堂出售假药劣药，虽然有人证，但经查证，普济堂的药材均是地道药材，这一点没有疑义；至于从普济堂搜出的鸦片，暂时难以查出其来路，更没有证人出来指证普济堂；说在凉茶里掺入罂粟壳，这更是无影的事情；眼下最不利于普济堂的，应该就是毒杀案了，眼下虽然没有人证，但物证确凿。"

194

搞出这么多事，不过就是要混淆视听而已，用心何其险恶？

柳月夕牙一咬，如果事情真的没有回旋的余地，那么，她就只有破釜沉舟了。

"曹大夫，今日，你应该可以带我去探监了吧？"被软禁在戒烟馆，柳月夕失去了一切自由。想探监，自然得拜托曹语轩去打点。

"可是，"曹语轩苦笑，"探监的事情终于落实了。可是，许夫人，这戒烟馆外的情形，纵然隔着一堵墙，你也该知道一些，你确定你可以走出这条大街吗？"

柳月夕惨淡一笑："你以为到了今天，还有什么能让我害怕？曹大夫，我们这就走吧！"说完，回屋抱着孩子，怀里揣着状纸，"这就走吧。"

那挺直的脊梁，分明刚劲。这样一个女子，经历半生坎坷，换成旁人，怕是已经成了一株腐朽不堪的枯藤。可她，依然挺立如青松。

"你曾后悔吗？"曹语轩脱口而出，不知道为什么，竟然对这女子生出了许多好奇。她原本傲岸，却不知道为什么，竟然在这历尽坎坷的女子面前竟然显得有些苍白怯懦。

柳月夕抱着孩子的手一紧，微微侧身。日光透过薄薄的面纱，照着她苍白得几近透亮的肌肤。那微侧的清眸湛湛如金玉流光。

她冷笑，话语铮铮："我该后悔什么？是后悔嫁给许厚天，还是后悔亲手毁了这世人口中的倾城色，断了那锦衣玉食的后路？"

曹语轩素来在言语上从不饶人，今日却屈于柳月夕泠泠如流水般的话语之下。没有疾言厉色却也咄咄逼人，让人脊背生寒。

"我……"

柳月夕笑，似乎在笑曹语轩的鄙薄："我从不后悔！"斩钉截铁的话语铿锵有力，从薄薄如莲瓣一般鲜嫩的唇瓣吐出，却苍劲得几乎可以穿破那坚实厚重的青砖围墙，诏告世人。

"你或许曾听说，站在你面前的女人，曾经是艳冠青楼的醉月舞，曾经有多少达官贵人捧着黄金白银，为求我回眸一顾而不可得。你也许不知道，那金玉包裹着的不过是一团糜烂，我柳月夕怎么可以让那糜烂不堪的男子糟蹋？怎么可以在一团糜烂中毁了与生俱来的尊严？"

柳月夕越说越激昂，索性扯去自毁容之日起便遮掩着破损容颜的黑纱。那曾经是她唯一的遮掩，她也许根本不需要。她柳月夕，从来都没有见不得人的一分一毫。

乍然回身，柳月夕与曹语轩直面而立。

曹语轩一怔，深深吸了一口气。内心的震撼，竟然无法用言语来形容。

一边脸颊如素月流光，清丽光洁不可逼视；另一边脸颊则如深深沟壑纵横，让人不忍卒看。

她竟然可以狠绝到对自己下这样的毒手，仅仅是为了保住她认为的最后的尊严。决绝如此，何异于壮士断腕？

"这模样，让你惊悚了吧？这疤痕，似在提醒我曾经的不幸。曹大夫，可我却很庆幸，在我的生命中，曾经有人让我温暖，让我坚强，让我心存了希望……"笑意染上清眸，一种奇异的艳色让曹语轩竟然可以忽略她那让人无法正视的伤疤，"固然，在世人看来，我有什么？一个寡妇，没有希望，没有未来，终生被罩在这一身暗淡晦气的黑色行头之下，默默等着死亡的降临。可我却不这么看，我自然有我的价值，就如……"略一思索，侃侃而谈，"就如这世间的一草一木，就算是一根茅草，也自有它的价值和用处，也不甘愿被人践踏。我柳月夕，怎么可以自轻自贱？任由世人舆论践踏？"她笑，修长却粗糙的手指遥遥一指，"今日，我就从你这戒烟馆里走出去，就算是一步一荆棘，一步一血印，又算得了什么？我自有我要捍卫的家，自有我守候的家人，自有我所爱的人……"

"自有我所爱的人"这句话悍然出口后，柳月夕才惊颤自己忘乎所以的激动，这"所爱的人"，又怎么可以轻易出口？但哽在喉间，已经有多久了？她都快憋疯了。

曹语轩呆了，这样的女人，从骨子里透露出来的硬朗和坚强，和她柔弱的外表形成了强烈的反差。但恰恰就是这反差，生生让人折服和倾倒。

她自认是坚强的，可自己那一段自认耻辱和不堪回首的伤痛比起这女人如狂乱激流的经历，竟苍白得无地自容。

曹语轩深深地吸了一口气："许夫人，我带你去。我知道，不管这戒烟馆外有什么动静，都不是可以将你击倒的。"

柳月夕含笑点头，眼泪却不经意地簌簌而落。内心的辗转艰辛，不足为外人道。

"走吧！"一种苍凉荡漾在心头，无法用言语来形容。

她只知道，她所要做的，就是拼尽自己的全力，就算是徒手，也要扒开一条血路。

柳月夕恳请曹语轩让戒烟馆里的伙计帮她照看许澄杏。鲜少和外人接触的许澄杏被伙计抱走的时候，哇哇大哭，哭得柳月夕肝肠寸断。

她狠狠心，走出戒烟馆的大门。

关闭多日的戒烟馆大门一开，无数目光射来，鄙夷的，戏谑的，仇视的，如刀似戟。

也有人自认为怜香惜玉的，自然惊艳自然惋惜，微微生出些唏嘘来。

也有人厌恶那一身幽暗的行头和出身青楼的寡妇晦气，用力将手中的番茄一捏一扔，鲜亮的橙色落在晦暗的黑衣上，顿时绽开一朵讥笑和憎恶的花。

柳月夕反倒坦然一笑，款款行移之间，一张素脸朝天，就算是破损也好，都是她的本色，不需要掩盖的坦荡本色。

南来北往的商客纷纷驻足，看着这令人侧目的一幕。

一些被收买的流氓地痞竟然上前，谩骂讥笑。

也有人端着一盆污水，客气地往柳月夕脚下一泼，经历多年沧桑的青石板一滑，柳月夕几乎摔一跤。

柳月夕淡然笑，无畏无惧。这一幕，太熟悉了。这些人，就不能有一些新的招数吗？

曹语轩和她并肩而走，忍受不了对柳月夕动手动脚的流氓地痞："滚！都给我滚！"

流氓地痞哈哈大笑："曹大夫，你还不知道吧？这女人出身青楼，又是一个不祥的寡妇，你最好躲她远一点。如果你还庇护着她，祸连了街坊邻里，可不要怪我们不客气。这女人，是断然不能留在西关大街的。"

曹语轩冷笑："我倒想知道，你究竟想怎么对我不客气。许夫人，我是留定了，你们让开！"手里的拐杖狠狠朝青石板上一敲，"不让开，就不要怪我不客气！”

这个残疾的青年人，疾言厉色得竟然让人有几分忌惮。

流氓地痞面面相觑，目光都不由自主地朝曹氏来安堂瞥去。

曹语轩冷笑，这不过是父亲导演的好戏："我建议，你们想对我不客气，最好是对曹氏来安堂下手。就算是烧了它，我也没有意见。哈哈！让开！"

一个瘸子，一个破相的寡妇，竟然成了西关大街最亮丽的色彩。那从骨子里透出来的光彩，掩盖了她们身上所谓的残缺。

看着形形色色的各路人马，曹语轩带着柳月夕扬长而去。

柳月夕仰面，深深一呼吸，转头对曹语轩嫣然一笑，那半边完好如玉一般的脸颊，淡淡地带着一丝丝红晕："谢谢你，曹大夫！"

曹语轩刻意不去看柳月夕，却无法刻意忽略内心一点一点萌生的折服和敬意。只有折服和敬意，不需要任何同情。因为眼前的女子，根本不需要同情，她内心的强悍，足以让她从一根茅草化作一棵坚韧的寒柏，屹立风雨中而不倒。

因为曹语轩已经打通关系，柳月夕和曹语轩很快进入牢中。

柳月夕坚持先去看望叶素馨，她说叶素馨是一个年轻的女孩子，经受不了牢狱的艰辛。早年，因为父亲获罪，她也曾在牢里待过，那滋味不是普通人可以接受的。

第十六章　生如蜡梅

叶素馨倚着墙角，呆呆地抱膝而坐。

墙角灰白的尘土飒飒落下，粘在叶素馨黑亮的鬓发上。

两个蜘蛛精心结出的网悬着，牢牢捕捉住了数只飞蛾。

仅仅数日的工夫，叶素馨素来红润的脸颊失去了光彩，流转如水的明眸也成了两潭死水。

柳月夕只觉得呼吸也触动内心的痛楚："素馨！"

叶素馨霍然抬头，一抹光亮让她灰白的脸色鲜亮起来。

"师娘！师娘！"叶素馨扑过来，但额头却结结实实地撞在牢门上，痛得她伸出脚狠狠踹了牢门一脚。

看着数年来一直陪伴着自己的叶素馨，柳月夕禁不住内心的心酸："素馨，你还好吗？"

叶素馨蹲下身子，脱了鞋揉着发疼的脚尖："我能好吗？这鬼地方，师娘，我要出去，快救我出去，我是一刻也不愿意待下去了！"

一句话还没有说完，就已经哭了起来，一点也没有了过去的泼辣样。

柳月夕内心疼得发胀，伸手去抚叶素馨的头发："好，我会想办法，让你出去……"

曹语轩在一旁，冷眼看着叶素馨，那狼狈不堪的样子让她有些快意，禁不住哂笑起来。

"师娘，你说我们的运气怎么就这么背？"叶素馨哭嚷着，"这好不容易看到了一点希望，怎么就突然天降横祸？这到底是怎么一回事？"

柳月夕难过不已："一切会好起来的，素馨，你别难过，我会想办法救你出去……你别太难过。"

"难道……"叶素馨骤然抬头，目光撞上柳月夕的脸庞。很久都没有入她眼帘的伤疤猛然撞进眼底，叶素馨打了一个寒战，突然后退了几步，喃喃自语，"难道……他们说的都是真的？"

柳月夕莫名其妙，目光呆滞神情失常的叶素馨让她非常担心："素馨，你怎么啦？什么他们说的都是真的？你到底在说什么？"

叶素馨在墙角重重一坐，猛然伸手一指："都是你，都是你！这接二连三的灾难，都是因为你……"

柳月夕这才明白过来，顿时觉得连呼吸也艰难起来。

素馨、素馨也在责难她，连素馨也觉得她就是一颗灾星。

别人怎么嘲笑责难驱赶都不要紧，但连自己一起患难多年的亲人也以这样鄙夷痛责的目光看她，这无论如何也让她受不了。

她双手掩脸，指缝却遮挡不了倏然迸出的泪泉。痛苦地叫了一声"素馨"，柳月夕再也说不出话来。

这回，曹语轩更加厌恶叶素馨："许夫人，我们走吧！既然她是这么看你的，我们也别费劲，让她就在牢里待着好了，我看这牢里怪冷清的，"她恰巧看见牢里一直肥大的老鼠在乱窜，"正好让她给老鼠做一个伴儿！"

老鼠恰巧就从叶素馨的脚边窜过，惊吓得叶素馨尖叫起来。

曹语轩快意地哈哈大笑。

叶素馨这才发现曹语轩的存在："你怎么会来？师娘，你怎么和她混一块儿去了？"

尖锐的指责让柳月夕无言以对，半晌才说："我走了，素馨，你放心，我一定会想办法救你出去的。你等着，我先看看你师哥和小五去。"

叶素馨这才想起颜西楼和小五："对了，师哥怎样？他怎么样了？你快让他想办法让我出去！”

柳月夕点点头，转身准备离开。

曹语轩却靠近牢门，隔着一根根粗大坚实的圆木，哂笑："叶姑娘，怎么这才想起你师哥？"

"你……"叶素馨咬了唇，"你到底想干什么？"

曹语轩也抿唇一笑，双眉微挑，眼角淡淡的笑意斜飞上眉梢："我想干什么你还不知道？我很遗憾你的愚蠢，叶素馨……你不是我的对手！"

叶素馨愣了愣，猛然抓起地上的稻草，用力朝曹语轩扔去。轻飘飘的稻草连曹语轩的衣角也挨不上，曹语轩笑着扬长而去。

叶素馨口里咒骂着，心里越发惶惑，猛然大哭起来，凄厉的声音让人不忍卒听。

"师哥，小五，怎么会这样？师娘，饭菜不都是你煮的吗？怎么就有毒啦？"

柳月夕身体一晃，她一咬牙，快步走开。

可那单薄的身体似乎难以负重，她的步伐微微有些蹒跚。

曹语轩不以为意，却忍不住去安慰那受伤的人："你何必将她的话放在心上？难道那饭菜是你煮的，就该你来背起这毒杀他人的罪名？"

话一出口，曹语轩顿时后悔，这不正是叶素馨的意思？这毒杀案，总要有人来承担罪名的不是？那叶素馨，好狠的心肠。

柳月夕点头微笑，轻松的语气似乎仅仅是在谈论天气的阴晴："如果再也没有别的出路，这未尝不是一个好办法。"

曹语轩胸口一滞，这不是她想要的结局。不是因为柳月夕，是因为颜西楼。

"不，你不能这么做！"

柳月夕步伐飘忽，坚强的笑容怎么也掩饰不了眼角浓浓的忧伤："不到万不得已，我不会这么做。可是，真到了那一步，我也只能这么做。这官场，向来没有青红皂白可言。"

当年，父亲何尝有罪？可就是不明不白地被贬谪，不明不白地死于异乡。

这一回，颜西楼涉及错综复杂的贩卖鸦片的漩涡，谁能保证可以完好无缺地走出大牢？

监牢森森，阴腐的味道弥散在空气的每一个缝隙里。

柳月夕一脚跨进狱中，却又踌躇。

曹语轩抓着拐杖的手心湿湿的，在这寒冷的冬天，她竟直冒汗。

牢里的人，不知道是什么样的光景。这几日，她一直找不到机会去看望那无辜进了牢笼里的人。他可还好？

回头看柳月夕，宽大的黑袍罩着瘦弱的躯体，但胸口起伏，似乎可以听得见那急促的心跳声。

"许夫人，"曹语轩皱眉，"我们进去吧！"

柳月夕勉强压抑住急剧的心跳："曹大夫，待会儿，千万不要提起这几天发生的事情，免得让他们担心！"

"这几天所发生的事情"就是无边无际的谩骂、讥讽、驱赶，曹语轩明白："你放心吧，许夫人。"

关在牢里的颜西楼很安静平和，他只是静静地坐在阴湿的墙角。

可他的长袍破损，血污斑驳，鬓发凌乱，胡茬青黑，一脸憔悴。显然，是被用过刑了。

"西楼，我带你义母来看你了！"

坚实如铁般的拐杖敲打在牢狱的长着深深苔痕的青砖地板上，惊破了牢狱里死一般的寂静。

颜西楼一惊，猛然抬头，目光所及是一瘸一拐地奔走而来的曹语轩，曹语轩的身后，一袭黑衣寂寥如一个故旧的黄粱梦！是她。

不见了黑纱蒙面，只见眼角淡淡的湿意，幽暗的光线模糊了那道惊颤人心的伤疤。

"你们怎么来了？"颜西楼艰难地挣扎起来，伤痕斑驳的双手抓住牢门的圆木，"语轩，你赶紧带她走，这不是一个女人可以待的地方。"

情急之下，连"义母"的称呼都免了，一个"她"字，让内心的隐讳几乎随着一个简单的字眼跳跃而出。

曹语轩呆了呆。"这不是一个女人可以待的地方。"可见在颜西楼的心里，怕是没有将她当成一个女人来看待的。一股让人窒息的苦涩堵在喉间，让她半晌说不出话来。

再看颜西楼一副形容憔悴瘦损不堪的模样，她更是心酸不已。

一进牢狱，柳月夕便悲从中来，不可遏止。

颜西楼脸上带着血迹，她亲手缝制的长袍上沾染了点点血迹。

不过数日的工夫，他就被折磨成了这副模样。什么世俗礼教，什么辈分伦理，在这幽暗不见天理的牢狱里被柳月夕统统抛到九霄云外。

本已经极力控制自己的情绪，但终究不能，眼泪汹涌而出，瞬息打湿她的脸庞。

颜西楼心一跳，急切地逼问曹语轩："到底发生了什么事情？是不是有人为难她了？"

曹语轩抓着拐杖的手一紧，青白的骨节慢慢凸出。

这一口一个"她"，哪里是晚辈对长辈应该有的尊敬和态度？

柳月夕深深吸了口气，却一语不发。她慢慢靠近牢门，从窄小的窗口斜斜射进牢房的暗淡微光跌落在柳月夕的清眸中，让一双清如寒潭的明眸更加清澈透亮。

这透亮的眼神让颜西楼心惊，这么多年来，无数次梦回，这样一双明净如秋水的眼眸总是让他魂牵梦萦。

目光飘落在小五身上，柳月夕一阵心疼。

小五躺在干草上睡着了，因为寒冷，他将身子蜷缩成一团，怀里还抱着一堆干草。

"小五没事，就是昨晚一宿没有睡着，累了。你快回去吧！"颜西楼侧了头，不敢去看柳月夕，"你快回去吧，这不是你可以待的地方！"

柳月夕笑了笑，点了点头，苍白的唇抿得紧紧的。

"语轩，你告诉我，到底发生了什么事情？你怎么带她来了？"

一双粗糙的大手急切地握住了曹语轩越发冰冷的手。

在这大冷天的，曹语轩只觉得后背发寒，不知道从哪个缝隙里吹来的风如刀锋一样让她寒彻心骨。

就这么一瞬间的工夫,她窥见了情感世界里的风云变幻。

原来是这样,难怪颜西楼总是不经意地流露出缠绵缱绻的神情,怪不得隔着一条街,他可以轻易地判断出那是她的箫声。难怪在戒烟馆里,柳月夕斩钉截铁地宣告,为了她所爱的人,她不惜一步一荆棘,一步一血印。两个年龄相仿的青年男女,竟然不顾辈分伦常,萌生了一段应该被世俗唾弃的情感!可笑她一直被蒙在鼓里,错将叶素馨当成了不堪一击的对手。

一瞬间,曹语轩几乎想夺路而逃。

可就是似乎有一根绳子拴着她的脚一般,让她寸步难移。

"语轩,到底发生了什么事情?"

"没有……"似有一只手掐在她的喉间,在慢慢、慢慢地紧缩。曹语轩吐字艰难,"就是进来看看你,看看你有什么需要。这命案,一时半会儿的怕是不会很快有结果的,你恐怕要在这牢里待上一段日子……"

颜西楼半信半疑,放开了曹语轩的手。

手上的温热一去,曹语轩顿感一阵难言的失落。他不敢告诉颜西楼,外面的情形对他很不利,有人想置他于死地。那人,还是她曹语轩的父亲。

颜西楼转向柳月夕:"有没有阿谦的消息?"

柳月夕明白颜西楼的意思,这几日,她也托了曹语轩打探阿谦的消息。这会儿见颜西楼问起,却不方便直接说明,于是故作惊讶:"阿谦回老家还没有回来,他临走之前说了,估计要过了年才回城里来。放心吧,我会留心的。"

没有消息,这或许就是好消息。

颜西楼舒了口气。这毒杀案发生得太蹊跷,说不准就是有人因为他暗查鸦片贩卖的事情设计陷害他。只要阿谦能够安全离开,那么他和阿谦的努力都没有白费。

遗憾的是,因为时间仓促和人手不足,他和阿谦所掌握的资料中,似乎并没有真正触及鸦片贩卖团伙的最核心,但他终究已经尽力。只要他能从这牢房里出去,他一样继续这危险的查探。直到这人间,至少在他足迹所到之处,看不见鸦片阴云的弥漫。

至于这毒杀案的最后结局,总会有一个结果,也许他可以以清白之身离开这牢笼，或者是冤死在这牢中，但这没有什么可怕的。唯一让他担心的就是眼前的女子。

曹语轩却惊奇，普济堂里的一个小伙计已经离开，并不需要颜西楼特别关注的。曹语轩隐隐觉得颜西楼有事在瞒着她，记得那夜父亲说过，他颜西楼想什么，做什么，她未必就清楚了。难道阿谦的突然离开，普济堂一夜之间遭逢突变，不仅仅是父亲因为她而采取的过激行为？父亲犯不着这么做，而父亲心里最大的鬼，就是他贩卖鸦片的事实。难道这二者之间有什么密切的联系？

"语轩，我托你一件事情。"颜西楼平静地交代，"我也不知道什么时候能出去，小五和素馨都在监狱里，她一个女人带着孩子很让人不放心，我请你帮我照顾他们母子二人，最好将他们送出城去。西关大街的流言蜚语，怕是很难听的。"

他都知道，他知道她的处境会很艰难。在他身陷官非的艰难时刻，他依然想着她的处境。柳月夕猛地扭过头去，牙齿深深咬着血色淡淡的唇瓣。

曹语轩一面答应着，一面却笑得艰辛。

她欣慰颜西楼对她的信任和托付，这说明在颜西楼心里，她不是一个无足轻重的人。但是，再怎么信任，也不过是他颜西楼一个信得过的朋友而已。甚至在颜西楼的心里，怕是还没有将她当一个女人看待的。这和她的设想差距太远，但她会努力，尽一切的力量。这是一个女人对自己的允诺。

"你放心吧，我会帮你！"

看曹语轩珍重允诺，颜西楼含笑点头："你们走吧，这牢里阴冷得很。"

柳月夕突然冷冷地转身就走："我就在西关大街上等你，等你们出来！我不走，这所谓的流言蜚语，没有什么可怕的！"

那宽大的衣裳掩不住躯体的瘦弱，但瘦弱中又不乏一股硬气和刚朗。

胭脂如铁，意志如钢，这就是她。在数年前，就在他奄奄一息的那一刻，他已经见识过了。

"语轩，你帮我照顾她。"颜西楼再一次向曹语轩求助，"千万不要让她做出什么傻事来！"

所谓"傻事"就是最后的关头，承担毒杀人的罪名。颜西楼明白，这也是他最担心的。

曹语轩也明白，更明白颜西楼的良苦用心，她笑，却笑得苦涩："放心吧，我会的，"她故意意味深长地提醒颜西楼，"她是我尊敬的许大夫的夫人，是你的义母，就是我的长辈。我一定会帮你好好地照顾她，断不让她干出什么傻事。"

颜西楼愣了愣，"义母"两个字让他回过神来。

一缕涩意如水纹一样，在嘴角慢慢荡漾开去。

他这才省起，隐藏在内心的情愫，就像这牢里墙角里的一层一层的苔痕，始终厚积着，却始终见不到一缕明亮的阳光。

出了牢狱，柳月夕越走越快。

才入狱多少天，官府居然已经对颜西楼用刑，可想而知，一定是有人想尽快置他于死地。

情况已经很危急，说不准哪一天，官府就判了颜西楼死罪也未可知。

这世间，黑白已经颠倒，是非不分。至于律法，更成了某些人掩盖罪行或者牟取暴利的工具。这一点，她早就已经看透了。

"许夫人！许夫人……"曹语轩在后面追赶得气喘吁吁，"你这是往哪里去？"

柳月夕头也不回："回去。"

曹语轩跟在柳月夕的后面，望着那挺直的背影，疑惑不解：这女人，到底想干什么？

披荆斩棘般回到戒烟馆，远远就听到了许澄杏的哭声，往日一向响脆清亮的嗓音，已经哭得沙哑了。

一听到许澄杏的声音，柳月夕整个人软软地倚在门边，仰面流泪。

这孩子终究要受苦了。今后，他就是没有爹娘的孩子，他该怎么办？

伙计手中的许澄杏一见柳月夕回来，高兴地挥舞着胖嘟嘟的双手，朝母亲扑去。

"妈妈！妈妈！"那稚嫩的童音，几乎让柳月夕心碎。伸手抱过孩子，紧紧地将他拥进怀里。眼泪滴进许澄杏柔软乌黑的发丝里，暖暖的，湿湿的，让许澄杏破涕为笑。"妈妈，妈妈！"

曹语轩一进门，一眼看到的，就是一幅舐犊情深的情景。

柳月夕满眼是泪，无语凝噎。

曹语轩自小失去母亲，记忆中几乎想不起母亲的怜爱是什么滋味。这一刻，尽管是远远看着，可也是令人感动的。

鼻子酸酸的，一直从鼻端直通向心尖。

许久，曹语轩才惊讶，自己原来也可以为别人的情感动容。

"许夫人，你打算怎么办？"曹语轩试探。

柳月夕用手背擦去腮边的眼泪："先看看案情的发展吧！对了，曹大夫，麻烦时刻留意着案情的发展，我希望在最快的时间里知道。"

曹语轩点点头，困乏无力的感觉涌上来。这一天，真的累了。

先是发现颜西楼受刑，继而发现颜西楼心里的那个人竟然是柳月夕，而在颜西楼心里，自己仅仅是一个可以信赖的朋友而已。

这错综复杂的关系，让她心里发疼发酸。

柳月夕呢？她到底又想干什么？许澄杳毕竟只是一个孩子，是否真的应该在她筹划的计算之内？

一阵头痛袭来，让她身心倦怠。

这一天剩余的时间里，曹语轩发现柳月夕让戒烟馆里的伙计上街帮她买来了许多棉布和棉絮。夜里，柳月夕房间里的灯一直亮着，一支支轻柔如春风般温煦的儿歌从房间里飞出来，让人心底暖暖的。

曹语轩听着听着，不知不觉地流下泪来。

这些日子，尤其是和颜西楼相识相知以来，她心底凝结了数年的冰块在一点一点地融化，一点一点地对生活生出了一点期盼。可这期盼，中间隔了叶素馨，隔了柳月夕，更隔了父亲……

夜半了，一点昏灯，半窗人影。一只飞蛾绕着灯盏直扑腾，用生命的代价去寻找暗夜的一点光明。

曹语轩托着腮，愣愣的，许久，她灭了灯，一个人沉浸在黑暗当中。

黑暗中，轻飘如夜风低吟的歌声传来，充满了爱和忧伤。

回想起日间的一切，回想起那轻轻哼着歌谣的女人，百感交集。

叶素馨在她眼里真的不算什么，可是那女人……今日才知道，真正横亘在她和颜西楼之间的，其实是那如水一般柔韧、如钢铁一般顽强的女人。这样的女人，就算她是寡妇，就算她容颜已毁，就算隔着辈分，那又怎么样？情感的萌发，原本就如那巨石倾轧下的小草，就算有千斤负累，万千艰辛，不也一样钻出地面，昂首挺胸？

　　放弃吗？争取吗？争取吗？放弃吗？

　　飞蛾尚且可以不顾生死，她就算碰个头破血流，也算不得什么。人的一生，总该像飞蛾扑火一样，任意妄为一次。

　　不知不觉中，五更天了，东窗灰蒙蒙的，一室幽寒。

　　那歌声，不知道什么时候停了。

　　曹语轩睁开眼睛，她也不知道什么时候睡过去的。这一夜，就这样和衣而卧，半梦半醒的。这一场浅眠，让她的双眼艰涩无比。

　　突然，一阵气急败坏的敲门声响起来。

　　戒烟馆的小伙计打着哈欠，骂骂咧咧地去开门。

　　曹语轩知道是谁来了，她嘴角扯起一个冷笑，将枕头下两本好不容易从曹德寿那里偷来的账本卷成卷轴般顺手塞进景德镇出产的大瓷瓶中。

　　懒洋洋地起来，拄着拐杖，打开房门。

　　一股干冷的空气扑面而来，让人陡然清醒。

　　曹德寿脚步虚浮，老远地就让人闻到一股浓浓的酒味。分明就是刚从妓寨里出来，只是这回火急火燎地赶来，可见他是多么心急如焚。

　　曹语轩眼皮一撩，厌恶地将目光移向别处。

　　"父亲，虽然你口袋里有几个肮脏的钱，但小心没命享用。"

　　曹德寿暴怒："闭嘴！"一举手，眼看一巴掌就要挂在曹语轩薄嫩的脸上。

　　曹语轩笑容一敛，一伸手，紧紧扼住了曹德寿的手腕："父亲，你老了……"

　　两人僵持着。

　　开门的小伙计看得目瞪口呆。

　　曹语轩目光一横，似笑非笑："小厉，你继续睡觉去。父亲，你这样子会惹人笑话，还是进屋子里说话吧！"

小伙计赶紧溜进自己的房间，不敢去听不该听的事情。

曹语轩放开了曹德寿的手，房门一关，仿佛与世隔绝。灯火也不点上，就在黑暗中，两人冷冷对峙。

微薄的光透过窗纸和门缝溜进房间，照着曹德寿灰黑色的山羊胡子。那似睁非睁的鱼泡眼下翻动着盛怒，让曹语轩更加厌恶，这么多年了，她这个做女儿的，已经仁至义尽。这父女的缘分，也该到头了。

"你拿了我的东西，快拿出来！"曹德寿一把抖开曹语轩的被褥，抛开床上的枕头，一阵忙碌，一边还低低咒骂。

曹语轩淡淡地笑，看也不看那凌乱如遭劫一样的床褥，径自在椅子上坐下："父亲，妓寨里的娼妓让你失去了精明，你怎么就才发现不见了东西？"

曹德寿满屋子乱翻，提高了声调："你想气死老子啊？你这业障，胳膊肘往外拐，快拿出来！"

"既然父亲知道是我拿的，你就该知道我为什么要这么做，也该记得我当日和你说的话。只是我很好奇，你这么不遗余力地想置人于死地，难道仅仅是因为我的缘故吗？"曹语轩寒星般的清眸清亮无比，如一把利刃一样直逼曹德寿的胸膛，"我和他，还不至于要让父亲这么费劲地去做这一切！在父亲的心里，我还真的不值那个价。"借刀杀人，然后嫁祸于人，这代价难道不是太高了吗？她曹语轩什么时候让曹德寿那么上心和在意？

曹德寿一脚踹掉衣柜的门，却因为柜门的坚实让他抱脚痛呼。大怒之下，将衣柜里的衣物全都扒了出来，件件落在地上。

这一堆衣物里，竟然有很多是崭新的女装，虽看不清楚是什么颜色，但都是触手温良的上好丝绸。

曹德寿冷笑，脸色都灰了："看来你是真的打算做回女人了！"

"没错，父亲，所以这回，我不会轻易地将东西交还给你。这一回，请容许我警告你，我这次是铁了心的。父亲，我好歹该为自己打算一次。我这后半辈子，不能就这么半死不活地过下去。至于你要怎么做，也不用我来教你，你看着办吧。父亲，我不管你用什么方式，什么手段，总之你必须把人给我平安放出来！当然，我可以提醒你，解铃最好还是系铃人。那个该死的家伙，道德

209

沦丧，为了几口鸦片，做出禽兽不如的事情来。这种人，死一万次也不足惜！"

曹语轩淡淡叙来，语气却如磐石般，坚定不移。

满屋子找不到账本，曹德寿如笼子里的困兽焦躁盛怒，曹语轩的话更是火上浇油。

"业障！我怎么生了你这样一个不知廉耻的业障？"曹德寿破口大骂，"还有，你让那个灾星滚出西关大街去，免得在这里祸害街坊！"

曹语轩尖刻地含笑提醒："父亲，这天还没有亮，你小声些。毕竟，你做的那些事情，都是见不得光的……"淡淡的笑容，淡淡的话语，却偏偏如薄刃一样，一层一层地切割着曹德寿的脸皮。

可已经有人被惊醒了，半夜里，等灯油燃尽灯火熄灭的时候，柳月夕依然睁着眼睛看着熟睡中的孩子，舍不得闭上眼睛。到最后，也不知道是什么时辰，竟歪在床上。

迷迷糊糊中，她梦见颜西楼一身血肉模糊地躺在监狱中。

第一声敲门声响起的时候，她就惊醒了过来。一伸手抚额，竟一头冷汗。

这天还没有亮，就有人这么急着找曹语轩，柳月夕心惊肉跳的，忙一骨碌地起来。但听得来人进了曹语轩的房间，她踌躇着，半晌才挨近了曹语轩的房间。想敲门，但男女有别，似乎又不妥，偏又心急如焚，一时间进退不得。

房内，曹德寿暴跳如雷，却又无可奈何。

许久，他一声长叹，声音猝然衰老："你以为你父亲是谁？你也说过，我不过是别人的一颗棋子。你要是懂得明哲保身，就不要卷入这旋涡，对你没有好处……"

隐隐约约中，柳月夕听到了熟悉的或者是陌生的名字，有许厚天，有颜西楼，傅尔海……

柳月夕皱眉，许厚天，这尘封了数年的名字，谁又重新提了起来？傅尔海又是谁？这名字似乎听过，他和许厚天、颜西楼又有什么关系？

曹语轩房间里的人是谁？

柳月夕满怀疑惑，但又不好太靠近曹语轩的房间偷听，走开又心焦，一时半会儿也不知道怎么办才好。

看着曹语轩微微色变，曹德寿长叹一声："你啊，虽然聪明，但还年轻。记住，千万不要和傅尔海斗，对你一点好处也没有！这件事情，你不要再插手！不要惹祸上身。我走了。"

曹语轩哼了一声，丝毫不退让："父亲，我说了，这一回，我不会放手，你看着办吧！就当我这个做女儿的求你也好，威胁你也好，这辈子，也是最后一次了。"

"女儿"两个字飘进柳月夕耳中，让她惊讶无比。

曹德寿气得哑口无言："你……他颜西楼有什么好，让你这么费心思？"

曹语轩笑："他？至少，不是傅尔海！父亲，你走吧。只要你按照我说的去做，我不会为难你。"

曹德寿甩门而去。刚出门口，却撞见了来不及回避的柳月夕："你在这里干什么？"

柳月夕尴尬无比："我……"

曹语轩听得声响，拄着拐杖走出房门，瞧见柳月夕，不由得眉头紧皱。她见曹德寿脸色不善，知道他正想借柳月夕发泄一腔怒火，忙说："父亲，你好走，不要忘记了我说的话！"

曹德寿气青了脸，对柳月夕戳指而骂："真是一个灾星！"

望着曹德寿的背影，目光撞上柳月夕清冷的脸颊，曹语轩突然觉得倦烦和烦躁。

两个人立在灰蒙蒙的四角天空之下，四目相对，一时无语。

天色渐渐明亮起来，天边露出一丝亮色。

"你……听到了些什么？"曹语轩干脆打开天窗说亮话。

"傅尔海"三个字在柳月夕的脑海里闹腾，让她答非所问："傅尔海……是谁？"

曹语轩惊讶，点了点头，似笑非笑，话里有些微的嘲讽："你居然不知道傅尔海是谁？"

柳月夕拧紧了眉头："这名字我似乎曾经听说过……"突然，脑海里有一道亮光劈开厚重沉淀的记忆，"道光十一年进士，傅尔海？"这一发现让她目瞪口呆话语惊颤，"是他？他现在在哪里？告诉我，他在哪里？"

211

曹语轩眼里浮现了一层薄恨和厌恶，她上下打量着神情激动无比的柳月夕，像在看一个怪物："傅尔海，你不知道他在哪里？你不认识他？"她匪夷所思地摇头，一字一顿地吐出几个字，"广州现任知府傅尔海，道光十一年进士。你应该很熟悉他才对，要不然……"

曹语轩突然停了口，似乎在思考要不要说下去。

一个焦雷在柳月夕的脑海中炸开，轰隆隆的，让她几乎停住了呼吸。

那个让她怀孕并生下许澄杏的人，居然就是傅尔海，而傅尔海，还是父亲生前的门生。父亲在临死之前，就仅仅留下了"傅尔海"三个字的遗言。

如果不是因为要南下寻找傅尔海，请他为父亲讨回一个公道，她也不会遇上颜西楼。如果不是傅尔海强暴了她，她不会自寻短见，结果被许厚天救下，成了许夫人，而傅尔海留下的孽种，让她无可奈何地生下来，继承许家的香火……这冥冥中，似乎一切都在和傅尔海牵扯着……现在，又和傅尔海扯上了关系。这当中，到底又有什么隐秘？

这一切来得太突然，让柳月夕措手不及："不，你一定是搞错了……"

曹语轩恨恨地，发出一声幽冷的笑声："我怎么就错了？傅尔海，许多年前，在他饥寒交迫的时候，是我将他带回了家。父亲见他勤勉聪明，就认了他做义子。后来，他学有所成，于是父亲资助他上京赶考，在他离开前父亲给我和他定下了亲事……"

后来，傅尔海高中的消息传回，让曹德寿和曹语轩欣喜万分，尤其是曹语轩，以为从此可以和"哥哥"朝夕相对，夫贵妻荣。可一场灾难降临在曹语轩的身上，一场大病出其不意地袭来，让她瘸了一条腿。傅尔海竟忘恩负义，借口悔婚，让骤喜之后的曹语轩骤悲骤痛，最后几近绝望，生不如死。后来，曹语轩离开了家乡，和父亲来到了广州城，借着傅尔海一点所谓的愧疚和补偿，在城里开了曹氏来安堂。而曹语轩因为伤心往事，于是女扮男装，开始了悬壶济世的生涯。

一段往事徐徐叙来，包含着悲欢离合，喜怒哀乐，可唯独已经没有了爱。对一个负心人，爱，原本是多余的，也太廉价。

曹语轩仰望着星辰已经隐去的天幕，长长呼出一口气。

这些话，憋在心里已经很久很久，几乎快糜烂在心底最深处的角落。现在，终于可以敞开胸怀。

傅尔海、曹语轩、许厚天、颜西楼，这些名字在柳月夕的耳边呼啸而过，如麻一样乱的往事让她头昏脑涨。

"原来，你是女儿身……"

曹语轩眼眸闪烁着难以名状的悲喜哀乐，由女儿身摇身一变成了瘸腿男子，不过是内心的一点幽恨无法释怀，她必须让自己用一种方式忘却曾经让她痛不欲生的过往。"之所以用男子的身份活着，不过是在提醒我自己，我并不愿意被一个忘恩负义的人糟蹋了我的一生。幸好，我做到了……"她倚着院里的一棵榕树，扯下一缕气根，"你对傅尔海，应该也不陌生？"

柳月夕苦笑："我只能说，我听过'傅尔海'这三个字，他是我父亲的门生，如此而已！他曾到我府上拜访，但我未曾与他谋面。"她没有告诉曹语轩，父亲曾经想将她许配给傅尔海，可是后来发现傅尔海过于急功近利，且为人寡恩刻薄，这事情就作罢了。没有想到，世事兜转，终究让人难堪。

说着说着，天色亮了，一缕阳光从云层里艰难地露出淡淡的暖。

两人眼里都有着夜色残留的痕迹，那眼眸里淡淡的血丝，都在昭示一夜未眠。

柳月夕和曹语轩突然相视一笑，笑容里都带着淡淡的悲哀和顽强的坚韧。命运之于她们，或许残酷，但她们都挺了过来。

这短短的前半生，都在穿越黑暗的命途，追寻着心底的一缕阳光。只是，这一回，谁知道那心底的阳光会不会熄灭？

曹语轩望着院子里的石凳，突然弯着唇角淡淡地笑，笑中却带了泪。那是颜西楼多次和她一起畅谈医理，分析病例时的座位。

柳月夕在不经意间捕捉到曹语轩眼里泛起的淡淡暖色和温柔，心一惊，一跳，一凉，全明白了。

"你喜欢他？"这个"他"是谁，不需要言明。

曹语轩笑柳月夕问得奇怪："当然，要不然，你以为我为什么开这戒烟馆？一个女人愿意为一个男人改变她自己的时候，原因就只有一个，就是喜欢……"环顾四周，在这家戒烟馆里，他们曾经一起挽救生命，曾经耳鬓厮磨，曾经茶烟袅袅。

柳月夕苦涩地笑，她能说什么？她也有爱，可是这爱说不出口，吐不出来。她羡慕曹语轩，可以找尽一切机会，和颜西楼在一起。

"只是，你为什么和我说这些？"

曹语轩伸出手指，缓缓撩拨着院中药架上簸箩里的药材。那小伙计，偷懒了。

"我听西楼说，最近你特别喜欢研究药膳，也做了不少尝试？"

柳月夕点点头，所做的这一切，不过就是为了能够助他一臂之力，证明自己的存在还有一丝一毫的价值，可以理所当然地和他一起，还普济堂一个全新的模样。"你到底想说什么？"

"我不知道你有没有看过一本书，叫《饮膳正要》，这本书里罗列了很多食物相克的现象。"

"我知道，"柳月夕接口，"柿子和螃蟹俱属寒性，不可同食，同食会导致腹泻；鸭肉和鳖肉同食，会引起水肿泄泻；虾不可与猪肉同食，会损精——"

曹语轩打断了柳月夕："那么，有什么食物同食可以相得益彰、药效更好的呢？"

柳月夕略一思索："例如当归，可以扶正补养，向来是补血圣品。如果和黄芪一起，可以煮成当归补血汤，这两味药一起用，补血效果再好不过。你……"在这冷风飕飕的清晨，两个女人不合时宜地谈论着药理医理，实在是一件荒谬的事情，何况，那人此刻正在牢里受苦。

一阵阵寒风掠过脸庞，撩起几缕鬓发，钻进衣襟，贴着肌肤，让人发寒。

"你到底想说什么？"

曹语轩突然厌恶柳月夕的善解人意和聪慧，略略不耐，但又不能不说："颜西楼和我，叶素馨和颜西楼，你觉得我们像什么？"

"你是说，你和颜西楼，就像是当归和黄芪，相得益彰；叶素馨和颜西楼，就像是柿子和螃蟹不可同食？"柳月夕都明白了，心酸不已，"可你和我说这些有什么用？眼下，他人还在牢里，这官司什么时候可以结束？这会儿，谁适合谁，有什么意义？"

"有一件事情，需要你成全，我自然会想办法救颜西楼！"

曹语轩的用心，已经昭然若揭。

"颜西楼，是和叶素馨有婚约的……"柳月夕苍凉一笑，"我怎么成全？难道，我不成全，你就不想办法救颜西楼了吗？"

曹语轩语藏隐讳，别有深意："人，我自己会想办法救的。只是，我不会放弃这样的一个机会。叶素馨固然和颜西楼有婚约，但你明知道他们不合适，颜西楼心里的人是谁，我也无须多言，你我心知肚明，所以我要你成全……"看着脸色煞白如纸的柳月夕，曹语轩笑得得意，"我不是以此相要挟。当然，我知道的，并不止这些。我还知道，许澄杏的身世，他原本该姓……有人，或许并不介意突然多出来一个现成的儿子……"

语焉不详，但柳月夕却心惊胆战。

"不……你别说了，"柳月夕双手掩面，身体飒飒抖动，"你别说了……求你……"如果说这世上，还有什么让她害怕的，就是许澄杏的身世，就是她和颜西楼的所谓的不伦之恋。不是她无法面对尘世的厌弃和鄙薄，而是生怕伤害了身边她珍视的人。

曹语轩却不被柳月夕的眼泪所打动，该进一步的，她半步也不退让："许夫人，我无意伤害你……只要你答应成全了，我自然不遗余力地救颜西楼。你和许澄杏的事情，我也从今往后一字不提。这件事，对你无害，对我有益，对颜西楼，让他从此多了一个志同道合的伴侣，这何乐而不为？你不需要犹豫！"

"不！"柳月夕骤然抬头，凛凛目光直逼曹语轩，"你真的喜欢他吗？如果你真的喜欢他，你不会不顾他的意愿和我做这么一笔交易，你将他当成了什么？这对他、对叶素馨都不公平，对我更是一样。曹语轩，曹姑娘，如果你真的喜欢他，你就尽你最大的力量去帮助他，让他平平安安地出来。到那个时候，你怎么打算，都不关我的事情，你自己看着办！"

柳月夕头也不回，一转身，几个疾步走到房门前。屋里，传来了孩子梦中轻笑的声音，继而，她还听到了孩子翻身的响动，眼泪飒飒而下，猛一推门，孩子就在眼前。她长长舒了一口气，含泪回身，低声央求："曹大夫，我相信，你一定会想办法救他，对不？"

曹语轩低头看着自己露出长袍的鞋尖："我一定会想办法救他，可是，我也不能容忍自己为他人作嫁衣裳，毕竟，让我为一个男人重新活一次，需要太大的勇气和决心。许夫人，我不是一个歹毒的人，只要你不阻挠我和颜西楼，不以长辈的身份撮合叶素馨和他，我不会为难你，你记住了！"

砰的一声，柳月夕用力关闭房门，珠玉一般的眼泪纷纷不断。

任何人都有理由为自己打算，曹语轩也一样。这，其实也是自己羡慕的，不是吗？自己早就说过了，愿意当他的一棵甘草，就算是命该如此，也是心甘情愿的。

曹语轩仰着面，心中却空荡荡的，不怒不喜。

作为女人，原本不想为难女人，但不为难别人，必定为难自己。她曹语轩，仅仅是为自己打算一次而已，并不过分。

第十七章　深冬凌草

过了两日，几件小棉袄小衣裳已经缝好了，柳月夕整整齐齐地将它们叠好。趁着曹语轩外出，将许澄杏交给了戒烟馆里的伙计照看，自己则出门朝府衙而去。

出了戒烟馆，站在大街之上。麻石条的大街路面湿漉漉的，也不知道什么时候下起了雨，风夹雨的湿冷让人发抖。

写着"普济堂凉茶"三个字的葫芦不知道什么时候被人扯了下来，随意丢在一个角落里，任人践踏。

柳月夕疾步奔跑过去，双手捧起葫芦，眼泪唰地流了下来。

来来往往的人很多，均对柳月夕冷眼相看，或者鄙夷以对，或者恶语相向，这都比不上这葫芦掉在地上让她伤心。因为，这是许厚天颜西楼是叶素馨是小五也是她的心血，这么多人心血凝结的普济堂，居然就两度轰然倒塌在世人的眼前。不，她不能，她必须尽她最大的努力，去挽救普济堂，挽救颜西楼。只有颜西楼在，普济堂才能重生，许厚天的精神才能不死。

傅尔海，很好，这么多年过去，她现在才知道，原来他是父亲的门生。这个男人，因为那可怕的罪恶一夜，和她有了千丝万缕的关系，也因此让她背负上了一辈子的梦魇。可为了颜西楼，就算是恶魔当前，她也只能奋不顾身。很多年前，不是也一样有人为了她而奋不顾身的吗？

走在长街上，头顶着淫雨霏霏。

街道两旁，尽是一棵棵高大的榕树，其中一棵榕树分明已经枯死，但在老朽的树干上还是钻出了嫩枝，用尽全力焕发出一缕生机。榕树的生命力最是旺盛，不管是在街头巷尾，或者是在山村野外，不管是寒冬或是酷暑，它均能四季常青，笑着撑起一片绿色的天空。

所谓人海阔，何日不风波。这一辈子，未行及半生，已经历尽无数困苦熬煎。眼下，唯有一步步往下走，往下走，未及危崖，但也未必有出路。

柳月夕一路小跑，脚步轻捷如风，来到府衙之前。没有撑伞，一路上雨水湿了鬓发和一身黑衣裳。她抚着怀里用油纸包裹着的状纸，仰脸任凭雨水击打着她的脸庞。

那状纸，改了一回又一回。这一回，可是不用再改动了。

站在府衙前，看着洞开的府衙大门，一双石狮子正怒睁着狰狞的巨目，森森地望着她。

柳月夕深深吸了一口气，这一去，不管是否可以置之死地而后生，她都是要试一试的。

正要击鼓鸣冤，可府衙之前有人缓缓落轿。

那落轿之人，竟然是知府傅尔海。一双狭长幽深的凤眼，斜斜扫来，夹带着寒意，让人生生颤抖。

柳月夕垂手上前，深深一跪，积水随之四溅："大人……"

侍从正要驱赶柳月夕，而傅尔海悄无声息地看着脚下的柳月夕，许久，才淡淡地吐出三个字："带进来！"

似乎，他在等着她来。

书房幽深，石板生寒。

柳月夕跪着，身上的雨水成了石板上的一摊积水。

书房的黄梨木案台后，傅尔海依靠着太师椅，手上的云南普洱茶云雾袅袅，遮去了他讳莫如深的眉眼。

室内如死一般静寂，只听见茶杯盖碰磕着茶盏的声音。

傅尔海得意地望着跪在案台之前的柳月夕，这容颜虽然不是旧时荣光，但毕竟是他曾经焦渴的。他看了好一会儿，突然笑了："柳小姐，醉月舞，许夫人……本府该怎么称呼你？"

那神情，如同一个身手高强的猎手，在玩弄着掌控之中的猎物。

柳小姐？一口气上来，突然堵在喉间，让人呼吸滞迫。

柳月夕脸色煞白："你……早知道我是谁？"

"当然，"这话，傅尔海自然是听得明白的，他缓步从案台后转出，"不论是深闺华贵秀丽的柳小姐，还是艳冠青楼的醉月舞，都是本府熟悉的……"

柳月夕惊骇无比，声音在颤抖："这么说来，在揽月楼，你就知道我是柳月夕？你……"

傅尔海踱步到柳月夕面前，一弯腰，一伸手，食指轻佻地托起柳月夕尖削如笋的下巴，得意地笑："当然……"

"你是怎么认识我的？既然你认识我，知道我是你恩师的女儿，为什么还……"柳月夕猛地别过脸去，万分屈辱，身体因为寒冷而瑟瑟发抖。

傅尔海却不打算放过她，手指一用力，阴狠地扳过柳月夕的脸庞，满意地用手指轻轻抚着那条丑陋的伤疤，神情似是惋惜，又似是得意。突然，他用劲一捏，在柳月夕白皙得没有血色的下巴硬是捏出了两道红色的印痕。

他一甩袖，回身坐在案台后的太师椅上，惬意地喝着茶，似乎陷入了美妙的回忆。

柳月夕恍惚得连下巴的疼痛也忘记了，她只知道，这一回真的来错了。只是，她心里的谜团，被记忆埋藏多时的谜团，似乎见到了曙光。记得当年父亲临终前，曾经说出了"傅尔海"三个字，父亲真正想要告诉她的到底是什么？她隐隐觉得，今日似乎可以揭开尘封多年的谜团。

"你是想问，既然我认识你是柳老头儿的女儿，为什么要强暴你？"悠悠的声音如醇厚的龙井茶，微微让人沉迷，嘴里吐出的却是最让一个女人屈辱和羞耻一辈子的丑事，"这不都是你父亲冥顽不灵、你不识抬举的缘故吗？"

"你说什么？"柳月夕霍然抬眼，视线如冰芒。

傅尔海发出一声叹息，仰靠在椅背上，似乎在惋惜无人分享他内心隐藏多时的快意。

"记得那一年本府高中进士，依礼到府上拜访。那一天，你家的后花园桂花飘香，菊黄吐蕊，而你就坐在高高翻飞的秋千上，锦衣裳，芙蓉面，莲钩纤纤，好不让人陶醉……"

柳月夕又羞又窘，但往事在傅尔海轻薄的描绘中涌上心头。

那一年的那一天，父亲曾经和她说起，他准备在自家的后花园宴请数名科举新贵——新科进士。可那日的天色太好，天空是蔚蓝的，阳光是暖暖的，空气中流淌着菊花的清香、桂花的浓香，禁不住内心的向往和丫鬟的怂恿，于是，她趁着客人还没有到来，坐上了秋千，任凭丫鬟推着秋千荡向高处。

秋千越荡越高，她的笑声越来越脆，却没有想到，这一番任性的举动，居然被别有用心的登徒子窥探了去……

"本府竭尽全力去博取你父亲的好感，希望仕途顺畅，更能抱得美人归。柳老头儿初时有许婚的意思，也暗示了本府，可后来，他居然悔婚，让本府成为别人眼中出身贫寒却妄攀高枝的笑话。成为茶余饭后的谈资，这件事情，一直是本府最恨的事……"

柳月夕突然想起曹语轩曾经和她提起，傅尔海为了攀折高枝，借口曹语轩因病重瘸了一腿而退了婚事，或许自己就曾经在不知不觉中成了曹语轩被傅尔海抛弃的诱因。

"当然京城里有权有势有貌的淑女并不是只有你柳月夕一人，本府自然不会在一棵树上吊死。后来，本府远调广州，在这广州城里，兴许鲜少绝色美女，但绝不缺乏发财的机会。只要有钱财，自然不愁没有名门淑女匹配……"

柳月夕越听越心惊，这所谓的"发财机会"，在广州城里最便捷最暴利的莫过于走私鸦片。

"我父亲获罪，到底和你有什么关系？"

傅尔海哈哈大笑，很满意自己亲手揭开的秘密能让柳月夕惊痛："你那顽固不化的父亲，不但根本不懂得经营财富，更不懂得经营前途。试问，京官里有多少人不是靠着一些门道赚取外快？可你那父亲，偏偏不识时务，非要上疏朝廷，弹劾告发本府和一干官员。本府无奈，只能先发制人，让你父亲锒铛下狱。不过，本府念在与你父亲的师生恩情，多番疏通，才得让你父亲贬官南下……"

除了工于心计、凉薄邪恶这八个字之外，再也没有任何词语更能形容眼前这寡廉鲜耻的魑魅魍魉！

柳月夕咬牙掩面，没有想到，父亲竟然就倒在亲手提携的门生脚下。如果他老人家泉下有知，不知道该怎样痛心疾首！

"那么，我父亲是怎么死的？"柳月夕骤然抬起泪眼，疾言厉色，话说到这会儿，她直觉父亲的死和傅尔海有莫大的关系。

傅尔海却跳过了这一截，自顾自地得意回忆。

"柳老头儿贬官，本府升迁，莫大之喜。本府路过揽月楼，目睹了你醉月舞的风采，昔日贵小姐摇身一变成了青楼名妓，也算是对你父亲的惩罚。本府有意纳你为妾室，可你放不下贵小姐的派头，明明沦落风尘，却非要玩什么卖艺不卖身的把戏，一点也不识抬举，逼迫本府用强，才使你成为本府的人。可你偏偏不识好歹，非要寻死觅活，也是那愚钝的许厚天活该倒霉，捡到了你这灾星，更可笑的是，一把年纪的许厚天还娶你当了他的妻子……"

到这会儿，就算是有旁枝末节还在云里雾里，事情的大致轮廓已经隐隐若现。柳月夕这会儿算是明白了，为什么父亲无端获罪，不过是准备断眼前畜生的财路。许厚天为什么会死于非命，估计也是因为救了自己的命，得罪了傅尔海的结果。那么，之后的灵堂风波，甚至普济堂失火，说不准就是眼前之人一手遮天翻云覆雨的结果。

"你只要告诉我……我父亲的死，许厚天的死，是不是你一手操纵的？"

傅尔海大笑，俯身前倾，笑看柳月夕："你心里不是已经有答案了吗？"

柳月夕通体冰凉，双膝在冰寒的石板上发抖。自己的命运，竟然被这样一个自己从未谋面的恶魔所操控，这到底是什么样的世道？

突然，柳月夕猛地站起，扑向黄梨木案台，一把抓起案台上的端砚，朝傅尔海砸去。

这一砸，倾尽柳月夕的全力。

傅尔海一惊，身子一侧，堪堪闪过那致命一击的端砚。

柳月夕撕心裂肺："我和你拼了！"

傅尔海见柳月夕状似疯魔，内心一惊，忙大呼来人。

两名家丁慌忙赶来，一把擒住了柳月夕。

柳月夕疯狂挣扎着，嘶声大骂："傅尔海，我要上京师告你去！"

傅尔海笑，走近柳月夕，用手指轻轻刮着她完好如玉石的半边脸，轻佻地啧啧有声："怎么就和你的父亲一样蠢钝！你以为你一声告本府去，本府就害怕啦？真是天真得可怜。来啊，给我捆起来！"

家丁如狼似虎，一条绳子将柳月夕捆得如粽子一般。

"畜生，你到底要干什么？"柳月夕背靠着黄梨木案台，惊慌地从傅尔海狞笑的眸中捕捉到一种邪恶的淫秽。

傅尔海挥挥手，让家丁退下。

"我到底想干什么？这不是明摆着的事情吗？当初，你的父亲看不起我，让本府和你在姻缘簿上无缘；在揽月楼，你又是自恃清高，非要逼迫才让本府得以亲近；今日，你自己送上门来，就算你的美貌已经枯萎，但这没有关系，本府就是要你心甘情愿地低下你所谓的高贵头颅，匍匐在本府脚下摇尾乞怜……"

柳月夕反倒无所畏惧了，一声冷笑，斩钉截铁："你既然知道我的品性，你就该知道，我断不会屈服在你的淫威之下。我这脸上的伤疤，就是最好的见证！"

傅尔海决心一报当年的耻辱，他狞笑着靠近柳月夕："可是，今日你有求于本府，颜西楼、小五和叶素馨不是正在大牢里吗？你这一回上府衙里来，不就是为了求本府能看在你父亲当年赏识本府的分上还你普济堂一个公道吗？只要你乖乖从了本府，本府自然就会秉公而断，否则，颜西楼的下场，估计不会比许厚天好看。"

这不过是一个陷阱！柳月夕自然明白，傅尔海的目的不过就是要她乖乖就范而已。如果真有公道可言，为什么在案情尚未明了就擅自对颜西楼下了重刑？

"傅尔海，你这个畜生，我就算是死，也不会答应你！今日，我就算血溅三尺，也不会让你这畜生玷污我的身体！"

傅尔海大笑："那你就等着颜西楼的死讯吧！怎么样？是否需要考虑清楚？"

原来，从一开始傅尔海就下了杀心，不管这案情的真相如何，他都会要了颜西楼的命。只是，这究竟是为什么？难道和暗查鸦片贩卖的事情有直接的关系吗？难道许厚天惨遭不测和颜西楼今日身陷囹圄，都和鸦片有关？

"你告诉我，你为什么非要许厚天和颜西楼的命？"

傅尔海嗤之以鼻："不管是许厚天还是颜西楼，最该死的就是要断别人的财路。这一条，就足够很多人恨不得让他们去死，你明白了吗？哈哈！最可恨的是，颜西楼居然趁着进府衙替夫人诊脉的时机暗中在府衙中查访，试想本府怎么容得了他？柳月夕，如果你真的希望救他，本府会好好考虑的。反正，本府也没有什么损失。至于那个叫阿谦的年轻人，可是什么也没有送出广州城！"

柳月夕全明白了，这当中，都涉及肮脏的鸦片贸易。

"其实，最该死的人是你，傅尔海！"柳月夕挺直了腰杆，怒目直斥傅尔海，"你为了个人私欲，危害无数百姓，让无数家庭家破人亡，你是魔鬼！上天有眼，一定会让你断子绝孙！"

傅尔海变了脸色，他年过三十，可膝下依然无子，眼下夫人虽然将近临盆，可素来胎位不正，生产未必一帆风顺。今日他最担忧的就是这回事，可恨曹德寿早不下手晚不下手，偏偏在他夫人快生产的关键时刻下手。

"闭嘴！"傅尔海一巴掌狠狠地刮在柳月夕的脸上，接着一把擒住柳月夕的衣襟，"本府是否断子绝孙不要紧，可是你的许厚天颜西楼很快就要在九泉之下相逢。估计今日之后，你也不会有颜面留在这世上。到时候，断子绝孙的，怕是许厚天是颜西楼。哈哈！"

一句断子绝孙，让柳月夕猛然想起了许澄杏那孩子，不由得眼泪如迸。她死了没有关系，可是那孩子，该怎么办？

傅尔海见柳月夕瞬息软弱了下来，得意地笑着坐回太师椅上，像在玩弄即将进入笼子里的猎物："求本府大发慈悲，柳月夕！"

柳月夕内心的苦涩和绝望无法形容，她呆呆地倚着柱子，心痛如裂。

有脚步声匆匆而来，停在书房外。

傅尔海一声怒斥："干什么？"

家人心惊胆战："老爷，曹氏来安堂的曹语轩大夫求见老爷！说，如果老爷不见她，万一……夫人生产有什么差池，她绝对袖手旁观！"

这广州城里的杏林俊彦、年轻一辈的佼佼者，莫过于曹语轩和颜西楼。

傅尔海一声咒骂，随手一扫案台上的笔墨，冷笑一声："又来一个，我倒想

223

看看，她能折腾出什么花样来！将她带到书房里来！"

家丁忙应了一声，退了下去。

柳月夕暗里松了一口气，身体软软地倚靠在柱上。她这才察觉自己浑身湿透，寒气一阵阵袭来，让她禁不住打了一个寒战。

想来曹语轩既然答应了营救颜西楼，怕是有几分办法的。可傅尔海，根本就是一个披着人皮的魔鬼，她到底有什么打算能救得颜西楼？

曹语轩来了，一手拄着拐杖，一手撑着一把油纸伞。

本就看起来很清寒的一个人，这会儿薄薄的俊脸紧绷着，看不出喜怒哀乐。

傅尔海举起茶盏，却发现茶盏里的茶已经凉了，于是厌烦地放下了手里的茶盏。

曹语轩慢腾腾地收了伞，一拐一拐地进了书房，已经淋湿的布鞋在石板上印下一个个纤小的印痕。

她眼皮也不扫柳月夕一下，静静地站在傅尔海的面前，如星火一样的眸光盯在傅尔海的脸上。

对曹语轩，或者，多少是有愧疚的。

"语轩，这么多年，你是第一次要求见我。说吧，是因为颜西楼的事情吗？"

曹语轩直截了当地说："不错，如果不是因为颜西楼，我这辈子也不想看到你！我今日来，是希望你可以兑现当年的承诺！"

傅尔海变了脸色。

曹语轩面无表情，不管不顾："当年，你为了另攀高枝而寡恩鲜德背信弃义，可你却假惺惺地对我信誓旦旦，说将来不管我对你提出什么要求，你都一定会为我达成。今日，我就是来要求你兑现你的诺言的，我要你放了无辜的颜西楼和普济堂的一干人等！"

傅尔海脸色铁青："既然在你看来本府是假惺惺地承诺，那么，也不必要求本府兑现承诺。你走吧，语轩，不要惹怒了本府，这对你的父亲没有什么好处！"

话语中，倒是对曹语轩有了几分威胁的意思。

曹语轩却展颜一笑："我就知道你傅尔海习惯了背信弃义，所以我也不指望你能应承。但是，你可以草菅人命，可对自己的夫人和孩子，你还是要珍而重之吧！"

傅尔海啪的一声一掌击在扶手上，冷笑道："你在威胁我？"

曹语轩嗤笑："我这哪里是威胁你？是准备和你做一个交易而已。如果你放过普济堂，我就尽全力助你夫人生产，不遗余力，怎么样？"

傅尔海不怒反笑："曹语轩，你以为这广州城里，只有你一个大夫？"

"广州城里固然不止我一个大夫，可是，甘冒风险的恐怕就只有我曹语轩一个。你看怎么样？"

傅尔海脸色铁青，对着曹语轩嘿嘿冷笑。

一阵匆忙的脚步从后堂一直奔跑过来："不好了，老爷，老爷，夫人不好了！"傅夫人的贴身丫鬟脸色发青，一路疾走，上气不接下气，"老爷，老爷，夫人摔了一跤，破了羊水，眼下正痛得厉害……"

傅尔海一把擒住丫鬟，大力一推，丫鬟撞得头破血流："混账东西，慌什么？赶紧请大夫去！"

"可是颜大夫被关起来了啊！"丫鬟一手抚着伤口，哭了起来。

"广州城里的大夫都死光了吗？快请大夫去！"傅尔海暴怒。

"怕是来不及了吧？我记得颜西楼和我说过，傅夫人身患多种暗疾，生产有危险，在广州城的大夫中，怕是只有我和颜西楼熟悉傅夫人的病情。知府大人，难道你就忍心夫人一尸两命吗？"曹语轩伸手抚平身上长袍的褶皱，不咸不淡地提醒傅尔海。

傅尔海还来不及反应，又有一个丫鬟急匆匆地跑来："老爷，不好了，夫人很难受！稳婆说夫人生产艰难，请大人过去定夺……"

傅尔海大惊，顾不得曹语轩嘲讽的神情："语轩，本府答应你，只要你救了我夫人和孩子，本府答应你的要求！"

曹语轩笑了，艰难地弯腰捡起地上的狼毫："那么，立一个字据吧！"

傅尔海粗大的手掌扣在曹语轩单薄的肩头上，俊雅的脸扭曲得可怕："你信不信我会杀了你，曹语轩？"

肩头传来的剧痛让曹语轩痛拧了眉，可她依然还笑，迎上傅尔海狗急跳墙的盛怒："信！不过，我更替你担心，担心你百年后没有人送你上路。"

225

"罢了！"傅尔海就势将曹语轩一推，挥笔如虬，唰唰几笔，很快，一张纸笺轻飘飘地落在曹语轩的脚下。

曹语轩弯腰捡起，细细一看，青白的脸色泛起了淡淡的红晕，将纸张一折叠，细心地放入怀中："很好。知府大人，这就去吧！"

一直在一旁屏息而立的柳月夕至此松了一口气。

曹语轩经过柳月夕的身旁，冷漠地扫了一眼狼狈不堪的柳月夕，叹了一口气，回头对傅尔海说："知府大人，我需要一个懂得医理的助手，许夫人正好合适。而且，许夫人熟悉知府夫人的病况。你看怎么样？"

傅尔海烦躁地挥手，一旁的丫鬟赶紧给柳月夕松绑。

"许夫人，你要明白，如果我夫人和孩子有什么差池，你该知道有什么样的后果！"

到了这会儿，柳月夕还能怎样？眼下，没有任何事情比营救颜西楼更重要。

柳月夕被捆缚了很久，双臂发麻，脚下一软，差一点摔倒。

曹语轩皱眉，伸手扶住了柳月夕。

柳月夕感激地看着曹语轩，说了一声"多谢"。

曹语轩叹了口气，语气淡淡地说："你何必送羊进虎口？"

柳月夕伤心，别过脸去，脸上似有不知道是雨水还是泪水的水迹。

傅尔海突然看着曹语轩，冷笑："颜西楼有什么好，值得你这样帮助他？"

曹语轩不屑看傅尔海一眼："他是没有什么好，不过，他却不会因为我瘸了一条腿而鄙薄我，知府大人！当然，还有一点更重要的，知府大人，你永远都不会明白，那就是，他颜西楼绝对不会人面兽心！哈哈！"

这一日，知府夫人难产，曹语轩和柳月夕费了九牛二虎之力才帮助知府夫人产下了一个小少爷。

可小少爷和夫人身体虚弱，若是调养不当会有很大的麻烦，曹语轩在临走前提醒傅尔海。

回到戒烟馆已经是凌晨。

风雨如晦的夜晚，街道上万籁俱寂。

柳月夕刚要跨进戒烟馆，却又回头，望着昏暗的对街。

"普济堂"三个字，如有云遮雾罩，丝毫进不了眼。

曹语轩倦怠地揉着太阳穴，宽慰柳月夕："放心吧，他们很快就会回来的！"

柳月夕眼中含泪，注视着曹语轩："我不知道该怎么感谢你。"

"我早说了，我所做的一切，不是为了别人，而是为我自己。你不用感谢我！"曹语轩淡淡地打断了柳月夕，"我知道我要什么，可以做什么，如是而已！"

柳月夕不能不羡慕这样的女人，她知道自己要什么，可以要什么，更尽心为自己打算，就算是自私的，也是磊落得很。

"我很惭愧，今日如果不是你及时赶到，我真不知道该怎么办。我真是太自不量力了，是不？"

曹语轩叹息一声，望着沉沉夜色，半晌无语。看神情，似是在回忆什么。许久，她才笑了笑："这不怪你，你也是情切关心，至于我……"她停顿了一下，挂着拐杖进了戒烟馆，竟然不管夜深露冷，径直坐在石凳之上，"我认识傅尔海太久了，他的为人、他的死穴，我最清楚。但凡做尽坏事的人，心里都有一个疙瘩，害怕有报应，害怕断子绝孙。傅尔海，也自然是一样的，我不过是小小地利用了一下他这样的心理。"

柳月夕笑，却又因为今日的遭遇而明白过往蒙在鼓里的真相，忍不住眼泪流了下来。这一刻，她真的很恨自己，面对陷害父亲和许厚天的仇人，她居然丝毫无能为力，而且还必须倾尽最大的心力去拯救仇人的妻儿。今后，她该怎么办？她不可能眼睁睁看着仇人逍遥法外，但也有心无力，又只能任凭仇人嚣张跋扈地活着。

"你知道吗，其实，今日这用傅尔海的孩子和夫人要挟傅尔海放人的办法还是西楼想出来的……"

曹语轩粲然一笑："我前天去看望西楼，西楼仔仔细细地将傅夫人的病况和孕情告诉了我。他说，唯有以傅尔海夫人生产之事为筹码，才有可能救他出牢笼，这是唯一的办法。"

柳月夕抹去眼泪，有些奇怪："可是，你今天来得也太巧了！"

曹语轩冷笑："这哪里是巧合？傅尔海为人刻薄，对府里的下人苛待已久，府衙希望傅尔海断子绝孙的可不止一人。我暗中买通了府里的一个老妈子，这老妈子的儿子曾经是我的病患，是我救活的人。我让她在适当的时机让傅夫人不巧地摔上一跤，这样，事情就顺利多了！"

柳月夕一惊，这曹语轩颇有心计，可怜素馨一定不是这人的对手。可从今日的事情看来，颜西楼显然非常信任和信赖曹语轩，否则不会将自己的性命相托付，而曹语轩不惜冒着危险也要救出颜西楼，这用情之深，已经超过了自己的估算。

心里的酸涩无法用词语来形容，一方面，柳月夕感激曹语轩倾力营救颜西楼，另一方面，她却又不能不嫉妒曹语轩一口一个"西楼"的真诚执着。这情感世界里的对弈，她柳月夕原本就丧失了博弈的资格，至于叶素馨和颜西楼，罢，罢，只能听天由命吧。

曹语轩紧紧盯着柳月夕，似乎在等待柳月夕的一句承诺，似乎又像是看透了柳月夕的心思。

慢慢地，她的嘴角露出一丝笑容："许夫人，经过了今日这件事，你该相信我对西楼的诚意和决心，我再一次希望你能成全。"

柳月夕苦笑，别过头去，伸手去抚墙壁上淡淡的苔痕："我不成全又可以怎样？我连自己的前途命运都把控不了，我怎么可能影响你们的决定和未来？只是，曹大夫，你确定今日之后，他真的可以安然无恙地回来吗？"

曹语轩很满意柳月夕的回答，至于柳月夕的问题，她显得胸有成竹："今日这事，自然不足以让傅尔海甘心放人。可是，张伯的儿子，会用他的死来证明普济堂的清白！你看着吧，不出数日，你们普济堂就可以重开了！"

柳月夕大感不解，可也隐隐猜到肯定是曹语轩在背地里做了许多事情，花了不少心思："但愿如你所说，普济堂能转危为安！"

曹语轩打了一个哈欠，打量了一下身着淡白裙装的柳月夕。今日在傅尔海的府中，曹语轩特意让人给浑身湿透的柳月夕换了一身衣裳。心里突然嫉妒，这女人就算是毁了容，可那亭亭风姿，楚楚风情，在不经意中就从眼角眉梢里洋溢出来，不经意就勾住了旁人的目光。她隐隐觉得，将来的日子里，她和眼前的女人会有一番鏖战。

曹语轩心里烦躁起来，皱着眉头，又恢复了淡漠孤寂的模样，一声不吭地独自回了房间。

过了数日，毒杀案峰回路转，死者张伯的儿子死于吸食鸦片过量，但生前曾经和瘾友吹嘘，说是四两拨千斤，一包砒霜换得价值百两纹银的房契。谁知听者有心，趁着他还腾在云里雾里，设法套出了砒霜的来源和分量，并找到了意欲用百两纹银买下房屋的买主。之后，有人报官，官府查处起来，确有其事，虽然张伯的儿子已经死去，但当时听者甚众，砒霜的来源和分量没有丝毫差错。至于普济堂，一来颜西楼虽然遭遇了酷刑却咬紧牙关没有招供；二来经调查确认从普济堂中搜出来的砒霜就是张伯儿子买回的砒霜，于是，官府当堂宣判普济堂无罪，立即释放普济堂一干人众，并允许普济堂重新营业。

叶素馨和小五喜出望外，涕泪泗流。一身伤痕的颜西楼却很平静，在小五和叶素馨的搀扶下步出衙门。

这一天天气清朗，日光温煦，依旧一身男装的曹语轩在衙门外等候。

两人目光相触，淡然而笑。

经了患难，总算见了真情。这一刻，能相视而笑，对曹语轩而言，确实难能可贵。

"我不知道该怎么谢谢你，语轩。"这一阵子，曹语轩来回打点，奔波劳碌，尽管以知府夫人的分娩以博取傅尔海的手下留情是他出的主意，那也不过是死马权当活马医的不得已而为之的下策，他也没有想到这么快就可以从牢里出来。想必，曹语轩费了很多心思。

曹语轩笑得舒心："这没有什么，如果你要谢我，就答应我一件事。"

叶素馨不由得竖起了耳朵，警觉地望着颜西楼。

颜西楼一愣，下意识地望向叶素馨。

曹语轩抿唇一笑："你放心，我不会强人所难！你只要答应下了就好。"

颜西楼朗然一笑："好，我答应你！"

霎时叶素馨的内心苦涩难言。

不知就里的小五欢天喜地。

"回去吧，西楼，你师娘在等着你们！"

提起柳月夕，颜西楼愧疚羞赧："师娘还好吗？"

曹语轩感慨一笑："放心，她已经百炼成钢。"

"百炼成钢"四字对一个女人而言，除了无可奈何的坚强之外，其余的就仅仅是苦难而已。颜西楼默然。

回到普济堂，葫芦依然高挂，葫芦上的"普济堂"三个字用红漆描过，显得格外鲜亮。

普济堂的门大开，里里外外光洁整齐。

柳月夕牵着许澄杏的手在普济堂前候着，日光投射在她的眼里，一片晶亮。

颜西楼望着面目憔悴的柳月夕，只觉得喉间窒涩。

柳月夕含泪而笑："回来了就好。进去吧，我用柚子叶煮了洗澡水，从今之后普济堂远离霉气！"

进了普济堂，许厚天的遗像赫然入目。

"给你义父上炷香吧！"柳月夕点着手里的烟火，分给三人，"希望今后，普济堂无灾无难！"

无灾无难仅仅是美好的愿望，前途，怕是依然布满荆棘。颜西楼清楚，柳月夕和曹语轩一样清楚。

望着许厚天的遗像，柳月夕内心的酸楚急剧膨胀，她不知道该不该将许厚天的死因告诉颜西楼。

一旁的曹语轩眼看柳月夕情绪即将失控，忙伸手一扯她的衣袂。

叶素馨睁大了眼睛，目光怪异，在曹语轩和柳月夕身上流连。

上香完毕，柳月夕捧着三套崭新的衣物分给了三人："这是我这几日赶出来的，你们都沐浴去吧。"

待所有的事情都安排妥当，已经入夜了。

曹语轩临走前悄悄对柳月夕耳语："晚一些你来找我，我有话对你说。"

柳月夕点了点头，她发现，走到今天，只有曹语轩才是她可以说话的人。

叶素馨看在眼里，却不动声色。

曹语轩一出普济堂，站在街心，远远地看着"曹氏来安堂"五个大字，内心一阵惆怅。

曹氏来安堂曾经是她精魂之所系，后来却因为沾染鸦片而被她所厌弃，今后呢？她得好好想一想今后曹氏来安堂该何去何从。

从后门进了曹氏来安堂，店里的伙计都陷入了深睡。可书房的灯还亮着。

窗下，灯光映照出一个老态龙钟的身影。

自那日冲突之后，许多天的时间曹语轩都没有和父亲碰面。今夜，曹德寿却专门在书房里候着她。

听得推门的声音，窝在太师椅里的曹德寿抬起头看着曹语轩。那额头上的皱纹沟沟壑壑，老态毕露。

曹语轩诧异，似是几天的工夫，父亲老了许多。

"父亲，你在等我吗？"

曹德寿讥讽地笑，颇为失落："是啊，你都不着家了，当老子的要见自己的孩子，还得专程在书房里候着。"

曹语轩一挑眉，随即低垂了目光："父亲找我有事？"

曹德寿招手让曹语轩近前，将案台上的一个铜盒推到她面前："这个给你。"

曹语轩打开一看，铜盒里竟然是一沓银票，银票之下是曹氏来安堂的房契："父亲，你这是做什么？"

曹德寿却不言不语，盯着墙上挂着的字画，愣愣出神。

墙上挂着一幅《太上老君养生诀》："若能摄生者，当先除六害，然后可以延驻。何名六害？一曰薄名利，二曰禁声色，三曰廉财货，四曰损滋味，五曰摒虚妄，六曰除沮妒。六者若存，则养生之道徒设耳。"

曹语轩淡淡地开口："父亲后悔了吗？身为医师，父亲不甘淡泊名利，过于看重货物钱财，不能消除痴心妄想。一句话，欲念太多，所以早早就衰老了，而且，招惹祸端了……"

曹德寿嘴角抽搐，久久才长长叹了一口气，试探着说："语轩，父亲老了，想回老家养老去……"

曹语轩打断了曹德寿："父亲，我不会走！"

曹德寿沮丧地垂了嘴角："我知道你不会走，因为颜西楼在这儿。可是，语轩，你得罪了傅尔海，他会报复……"

"我知道，你怕了，所以你要离开。可是，父亲，我不怕他，所以我不会走！但是父亲，我很高兴，你不会再跟随傅尔海做那伤天害理的勾当！"

曹德寿苦笑："这几天我一直在想，我老了，我还能过几天安稳的日子？语轩，这几年来安堂赚来的钱都在这铜盒里，这些都是你的，你想怎么样就怎么样吧。"

"也包括你贩卖鸦片赚来的肮脏钱？"曹语轩抓起一把银票，轻蔑地晃了晃。

曹德寿苦笑："我知道你看不起这肮脏钱，可是，钱财究竟无罪，所谓肮脏与否，不过是在于人而已。语轩，这钱在我的手上，不过是给这具老朽残躯陪葬，但在你手上，怕是不一样，你就留着吧。我这一辈子，好事坏事都干了，留给你的，也就是祸福难料的这些钱财而已。"

曹语轩沉默，许久才展颜一笑："父亲，谢谢你！"

曹德寿摇头叹息，倦怠地撑起身体："从今之后，父亲只希望'行端直则无祸害，无祸害则尽天年'，语轩，你说，会不会太迟？"

曹语轩泪意上涌："不迟，父亲！"

曹德寿走出房门，却又回头："语轩，你拿走的那两本账本，你留着，说不准哪一天会有用。傅尔海就算要报复你，也会有些忌惮。"

看着父亲走出房门，曹语轩长长舒了一口气，刚才还担心自己的决定会彻底和父亲决裂，眼下父亲幡然醒悟，这已经是最好的结局。想起柳月夕可能已经在戒烟馆等候，她忙快步出了来安堂，远远地已经看见柳月夕在戒烟馆的门前候着。

柳月夕回头，看着缓步而来的曹语轩，自嘲地笑："现在，我内心有话，却只能跟你说了！"

曹语轩嘴角上挑，似笑非笑，环顾四周："你该担心的不是这个，你该担心的是寡妇门前是非多，更何况半夜幽会男子？"

柳月夕忍不住扑哧一笑："你嘴上从不饶人。"

曹语轩哈哈大笑，肆无忌惮。

这些日子相处了下来，两人共患难，无形中生出了惺惺相惜的微妙情感。

进了戒烟馆，曹语轩径直捧出一个铜盒递给了柳月夕："这个给你！"

柳月夕愕然，接过铜盒放在案台上，迟疑着打开一看，禁不住发出一声惊呼："这是……"快速翻动铜盒中的纸张，她几乎昏厥，"这是我当时替许厚天抄写的医案方子，你是怎么得来的？"

曹语轩在柳月夕面前坐下："你今晚过来，不就是为了这事情吗？想必你已经知道许厚天是怎么死的了，所以心里憋着难受，找我说话，对不对？"

柳月夕眼泪簌簌而下，哽咽着说不出话来。

"没错，许厚天是死在傅尔海手里，普济堂也是毁在傅尔海手里。原因你也知道，一是因为你，二是因为鸦片。傅尔海生怕还有什么证据落在许厚天的手里，所以在派人放火之后取了这些东西，可这些全是医案方子，没有什么价值，就丢给我父亲，父亲随即给我了。你或者奇怪我为什么怀疑许澄杏的身世，原因很简单，因为这里有很多医治不孕不育的方子，我琢磨着这方子不是给别人用的，而是他给自己开的方子。"

曹语轩一口气说完，言简意赅，无一纰漏。

柳月夕泪眼婆娑："你倒知道得很清楚，那么，你告诉西楼是傅尔海害死了他义父了吗？"

曹语轩低头："你不也正犹豫着吗？要不然你也不会来找我。"

柳月夕悲愤万分："他义父死得冤枉，仇人就在眼前，我却不能告诉他。我的父亲也死在傅尔海的手里，我却还得帮着他的夫人生孩子。曹语轩，我好难受，好难受……"她揪着前襟，悲苦得几乎咽气。

曹语轩扶住了柳月夕的肩头，轻轻地拍打着："我知道……"

哭了许久，柳月夕抬头问曹语轩："我该怎么办？"

"不能告诉西楼他义父是被傅尔海害死的，你想想，就算西楼知道了真相又可以怎么样？徒增一个人的痛苦罢了。许厚天已经死了好几年，而傅尔海却是广州城长官，能找谁伸张正义去？再说了，今日能从监狱里出来，并不意味着今后就太平无事了。傅尔海是什么样的人你我都清楚，如果普济堂再有什么把柄给傅尔海抓住了，我怕是万劫不复的后果，你可要掂量清楚了。"

柳月夕身体摇晃，绝望无比，她咬唇呻吟："人生太苦……"

曹语轩安慰她："总有苦尽甘来的时候……"

柳月夕惨笑："我父亲丈夫都死在傅尔海的手里，我却养育了他的骨肉，藏着掖着想着法子让这孩子喊许厚天一声爹继承许家的香火。你说，这苦，我该尝到什么时候？"

曹语轩轻轻将柳月夕拥进怀里："脚下的路就算是有再多的荆棘和石头，总也得走下去。你若是将许澄杏培养成了一个济世名医，许厚天泉下有知，也会欣慰。"

"这么说，你不会对西楼透露这孩子的身世？"

曹语轩放开了柳月夕，目光炯炯，一字一句："那就要看你许夫人选择怎么做了。"

柳月夕一愣，仔细打量曹语轩："我知道，你不会放手，因为你是个坚韧的姑娘。其实，你的对手不是我，是素馨……"

曹语轩傲然回答："我从不将叶素馨放在眼里，你也知道的，就算是叶素馨真的和西楼在一起，你觉得他们会快乐吗？叶素馨，贪慕的是安逸富足，只不过是将他当作攀往高处的大树。西楼给不了她这样的生活，到头来怕是一对怨偶而已。你对他，有爱，但是更多的是因为他在你最无助凄苦的时候在你身边，你习惯了在黑暗中有他这么一点光亮和温暖。不过，我觉得你不能耽误他。"

柳月夕静静地听着："我从来没有耽误他的念头，我曾经对自己说过，只要我能在他的生命中充当哪怕是甘草的角色，我也甘之如饴。可是，曹语轩，你呢？你又将他当成了什么？"

曹语轩沉默了半晌，突然丢开她手里的拐杖，有些吃力地往前走了几步。

柳月夕吃惊，这步履即便有些艰难，但已经接近正常人的步调："你这腿……好了吗？"

曹语轩笑："其实，早就好得差不多了，你该知道我将西楼当成什么了吧？自从傅尔海抛弃我，我一直依靠这根拐杖走路，因为头顶的天空已经坍塌了。可是，自从遇见了西楼，我的心就已经不再需要拐杖，因为有人帮我支撑起了已经坍塌的半边天。"

“这仅仅只能说明你需要颜西楼，这和我或者是素馨需要他没有什么区别……”柳月夕话语尖锐起来。

　　曹语轩笑：“我知道，西楼在悬壶济世这条路上会走一辈子，如果是他一个人走，他内心会孤独，会寂寞；如果是我陪着他走，哪怕一开始我们不能步调一致，哪怕我会赶得很辛苦，但最终，我们会有并肩齐步的时候。我相信，他会快乐很多！这就是我可以给他的，也应该是他最终需要的，你明白吗？”

　　柳月夕望着曹语轩，舒心又伤感：“你也许是对的，但是我希望你不要伤害素馨……”

　　曹语轩摇头：“叶素馨，没法避免伤害。其实，到头来谁伤害了谁，谁又能说得清楚呢？”

第十八章　偕奏神曲

柳月夕无语，两人对坐沉默。

淡淡的月光夹带着浓浓的寒意，风声吹着树影，扶摇晃动。

柳月夕站起身："我回去了……"

曹语轩点了点头："对了，有件事我还得和你说一声，我准备将曹氏来安堂和普济堂合并成一家，到时候你不能反对。"

柳月夕震惊："为什么要这么做？他会答应吗？"

曹语轩胸有成竹："我会让他答应的，你只要不反对就可以了。"

柳月夕问："为什么要这么做？"

曹语轩得意也正色道："我要让他对我无从回避，让我名正言顺地与他祸福与共，荣辱相依！"

柳月夕点头："这是我听到的最动人的话语。行，我明白了，你想怎么做，我不拦着你。我走了……"

曹语轩望着柳月夕的背影，在柳月夕的一只脚跨出门槛之前，幽幽地说了一句："其实，你不仅仅是将他当成了黑暗中的一盏灯，你也很爱他，一心一意地想为他好，可是，上天注定你们没有缘分，那就怪不得我。"

柳月夕停住了脚步，仰望着天际微弱的星光，忍住上涌的泪意："其实，我和他已经很有缘分了。这缘分，足够让我们守望相助一生，我已经很感激上苍！"

一脚才跨出戒烟馆的门槛，一阵晕眩袭来，让柳月夕身体晃了晃。

曹语轩及时扶住了她，见她脸色无华，唇色极淡，双目失神，这显然是最近忧思过度所致。

"你要记住'一切病在于心，心神安宁，病从何来'这句话，傅尔海的事，善恶到头终有报。'莫大愁忧，莫大哀思'，于事无补。我送你回去歇着吧。"

柳月夕抚额而笑："你忘记了寡妇门前是非多？还是我自个儿回去吧。"

曹语轩将柳月夕送到门口，却看见对街普济堂的门缝里隐隐透出灯火。

"怕是有人在等着你呢！"

确实是有人在等着柳月夕。

昏灯下，脸色憔悴的叶素馨在柳月夕的房间里托腮而坐，一脸焦躁愤怒。

"你怎么还不去歇着？"柳月夕推门进来，一阵冷风吹得叶素馨一阵哆嗦。

柳月夕随手拿起一件外衣披在叶素馨的身上："快去睡吧，有什么事情明天再说。"

叶素馨的声音很尖厉，在寒夜里格外刺耳："你找她干什么去？她都和你说了些什么？"

柳月夕皱眉，没有人会喜欢这样的咄咄逼人："没什么事，素馨。你也累了，去歇着吧，很晚了。"

叶素馨冷笑："你也知道很晚了？你这么晚才回来，就不怕左邻右里说你的是非？"

柳月夕忍耐："是非我已经听得太多，但是，素馨，我不愿意从你的口中听到什么是非……你明知道，曹语轩是姑娘。"

叶素馨一呆，跌坐在椅子上："这么说，你是要帮着她来拆散我和师哥吗？她给你什么好处？你要帮着她？"

柳月夕叹了口气，自乱阵脚的叶素馨怎么会是步步为营的曹语轩的对手？

"她没有给我任何好处，也不愿意给不相干的人好处，她愿意给好处的人只有你师哥。素馨，她对你师哥，用心用情。如果你还希望嫁给你师哥的话，希望你也和她一样，用心用情！我能给你提醒的就只能是这些。不说了，你快回去歇着吧。我也累了。"

叶素馨呆了呆，突然流泪，抱住了柳月夕："师娘，我能相信能依靠的只能是你了，现在连你也不帮我吗？"

柳月夕抚着叶素馨的背，一个女人，如果看不透她所爱的男人最需要的是什么，又怎么可能被男人所爱？

一个月之后，西关大街上，曹氏来安堂和普济堂相继消失，一块崭新的牌匾渐为人们所熟悉。

济安堂成了西关大街上一道新的风景线。

当初，曹语轩突然提出将曹氏来安堂和普济堂合二为一，颜西楼愕然之余婉言推辞。曹语轩只问了颜西楼三个问题——

"因为我是一名女子，所以你拒绝？"

颜西楼摇头："悬壶济世，不关乎男女。"

曹语轩笑："是因为我医术不高，医德鄙下？"

颜西楼更摇头："广州城里一提起你曹语轩，谁不竖起大拇指？"

曹语轩笑意更甚："你是否记得，你说过你要答应我一件事？"

颜西楼点头。

曹语轩满意地点头："那么，就请你答应我这个要求。家父要回老家，但我不打算离开广州城。你也知道，我是一个懒散的人，望闻问切之外的事情我不管，所以一个人打理来安堂不合适。戒烟馆也算是我们共同的心血，我也不想让它关门大吉。至于合作后这医馆叫什么名字，或叫普济堂，或者是来安堂，我根本不在意。"

颜西楼沉默了许久："我感激你的好意，但请允许我和义母他们商量商量。"

他自然知道，普济堂在这场无妄之灾后处境困难，好不容易建立起来的信誉在老百姓心中岌岌可危。和曹氏来安堂合作，是天上掉下来的馅饼，但是他不能擅自做主，引起柳月夕和叶素馨的不快。一旦合作，这医馆就不可能再叫普济堂。当然，他也更明白，曹语轩合作的深意自然是为了帮助普济堂渡过难关。这其中蕴藏的深厚情谊，他不能不顾虑，因为曹语轩想要的，他给不起。

柳月夕仅仅说了一句："普济堂的宗旨在于救死扶伤，只要一颗仁心在，普济堂就在。"

至于叶素馨，在颜西楼还没来得及和她谈起这事之前，曹语轩已经给她下了重药。

曹语轩故意挑衅叶素馨："你怕我了吗？"

争强好胜的叶素馨果不其然就上了钩："我倒要看看谁怕谁！"

就这样，济安堂在鞭炮声中挂上了牌匾。

起初，颜西楼主张"安"在"济"前，因为济安堂承继了曹氏来安堂大部分的资产，但曹语轩却很谦虚，说曹氏来安堂在广州城里落脚之前，普济堂已经享誉了十几二十年。颜西楼唯有听从曹语轩的主张，给医馆取名"济安堂"。

济安堂开张三日，来医馆中喝凉茶的病患一律免费，来医馆中求诊的病人一律免收诊金。就这样，济安堂红火了三天，三天过后，一切归于平静，而病患对济安堂的信任也就悄悄建立了起来。

叶素馨在出狱之后不久又被知府夫人找了去，帮着照料出生不久的知府公子，颜西楼不赞同，但叶素馨执意前往，故而待在济安堂的时间不多，她和颜西楼的婚事自然也就搁置了下来。

这一忙碌，转眼就过了年。春的气息在枝头透着鲜嫩，奇怪的是，天气竟出奇地热。

"阳气生发，大地回春。西楼，我看，济安堂的凉茶、汤料是时候要换品种了。"

春日的午后，曹语轩送走病患，沏了一壶茶，端了一杯给颜西楼。

颜西楼放下手中的毛笔，含笑将墨痕未干的纸张递给了曹语轩。

"是啊，这天气乍暖还寒，湿气又重，去岁秋冬以来，人们又习惯进补，体内既热且湿，该喝一些清热祛湿的凉茶。"

"但春夏养阳，可以饮用的凉茶不宜过于寒凉，以免伤了脾胃。"曹语轩接过颜西楼递过来的纸张。

纸张上写着罗汉果茶、五花茶和菊花雪梨茶数种凉茶，虽都是寒凉之物，但性平和，不至于伤了脾胃，正是适合阳春清热祛湿的药饮。

"很好，明日就让伙计多煮一些罗汉果茶、五花茶和菊花雪梨茶吧，明日也让小五多进一些药材回来。对了，冬季过去，这汤料也该换一换了。你也看看吧。"

曹语轩拄着拐杖，转身从一本医书上抽出一张纸："看看合适不？"

纸张上曹语轩娟秀的字迹簪花一样，写着几味汤水用料和分量。其中有健脾祛湿汤——干淮山、土茯苓、溪黄草煲猪横脷、清热祛湿汤、鸡骨草煲猪横脷、赤小豆、扁豆、土茯苓陈皮汤等。

颜西楼仔细看了看，满意地笑："很好，脾虚湿重自然就上火。湿气一去，虚火也就去了，就照你拟的方子办吧。"

自从济安堂诞生以来，曹语轩颜西楼合作无间显得分外默契。曹语轩依然一身男儿装扮，拐杖在手，颜西楼则时常为曹语轩翻阅浩如烟海的医书，希望可以找到治愈曹语轩的方子。两人相处的时日越多，内心越发愉悦。

"对了，一会儿，你去给义母诊诊脉，我看她最近气色不佳。"颜西楼一边整理着医案，一边埋头对曹语轩说话。

曹语轩展颜一笑："我会的。你很关心你的义母，你义父泉下有知，会感谢你。"

颜西楼脸一红，别过脸去："这是我应该做的，但拜托你会更合适一些。"

曹语轩轻声一笑，只应了一声"好"。慢慢侵入他的生活，慢慢被他所信任，直至无人可以替代，这是她曹语轩的策略。当哪一天，他的心被她蚕食得寸土不复的时候，他便无路可退。

柳月夕在后院里抄写方子，她将从普济堂到济安堂所有关于凉茶和汤料的方子，按照春夏秋冬四季进行分类，一一工整地抄写了下来。颜西楼说，就算哪一天，普济堂不在，济安堂不在，颜西楼也不在了，但只要这些方子在，普济堂的精神就一直都在。

曹语轩静静地站在门槛外，望着那凝神笔端的女子。尖秀的下巴，苍白剔透的肌肤，卷翘的长睫毛，就算那一身阴晦幽暗的黑衣也遮掩不去与生俱来的秀色和端雅的气质。

"在干什么？"曹语轩笑着在柳月夕的身旁坐下，两人宛若亲人。

自从那夜两人深谈之后，柳月夕刻意淡出颜西楼的视线，为曹语轩腾出了空间。对此，曹语轩不能不对柳月夕怀了一些感激。

"孩子睡着了，我将这些方子抄写一份。"

曹语轩将柳月夕抄写的方子一一过目，赞叹一声："你的字写得真好。他叫你抄写的吗？"

柳月夕手上的狼毫一顿，一个字写坏了。

"不是，是我自己要抄写的。我想着，将来有一天，我离开了你们，这些方子或许可以助我们母子解决温饱。"

曹语轩一愣："你想离开？"

"是，"柳月夕放下了狼毫，淡然一笑，"天下无不散之宴席，将来，我一定会带孩子离开。只是，眼下孩子还小，我恐怕还得多待些年。"

"其实，你不必这么做，他会照顾你们母子一辈子。"

"其实，谁又可以照顾谁一辈子？当初许厚天也曾经对我说，他会照顾我一辈子，可是，仅仅两个月的时间，他就走了。"柳月夕喟叹，目中隐隐有泪光，"他有他的路要走，我有我的路要走。我想你说得对，我确实曾经将他当作了黑暗中的一盏明灯，但这盏明灯不可能一辈子跟随着我，所以，我只能用自己的心给自己点燃一盏灯，一直走下去……"

曹语轩低头叹息："我知道，最近你心里难受，你明知道傅尔海是你弑父杀夫的仇人，却无力报仇。来，别说了，我给你把把脉。你知道吗？是他让我来给你把脉的，他说你最近气色不佳。"

柳月夕拒绝："不用了，我自己的事情自己知道。你就说我没事，让他不用担心。"

曹语轩正色提醒："你要他不用担心，你就必须好起来，知道吗？你不能拒绝他的好意。"

午后的阳光照在两个年轻女子的身上，院中榕树茂盛的树叶筛下点点淡金的光热。

曹语轩仔细地望闻问切，事无巨细。

柳月夕看着曹语轩："你变了很多，以前每次见你，总觉得你是一朵冰凌

241

花，幽寒凛冽；现在，倒像是一阵拂面的春风了。"

曹语轩双颊一红，低头弄着榕树下一棵碧嫩的草芽儿，久久才回答了一句："心里有了期盼，就觉得心里暖了……"

两人絮絮叨叨，在外人看来，亲昵得像一家人。

"其实，将来你未必不能找一个自己喜欢的人……"曹语轩衷心祝愿，却又带了些刺探。

柳月夕截然打断："曾经沧海……"

曹语轩笑容敛了敛。"曾经沧海"，多让人刻骨铭心的四个字！

"你是指他？对了，你从来没有和我说过你和他的故事？你们是早就相识了吗？"

柳月夕惊颤："你怎么知道？"

曹语轩苦笑："他这个人，为人克制内敛，重情重义。如果不是早年就相识了，他断然不会喜欢上自己的义母。而你，生性淑雅，谨守礼法，又怎么会放任自己喜欢上义子？你们俩，都在克制，都在压抑，我都看在眼里……"

柳月夕呆了呆，半晌无言以对。

"我和他的相识，其实都是因为傅尔海。"

悠悠一盏茶的光阴，陈年往事徐徐在午后的温煦里铺开，虽然没有足够的浓情蜜意，但缠绵入骨的悱恻情思却让人酸在心头。

曹语轩只有喟叹。

"所以，你不能放下他，因为你喜欢他。这其实就像我对傅尔海一样，很多年我都不能忘记他，因为我恨他。"

"但是你比我幸运，"柳月夕心酸地回眸一笑，"你又有了自己喜欢的人，你愿意为他付出你的一切。"

曹语轩突然激动地抓住了柳月夕的手："所以，你应该知道，他对我多么重要！"

柳月夕艰难地承诺："我知道，你放心……我和他，隔了山隔了海，再无可能……"

曹语轩松了一口气，赧然放开柳月夕，"你不要责怪我，我——"

柳月夕含泪一笑："我明白的，只要他能幸福，我再无所憾。只是，素馨她——"

话音刚落，叶素馨恰巧掀帘进来。她看见曹语轩和柳月夕，愣了愣，厌恶地白了曹语轩一眼。

此时，医馆的小伙计在外面呼叫："曹大夫呢，有病人……"

曹语轩朝柳月夕一笑："你没有什么事，就是气血两虚，回头我给你开个方子，调养一段日子就好了。我出去了。"

叶素馨在柳月夕面前坐下："曹语轩最近倒是和师娘走得近。"

柳月夕继续抄写方子，淡淡地应道："你想说什么？"叶素馨贪慕钱财，喜欢攀结权贵，虽然不是什么大错，但她侍奉的始终是自己的仇人，她没有办法做到心无芥蒂。

"师娘，你还不明白吗？她是司马昭之心路人皆知。这一切，她不都是冲着师哥来的吗？师娘，你帮我劝劝师哥，和她疏远一点。这个瘸子，倒是不害臊，倒贴着打起我师哥的主意来。"

柳月夕听着刺耳："素馨，你别忘了，是她竭尽全力救了普济堂和我们，就算她有什么企图，我们都应该给予她尊重。"

叶素馨冷笑："师娘的心就是软，你知道不？外间有许多传言，是关于你和她的。"

柳月夕诧异："什么传言？"

叶素馨哼了一声："我们入狱那段日子，你不是一直住在戒烟馆嘛？外间传言，你和她互生情愫，曹语轩这才愿意将来安堂和普济堂合并，目的就是博你一笑。"

柳月夕面无表情："那就让它传吧，我不在意。"

叶素馨看了柳月夕一眼："他们还说师娘到底是青楼出身——"

柳月夕冷笑："陈年旧事都翻出来了。很好，街坊们多了些茶余饭后的谈资，他们应该感谢我呢。我没有什么好在意的。"

叶素馨噘着嘴巴，低声说："可我们不能不介意啊，毕竟师傅曾经是广州城里的名医啊。师娘今后还是避讳些，在不明真相的人眼里，曹语轩是个男人，会拖累了师傅师娘的名声……"

柳月夕脸色不愉："我本来就没有什么好名声可言，我该准备晚饭去了。"

叶素馨冷了脸，也不说一句帮忙的话，转身进了房。

曹语轩出了外间，便接诊了一个上呕下泻的病人。

此人脸色苍白，肢冷脉伏。病人言道，一日之内，竟然腹泻十数次，乃至四肢无力，排泄之物呈现水样。

曹语轩给开了方子："你将这几味药煎水服用，若是还有什么不适，你随时过来找我。"

病人取过方子一看，药方上写着藿香、茯苓、大腹皮、紫苏、白芷、桔梗、白术、厚朴法、半夏及甘草等草药名称。

曹语轩笑着解释："这几味药一起煎服可以解表化湿，理气和中。快去吧，耽搁了可不好。抓药的伙计会告诉你如何煎药。"

看着病人虚浮无力的样子，曹语轩越发觉得这天气透着怪异，不过是初春二月，这午后的炙热却让人觉得闷热不已。

接近傍晚时分，颜西楼出诊还没有回来，曹语轩却陆续接诊几个上呕下泻的病人。这几个病人无一例外地均是腹泻呕吐，曹语轩内心奇怪，但这几名病人症状还较轻，不若先前病人病情严重。

曹语轩不经意地一询问，发现这几个病人和先前就诊的病人不是亲戚就是左邻右里。行医数年的曹语轩隐隐觉得不妙。

医馆中留有病人的呕吐物，并无多少食物的残渣，倒如水一样清稀。

恰巧颜西楼出诊回来，见曹语轩蹲在地上查验一摊隐隐有腥臭味的呕吐物，甚是奇怪。曹语轩素来爱干净，这回是怎么回事？

"你在干什么？"

曹语轩皱着眉头，指着地上的一摊污秽："你快看看！"

颜西楼还来不及看，一个健壮的小伙子气喘吁吁地背着一个病人进了医馆："快，曹大夫，颜大夫，你们快给瞧瞧，他快不行了！"

颜西楼和曹语轩被吓了一跳，忙帮小伙子放下了病人。

244

病人皮肤干皱，眼窝下陷，声音嘶哑，已经有些神志不清。

这病患原是午后曹语轩接诊的病人。午后之时，他还可以自个儿前来就诊，眼下却让人背着过来。

曹语轩吃惊："我不是已经给你开了方子了吗？你没有煎药服用吗？"

病人四肢发抖，连说话的力气都没有。

小伙子解释："他独居，家里连个煎药的人都没有，是我发现他这模样，赶紧带他来看大夫。"

颜西楼内心吃惊，详细地询问了病人的病因和病况。

病人上气不接下气，言称自己刚从外地回到广州城，今日一早便上呕下泻，一发不可收拾。

从发病到奄奄一息的模样，竟不过是一天的光景。这发病之快，让人瞠目。

问诊之间，又来了好几拨的病患，男女老少均有。

一时间，济安堂人头攒动，曹语轩、颜西楼、小五以及其他几个小伙计都忙不过来。

柳月夕和叶素馨被惊动了，忙出来帮忙。

柳月夕一看病人的模样，很是惊骇："怎么回事？怎么会是这样？"

颜西楼神色沉重："你见过这模样的病人？"

柳月夕重重地点头："许多年前，我父亲曾经在江浙一带出任官职，我就曾见过这等病人。这病……"她想起当初江浙一带死人无数的境况，禁不住打了一个寒战，但怕扰乱了人心，不敢再说下去。

颜西楼一听她说起江浙一带曾经发生的疫病，内心一沉。

"大夫，你快救救他，他快不行了！"

方才可以陆续说话的病患已经陷入昏迷，众人大惊，颜西楼忙一搭脉，但脉象沉细，几乎快摸不着了。

颜西楼当机立断，忙用银针刺曲池、委中等穴位出血。

众人一看，内心悚然，病人穴位里出来的血竟然是黑色的。

这到底是什么病症，在场之人除了颜西楼和柳月夕，再无一人知晓。

颜西楼开了方子，让小五赶紧抓药救人。

曹语轩一看，药方上写着黄芩、栀子、豆豉、连翘、竹茹、薏苡仁、半夏、蚕沙、芦根、丝瓜络、吴茱萸等。

这方子，她从来都没有见过。

叶素馨也暗自怀疑，她拿着方子，悄悄将颜西楼拉到一旁："师哥，这方子行吗？你有把握吗？这病人都这模样了，怕是朝不保夕，我看干脆让他们回去算了，济安堂不收这样的病人。我跟随师傅这么多年，从来都没有见过这样的病人，师傅也从来都没有提起过这样的病案。"

颜西楼沉重一叹："老实说，我也不是很有把握。但是，救人如救火，素馨，你快去煎药，要不然就来不及了。"

叶素馨一跺脚，悄声嗔怪："师哥，我不答应你这么做，砸了济安堂的招牌没有关系，但不能辱没了师傅的名声。万一这病人死在了济安堂，这恐怕会惹官非。"

她转头一推那背病人来医馆的小伙子："这病人我们不收了，你赶紧带他到其他医馆请高明的大夫去……"

颜西楼大怒，一把抢过叶素馨手里的药方交给曹语轩："快去，不然真的就来不及了。"转头吩咐其他人："义母，你赶紧回到后院去，千万不要让孩子接触了病人。素馨，你赶紧处理医馆里的呕吐物，务必要清理干净。小五，你出去打听一下，看看广州城里还有没有其他类似的病人，记得赶紧回来啊。"

颜西楼安抚着病患，幸亏济安堂多请了几个伙计，要不然还真的是忙乱不堪。

颜西楼安抚着病人，但内心却随着夜色的来临越发沉重。为了慎重起见，他建议前来就诊的病患集中在济安堂左邻空置的屋子中治疗，以免让疾病传播开去。可是，除了方才病情危急的病患之外，其他病患不以为然，待颜西楼开了药方之外，强行离开了济安堂。

服用了汤药的病人依然沉沉如睡，脉搏细弱，好在服药之后不再呕吐。但情况仍然危急，几近昏迷状态。

这是一个沉寂的夜晚，颜西楼、曹语轩、叶素馨和柳月夕乃至济安堂的伙计均不敢入眠。

沉寂让人窒息。

不久，小五回来了。他带来了一个让人震惊的消息：城中有多个病人和此刻正在医馆中挣扎的病人病况一样，城中医馆除了济安堂之外，均给病人开出了理气汤、四逆汤的方子，眼下已经有两个人在日落之前过世。

"已经过世的那三个病患，是和他一起从外地回来的水手。"

柳月夕话语沉沉："看来极有可能就是霍乱！"

"霍乱？什么是霍乱？"叶素馨惊讶却不以为然，"师娘，你见过？你怎么知道？你肯定吗？我从未听师傅说起过。"

曹语轩望着颜西楼："西楼，你见过？"

颜西楼苦笑："我没有见过，但是我听说过，也看过关于记载霍乱这种疫病的医书。"

曹语轩疑惑："我怎么不知道有这样的医书？"

叶素馨不屑地撇了撇嘴："你能跟我师哥比吗？"

柳月夕扯了扯叶素馨的衣袖："听听你师哥怎么说。"

"这病名霍乱，因起病急，发作快，挥霍缭乱，故名'霍乱'。这病据说从外夷传入，也不过是十数年前的事情。起初无人知晓这种怪病，很多人得了这种病只能等死，后来江浙有一名医叫王士雄，编订了一本医书《霍乱论》。去年我行医到了江浙一带，机缘巧合下得到了这本医书。我方才所用的刺穴位放血和用药的方子无不从《霍乱论》中来。"

颜西楼取出《霍乱论》一书。书中对于霍乱疫病有着比较详尽的记载，书中说，霍乱是一种"臭毒"疫邪，由"暑秽蒸淫、饮水恶浊"所致，并言"凡霍乱盛行，多在夏热亢旱酷夏之年，则其症必剧……迨一朝卒发，渐至阖户沿村，风行似疫……"

"书中说'地气既日热，秽气亦日盛，加以疫气、尸气与内伏之邪欲化热病而不得者，卒然相触，遂致浊不能降，清不能升，挥霍闷乱，而为吐泻转筋之危证'。我奇怪的是，眼下不过是初春，怎么这种恶症就在广州城里出现了呢？"曹语轩提出疑问。

"所以，眼下不能就简单判断今日出现的恶症就是霍乱，要不然，这话一扬传开去，必定引起恐慌。"颜西楼当机立断，"小五，你跟伙计们说一声，今晚不能歇息，必须守着病患。还有，小五，一会儿你还得派人出去打听打听，看看城里有没有什么新的病人发病。你要及时回报。素馨，今晚你也别走啦，万一疫情严重，你得留在医馆里帮忙，但现在你得歇着去。语轩、义母，你们也快歇着去。我担心接下来这几日，如果真的是霍乱作祟，怕是没有一刻歇息的时候！"

曹语轩问颜西楼："那你呢？"

"我得留在这里观察病患。夜里怕是陆续会有病人前来就诊。我看着就好，你们快去吧！记住，从今晚开始，凡进口膳食饮水须得煮沸煮开才能进口，水缸中浸入石菖蒲根和降香以辟污化浊；切记要大开门窗，屋内还可以焚烧大黄，以去污秽之气。语轩，这本书你拿去仔细看看。"

颜西楼一一吩咐下去，事情虽纷乱繁多，但每一事均落实到每个人头上，忙而不乱。

曹语轩看着颜西楼，抿嘴一笑。

颜西楼疑惑："你笑什么？"

曹语轩弯着唇角："我觉得你就像战场上的将帅，在运筹帷幄，指挥着千军万马！"

颜西楼赧然："你快去吧。眼下虽然不能断定一定是霍乱不可，但明日一早，便可见分晓了。但愿这只是寻常的瘟病而已。"

叶素馨冷冷地横了曹语轩一眼，对颜西楼说："师哥，明日一早该派小五去进一批药材，我担心到时候黄芩连翘半夏厚朴这些药材不够用。"

颜西楼点了点头："你想得周到。素馨，你快歇着去吧。"

叶素馨却清点起药材来。

曹语轩淡然一笑，进了房挑灯细看医书。

柳月夕担心孩子则早早带着许澄杏进了房。

这一宿，颜西楼觉得比任何时候都漫长，幸好留在济安堂的病患在后半夜的时候不再呕吐，脉象的搏动也稍微有力一些了，显然，颜西楼已经将他们从死神的手里拽了回来。

济安堂上下惊喜莫名，继续给病患服用汤药。

可济安堂外噩耗频传。

天还蒙蒙亮的时候，有许多消息传入济安堂。

除了昨日夜里在济安堂诊治的病人病情还算稳定之外，城里发病的病人要不就是病情加重，要不就是已经命赴黄泉，城里已经初现混乱惊恐的境况。

当日出东方的时候，济安堂门前已经挤了不少病患。

呕吐的污秽到处都是，空气中到处都是酸臭的味道，令人欲呕。城里到处充满了死亡的味道。

但官府丝毫没有动静，既不见召集大夫商讨对策，也不见有人安抚骚动惊慌的民众。

一夜未合眼的颜西楼平素澄澈如清泉的双眸纠缠着些许红丝，但病患源源不断地涌来，让他连喝一口水的闲暇也没有。他虽然不熟悉这病症，但也只能摸着石头过河，走一步算一步，也亏得他医术精湛且见多识广，许多焦虑忧愁的病人见到了他，宛若吞下了一颗定心丸。

曹语轩背着颜西楼一夜苦读，一夜工夫下来，她也算是认识了这恶症，自然她就成了颜西楼最得力的助手。颜西楼见她所开药方精准，用药分量得当，就将一些症状较轻的病患交由她诊治。

叶素馨见病患源源不断，原本内心高兴，可颜西楼却吩咐不得提高半分诊金药钱，甚至对于家境贫困的病患免了诊金仅收取些许药钱，这让她内心憋闷不已。

不停地抓药，她已经疲惫不堪。

柳月夕也从清晨开始替重病患煎药，一直从日出忙到日上中天。

热辣辣的日头明晃晃挂在天空，怪异得很。

晌午才过，济安堂里的病患才少了些，颜西楼曹语轩等人才得空闲进食。这时小五匆匆从外头回来。

颜西楼问："查清楚了吗？这病是不是聚众而发？"

小五神情凝重："不错，这病在外地回程的水手身上始发，然后累及亲戚邻里。"

颜西楼点点头："看来是霍乱无疑了，可眼下城里的许多大夫怕是不识霍乱为何物，百姓们更不懂得如何防范这疫病，长此下去祸害无穷。不行，必须得请官府召集城里的大夫们聚一聚，以商讨对策。"

叶素馨低声嘀咕："师哥怕是疯了，这一回正是济安堂扬名立万的好时机，师哥为什么要白白错过？"

柳月夕轻轻扯了一下叶素馨的衣角。

曹语轩嘴角露出一丝淡淡的笑，并不吭声。

身心俱疲的颜西楼一听，重重地将手中的瓷碗往饭桌上一放："素馨，你也算半个大夫，大夫救死扶伤原本是本分，怎么可以借病患的生死安危来扬名立万谋取财富？"

曹语轩一挑眉，似笑非笑地望了涨红了脸的叶素馨一眼。那眼神，无疑带着些许挑衅。

叶素馨果然沉不住气："师哥，我们不偷不抢，光明正大地谋生，我说的有错吗？为什么就不可借这机会扬名立万？扬名立万有错吗？如果师哥善于经营这医馆，就不至于让普济堂的牌匾换成了济安堂！"

柳月夕皱眉："素馨，别说了，你累了，歇着去吧！"

颜西楼抿唇不语。

曹语轩夹了块鱼肉送往颜西楼的碗里去，轻声劝慰："大家都累了，火气自然大了一些。来，吃饭吧！"

颜西楼愣了愣，目光落在碗里的鱼肉上，眼角却从低头进食的柳月夕脸上扫过："你们吃吧，我看看病人去。"

叶素馨越发火气上升，啪的一声将木筷往饭桌上一拍："我走了！"

颜西楼沉声询问："你去哪里？"

叶素馨冷笑："这里容不下我，我自然有去处，我该回府衙去了。"

颜西楼喝住了叶素馨："你也知道这会儿正缺人手，怎么可以离开？你以为照顾知府夫人和公子比挽救人命更重要？"

叶素馨冷笑："如果是师哥需要我的话，我会毫不犹豫地留下来。师哥、师哥，你说，你需要我吗？如果你说需要我，我就毫不犹豫地留下来……"

这么多人在场，曹语轩变了脸色，小五诧异，柳月夕则低了头。

颜西楼无比窘迫："素馨，你这是干什么？"

叶素馨冷笑，横了曹语轩一眼："没干什么。我是想着我和师哥有婚约，可这婚礼一天一天地拖着，我心里不踏实。普济堂还在的时候，我也算是普济堂的主人，可眼下普济堂没有了，我算是什么身份待在济安堂，师哥总要给我一个交代吧？如果师哥和我成婚了，我自然是夫唱妇随，待在济安堂是理所当然的事情，不会被人挤兑。"顿了顿，她转向柳月夕："师娘，我和师哥的婚约是师傅生前定下的，你也答应了给我和师哥主持婚礼，你说句话啊。"

叶素馨当场逼婚是众人始料不及的事情，一时间，济安堂鸦雀无声。

颜西楼措手不及，顿时呆住。

曹语轩屏息凝神，生怕从颜西楼口里吐出一个"好"字。

柳月夕站起身去拉叶素馨的手："素馨，这会儿要忙的事情多，过些日子再说吧。"

叶素馨冷笑，一把推开柳月夕："师娘，我又不是逼着师哥即刻和我成婚，我只是希望师哥当众给我一个承诺，免得别人心存妄想！"

曹语轩变了脸色，如果是在往日，她早就一拐杖横扫了过去。

颜西楼生怕叶素馨说出更让人难堪的话来："够了，素馨，我答应你的事情我会做到。但眼下，你不要添乱好吗？"

曹语轩手一抖，手中的筷子落地。

叶素馨得意地笑了："师哥，有你这么一句话就好，说清楚了道明白了，这不就好了吗？"

颜西楼拂袖而去。

曹语轩脸色有些苍白，望着叶素馨冷笑："一个女儿家，当场逼婚，这可真是亘古未有的笑话。"

叶素馨反唇相讥："一个女儿家，死皮赖脸地赖在一个男人身边，这就算不得笑话？"

柳月夕将手中的汤匙往地上啪地一甩，竖眉轻叱："素馨，你今天过分了，想干什么你干什么去！"

叶素馨横了曹语轩一眼，得意地往外走。

小五和其他的几个伙计早早就溜走了。

曹语轩抚着头，胸口起伏。

"可笑叶素馨，她忘记问我答不答应了。"

柳月夕忙着收拾碗筷，面无表情："这是你们三个人的事情，你们看着办就好。"

曹语轩挑眉："你真的以为是三个人的事情？如果，叶素馨得知你们俩的事，她会怎么想？"

柳月夕平静无比："她会怎么想和我没有关系，反正我迟早要离开。"

"看来，他白对你用心了！"曹语轩冷哼了一声，起身走开。

柳月夕手一颤，手中油腻的瓷碗落地，锵的一声，瓷碗成了碎片。

柳月夕蹲下身子，慢慢地拾捡，却因为心不在焉，手指被碎片划破了一道口子，鲜血直流。

日影渐渐西移，可地面的暑气一点也没有散去。

颜西楼出去了两个时辰也不见回来。济安堂很快又人满为患，满是病患求医。曹语轩诊病救人，累得几乎瘫倒。

"小五，你快让人找你师哥回来！"

话还没有说完，颜西楼回来了。可他走路却一瘸一拐的，臀部灰袍甚至有隐隐血迹。

曹语轩大吃一惊："你怎么啦？你去了哪里？怎么才回来？"

颜西楼脸色发青："我方才出去联系其他医馆的大夫，希望能联名给官府上书，让官府派遣人手隔离病患，清理水源，以免疫情一再扩大。谁知道竟然没有人相信这次疫情就是霍乱，我没有办法，只好一个人去府衙找傅知府——"

曹语轩打断了颜西楼："他说你妖言惑众，将你痛打了一顿并将你撵了出来？"

颜西楼点了点头，身上的疼痛让他额头直冒冷汗。

曹语轩气得浑身打战："我找他去！"

颜西楼一把扯住了曹语轩："没有用，广州城里所有的医馆，只有我们认为这疫情就是霍乱。眼下，你我尽力，能做多少就是多少！"

"那你赶紧歇着去。小五，赶紧给你师哥上药！"

颜西楼摆了摆手，环视医馆内的病患："我不要紧，你别声张，免得让病患更加忧心！官府不肯派遣人手，我们只能靠自己。时间紧迫，我们只能和时间赛跑，分秒必争。"

这一个午后和一整个无眠的夜晚，济安堂灯火通明。

空气中浓重的药味和病人艰难的呻吟无时无刻不揪紧了颜西楼等人的心。

"义母，你负责抄写预防疫病的方子，越多越好！"颜西楼将方子交给柳月夕。

方子上，颜西楼将预防疫病的要点写得清清楚楚：第一，门窗勿闭，同室之内人勿多；第二，敛埋暴露，扫除秽恶；第三，投白矾、雄精于水井中，以求解毒杀虫除秽；第四，隔离病人，勿使疫病蔓延……

"小五，你将这预防疫病的方子分发给病人，让病患家人回家按照方子上说的去做。另外，你明日一早上大街去，将这方子贴在城内人流密集之处，贴得越多越好。"

"你们三人，将医馆中现有的白矾、雄精、石菖蒲根、降香还有艾叶分别打成药包，明日一早上街，如果有人愿意出钱购买的再好不过，如果没钱购买的，便免费分发，你看可好？"曹语轩含笑补充。

颜西楼惊喜："谢谢你，语轩！只是，这些药草医馆里存货不多，怕是不够分发。明日让人外出购买药材，以免到时候药材不够，耽误了救治。"

"你放心，"曹语轩胸有成竹，"今日你一走，我就派人将广州城里各个医馆药铺的雄精、白矾、降香、艾草、石菖蒲根全买了过来，要多少有多少，以免到时候其他医馆坐地起价，坑害老百姓。眼下，我们手里的药材是充足的。其实，就算是无偿分发给街坊邻里，让他们躲过疫病，也算不得什么。"

颜西楼惊喜万分，不由得握住了曹语轩的手："我替城里的老百姓谢谢你！"
曹语轩含笑不语。

小五却在一旁嘀咕："无偿分发？济安堂可担不起这笔大开支……"

曹语轩含笑安抚："你不用担心，小五，这笔费用不需要济安堂填补，当时曹氏来安堂在广州城里也算是获利不少，今日就算是回馈街坊邻里也算不得什么。再说这事我也没有和你们商量，这笔费用自然是我来垫付。"

颜西楼挥挥手，断然拒绝："这不可以，语轩，这是济安堂的事情——"

曹语轩含笑打断："好了，这事就不要争论了，眼下救人要紧。明日，我建议邀请病患的家人一起上街帮助分发药包，一来可以增强街坊对我们济安堂的信任，二来也可以增加我们的人手。另外，我建议将戒烟馆腾出来专门安置病患，只有将病患隔离开来，才能有效抑制疫病蔓延。"

柳月夕在一旁静静地听着，内心感慨无比，曹语轩和叶素馨有太大的不同：为了颜西楼，曹语轩愿意改变自己，而叶素馨却只想改变颜西楼。

第十九章　渐上重楼

数日的时间，城里的病人越来越多，死亡人数逐日攀升。城里风声鹤唳，草木皆兵。

从济安堂里出来的病人却日渐好转，从死神的手里逃脱了出来。

原本不重视预防的老百姓这才重视起预防疫病的方子来，在很短的时间里，济安堂祛病除秽的药包被抢购一空。

广州城里其他医馆的大夫见济安堂所用的方子深有神效，于是纷纷效仿，救活了不少病人。

一场惊心动魄的战争打响，越来越多的人加入这和病魔抗争的行列中。

官府见形势不妙，赶紧派遣人手，疏通沟渠，清理环境，净化水井，掩埋尸体。

一场唯济安堂马首是瞻的战役轰轰烈烈地展开。颜西楼曹语轩并肩作战，配合默契，宛如珠联璧合。

可当城里的人们开始正视疫病的危害的时候，却发生了一件意外。

不知为何，傅知府的公子竟然也染上了疫病。

傅知府大怒，彻查因由，发现是府中一位外出探亲的老妈子将疫病带回了府中。傅公子身体虚弱，竟无意中染上了疫病。

傅知府派人强行将颜西楼带回府衙中医治傅公子，并要留他在府衙之中专门医治傅公子。

颜西楼坚决反对，表示不能因为一人而耽搁了众多病患的病情。他表示可以随时为傅公子出诊，但不能留在府衙中袖手不顾病患病情，冷看疫病蔓延。

傅知府大怒，强行扣押了颜西楼。

一天一夜过去，广州城舆论纷纷，许多病患家人纷纷到府衙前聚会，抨击知府大人不顾民生，要求放回颜西楼，以扑灭疫病，拯救民生。

傅尔海无奈，放回了颜西楼，留下叶素馨照看病中的傅公子。

可傅公子身体太弱，禁不住病魔召唤，不久就离开了人世。

傅夫人痛不欲生，几次昏厥，随之便奄奄一息，病卧在床，眼看时日无多。

当初将疫病传染给傅公子的老妈子被傅尔海亲手杖打而死，血溅府衙。

叶素馨心惊胆战地守在傅夫人的病榻之旁，无比恐惧。

傅知府迁怒于颜西楼，奈何颜西楼成了抵抗疫病的中流砥柱，暂时动他不得，唯有将这深仇大恨记着，等待时机报复。

日子一天一天过去。亏得药物使用有奇效，预防得当，这一场和霍乱的博弈过了一段日子之后终于初见曙光。也亏得济安堂及时派发药包和预防方子，这才唤醒了人们的危机意识，减轻了疫病的扩大蔓延。

当死亡的阴影渐渐从广州城的上空散去，颜西楼曹语轩柳月夕终于松了一口气。

一场不见硝烟的战争渐趋结束的时候，济安堂宛然成了广州城里最受老百姓信任的医馆。颜西楼和曹语轩的大名如雷贯耳，济安堂成了一座悬壶济世的丰碑。

可当疫病渐行渐远，颜西楼却病倒在床。多日来不眠不休殚精竭虑让他如一座山一样轰然坍塌。向来强健的颜西楼成了一具羸弱的病体。

在病榻上昏昏沉沉地睡了几日，当神志清醒的时候，颜西楼一睁开眼睛，便看见曹语轩趴在床边睡得正沉。

清晨的日光透过窗棂软软地照在曹语轩的脸庞上，让她看起来那样恬淡柔和。曾经的尖锐幽寒似乎随着春日的来临不知不觉地融化在日复一日的默契中。

颜西楼惊觉，当他一觉醒来，曹语轩已经不知不觉地融入他的生命中。她就如日光般，竟无法让人拒绝。

颜西楼呆了。许多事情在悄悄地滋生、萌芽，甚至开花结果，原本并不依从人的本意，却遂了人心深处最底层的渴盼。

想伸手去抚曹语轩的脸庞，却又害怕惊醒了她，害怕不知道怎么面对她。就这么呆呆地望着那张困倦却带着淡淡笑意的脸庞，就这么任凭日光悄悄炽烈起来。

柳月夕端着一碗小米红枣山药粥，静静地站在门口，凝望着那两个人。

睡着的分明是清醒的，清醒的分明是迷糊的。

很多事情，真的不能再阳错阴差下去了，要不然，真的就应了那句"白费了他对你的心"。

轻轻的一声咳嗽让两个人恍然苏醒了过来。

颜西楼一惊，目光撞上柳月夕带笑的目光，禁不住愧疚。

曹语轩依然迷迷糊糊的，见颜西楼苏醒，惊喜万分："你醒了，真的是太好了！"

那模样眼眶青黑，唇色苍白，憔悴得让人心疼。

柳月夕含笑进房，将手里的瓷碗放在桌上："语轩，你也守了几天了，快歇着去，免得一个好了，一个又病倒了。"

颜西楼唤了一声"义母"，对曹语轩说："你快歇着去吧。"

曹语轩仔细给颜西楼搭了搭脉，再细心地查看了他的气色，这才放心离开。

屋内剩下颜西楼和柳月夕两人，静默得可听见心跳声。

柳月夕深深地吸了口气，将碗递到颜西楼的手里："快吃一点吧，你都躺了好几天了。"

颜西楼默默地接过柳月夕手里的碗。

碗里热气袅袅，一股清香钻鼻而进，勾起了颜西楼的食欲。

看着颜西楼狼吞虎咽地将一碗小米粥一扫而光，柳月夕嫣然而笑。

《本草纲目》上说，小米可以'治反胃热痢，煮粥食，益丹田，补虚损，开肠胃'；红枣可以'补中益气，坚志强力，除烦闷'；山药可以'益肾气，健脾胃，止泻痢，化痰涎，润毛皮'。三者合而为粥，可以补脾润燥、安心宁神、健脾止泻、消食导滞……西楼，这碗粥，对你，可合适？"

颜西楼惊诧，抬头直视柳月夕。

"你……我记得，你从来都不曾叫过我的名字！"

柳月夕淡淡地笑，别过脸去，一把推开窗门。一股清新的寒气扑面而来，让人浑身生寒，但也让人清醒。

"你还没有告诉我，这碗小米粥对现在的你，是否合适？"

颜西楼茫然点头："病后体虚，确实需要这碗小米红枣山药粥。"

柳月夕再问："那么，我刚才所说的关于这三样药材的功效，是否正确无误？"

颜西楼皱眉点头："确实，《本草纲目》是这么记载的……"

柳月夕霍然转身："那么，你有没有发现，我刚才一进来的时候，你很自然就叫了我一声'义母'，而我今日，也可以从容叫你一声'西楼'。我想，你义父泉下有知，应该很欣慰……"

颜西楼愣了愣，许久才明白过来，望着柳月夕却说不出话来。内心不知道是失落还是心酸，又或者是欣慰。

柳月夕含泪而笑，她明白，纠结两人多时的心魔已经慢慢解除。

不是不失落，不是不甘心，但缘分终究天定，半分勉强不得。她和他的缘分，终究只能是亲人。

颜西楼怅然而叹，伤感不已："这些年，我一直在外漂泊，一直在寻找你的踪迹，我就想知道你究竟过得怎么样，过得好不好。我从来都没有想过你会以我义母的身份出现……这太背离了我的预想，但幸好你我终究还能重逢，你和我终究命运相系，在同一屋檐下过着一样的生活。这也不坏，对不对？尽管这一切都背离了我的初衷！"

柳月夕含泪点头，仰面而笑："我知道。你和我……我很遗憾，但绝不怨天尤人，能认识你，得到你的照顾与关怀，可以和你生活在同一屋檐之下，能以你亲人的身份出现在你的身边，这已经是一种福分。我遗憾命运让我错过，可是西楼，命运让我错过了你，继而错过了你的义父，可我不愿意看着你错过你不该错过的人！"

颜西楼一震："你是说……"

柳月夕颔首："你知道我说什么。你看，她由一块坚冰因你而化作一潭春水，她能与你并肩齐步，能和你患难与共，能和你心灵相通，这样的女子，只能是曹语轩了。而你，也未必就不曾为她动心。你知道吗？你从未拒绝她的接近，和她言谈甚欢，你甚至将她当作可以信赖可以托付一切的朋友。你的内心深处，何尝没有她的影子？"

颜西楼有些狼狈，汗颜不已："我……我从来都没有想过和她在一起。"

柳月夕话语尖锐起来："是因为她瘸了一条腿吗？"

颜西楼本能地反驳："不。我从来都没有把我的目光放在她的那条腿上，我只是愧对——"

柳月夕摇头："你不必愧对谁。西楼，素馨不是你的良……这么说吧，如果你要往南走，素馨或者会扯着你往北走，那么，这一路未必就可以走到头；而曹语轩，你要往北走，她会和你一起披荆斩棘。娶了素馨，未必就是素馨之福，你要想清楚了。"

颜西楼低头不语，百感交集。

"但是，我对义父，对素馨甚至……"他顿了顿，"我承诺了。"

柳月夕笑："你承诺的初衷是希望可以给素馨带来幸福，如果你不能给素馨带来幸福，你的承诺有什么用？我知道……"她低头叹息，"你甚至在内心也对我承诺了，你要照顾我一辈子。你甚至想，如果你娶了素馨，你就可以名正言顺地照顾我们母子俩。西楼，你放心，跟着你们这么长的日子，我也学会了一些医道，虽然不精，但也可以让我母子生存下去。而你，该好好为你自己想一想，为自己谋划。这并没有错，没有人会怪你，你义父不能，素馨不能，我更不能……"

颜西楼怅然："今后再说吧，至少在我成亲之前，我得先让素馨高高兴兴地出嫁，否则，我不能安心。倒是你，我希望，不管将来如何，你都必须让我们来照顾你，至少让我确定你能过得好！"

柳月夕含泪而笑："我知道，我一直在让我自己过好，你放心！"

一缕发丝从柳月夕的额头垂下来，乌黑的发丝映照苍白的脸庞，越发楚楚可怜。

颜西楼很自然地伸手拨开发丝，顺向柳月夕的耳后。

柳月夕坦然微笑，这一刻，不过就是亲人般水到渠成的关怀。她倦怠地合了眼，往颜西楼肩头一靠："西楼，别想太多，真的，曹语轩比素馨更适合你……"

正准备推门进屋的叶素馨被这句话硬生生地拽住了脚步。透过门缝，她看见柳月夕和颜西楼亲昵的动作，惊恐得差点尖叫了起来。她下意识地用手捂住了嘴，步步后退，逃也似的回到自己的房间，砰的一声关上了房门。

愤怒、惊慌、无助，种种情绪如铁丝一样勒紧了她的颈脖，让她几乎喘不过气来。她狠狠地将头蒙在被子里，生怕自己一个控制不住会像火药一样爆炸开来。

不知不觉，枕巾被眼泪沾湿。

这一刻，她痛恨自己的怯懦，痛恨那屋子里她平生最亲最近的两个人。

连日来的战战兢兢和愤怒惊慌被眼泪冲刷，她慢慢地平静了下来。困倦如水一般袭来，让她在迷迷糊糊中深睡了过去。

等她一觉醒来的时候，屋子里竟多了一个小人儿。

许澄杏不知道什么时候进了她的屋子。这回就坐在她的床边，笑嘻嘻地看着她。

"素馨姐姐，小五哥哥说你回来了，澄杏好想你呢！"

小小的人儿已经伶牙俐齿，若是在平日里，叶素馨定然欢喜，可这回，看到许澄杏，她就想起了依偎在颜西楼身旁的柳月夕，竟忍不住厌恶起来。

"去，出去！"

许澄杏见叶素馨恶声驱赶，哇的一声哭了起来，手里拿着的一沓纸散落在叶素馨的床上。

叶素馨见许澄杏大哭，顿时心软，叹了口气，将孩子抱在怀里："好了不哭了，你快玩耍去，素馨姐姐要歇息。"

许澄杏展颜一笑，乐呵呵地跑了出去。

叶素馨皱眉捡起许澄杏散落在床上的纸张，惊奇地发现那一沓纸上的字迹除了有柳月夕的之外，竟然还有师傅许厚天的。

她惊诧地仔细翻看，这一沓纸中，有一个方子是关于医治男子不育的方子。其中有一个方子上写着：五味子八两、菟丝子八两、车前子二两、覆盆子四两、枸杞子二两。

这分明就是五子衍宗丸的配方。男人服此药物，可以填精补髓，疏通肾气，主治肾虚精亏的阳痿不育。

叶素馨恍然记起，在很多年前，师傅曾经在很长的一段时间内服用这五种药材经过烘焙、晒干之后用蜜炼制的药丸。那个时候，师傅的原配还没有去世。

这药方分明在说，师傅患有不育之症，以致和原配没有生出一男半女来。

这些纸已经微微有些发黄，分明是时日已久。

叶素馨的心怦怦直跳，她继续翻看手里的其他方子，还有一张方子，纸质较新，字迹清晰，上面写着：何首乌、白茯苓、怀牛膝、当归、枸杞子、菟丝子、补骨脂。这几味药同五子衍宗丸一样，具有滋补肝肾、填精养血之功，一样是研磨成末，和蜜炼制成丸，药丸的名字就叫"七宝美髯丸"。

叶素馨恍惚记得，当初师傅带回柳月夕之后，便开始制作和服用这种七宝美髯丸。她当初还暗暗偷笑，以为师傅是因为娶回了一个年轻美貌的妻子，故而要服用这七宝美髯丸，让自己看起来发乌髯美，神悦体健以取悦年轻的妻子。现在对照前尘往事，这两个方子足以说明，师傅有不育之症。

叶素馨惊跳起来：许澄杏显然不是师傅的亲骨肉！这句话一蹦上脑门，让她几乎傻了眼。

但这意外的发现也一样让叶素馨灵台一亮，或许这不是不可以利用的。

只是，许澄杏既然不是师傅的骨肉，那么他到底是谁的血脉？叶素馨拒绝思考这样的问题，出身青楼的女子怀上的孩子还能叫什么？

砰的一声，房门又被推开，许澄杏又来了。他手里抓着一把扫帚，身子横跨在扫帚之上："素馨姐姐，快来骑马马……"

叶素馨厌烦地横了许澄杏一眼："滚开！小兔崽子！"

许澄杏听不懂什么是小兔崽子，笑嘻嘻地跑到叶素馨面前，仰着粉嫩的小脸："骑马马，骑马马……"

叶素馨心头烦躁，伸手正想一把刮下，可目光触及许澄杏的脸庞，不可置信地发现眼前这张熟悉的小脸有几分让人出乎意料的熟悉和惊奇。

丹凤眼狭长，鼻梁高挺，唇瓣薄薄，眉心还有一颗淡红色的痣。

叶素馨被吓了一跳，那颗痣她也曾经见过。她曾经多次偷偷窥视的那张脸上，同样也有这么一颗痣。

"不，这不可能！不可能！"她猛然摇头，喃喃自语。

"杏儿，你在哪里？"屋外传来柳月夕沉静如水的呼声。

许澄杏大声回答："在这里，素馨姐姐……"

叶素馨忙将手里的药方收拾起来藏在被子底下。

柳月夕进来，见到叶素馨，微微一愣："素馨什么时候回来的？吃过早饭了吗？"

叶素馨想起方才让她震惊愤怒的一幕，便鄙夷地横了柳月夕一眼，爱理不理地侧身躺下："吃过了，你把孩子带走，我歇一会儿！"

柳月夕垂眸将孩子带了出去。自从上次毒杀案之后，两人关系便变得微妙起来，之前的和睦亲昵荡然无存。对叶素馨，柳月夕没有办法不心存芥蒂，而叶素馨对柳月夕赞同普济堂和曹氏来安堂合并也自然心存了许多不满。

叶素馨越想越气，她按捺不住自己的性子，从床上跳了起来，拿着药方，径直去找颜西楼。

颜西楼正躺在床上闭目养神。柳月夕的话不停地在耳边回响，让他禁不住感叹。

曹语轩悄悄地进来，静静地望着颜西楼。

眼前的这个人，就算是沉睡之中，嘴角的笑容也总是宽厚和煦的，像极了温泉水慢慢在流淌。

不知不觉中，她都察觉自己已经融化在这股温泉之中，舒坦地和他融为了一体。

曹语轩慢慢地红了眼眶。

"怎么不说话？"颜西楼坐起身子，望着曹语轩，"你怎么啦？"

曹语轩忙展颜而笑："没事，你不是睡着了吗？"

颜西楼摇头，望着曹语轩："没，刚才我想了很多事情……"

迎上颜西楼微微炽热起来的目光，曹语轩的脸也慢慢地发烫发红："在想什么？"

"红枣山药小米粥。"颜西楼轻笑，神情有些俏皮。

曹语轩一呆："什么？"

"义母和我说，你就像一碗红枣山药小米粥，这会儿，正适合我……"颜西楼婉转曲折地表明了心迹，赧颜一笑。

曹语轩喜出望外，颤声问："那么，你是否也是这么想的？"

颜西楼看着曹语轩，语气坚定："是，我也是这么想的。谢谢你，语轩，谢谢你为我所做的一切！"

曹语轩摇头，喜极而泣："不，你不需要谢我，该是我谢谢你。自从认识了你，我才发现，我又活了过来。"

颜西楼下床，慢慢走近曹语轩："那么，就请你一直活下来。这碗红枣山药小米粥，我需要它来延年益寿……"

曹语轩扑哧一笑，羞涩地别过脸去。

"师哥，师哥！"叶素馨冲进屋子，一眼看见颜西楼和曹语轩含情脉脉相对而立，心头的火更似浇了一盆油，顿时火焰万丈。

"素馨，你怎么了？"颜西楼敛了笑容，"你这才回来？"

叶素馨横了曹语轩一眼："你出去，我要和我师哥说话！"

曹语轩轻蔑地笑，慢条斯理地坐了下来："要是我不愿意呢？"

叶素馨怒火中烧，一伸手将曹语轩一拽，再狠狠地将她往外一推："滚出去！"

曹语轩冷不防被叶素馨一拽一推，拐杖脱手，差点整个人倒在地上，幸亏颜西楼及时扶住了她。

"素馨，你疯了？"颜西楼怒斥。

叶素馨抿了抿唇，指着曹语轩："师哥，你快让她走，我有很重要的事情和你说，这事关系到我师傅你的义父，你不能不听。"

曹语轩沉沉呼出一口气，对满面歉然的颜西楼笑了笑："我先出去，你别气，我先出去。"

颜西楼忍住了气："素馨，为什么你每次都要弄个人仰马翻才高兴？"

叶素馨冷笑："只怕待会儿才会人仰马翻。师哥，你看看这是什么？"

颜西楼疑惑地接过叶素馨递过来的药方，看了看："这是师傅开的方子啊，怎么？"

叶素馨指着方子："你告诉我，这方子有什么用？"

颜西楼笑："你跟随了义父这么多年，难道连这个也看不懂？这是五子衍宗丸的方子，这个是七宝美髯丸的方子。咦，这是义父的笔迹，不是说义父的方子全烧了吗？你怎么会有义父的药方？"

叶素馨冷笑："你先别管为什么会有师傅亲手所写的药方。这两个方子，简单来说有什么用？"

"一个姑娘家，问这个干什么？"颜西楼将药方收起来，"这是义父的遗物，不可以丢失了。"

叶素馨跺脚："师哥你还没有告诉我，这药方有什么用。"

颜西楼不耐烦了："无非是补肾填精之用，用于男子不育之症。你今天到底是怎么了？"

叶素馨得意地笑："这药方，我记得师傅曾多次制丸服用，我们还曾经帮助师傅制作丸子呢。那丸子，如梧桐子一样大小，你还记得吗？"

颜西楼漫不经心地应了声："是，那是很多年前的事情了，那时候，义父义母都还在。一转眼就过去了这么多年——"突然，他顿住话语，变了脸色，"素馨，你到底想说什么？你别胡说八道！"

叶素馨霍然盯着颜西楼："师哥，你知道我想说什么。这么说来，你早就知道师傅有不育之症，师傅这辈子都不可能有孩子，而许澄杏根本就不是——"

颜西楼猛然掩住了叶素馨的嘴："你到底想要干什么？素馨，不许你胡说！"

叶素馨一把将颜西楼的手拨开，一字一顿："我没有胡说，师傅在去世之前还在偷偷服用七宝美髯丸，这说明师傅的不育之症一直都没有治愈。师哥，为什么？为什么你早就知道许澄杏不是师傅的亲骨肉，还替她瞒着？她有什么好？"

颜西楼狠狠地抓住了叶素馨的双肩，居高临下地叮嘱："素馨，我让你别说，你就不能说，知道吗？从今日开始，你要忘记这回事，要不然，你就不再是我的师妹。"

叶素馨深受打击不可置信地望着颜西楼，用力推开他，说话尖刻无比："你为什么要护着她？她来了，师傅死了，普济堂被烧了，还生了一个来路不明的杂种，甚至她还离间我们，还勾引你——"

啪的一声，一巴掌甩叶素馨的脸颊上，她淡粉凝滑的脸颊马上泛起了一个深深的红印。

颜西楼一呆，顿时说不出话来。

青梅竹马的两人从来没有过这样激烈的争执，颜西楼懊悔："素馨，我……"

"西楼，发生了什么事？素馨你……"柳月夕进来，恰好听到了叶素馨的怒吼，顿时全身冰寒，"素馨……"

叶素馨大哭，指着柳月夕破口大骂："你打我？就为了这么一个婊子、一个灾星，你就这么护着她？我恨你，颜西楼！我恨你！"说着转身往外就跑。

苦苦守着的秘密被戳穿，柳月夕满心悲苦，慢慢俯身捡起了散落在地上的方子："你知道了？许澄杏确实不是——"

颜西楼扶住了身子摇摇欲坠的柳月夕，断然截断了她的话："他是！你的孩子，自然就是义父的儿子。"

柳月夕仰望颜西楼，颤声问："为什么？"

"其实我早就知道义父有不育之症，我也早就知道杏儿不是义父的血脉。当年，义父服用的药物多由我经手，"颜西楼目光怜惜，"但这有什么关系？一个女子可以用她的绝世美貌来换取义父的声誉，这难道不足以印证她的坚贞？虽然历经灾难却百折不挠，这样的女子，胜过世间多少须眉男子？义父泉下有知，当以你为傲！许澄杏往日姓许，今后还一样姓许；他以往是我的义弟，今后他还是我的义弟。这所有的一切都不会有所改变。"

柳月夕哭倒在颜西楼的怀里。

一场霍乱成就了济安堂在广州城里的龙头地位，今日的济安堂已经不同往日。

借着这场东风，济安堂抓紧时间研究戒除鸦片烟瘾的药方。在颜西楼看来，没有任何一件事情会比戒除这残害百姓的毒瘤更重要。

戒烟馆也早就一并并入了济安堂，成了颜西楼、曹语轩愿意倾尽全力奋斗的事业。

因为声誉大震，许多瘾君子被家人押着来到济安堂接受医治。病人一多，各种病症得以呈现，给了颜西楼和曹语轩更多研制药方的空间。这段日子里，他们两人越发忙碌起来。

"明党参性平、味干，入脾、肺经，可以润肺化痰、养阴和胃，最适合用于气短、精神不振的气虚病患。"

"明党参药效虽然不及人参，但价格低廉，普通百姓可以承受。"

"纹党参能补中益气、养血清阳、补脾养胃、润肺、止咳生津，阴而不湿，对疲倦无力、气血两亏颇有疗效，我觉得应该加入纹党参。"

颜西楼曹语轩一一分析药材药性疗效，日复一日地研磨，希望可以研发出行之有效的方子。

夜深了，天上依稀有星光。

曹语轩沏了一壶茶："来，西楼，歇会儿吧！"

淡香悠远的西湖龙井让颜西楼精神一振，他深深抿了一口，赞叹一声："好茶！"

曹语轩抿嘴一笑："这西湖龙井价格可不菲啊！"

颜西楼笑叹："以前是安溪铁观音，这会儿是西湖龙井，都是上等好茶，你倒是会享受的。"

曹语轩挑眉："怎么？担心今后养不起我吗？"说完这话才觉得孟浪，不由得红了脸。

淡淡星光下，鼻端有淡淡的幽香，此情此景，不由得让人沉醉。

突然，叩门声笃笃响起，在深夜里显得格外突兀也格外清晰。

"是谁？"颜西楼去开门，没有想到门外居然站着一个让人意想不到的人，这个人竟然就是许久不见的阿谦。

颜西楼惊喜莫名："阿谦，真的是你！"

"是我，西楼，是我回来了！"阿谦风尘仆仆，却精神抖擞，满面喜气。

两人不由得激动莫名地拥抱在一起。

落座之后，阿谦谈起了去岁冬至之夜别后的情景。

那夜，阿谦连夜出城，却遭人追捕，慌乱中把之前所有收集的资料全部丢失。阿谦也九死一生，好不容易逃离了魔掌，之后一直向北，今日才回到了广州城。

"西楼，你知道吗？去年，直隶、山东、湖广、江苏、福建等地查获多起烟土，有两千多名鸦片烟贩子、掮客和吸食鸦片之人被捕，每天都有人因贩卖鸦片烟而被判处斩刑。很快，这股禁烟的大潮马上就要降临广州城。去岁年底，朝廷已经任命林公为钦差大臣赶赴广东禁烟，眼下正在途中，我是先回来给你报喜的。"

颜西楼大喜："广州城是鸦片输入的唯一口岸，如果可以从源头上杜绝鸦片，那么，消除烟毒烟祸指日可待。"

阿谦感叹："是啊，鸦片流毒天下，残害了无数生灵，林公曾上疏朝廷，言道鸦片'迨流毒天下，则为害甚巨，法当从严。若犹泄泄视之，是使数十年后，中原几无可以御敌之兵，且无可以充饷之银'。这话让朝野震惊，朝廷已经决心从源头上打击鸦片流入，一场大风暴就要来了！只可惜去年我们收集的材料丢失了，要不然，这回禁烟说不准就可以揪出很多罪大恶极的鸦片烟贩子。"

曹语轩笑："天网恢恢，疏而不漏，你们担心什么？"

今夜，曹语轩身着淡白色女装，浓密的发丝梳成了一条油黑发亮的辫子。

阿谦有些傻眼："这姑娘是……"

曹语轩低声轻笑，双颊泛开淡淡的红晕，她低头沏茶："怎么？就认不出我来了吗？"

阿谦仔细辨认，讶然道："你是曹大夫？你是姑娘？"他拍额叹笑，"真让人想不到，你们？"

孤男寡女独处一室，虽然不是为私情，但总觉得暧昧。

颜西楼淡淡一笑："你去看看义母吧，看看她睡下了没有。"

曹语轩知道颜西楼有话对阿谦说，忙应了一声，转身进屋换了装，出了门去看柳月夕。

阿谦指着曹语轩的背影："这是怎么回事？素馨呢？"

颜西楼心烦，自那一日叶素馨愤然离开，很多天都没有回到济安堂，颜西楼和小五到处寻找，后来才知道她依然去府衙侍奉病中的知府夫人，这才放了心。可叶素馨老不回济安堂，这心结也不知道什么时候可以解开。

"你等我慢慢和你说吧。我和素馨，我们不合适……"

阿谦大喜："这么说，你不会坚决要和素馨成亲了？"

颜西楼苦笑不语。

深夜，柳月夕房里还泛着微弱的灯光。

自从那日被叶素馨揭破苦苦掩藏的秘密，柳月夕便沉郁不已，在床上躺了多日。

曹语轩轻敲房门："西楼让我来看看你。"

柳月夕拖着羸弱的身躯下床开了门："还没歇着吗？"

"他让我来看看你，我见你房里还亮着灯就过来了。"

曹语轩顺手关了门："冷着呢，你躺着吧，别着了凉。"

柳月夕重新躺回床上，借着幽暗昏黄的灯光打量着孩子沉睡的脸庞。

"我知道你担心孩子的事情，可是，'凡心静则神悦，神悦则福生，人能化毒性以救死。养喜神以延年，必去身灾兼除人祸。'你还是要放宽怀抱，不要太多忧虑。"

"语轩，我想离开广州城，走得远远的，再也不回来，这孩子一旦被发现是他的孩子我该怎么办？可是，我不甘心，我的父亲我的丈夫都死在他的手里，我却不能报仇，只能眼睁睁看着他逍遥法外，我真的很不甘心！"柳月夕失声痛哭，压抑在内心深处的伤痛如洪峰决堤，"我真想冲进府衙里去，一刀杀了他！可我不能这么做，我怕连累了你们！"

曹语轩安慰她："你千万别想这么多。善恶到头终有报，不是不报，是时候未到，你看着吧，眼下朝廷已经下了大决心要禁烟，也许很快就有钦差到广州城来。到时候，那些罪大恶极的恶魔就死无葬身之地了。"

柳月夕灰心摇头："官场之中，官官相护，谁知道是不是又走过场。"

曹语轩笑："阿谦回来了，是他带回来的好消息。"

柳月夕仿佛看到了一线希望，含泪祈祷："但愿上天有眼，能将傅尔海绳之以法。还爹爹和许厚天一个公道！"

"你就放心吧，傅尔海作恶多年，自然落下许多把柄在人们手上，这把柄，真的可以置他于死地。"曹语轩胸有成竹，"只要钦差大臣真的是公正严明之人，一切都会有希望的。阿谦说了，当今朝廷中对禁烟呼声最高的莫过于林则徐林公，但愿不久之后，他能来广州，还广州城百姓一个朗朗清明世界！"

柳月夕大喜："这是真的吗？那真的是太好了！听你这么说，我敢相信，你一定——"

曹语轩"嘘"了一声，打断了柳月夕的话："心照即可。"

柳月夕的心情豁然开朗，长长地舒了一口气。

曹语轩笑了，这"心病还须心药医"真是无上的灵验。

"对了，你刚才说阿谦回来了？阿谦回来得正是时候。他也许可以帮帮你们。"柳月夕朝曹语轩一笑，语带调侃。

曹语轩脑筋一转："你是说他喜欢叶素馨这件事情吗？叶素馨，经过了那件事之后，你会不会恨她？"

柳月夕神情淡然："你是指她戳穿杏儿不是许厚天亲生骨肉这件事情吗？为什么要恨她？她不过是和世人一样，将我当作了一个灾星、一个娼妓、一个不祥的寡妇，如此而已，并没有比之世人更出格地辱骂我，我何必恨她？"

曹语轩惊叹："你倒是看透了！"

柳月夕转眸一笑："若不看透，怎么能活到今天？许厚天死了以后，素馨需要倚仗旁人才能生存下去，那个人，恰好是我；之后，她需要我帮助撮合她和西楼的婚事，所以她还得倚仗我，这些年我们俩也算是患难与共、亲密无间。当然，这也因为素馨对许厚天有着深厚的情感。不过，日久见人心，当她发现我再也不能帮助她完成心愿，当她不需要依靠我的时候，对我恶语相向，这也再寻常不过，我不愿意怪罪她。毕竟，她是许厚天自幼收养的弟子，是颜西楼的师妹！"

昏灯下，灯花毕剥，残灯映残颜。

269

可这情景却让曹语轩惊艳，惊艳柳月夕一颗玲珑剔透的心，让她禁不住渴望深入这女子的内心。

　　"你的意思是，如果有一个人她认为比西楼更加可以依靠，那么，西楼对她而言，也算不得什么？"

　　"世上之人，大多如素馨，无大恶，不过是一心为己而已。倒是你、许厚天和颜西楼悬壶济世，不求名利，嫉恶如仇，在世人眼中怕是如傻子一般。你呢，外表冰冷，秉性怪僻，可内心如火焚烧，何尝不是怪人一个？所以，我有幸识得傻子，识得怪人，倒不怨恨这世上可恨之人了。"柳月夕深深感叹。

　　曹语轩试探："据我所知，你和许大夫夫妻缘分浅薄，为什么你愿意为他毁容明志，甘受贫困和灾难？"

　　柳月夕幽幽叹息："当日我被傅尔海侮辱，是他救了我，给我这个青楼女子名分和安身立命之所，我还有什么舍不下？你不知道，其实，我和许厚天不过是名义夫妻。他在生之日，虽然和我同居一房，但从未和我同睡一床……"

　　曹语轩再次惊诧："你们仅仅是名义夫妻？"

　　柳月夕笑："是，所以他更加可敬可佩。再说了，他遭遇这杀身之祸，未尝不是因为我，所以我要为他守住名节声誉，以报答他的恩德。他没有子嗣，我愿意将那原本是傅尔海的孽种生下来，让他后继有人，有人叫他一声爹，继承他的衣钵，行善四海！"

　　曹语轩叹息："我终于知道，为什么世上就有颜西楼这样的'傻子'。原来，他的义父兼恩师许大夫就是一个'傻子'。"

　　柳月夕怅然："可惜我和他们缘分太浅，所以，语轩，请你珍惜和他的缘分，做一个大善之人！"

　　曹语轩扑哧一笑："言下之意，你不过是说我非大善之人。"

　　柳月夕笑："之前的你是小善，但能为一个男人而行大善，这也难得，所以我谢谢你，让他有一个同路之人，这辈子都不孤单。这也是我支持你和他在一起的缘故。"

　　灯下絮絮细语，不觉残灯明灭。

　　许澄杏转了一个身，仰面而睡，他迷迷糊糊地叫了一声"妈妈"，又沉睡了过去。柳月夕含笑给孩子盖好被褥，满目慈爱。

望着许澄杏眉间一点莹莹生辉的红痣，曹语轩突然心悸："对了，傅尔海新近丧子，而这孩子和傅尔海的相貌十分相似，你可要留心了，尽量不要让这孩子露面，以免引来横祸。"

柳月夕斩钉截铁："这辈子，我就是死，也不会让这孩子唤傅尔海一声'爹'！"

曹语轩感慨："我从来都没有想到过，我可以和你这样秉烛夜谈，心无芥蒂，就像、就像和自己的姐妹一般，哦不，和自己的内心对话。"

柳月夕轻轻握了握曹语轩的手："我只希望，你和他可以过得好。"

"他"自然是颜西楼。

"其实，你并未真正放下了他，对吗？"

柳月夕也不隐瞒："如果不是隔了许厚天，如果不是不想让他为难，我无论如何也不会错过他。只能说，我和他缘分太浅。"

曹语轩低头："或许我该感谢许厚天，是他成全了我和西楼。"

深夜细语，原本就如风一般不留痕迹，可偏偏如覆水难收。

第二十章　悲似黄连

翌日黄昏，叶素馨回来了。柳月夕正在厨房里料理晚膳。

"直到今天，我还是愿意叫你一声师娘。师娘，我很不明白，为什么你要向着外人？我记得，自从师傅去世了之后，我们一起渡过了多少难关？我把你当成我的姐妹甚至是母亲一样看待，你为什么要拆散我和师哥去成全曹语轩那个不男不女的瘸子？师娘，时至今日，我什么也不想说了，只要你还愿意履行你的承诺，让我和师哥成亲，以前的事情，我们都可以抛开不谈，就当什么也没有发生过。"

柳月夕头也不抬，径自切着手里的鸡肉："你知道吗？当我还是姑娘家的时候，我十指不沾阳春水，可我从进了许家的门，走进了普济堂，我就慢慢明白了，一走进厨房，我就不能出错，否则便会损伤家人身心。譬如，我不能将鸡肉和大蒜同煮，因为'大蒜属火，性热喜散'，而鸡肉甘酸温补，二者功用相左，故《金匮要略》上说：'鸡不可合胡蒜食之，滞气。'"

叶素馨冷笑，随手拿起一条黄瓜，一拗而断："你何必卖弄？"

柳月夕不理会叶素馨的冷嘲热讽："我还知道，兔肉性味甘寒酸冷，生姜辛辣性热，二者同食，必然引起腹泻；泥鳅药性温补，螃蟹药性利冷，二者不可同食；还有，鳝鱼药性味甘大温，可补中益气，菠菜性甘冷而滑，下气润燥，二者同食，也易致腹泻——"

"够了，我知道，你是说我和师哥性情大相径庭，不适宜当夫妻！"叶素馨恼怒地将手里的黄瓜狠狠在地上一甩，"你不就这意思吗？"

柳月夕平静地放下了手里的活，弯腰捡起了被叶素馨摔烂的黄瓜："这做人的道理和做菜的道理其实是一样的，不能强行搭配在一起的，就不要勉强。有些人，可以为朋为友，可以为兄弟姐妹，但未必能成佳偶，你明白吗？"

叶素馨气极反笑："曹语轩给了你什么好处，让你这样帮她说话？"

柳月夕微笑："她没有给我什么好处，还是我前面说的道理，以前你每次燥热咳嗽的时候，我总会煲川贝雪梨猪肺汤给你喝，因为我知道川贝能润燥镇咳祛痰，雪梨则可以润肺凉心消痰降火，猪肺则能补肺止咳，三者合而为汤，功效倍增。你该明白，你和你师哥性情相异，一个追名逐利，一个淡泊名利，怎能是一对佳偶？曹语轩和你师哥性情相投，志同道合，是天生一对。你谁也不能埋怨。"

叶素馨上齿咬着下唇，还不死心："你不是也喜欢我师哥吗？那一夜，你就靠在他身上，我都看见了，我真不明白你的用心！"

柳月夕直视着叶素馨："我的用心就是，我希望他过得好。素馨，并不是每个人都和你一样，心里装的只有自己。"

叶素馨怨毒地点了点头："很好，柳月夕，我已经仁至义尽了，你好自为之吧！"

柳月夕突然心惊："素馨，你想干什么？"

叶素馨快步就走，毫不回头，才出了济安堂，颜西楼迎面走来。

淡黄的日光照在他的脸庞上，淡淡地散发着温暖的光彩。可这温暖不属于她叶素馨。叶素馨望着颜西楼，眼泪上涌。

颜西楼多日不曾见叶素馨，此刻见她面容有些憔悴，不由得内疚："素馨，这几日，你为什么不回家？"

叶素馨擦了擦眼泪，挖苦颜西楼："昨晚我就回来了，一直在房里。师哥，这还是我的家吗？我从黄昏一直躺到半夜，居然都没有人发现我回来了，师哥你更是一天到晚和曹语轩腻在一起。师哥，你对得起我吗？对得起师傅吗？师哥，今天我只要你一句话，你曾经多次向我承诺，你要和我成亲，这承诺是否能兑现？"

颜西楼歉疚但也只能歉疚："素馨，是我不好，让你受了伤害。但是素馨，我已经明白，我要的是谁！"

叶素馨深深吸了一口气，彻底失望："师哥，你要记住，不管我做了什么，你都不能怨我，因为是你对不起我！我走了，师哥，你多保重吧！"

颜西楼大吃一惊，拉住叶素馨的手："你要干什么去？素馨，你别这样，千万不要做傻事！"

叶素馨冷笑："我为什么要做傻事？你对不起我，难道我还要雪上加霜对不起自己吗？师哥，你太看得起你自己了！"说着用力一甩颜西楼的手，快步离开。

这会儿恰巧有一急症病人被抬着前来济安堂求医，颜西楼见病患生命垂危，不得已让小五远远跟着叶素馨，看她到底往哪里去。

不久，小五回来，说叶素馨还是去了府衙侍奉病中的知府夫人。颜西楼暂时放下了一颗心。

日子似是平静无波地一天天过去。

傍晚时分，曹语轩被一股香味吸引进了后院："你又做了什么好吃的？"

柳月夕端着一叠萝卜饼出来，煎得金黄金黄的萝卜饼大小适中，颜色诱人。

曹语轩信手拈了一块直往嘴里送："真好吃！真是名副其实的巧媳妇。"

柳月夕笑了笑："杏儿这几日食欲不振，这萝卜饼正好可以健胃理气消食，给他当点心正好。"

曹语轩笑："你这么兰心蕙质，我看啊，很快坐在济安堂上望闻问切的就是你了。"

柳月夕笑了笑："杏儿，快来！小五，小五，杏儿呢？"

"小五在外边整个忙着抓药呢，杏儿是不是就跑出去了？"

两人找遍了后院也不见许澄杏的影子，柳月夕慌了："会不会跑到大街上去了？"这几日她都将许澄杏看得紧紧的，一刻也没有放松，没想到进了厨房一会儿许澄杏就不见了踪影。

"你别着急，我们出去找找看，兴许是跑出去了。"

柳月夕急急出了外间，可济安堂里除了小五正忙着整理药柜之外，并不见许澄杏的影子。

柳月夕站在大街上，举目四眺。扑入眼帘而来的，都是风尘仆仆的商客，哪里有那小人儿的身影？

"杏儿，杏儿，你在哪里？"柳月夕急得快哭了起来。

曹语轩忙让济安堂的伙计都放下手里的活去寻找许澄杏。

可从日薄西山到月上柳梢，里里外外，上上下下，广州城里大街小巷都找遍了，就是不见许澄杏的影子。

柳月夕越发惊慌，抓着曹语轩的手，六神无主，甚至语无伦次了："会不会是他已经知道杏儿的身世，将杏儿抓了去？会不会？你告诉我！杏儿，你在哪里？"

曹语轩忙安慰柳月夕："你先别慌，杏儿的身世除了你我之外，没有人会知道。你别着急，他们全都出去找了，就算将广州城掀开来也要找到杏儿！"

"西楼呢？西楼哪里去了？他怎么还不回来？"

正说着，恰巧颜西楼就回来了。他步伐沉滞，面容沉郁。

"西楼，杏儿不见了，他不见了，怎么办？我怎么办？"柳月夕一见颜西楼进来，哭着抓住了他的手，"你说怎么办？我不能没有杏儿！西楼，你快帮我找他回来！"

颜西楼扶住柳月夕："不用找了，杏儿在素馨的手里。方才素馨已经派人知会我，说明日是傅知府纳她为妾的日子。如果想要回杏儿，明日一定要去参加她和傅知府的喜宴。"

柳月夕一听，马上背过气去。

等柳月夕醒来，弦月已经上了中天。

夜晚的寒气沁人，让人从骨子里发抖。

柳月夕发疯地从床上挣扎起来，狂乱地直往外冲："杏儿，我要去找我的杏儿！"

颜西楼一把搂住她："你不要太着急，总会找回来的。"

"不！"柳月夕奋力挣扎，"我现在就要去，要不就找不回来了，真的找不回来了！西楼，你带我去，快带我去！"

平日瘦弱的女子一旦疯狂起来竟让一个青年男子也控制不住，柳月夕癫狂般连鞋子也没有穿上就直接往外跑。

"你快回来！回来！"颜西楼一把抓不住柳月夕，只好紧追在柳月夕的身后。

济安堂的伙计出去找人都还没有回来，曹语轩腿脚微瘸，更是追不上快步如飞的柳月夕。

夜色中，一个赤足的女人披散着发丝，狂奔在寒气森森的大街上，让行人纷纷驻足。

坎坷不平的道路止不住她的步伐，街上的碎石子刺破了她的脚底，在大街整齐的青石板上留下了斑斑血迹。

颜西楼究竟是个男子，很快追上了柳月夕："你别这样！我和你一起去要回杏儿，好不好？"

柳月夕泪落如雨，扑倒在颜西楼的怀里放声大哭。

知府大人的府邸早已关闭，两头目露凶光的大狮子状似噬人般凶狠。

柳月夕狠狠敲打着大门的铜环："叶素馨，你给我出来，出来，还我杏儿！"

但大门一关，府邸深似海，哭声闹声竟如泥牛入海，得不到半点回音。许是府里的人根本就不愿意有半点回应。

柳月夕身体摇摇欲坠，声音嘶哑："西楼，你快帮我把孩子找回来。"

颜西楼沉重地摇了摇头："我已经来了三回。这府门一关，任凭我怎么叫喊，他们就是不开门！回去吧，我们明日再来。明日一定可以见到杏儿……"

柳月夕呼吸急促，发出一声惨笑："明日，也许明日就来不及了……"突然一口气上不来，再次昏厥过去。

曹语轩堪堪赶到，眼看颜西楼一把将柳月夕抱在怀里，心急如焚地叫着她的名字。

弦月不甚明亮，可颜西楼眼中的焦灼清晰如水，他竟一声声呼叫着柳月夕的名字。

从相识到相知，曹语轩唯有在今晚听见他不是叫她"义母"，而是叫她"月夕"！曹语轩不由得呆了，连手里的拐杖落地也浑然不知。

颜西楼一路将柳月夕抱回了济安堂，引得路人纷纷侧目，颜西楼却不管不顾。曹语轩失魂落魄地跟在后面。

回到济安堂，柳月夕还没有苏醒过来，颜西楼干脆施针让她沉睡过去。望着柳月夕的睡容，颜西楼毫不避嫌地守在她的床边。

"这到底是怎么回事？"颜西楼紧皱着眉头，"素馨为什么拿杏儿来做文章？"

曹语轩苦笑，这秘密到底是守不住了，估计叶素馨已经知道了杏儿是傅尔海的骨肉。

"原因很简单，因为杏儿是傅尔海的血脉。"

颜西楼失声惊叫："你说什么？杏儿怎么会是傅尔海的血脉？"

曹语轩叹了口气，将来龙去脉一一向颜西楼和盘托出，最后说："我琢磨着是叶素馨怨恨你们俩，所以要断了你义母生存的最后一丝念想，除此之外，她还可以讨好傅尔海，反正傅夫人是活不长了。"

颜西楼难以置信："不，我不相信素馨会这么绝……"

曹语轩苦笑，淡淡地叹息："一个女人要是狠起来，有什么做不出来的？同样地，一个女人要是为了一个男人，掏心掏肺又有什么稀奇？"

颜西楼咬着牙根，攥紧了双拳："难怪那日素馨离开济安堂的时候和我说，一旦她做了什么，我也不能怨恨她。如果素馨真的这么做，我绝不饶恕她！"

回头看柳月夕，那苍白如纸的脸庞让他的心揪成了一团："我一直都知道她苦，却没有想到她心里藏了更多。"

曹语轩疑惑："我只是不明白，关于杏儿是傅尔海的亲生儿子这件事只有我和你义母知道，叶素馨她是怎么知道的？"

"不管怎样，一定要将杏儿要回来，否则我担心她活不下去。"

曹语轩苦笑，柳月夕之所以有这般激烈的反应，多半是知道杏儿已经要不回来了。

第二日，知府大人的官邸张灯结彩，大肆铺张。来宾如水流不绝。

众人纷纷猜测，暗地里都说傅知府丧子不久，眼下纳妾，虽说是有给病危的夫人冲喜的意思，但终究过于大张旗鼓，于理不合。

柳月夕在颜西楼的搀扶之下一步一步迈向喜堂。

一身黑衣裹着瘦弱的身躯，身姿如弱柳一般飘摇在大红地毯上，一步一苍凉。

曹语轩跟在后头，神色冷峻。

众人猜疑，都说寡妇不能参加婚礼，为何今日知府大人会破例？就算是新娘的亲人也应该回避。

时辰一到，满面笑容的傅尔海一身大红绸衣，手里牵着一身崭新红衣的许澄杏。

众人惊叹，这一大一小，样貌如父子一般。

两人身后跟着的是一身新娘子打扮的叶素馨。

叶素馨冷冷地看着颜西楼和柳月夕、曹语轩三人，嘴角抿出一缕阴狠的笑容。

柳月夕一见许澄杏，忙跑上前，一把抱住许澄杏："杏儿，快跟娘回去！"

许澄杏一见母亲，哇的一声大哭起来。

傅尔海厌恶地示意家丁将柳月夕拉开。

颜西楼上前护住柳月夕："知府大人，请你将许澄杏还给我们！"

傅尔海冷笑，手一挥，数个护院如狼似虎一样围住了柳月夕和颜西楼。

"素馨，看在死去的师傅的分上，你不能太过分！"颜西楼高声警告叶素馨。

三名护院紧紧按住颜西楼，让他动弹不得。来宾无不惊奇。

柳月夕心一寸寸往下沉，看这情形，傅尔海怕是已经知道了许澄杏是他的亲生骨肉。

果然，傅尔海满面笑容，将许澄杏交给了叶素馨。

"各位，"傅尔海清了清嗓子，"今日有两件喜事，第一，是犬子回到了本府身边；第二，今日本府纳妾！大家不醉不归！来，这就是本府的亲生儿子傅澄杏和小妾叶素馨。"

众人哗然，顿时窃窃私语。

柳月夕痛斥傅尔海："傅尔海，许澄杏不是你的儿子！你将我儿子还给我！"

傅尔海冷笑："为了证实这孩子是本府的亲骨肉，本府决定当堂滴血认亲，以免各位误以为本府是霸占别人儿女的无耻之徒。"

柳月夕顿时绝望："素馨，你为什么要这么对我？你怎么对得起你的师傅？"

叶素馨挑高了眉，得意又傲慢，她取过一根银针，在傅尔海的手指上一戳，一滴血滴落在器皿上，继而拉过许澄杏，如法炮制。

众人屏息静观变化。器皿清水中的两滴血渐渐融合在一起。家丁捧着器皿，给广州城里有头有脸的来宾一一观看，来宾惊奇无比，纷纷向傅尔海道喜。

柳月夕悲愤万分："傅尔海，你这衣冠禽兽，当年你奸污了我，让我怀上了这孩子，现在你还有颜面说这孩子是你的亲骨肉？你还有廉耻吗？"

傅尔海哈哈大笑："在场的人都知道，你柳月夕出身青楼，是揽月楼大名鼎鼎的醉月舞，过的是一双玉臂千人枕、一点红唇万人尝的头牌娼妓的日子。本府当年一时兴起，让你侍候了本府一夜，本府想不到的是居然让你蓝田种玉。现在我的孩子认祖归宗，也是理所当然的事情。这少年风流事，算得上无耻吗？不过，本府该感谢你，那一夜之后你就脱离了青楼，没有让本府蒙羞；本府也应该感谢死去的许厚天大夫，是他娶了你。你说对不对，许夫人？"

来宾附和着哈哈大笑，道贺之声此起彼伏。

颜西楼怒斥："你无耻，傅尔海！"他奋力挣扎，可怎么也挣不脱护院的钳制。

柳月夕被羞辱得泪流满面："傅尔海，你这恶徒，你害死我的父亲，继而害死了我的夫婿许厚天，派人焚毁了普济堂，今日你还来抢我的孩儿，天理昭昭，你不得好死！"

颜西楼顿感晴天霹雳："傅尔海，原来是你害死了我的义父！"

傅尔海神色自如："你出身青楼，谁是你的父亲？本府又怎么认得？你的夫君许厚天据说是在罗浮山失足掉落悬崖而死，和本府何干？至于普济堂焚毁，当时本府在外地任职，更是和本府风牛马不相及，这笔账怎么就算到本府头上？各位，你们相信她说的话吗？"

众人对柳月夕指指点点，嘲笑讥讽。

此情此景，柳月夕反倒慢慢镇定了下来。谩骂也好，羞辱也好，早就司空见惯。

她转向叶素馨，慢慢从怀里掏出陈年旧衣，手臂一振："素馨，你可还记得这件衣裳？"

叶素馨冷眼一瞥，微微震动："这是……"

柳月夕惨笑："你还是认得的，对不对？这是你师傅的遗物，你师傅出事之前就穿着这一件灰色长袍，"她指着衣物上的一条长长的裂痕，"你看，这口子就是你义父出事之前被人追杀留下的，追杀你义父的人就是傅尔海，你今日居然要嫁给他，你对得起你的师傅吗？亏得他养了你这么多年！你师傅的死，傅尔海曾经向我亲口承认！"

叶素馨惊疑不定，不由自主地将目光转向傅尔海。

傅尔海微笑："欲加之罪，何患无辞？柳月夕，今日不管你有什么伎俩，也不能改变我认子的决心！"转头又对叶素馨说："素馨，你该不会忘记了这女人是怎么对你的吧？本府若真是害死你师傅的人，本府怎敢养虎为患，将你收在本府的身边？如果你相信这疯妇的话，你可以离开；如果你相信本府，你就是本府的如夫人。是去是留，你自己决定，本府光明磊落，也断然不会因为今日的事情为难你的家人。"

这番话轻易将叶素馨的心火勾起，她恨恨地横了柳月夕一眼："我不会相信她的话，老爷！"

这一声"老爷"分明就已经认定了自己就是傅尔海的内眷。

柳月夕顿时陷入绝望的深渊。她眼望进了喜堂之后就一直沉默不语的曹语轩，谁知道曹语轩只垂首不语。

"素馨，你不可以黑白不分！你怎么可以嫁给害死义父的人？"颜西楼厉喝。

叶素馨冷笑："师哥，如果真的是知府大人害死了师傅，她当年为什么不说？如果真的是知府大人害死师傅，她怎么没有和你说起？今日，她分明就是要搅和我的好事，居心不良，她恨我将杏儿的身世泄露出去——"

颜西楼断然打断叶素馨："你应该相信她，她绝对不会说谎！"

叶素馨冷笑："我怎么相信她？师哥。"

傅尔海微笑："素馨，今天是你的大喜日子，你的师娘竟然来搅局，你准备怎么招待你的师娘和你的师哥？"

叶素馨一时答不上话来，望着颜西楼，一阵踌躇。

柳月夕惨笑，望着傅尔海，一字一顿："我知道，今天无论如何，我也不可能从你的手里带走我的孩子：眼下，我只能求你，让我再抱抱我的孩子……"

众目睽睽之下，傅尔海也只能故作大方，他将一直啼哭的许澄杏拉到自己身边："到底你们母子一场，往后若是你安分守己，本府未必就不能让你见孩子，但是今日，你趁早离开，免得自取其辱。"

柳月夕蹲下身体，泪如雨下，一把紧紧抱住了许澄杏的身体。

"孩子，妈妈终究是对不起你的，让你从此叫一个衣冠禽兽为爹爹！娘不允许，绝对不允许！"

柳月夕一边在许澄杏耳际低语，一边悄悄从怀里掏出一把利剪，趁着傅尔海丝毫没有防备，用尽全身力气朝傅尔海的下腹刺去。

众人被这突如其来的变故惊呆了。

傅尔海眼明手快，一把夺过柳月夕手里的利剪，抬脚一踢，将柳月夕狠狠踹了出去。

柳月夕一口鲜血喷出，顿时血溅华堂，昏死过去。

颜西楼奋力挣脱了牵制，一把抱住柳月夕瘦弱的身躯："月夕，月夕！"

曹语轩缓缓蹲下身体，替柳月夕把了把脉，沉痛地发出一声叹息："不会有大碍的，西楼，我们回去吧。"

她担心再不走，怕是走不了了。

颜西楼已经没有办法再保持头脑的清醒，他放下柳月夕，怒目注视着傅尔海。

护院把傅尔海围得泼水不进。

叶素馨在一旁，听到颜西楼一声声唤着柳月夕的名字，说不出的嫉妒和愤恨狠狠搅结着她的心。原本秀美的姑娘，此刻在颜西楼眼里丑陋不堪。

"素馨，如果你还是义父的女弟子，如果你还记得义父如何将你救回普济堂的话，就请你过来看看，看看义父的未亡人是怎样受尽煎熬。"

颜西楼目光如炬，灼灼燃烧着愤怒的幽火。

叶素馨打了一个寒战，不由自主地上前几步。

啪的一声，颜西楼粗大的巴掌大力往叶素馨脸上一抽。

曹语轩想阻止颜西楼，但来不及阻拦，颜西楼的手掌已经落在叶素馨的脸上。叶素馨白皙如玉的脸庞霎时爬满五条丑陋的印痕。

"你为什么这么狠毒？你为什么要将她逼进死路？"颜西楼咆哮。

叶素馨惊呆了，抚着脸庞，缓缓抬头："师哥，你这是第二次打我了！就因为这婊子，你打了我两次……"她渐渐歇斯底里，"我狠毒？我就算是狠毒，也比你们男盗女娼的强！颜西楼，你是师傅的义子，但你不顾廉耻，和这婊子勾搭在一起，你就对得起师傅了？这婊子不念师傅的救命恩情，百般勾引你，这是谁的错？"

此话一出，在座众人无不惊悚！

一个是已故名医的遗孀，一个是城里声名鹊起的青年医师，本是母子的人伦，竟然有不可告人的私情。这怎么不引起众人的兴趣乃至愤懑？

曹语轩呆了呆，今日的事情看来是无法善了了。

"叶素馨，你不可以含血喷人！颜西楼和他的义母之间清白如水，没有一丝苟且之情，我可以做证，我用我曹语轩的身家性命做证。你该知道，我才是颜西楼所喜欢的人！"

曹语轩缓缓取下头上常年顶着的瓜皮帽，解开乌黑发亮的发辫甩了甩头，无比讥讽地说："叶素馨，你不能因为得不到颜西楼的爱而生恨。傅知府，你难道希望娶到一个和你同床异梦的女人？你就希望你的女人在你的身边背地里天天念叨着别的男人？"

一场接一场的好戏接连不断地上演，让这城里的名门望族富贵人家大饱眼福。

曹语轩是女儿身的身份又掀起了一场波澜。

叶素馨一瞥傅尔海，见后者脸色阴沉，不由得全身一寒。

"闭嘴！曹语轩，你一个女人假扮男人，欺瞒了城里多少百姓？你的话，谁会相信？颜西楼会喜欢你这不男不女的瘸子？他们俩的不伦之恋，是我亲眼所见，亲耳所闻……"

傅尔海慢条斯理问在座西关大街的族老："义子和义母通奸，应该处以怎样的惩罚？"

族老显然是领会了傅尔海的意图，恭恭敬敬地回答："这样的奸夫淫妇，应该将他们浸猪笼，以正民风。"

傅尔海大笑："很好，这事就该交给族老去处理，本府也不追究柳月夕行刺本府的罪责了。这对狗男女，就该丢进珠江里，让滔滔江水洗清他们的污浊。"

他回看叶素馨："素馨，你同意族老的惩处吧？这也是维护你师傅声誉的最好办法！"

叶素馨惊呆了，但傅尔海目光如利刃，逼迫她说不出话来。

曹语轩咬紧了牙，深知这一回，已经到了退无可退的地步。她回头看颜西楼，颜西楼只管急救柳月夕，对耳边的一切竟然似是毫无所闻。内心苦涩难言，看来，她终究是无法和岁月留下的暗痕相抗衡。

因为今日知府大人双喜临门，故而族老建议晚间再处置颜西楼和柳月夕，以免冲撞了知府大人的喜事。

傅尔海得意大笑，踌躇满志。

夜间，弦月幽暗，珠江水不安地躁动，江水拖曳着水草，泛着幽幽的暗绿。珠江边，火把闪耀，照亮了广州城的半边天。

无数好事的民众涌来，挤满了珠江两岸。

珠江岸上，两只猪笼并排横着。猪笼里除了被捆绑得严严实实的柳月夕和颜西楼之外，还各放了一块大石头。

柳月夕早已经苏醒了过来，望着颜西楼，她已经流不出眼泪。

"是我害了你，西楼，都是我不好！我原本只想和他同归于尽……我终究要害你丢了性命。我死了不算什么，我早就不想活了，可是，我对不起你，也对不起语轩。"

颜西楼望着柳月夕，张了张口，见周围都是看热闹的人众，只能用眼神抚慰临近崩溃的柳月夕。

岸边的不远处，已经恢复了女装的曹语轩目光如水，微泛波澜。那清冷的容颜，怕是比春夜的珠江水还冷。

颜西楼朝着曹语轩点了点头。曹语轩突然转过脸去，不忍再去看颜西楼那张倦怠的脸。

道貌岸然的族老大义凛然地宣布了颜西楼和柳月夕的秽行，并命人将猪笼抬上小船。

在场的民众无一人阻拦，这人群中，曾经有很多受了济安堂的恩惠，很多人甚至连性命都是颜西楼曹语轩等人捡回来的。

曹语轩的心一寸寸下沉，不由得惨笑起来。

装载着猪笼的小船朝江心行去，才行至江心，突然间天际乌云翻涌，不久，大雨倾盆而至。

负责浸没柳月夕和颜西楼的船夫被豆大的雨点打得肌肤生疼。两人匆匆将猪笼往江心一推，划船回走。

岸边看热闹的人群给不期而来的大雨驱赶着轰然作鸟兽散。

站在岸边的曹语轩呆呆地望着江心，缓缓跪地，失声痛哭。身后有人靠近，步履缓慢。

"不管是你还是我，终究和他无缘。曹语轩，你是在哭竹篮打水一场空吗？"

话语凄凉，带着淡淡的讥讽。是叶素馨，一身红衣如血，映红了曹语轩的眸心。

曹语轩缓缓站起，霍地回头逼视叶素馨："你这么对你的亲人，你就没有一丝愧疚和悔意吗？"

叶素馨眼眶微红："我没有退路。曹语轩，只有他们死了，我今后才能安心过我的日子。倒是你，曹语轩，你费尽心机，到头来，还是便宜了那个女人。能陪着他的，只能是柳月夕，而不是你曹语轩。这机关算尽的滋味是不是不好受？"

曹语轩厌恶地望着叶素馨，可怜她的愚蠢无知："叶素馨，将来，竹篮打水一场空的怕会是你。你走着瞧吧，好戏还在后头呢！你以为你可以做多久的贵妇人？”

叶素馨一愣："什么意思？"

曹语轩大笑而去："没有什么意思，我只是可怜你！"

叶素馨望着雨水击打的江心，蹲在地上失声痛哭起来。

江心，猪笼迅速下沉。江心的水草如藤蔓一样缠绕在猪笼的周围，如死亡的滋味缠绕在四周。

死亡的窒迫逼近，柳月夕双眸紧闭，静静等待死亡的降临。只是，她死得好不甘心。

昏昏沉沉中，竹藤制成的猪笼似乎被人剪开，捆缚着手脚的绳索也散开了，有一根芦苇插进她的口里，一只强有力的手臂托着她的身躯，不知摇曳向何处。

一丝神志回到柳月夕的脑海里，求生的欲望让她紧紧攀附着健壮的手臂。可她没办法说话，"颜西楼"三个字在脑海中直打转，挥之不去。

最后，她陷入深沉的昏迷中，再也不省人事。

大雨滂沱，银河无光。一场风暴洗刷着广州城。

第二十一章　天地重光

待柳月夕醒来，她只觉得身体在摇晃。

耳边听得风声雨声，眼前一盏如豆孤灯。她惊慌坐起，游目四看，只见自己是在一只宽敞的船中。

"西楼，西楼！"

帘外有人应声而入，真的是颜西楼，含笑的声音似真似幻："你醒了？"

柳月夕惊呆了，一把抱住了颜西楼，半晌才大哭起来。

颜西楼眼眶红了一红，轻轻拍打着柳月夕的后背："别哭了，我们都还活着。"

柳月夕惊疑不定，许久才停下了哭声："我以为，我几乎又连累你丢失性命。这到底是怎么一回事？"

颜西楼告诉柳月夕，他早就知道傅尔海一定会想办法置他于死地，只是苦于没有找到合适的机会而已。这一次大闹傅尔海喜宴，显然深合傅尔海心意，他借着惩戒奸夫淫妇的时机，不费吹灰之力就可以除去颜西楼。颜西楼只能将计就计，让曹语轩设法通知一直潜伏在城里的阿谦设法营救，从此以死亡来摆脱傅尔海的魔掌。

颜西楼从怀里取出账本："这是语轩的父亲和傅尔海一起贩卖鸦片的证据，你放心，这证据足够定傅尔海的罪。哪一天我们回广州城，哪一天就是傅尔海的死期。到时候，你的父亲，我的义父，他们都可以大仇得报！杏儿也可以回到你的身边，你再也不用害怕任何人！这一天不会很远，你相信我。今日我们北上，将这账本交到正在南下的林公手里，我们很快就可以重见天日了。"

柳月夕惊疑不定，不知道是该哭还是笑。

说话中，阿谦进来。他缓缓开口："其实有一件事情你们不知道，这事情是关于素馨的。"

颜西楼叹息一声，闭了闭眼，甚是伤心失望："素馨走到这一天，我未尝没有错，但是我真的料不到她会这么丧心病狂，阿谦，我真的想不到……阿谦，你不要再提她了，我但愿从来都不认识这样的一个人！"

阿谦神色肃然："素馨本质不坏，她走到今日，不过是一时走进了魔障里，没有人将她领出来。"

颜西楼长叹，沉默了许久："素馨以为攀附上傅尔海，从此就能过上好日子，可是她不知道，傅尔海的好日子已经没有几天了。我遗憾不安的是，没有及时让素馨明白傅尔海是一个什么样的人。她不可能会有多长久的幸福。但是，阿谦，她的所作所为伤及了太多人，我真的没有办法原谅她了！"

阿谦笑了笑："不，你该原谅她的，你知道吗？我回到广州城之后，我曾经找过她，你知道，我是喜欢她的，我曾经告诉她我歇脚的地方，你们大闹傅尔海的喜宴之后，素馨曾经派人给我送信，让我无论如何一定要想办法救你们！不过，她就希望你们走得远远的，越远越好，从此再也不要回来……"

柳月夕低头叹息："她为什么要这么做？"

阿谦揣度："可能是她想逼得你们走得远远的，没有办法回到广州城，这也是报复吧。另外，估计也是报复曹姑娘，她要让西楼和曹姑娘没有办法在一块。这女人的心思，我也想不太明白。"

柳月夕点点头："或许你说的是对的！"

颜西楼心情沉痛："可是她太天真，将自己推到了风口浪尖上。阿谦，将来她还是会恨我的，因为她很快就会从迷梦中苏醒过来。"

阿谦沉吟了半响："将来的事情，将来再说吧。我们这回北上，但愿可以早日回到广州城。除了我们，还有无数的人等着肃清烟毒的这一天，真的已经等得太久了！"

船只摇晃着，在橹声欸乃中承载着黑暗中的一线光芒北上。

道光十九年春，钦差大臣在长途跋涉近六十天后抵达广州城。

钦差大臣一到广州城，马上整顿海防，传讯十三行洋商，勒令外国鸦片烟贩子限期缴烟，同时也彻查当地官员贩卖鸦片的罪行。一场禁烟运动雷厉风行，气势锐不可当。弥漫在广州城上空的烟毒被钦差大臣劈开了一道清亮的口子。

眼看着禁烟运动的声势越来越大，可是颜西楼等人还没有回来。

入夜了，天际寒星闪烁。料峭的风吹拂着曹语轩的衣襟和清冷的脸庞。

不过是一个月的时间，曹语轩就觉得已经是沧海桑田的漫长。

描着"济安堂"三个字的葫芦在风中微微摇晃着，曹语轩站在葫芦前，神情凄清。

"语轩姐，外面冷着呢，你快进来吧！"小五轻唤曹语轩，自从颜西楼柳月夕被浸猪笼，叶素馨当了傅尔海的如夫人之后，曹语轩成了小五唯一一个可以依靠的人。而曹语轩当日借叶素馨的口恢复了女儿身，从此便不再遮掩，顺理成章地以女儿身示人。

曹语轩淡淡地笑："我一会儿就去，你先进去吧。"

小五小声宽慰："师哥很快就会回来的。"

曹语轩怅然一笑，她不是担心颜西楼回不来，而是担心颜西楼回来之后两人的将来。大闹傅尔海的喜宴前后，她惊觉颜西楼眼中心底依然烙印着柳月夕的痕迹。岁月难免留痕，但痕迹太深，怕是难以最终抹去。

夜深了，乱风微入户，灯下人影轻晃。

曹语轩一针一线地缝制着颜西楼的长袍，她本不擅长女红，但为了心爱的人，她愿意回归一个女子最初的本色。

"笃、笃、笃。"沉稳有力的敲门声响起，惊得曹语轩不小心被绣花针刺破了手指头。一朵艳丽的红花印在长袍上，异常鲜艳夺目。

曹语轩心跳急剧，纤手抚着胸口，快步走向大门，颤声问："谁？"

"是我，曹大夫！"带笑的嗓音温和如昔。

曹语轩大喜过望，猛地打开大门。

月光下，一张笑脸横着倦意，正温煦地看着曹语轩。

"是你回来了！真的是你！"曹语轩眼中泪意上涌，顾不得其他，一头扑进颜西楼的怀里。

颜西楼左右环顾，迅速将曹语轩带入医馆中，并顺手关上了房门。

灯火被剔亮，袅袅茶烟散发着轻淡的香气。

颜西楼轻轻饮了一口安溪龙井茶，舒适地叹息一声。

目光落在桌上的衣物上，他轻轻展开一看，是一件尚未完工的长袍。

看做工，当真是粗糙得很，但颜西楼心底感动："这是给我的？"

曹语轩微有羞意，抬眼看颜西楼，并伸手从颜西楼手里取过长袍："我知道，我手艺不够好……你会嫌弃吗？"

颜西楼定定地望着曹语轩，深知她的忐忑。一条笑纹在嘴边延伸开去，笑意慢慢漾上他的眼眸："你以为呢？"

曹语轩得不到颜西楼的正面回应，有些羞恼地别过脸去："我哪里知道？"

颜西楼低低一笑，转身取过搁置在墙角的拐杖。那拐杖上蒙了一层淡淡的灰尘，看来是许久不用了。

"这只拐杖可以劈了当柴烧了，因为今后你不需要拐杖，若是真的哪一天需要拐杖，我就是你的拐杖。"

曹语轩讶然望着笑语盈盈的颜西楼，眼中慢慢地噙满了泪。

"这一个月来，我经常半夜惊醒，我担心……"

颜西楼稳稳地将她带入怀中，下巴摩挲着乌黑的发丝："不必担心。记得我对你说过，你就是适合我的红枣小米山药粥，你忘记了吗？"

曹语轩惊颤，微微推开了颜西楼："你选择了，仅仅是因为我适合你吗？"

颜西楼淡淡叹息，正色直言："若是你介意岁月留下的痕迹，语轩，我只能说对不起，我没有办法当作什么也没有发生过。但是语轩，上天赐予人和人之间的缘分，有的可以做亲人，有的可以做知己，有的只能做兄妹，有的可以做夫妻。曾经，我未尝不遗憾，但是此刻，我很坚定我的选择，一种愉悦的选

289

择，一种携手终身的选择，你明白吗？"

曹语轩心满意足地笑："我等你这个选择，已经等了很久。"

颜西楼轻轻拍打着她的后背："原谅我的后知后觉，以及曾经下意识的逃避。你远比我勇敢果断！"

"对了，月夕呢？她人呢？"

"等这广州城里的烟毒散尽，她就会回来了。"

趁着温暖橘黄的灯火，颜西楼将这一个月的遭遇轻描淡写地叙来。

当日颜西楼柳月夕和阿谦北上，拜会南下广东禁烟的钦差大臣，将曹语轩提供的关于广州城中官员富绅贩卖鸦片的账本呈现在钦差大臣的案前。

之后，他们随着钦差大臣南下，临近广州城，颜西楼和阿谦因为熟悉城里的情况先潜入城中，暗中查探城里无数的烟馆，以期掌握更多的线索，方便钦差大臣禁烟。

"多亏你提供的账本，眼下钦差大臣已经全力稽查贩卖鸦片的官员和其他人员，傅尔海铁定无所遁形，再加上他有命案在身，这回难逃昭昭天理。到时候，我义父的仇，月夕……义母一家的仇和你的旧恨，乃至备受鸦片荼毒的无数破败家庭的仇，应该可以一次算清了！"

依大清律法，凡是官员贩卖鸦片，案情严重的当处以枭首极刑。

"不用谢我，这都是傅尔海自作孽不可活！但是我父亲，但愿钦差大臣能法外开恩，让我父亲安度晚年。"

颜西楼安抚她："这你放心，钦差大臣通达人情法理，你父亲不会有事。"

曹语轩这才放下心来，突然想起一事："对了，那一天在傅尔海的喜宴上，我知道月夕想让我说出傅尔海买凶杀人和贩卖鸦片的真相，可我没有帮她，她会不会怪我怯懦自私？"

颜西楼了然一笑："你怎么会是怯懦自私？如果那一日，你也一样不冷静地陷入那旋涡中，我们怕是要被一锅端了，哪里能等到傅尔海的末日到来？她明白的，你不用担心，她还说感谢你的机警和镇定。"

曹语轩回想起当日血溅华堂的情形，还是禁不住一颤："但愿今后，无风无雨吧。"

"不，眼下是风雨欲来风满楼的时候。语轩，钦差大臣知道我们研制戒烟丸的事情，他希望你可以为这场轰轰烈烈的戒烟运动出一份力！"

曹语轩惊喜，肃然承诺："我会尽我所能！"

一场禁烟的大风暴席卷了南粤大地。

钦差大臣用了三个月的时间，到了四月份的时候，已经捕获鸦片烟贩子近两千名，收缴鸦片两三百万斤、烟枪七万余杆，其中惩处惩办了许多从事鸦片交易活动的官员，傅尔海首当其冲，罪责难逃，死期将近。

颜西楼曹语轩协助钦差大臣配制戒烟丸，供戒烟的人服用。

自此，曾经弥漫在广州城上空的烟毒散去，还了百姓一个朗朗晴空。

颜西楼、曹语轩和济安堂再次为城中的百姓所仰止。

傅尔海获罪，许澄杏回到了柳月夕的怀里。

朗朗明月在空，暖意上心头。

后院里，当着明月清风柳月夕带着颜西楼、小五祭拜许厚天的亡灵。

袅袅青烟，金箔银钱，寄托着无尽的哀思。当然，也借着这祭拜告慰许厚天的英灵，毕竟为了禁止鸦片的流毒，他甚至付出了最宝贵的生命。

柳月夕含泪让许澄杏在香案之前深深跪拜，颜西楼明白，一是替傅尔海拜；二是从此许澄杏就是许澄杏，是许厚天的儿子。这是柳月夕的郑重承诺。

祭拜过后，几个人聚在后院中叙话。

小五叹息："可惜少了师姐，不然，今天师傅会更加心满意足。"

颜西楼和柳月夕默然不语，小五的话戳到了他们的痛处。

叶素馨因为一时任性和贪慕权势财富而误入歧途，嫁给了仇人为妾室，这终究是她一生难以抚平的痛楚和羞愧。

曹语轩见众人意兴阑珊，忙宽慰他们："给素馨一些日子吧，她是一个秉性强韧的姑娘，会好起来的。"

说着话，阿谦进来了。

自从傅尔海出事后，叶素馨无颜回到济安堂，颜西楼、柳月夕、小五多次去接她，却始终没有见到她的人。

幸亏阿谦将叶素馨安置在一处清静的场所，让她平复内心的创痛。这一阵子，只有阿谦能接近叶素馨，知道她的心境。

　　"素馨怎样？"颜西楼着急，"她还不愿意回来吗？"

　　阿谦摇头："我是来告诉你，明日我就带素馨离开广州城，这样或许对素馨好一些。"

　　柳月夕问："你会一直陪着她吗？"

　　阿谦郑重承诺："只要她愿意，我会一直陪着她！她愿意哪一天回来，我就哪一天带她回来；喜欢在哪里安家落户，我就在哪里安家落户。"

　　颜西楼感激地握着阿谦的手："谢谢你……"

　　曹语轩好奇："你为什么对素馨那么好？"

　　阿谦有些无奈地苦笑："这就是缘分吧，我也知道素馨泼辣贪慕钱财，可我就是喜欢她，她是一个忠于自己的心的女人，不伪饰。"

　　众人笑，感谢上苍赐予叶素馨一个好男人。

　　柳月夕看看颜西楼和曹语轩，看看阿谦，看看小五，每个人都在变，都有了自己的归宿，那么，自己的归宿在哪里呢？她是该好好想想这个问题了。

　　"对了，过几日，钦差大臣准备在虎门海滩上销毁缴获的两万多箱鸦片。西楼，你们一定要去看看，看看这害人不浅的鸦片如何流入大海，从此让家国海晏河清！"

　　颜西楼激动，眼中饱含泪花。他喟叹："等这一天的到来，我们真的已经等得太久了。因为鸦片，我家破人亡；也因为鸦片，义父死于非命，但是，我们有幸，能在有生之年看见销毁鸦片，所有因为鸦片而死的人也该含笑九泉了。这也不枉了我们多年的努力啊！"

　　第二日，阿谦带着叶素馨离开广州城，一直向东而去。颜西楼、柳月夕不欲叶素馨难堪，便没有去送行。小五去了，看着叶素馨的身影渐渐远去。

　　柳月夕叹息："但愿有生之年，再见素馨的时候亲厚依旧，再没有芥蒂和隔阂。"

　　颜西楼安慰她："放心吧，阿谦是我多年的朋友，是一个可以依靠的男人。而且，阿谦会经常给我们来信，告诉我们素馨的近况。"

柳月夕回眸一笑，转换了话题："你什么时候和语轩成亲？别让人家等太久……"

　　颜西楼望着柳月夕，那淡淡的笑容就算是极力掩饰，终究有些不易察觉的落寞。

　　上天没有赐予他们一份更让人期待的缘分，但幸好他们是亲人。这辈子，他遇上了曹语轩，也算是圆满，那么，能让她圆满的人在哪里？

　　柳月夕明白颜西楼的心意："你不用担心我。每个人总有自己的活法，眼下的平静日子，我期盼多年，我未必就不快乐了。真的！"

　　颜西楼暗地里怅然一叹，他不愿意她就这么一身晦暗地过一生，但她对这晦暗的一身行头却心内沉静、毫无波澜。

　　日子过得很快，转眼到了道光十九年乙亥四月二十二日。这一日是销烟的大日子。

　　适逢端午前后，前往虎门海滩参观销毁鸦片的人接踵摩肩，颜西楼和曹语轩以及小五也去了。

　　广东省的官员全部出席，在观看销烟的人群中还有许多不贩卖鸦片的外国人。

　　钦差大臣命人在虎门浅滩上挖了大池，池中注入盐水，然后将切割过的烟土倒入盐水中浸泡半天，最后投入石灰，石灰遇水沸腾，于是烟土溶解在盐水中。等退潮的时候，大池一开，将池水送入大洋中，干干净净。

　　颜西楼热泪盈眶，久久不能平息激动的心绪。

　　等颜西楼、曹语轩、小五回到济安堂已经是两天后的事情，这几日济安堂关闭，仅仅余了柳月夕和许澄杏在看家。

　　可是当三人回到济安堂，一股冷清扑面而来。没有许澄杏的笑声或哭声，没有柳月夕轻柔的细语，一切都静得让人惊心。

　　颜西楼心慌，四下寻找，却在自己的房中看到了柳月夕的留书。

　　挺秀典雅的楷书，一如主人，留书上写着："我走了，不用担心我，经历了这么多的风雨，你们要相信我有足够的坚强活下去。在这世上，我有了两样最宝贵的东西，一是孩子，二是普济堂的凉茶方子，这已经足够我活下去了。"

颜西楼心急如焚："她一个带着孩子的女人也没有地方可去，我一定要把她找回来！"

曹语轩拉住了颜西楼，有些伤感："你不用去找了，你看这留书的日期，她已经走了两天了。何况，她已经打定了主意要走，我们怎么可能留得住？"

颜西楼颓然坐在椅子上："她为什么要走？为什么要让自己继续受苦？我说过，要照顾他们母子一辈子的啊。"

"我想，我知道她为什么要走。杏儿的身世暴露了，广州城无人不知她就是罪大恶极的傅尔海的亲生儿子。今后，这孩子怕是在广州城里连立足的余地都没有，所以为了孩子，她只能远远地离开广州城。这就是一个母亲为了孩子甘愿受最大的苦难！"曹语轩分析柳月夕出走的原因，其实她还有一个没有说出口的理由，那就是柳月夕在内心深处，依然没有彻底放下对颜西楼的情分。若是再有纠缠，他们余生都将不得安生，这是柳月夕想到而颜西楼没有想到的，男人的心思总比不上女人来得细腻。

颜西楼长叹："她走得让人措手不及。"

曹语轩安慰他："你放心吧，月夕已经是半个医师了，她手里有很多凉茶方子，一定会活得很好。再说，这广州城里南来北往的人多，可能打听一个人的下落也不是太难的事情，哪一天有了她的消息，我们就去看她，好吗？"

颜西楼无语，唯有点头。

柳月夕带着孩子一路向北而去，一步一回头。

为了孩子，为了颜西楼，也为了自己，她必须得离开。

一路北上，心中的牵挂越来越沉重，最终她没有翻越五岭，就在粤北的一座小城停留了下来。至少，没有越过五岭，她和他们就算远远地互相牵挂着，也是近的。

从此，普济堂的凉茶在粤北落地生根。

起初的日子颇为艰辛，当地人的质疑、鄙薄让她数次落泪，但很快，她以柳月夕固有的惠敏坚韧撑了过去。从此，一碗碗苦涩的凉茶让她融入了当地人的生活中，且不可替代。

小城里的贩夫走卒喜欢普济堂的凉茶，头昏目赤、咽喉疼痛时来喝桑菊茶；炎夏酷热之时来喝金银花茶、罗汉果茶。这普济堂的凉茶价格低廉，药效显著，让人一年四季都离不开这苦苦涩涩的它。

年轻的小媳妇们喜欢柳月夕，因为她心灵手巧。孩子厌食时，柳月夕可以泡制山楂麦芽茶给孩子消食导滞；孩子夏热烦渴，她给煎煮麦冬茶。

大姑娘喜欢柳月夕，因为她有一手好女红，绣出来的图案活灵活现。

当然，当地也有一些流氓痞子骚扰柳月夕，但柳月夕均能机警应对。在别人眼里，她是一个言行端谨，举止温柔的寡妇，是一个孩子的母亲。至于她脸上那条丑陋的伤疤，久而久之，人们就习以为常了。

有人曾经劝柳月夕脱下那一身代表寡妇身份的黑衣，寻个可靠的男子过日子，柳月夕均含笑拒绝了。这一身黑衣，不是为谁守节的迂腐，而是感念许厚天的一点心思；也因为这一身黑衣，让她和颜西楼之间还有一丝牵绊，一种更密切的关系。种种复杂的心绪，连她自己也说不清楚，就是觉得披着这一身黑衣，日子会更加充实一些。

当地人屡次劝说柳月夕改嫁无用，时间长了也就不再重提。在别人眼中，一个执意守节的女人无论如何是值得尊重的。

过了些年，柳月夕用积攒的一些银子买下了一个铺面，将写着"普济堂凉茶"三个字的葫芦高高挑起。

凡是外卖的凉茶药包，柳月夕均工工整整地写着"普济堂凉茶"五个字，让"普济堂"三个字随着凉茶走进千家万户。许厚天固然已经去世多年，但普济堂的精神没有丢，而且还日复一日地被发扬光大，这应该是许厚天在天之灵最愿意看到的事情。

番外　不死之草

辗转于莽莽红尘中，世事沧桑，转眼十年过去。

许澄杏已经十二三岁了。孩子极其聪慧，模样也益发清秀，且秉性淳厚，温和谦恭，柳月夕备感欣慰。

她不盼着孩子走上仕途，因为仕途凶险，且容易让人迷失本性，误入歧途，傅尔海就是一个活生生的例子。她只愿意孩子成为悬壶济世的大夫，纯良温厚，一如许厚天、颜西楼。

只是，这孩子渐渐长大，她这些年勤勉学来的医术已然尽数被许澄杏掏空，如果希望孩子可以更上一层楼，只能让孩子去见颜西楼和曹语轩。栖身的这座粤北小城终究是广东的北大门，来来往往的人多得不胜其数，颜西楼、曹语轩的大名，她不时有所耳闻。只是，她不太愿意让孩子去打扰他们平静的生活，毕竟已经过去了很多年，很多人，很多事，彼此牵念就好。转念一想，前人有云："人间别久不成悲。"她还有什么顾虑还有什么放不下的呢？

日子在踌躇中过了一天又一天。

一个夏日的午后，柳月夕因为身体不适，让许澄杏照看着凉茶铺，自己进了里屋歇息。

许澄杏见凉茶铺里客人稀少，便取了《本草纲目》细细品读。母亲和她说过，《本草纲目》是医药巨典，里面是一个大夫终生都取之不尽的智慧源泉。

日光渐渐西斜，暑气渐渐散去，街头巷尾的榕树绿荫让人打心底多了一丝舒适的凉意。

　　一个中年男子走进普济堂凉茶铺，微笑着向许澄杏要了一碗凉茶。

　　目光温和话音醇厚的男子微笑着问许澄杏："这碗凉茶有什么功效？"

　　许澄杏不亢不卑："这是五花茶，可以清热解毒、消暑祛湿，这夏日饮用，再合适不过。"

　　男子又问："五花茶是哪五花？"

　　许澄杏回答："金银花、槐花、木棉花、鸡蛋花和菊花。这五种药材一处煎煮，味甘性微寒。你可以带几包我们普济堂的五花茶药包回去，这样你就可以安心度夏了。"

　　男子依旧微笑，接过许澄杏递上来的药包。药包上再熟悉不过的娟秀字样跃入眼帘。那是柳月夕的字，让人一辈子都无法忘记的柳月夕的字。而来人，正是颜西楼。

　　颜西楼深深一叹，眼眸微湿，他眼望着许澄杏："杏儿，你不记得西楼哥哥了吗？"

　　话才说完，颜西楼不由得自嘲一笑：许澄杏离开那会儿，也不过是一个两三岁的孩童，怎么可能记得自己？

　　谁知许澄杏惊喜："你是颜西楼哥哥？"

　　颜西楼惊讶："你记得我？"

　　许澄杏微笑："是母亲经常和我提起，她说父亲有一个义子，医术精湛，仁心仁术，是不可多得的好大夫。她希望我将来可以拜您为师，做一个好大夫。没有想到您就来了，真是太好了！"

　　颜西楼喟叹："是啊，我来了。十年了，我是该来了。"

　　十年光阴容易过，来早了，内心的情愫没有彻底沉淀，徒惹伤感而已；来晚了，辜负了故人的期盼。这十年，不早不晚，刚刚好。

　　许澄杏兴冲冲地说道："我去叫母亲。"

　　颜西楼来不及阻拦，许澄杏已经进了里屋。

　　颜西楼环顾凉茶铺，不由得欣慰。凉茶铺虽小，但整齐洁净，摆着的四张桌子上都放着一盒陈皮，苦口良药之后的一点甘甜，那是柳月夕兰心蕙质的体现。

凉茶铺的正中间挂着许厚天的画像，这画像定然是柳月夕手绘的，模样固然不全是记忆中义父的模样。颜西楼了解，毕竟柳月夕和义父相处的日子，不过短短的两个月。但画像中许厚天的眉眼神韵却和记忆中的模样毫无二致，那宅心仁厚、慈和悲悯的许厚天又是柳月夕最熟悉不过的。

颜西楼细细打量着画像，百感交集。就算柳月夕不过是义父名分上的妻子，但有妻如此，也不枉了义父这短暂的四十余载光阴。

柳月夕颤动的手久久不敢去掀那薄薄的帘子。

许澄杏不懂得母亲复杂的心理，欣喜无比地掀开帘子，朝颜西楼一笑："哥哥，我母亲来了！"

柳月夕深深吸了一口气，平复内心的激动："西楼，你来了。"

颜西楼转身，微笑着看向柳月夕："是，我来了，我该来了！"

眼前的女子，在艰苦岁月的砥砺下眼神更加从容智慧，举止更加淡定。

柳月夕嫣然一笑："我该知道的，你一定会找来。"

颜西楼笑："十年了，是该来了！孩子长大了，我希望可以带着你们一起回广州城。十年岁月，所有的记忆早就随着人世沧桑而被淡忘。"

柳月夕明白颜西楼的心意，笑了笑："他们都还好吗？"

这远离亲朋的日子，她最渴望知道的，莫过于当年一起共患难的亲朋好友们的消息。

颜西楼含笑叙说："你离开的第二年，我和语轩成了亲。如今，我已经是两个孩子的父亲。语轩很好，腿脚越发灵便了，你不用担心她。小五也成了家，娶了一个贤惠姑娘，过起了好日子。至于素馨，这几年阿谦经常给我来信，他说素馨早就从往事的阴影中走出来，心甘情愿嫁给了他。你知道，素馨不管是走到哪里，都会想方设法让日子过得好一些，所以，就和当日在广州城里一样，她喜欢接近官太太贵妇人，银子赚了许多，但秉性已经平和了许多，也已经是个好母亲。最重要的是，在她居住的小城里，也一样有了普济堂凉茶。素馨没有忘记师傅，没有忘记我们。"

柳月夕欣慰万分："我万分庆幸，我们都有一个好归宿。"

颜西楼迟疑着，眼望柳月夕身上的黑衣，半晌没有开口。

柳月夕知道颜西楼的心意："你不用担心我，我也有自己的好归宿了。你瞧，这普济堂凉茶就是我心之所系的归宿，再也没有任何一样东西可以让我更加平静地过日子了，你知道吗？每一次抚弄这些草药，我就觉得，我和这些草药是一体的，是普济堂的一部分。"

听柳月夕徐徐说来，云淡风轻，颜西楼却心潮激荡，久久难以平静。

许久，他才说："你知道吗？当年，你走后，语轩就建议将济安堂改名为普济堂，所以，普济堂依然在当年的西关大街上，普济堂的凉茶依然在守候着一方百姓、四方来客。不管我们隔了多远，你、我、语轩、小五、素馨，总是一起的。义父也和我们一起，从来都没有离开过。"

柳月夕微笑，曹语轩真的是一个极其聪慧的女子，用济安堂靠近颜西楼挤走叶素馨，然后将济安堂改名普济堂，将颜西楼的心占据得寸缕不漏。

不管怎样，只要平静幸福就好。

可是，颜西楼，他幸福了吗？

"这些年，你可还好？"柳月夕试探，但她知道答案：他未必好。

颜西楼沉默，柳月夕始终是明白他的。

当年林公虎门销烟之后，英帝国于道光二十年悍然发动战争，进犯广州城，鸦片战争爆发。战争延续了两年，到道光二十二年，战争以清王朝失败而告终。随后签订的《南京条约》中，清王朝耻辱地割地赔款开放通商口岸。至此，鸦片贸易合法化，于是乎，鸦片进口量更大，烟馆更盛，吸食鸦片烟的人自然更多。世风日下，已经让人徒生末日之感。

颜西楼一生为禁绝鸦片奔走，如今眼看烟毒更胜于从前，他怎么可能不更加痛心疾首？

"如今，能救一人就是一人，能救两人就是一双，总不能袖手旁观吧？"颜西楼苦笑，"只要能救人济世，就算再艰辛也不算什么，幸好，这些年，有语轩在身边支持着。"

柳月夕开颜，如果当年颜西楼是娶了叶素馨，今天怕是会更加郁郁寡欢。

一个知心会意的人，本就是艰苦人生的良药，就如曹语轩之于颜西楼，颜西楼之于柳月夕，阿谦之于叶素馨，就如那苦涩草药中配置的甘草，苦中总会有一点甜。

　　"你累了吧？我先给你做饭去。杏儿，你陪着哥哥好好聊聊。"

　　许澄杏应了一声"是"，喜滋滋地站在颜西楼的身边，丝毫不见生疏。

　　颜西楼随着许澄杏转到后院，后院里晾晒着许多草药。在墙角里，还有一些麦门冬。

　　颜西楼蹲身取过一枚麦门冬，问许澄杏："这是什么？"

　　许澄杏恭恭敬敬地回答："这是麦门冬，性微甘，味苦，入肺、胃、心经。"

　　"哪里出产为佳？"

　　"杭州笕桥出产的色白有神，体软性糯，细软皮光洁，是麦门冬中的上品。"

　　颜西楼笑，摸了摸许澄杏的头："你们母子经营凉茶铺，却出售药包，这配方泄露出去，上门喝凉茶的说不准就少了，买药包的也可能不多，你担心过吗？"

　　许澄杏笑了笑："这没有关系，只要能对别人有裨益就好。事实上，城里的人都喜欢来这里喝凉茶，因为普济堂的凉茶是最好的！"

　　颜西楼赞许地点头："好，很好，你真是个好孩子。你放心，我一定将我所知道的全部教给你，就像当年义父教导我一样。我希望，你和你母亲一起回广州城里去。"

　　许澄杏认真地说："母亲曾经和我说过，如果一旦哥哥找来，我就和哥哥一起回广州城学医术，母亲她就不走了，因为这里的百姓都离不开普济堂凉茶。"

　　颜西楼低了头，目光落在手心的麦门冬上。柳月夕这样的设想，他早该想到的。

　　"杏儿，你知道这麦门冬还有什么名字吗？"

　　"有，它还叫麦冬，叫禹余粮，叫……"许澄杏搔了搔头，有些难为情。

　　颜西楼含笑接下去："还叫不死草，它耐寒、耐半阴、耐贫瘠，生存环境恶劣，却可以滋阴润肺、益胃生津、清心除烦，是一味再好不过的药材。你知道吗？你的母亲，就是一味不死草，不管多么艰辛险恶的环境，她都生存了下来，而且生活得越发光彩。这是多么可贵的品质。我记得有一首诗是这么写的：'门冬如佳隶，长年护阶除。'"

柳月夕在厨房里，静静地聆听着那温润的声音。这首诗，她当然是知道的，是宋朝范成大的诗，后面两句是："生儿乃不凡，磊落玻璃珠。"

这是颜西楼对许澄杏的期待，也是柳月夕对许澄杏的期待。

图书在版编目（CIP）数据

凉茶谣 / 闲庭晚雪著. —北京：现代出版社，2018.5
ISBN 978-7-5143-4598-8

（倾世大医系列）

Ⅰ. ①凉…　Ⅱ. ①闲…　Ⅲ. ①长篇小说—中国—当代
Ⅳ. ①I247.5

中国版本图书馆CIP数据核字（2018）第006767号

凉茶谣

作　　者：闲庭晚雪
责任编辑：曾雪梅　朱文婷
出版发行：现代出版社
通讯地址：北京市安定门外安华里504号
邮政编码：100011
电　　话：010-64267325　64245264（传真）
网　　址：www.1980xd.com
电子邮箱：xiandai@vip.sina.com
印　　刷：三河市金泰源印务有限公司

字　　数：294千字
开　　本：710mm×1000mm　1/16
印　　张：19.25
版　　次：2018年5月第1版
印　　次：2018年5月第1次印刷
书　　号：ISBN 978-7-5143-4598-8
定　　价：45.00元